他们的来生

献给所有的器官移植者

钟孝林 著

Their Rebirth: To All the Organ Transplant Recipients

四川文艺出版社

图书在版编目（CIP）数据

他们的来生：献给所有的器官移植者 / 钟孝林
著. — 2版. — 成都：四川文艺出版社，2019.3
　ISBN 978-7-5411-5269-6

Ⅰ.①他… Ⅱ.①钟… Ⅲ.①长篇小说－中国－当代
Ⅳ.①I247.5

中国版本图书馆CIP数据核字（2019）第027997号

TAMEN DE LAISHENG XIANGEI SUOYOU DE QIGUAN YIZHIZHE

他们的来生：献给所有的器官移植者

钟孝林　著

责任编辑　苟婉莹　周　轶
封面设计　经典记忆
内文设计　史小燕
责任校对　蓝　海

出版发行　四川文艺出版社（成都市槐树街2号）
网　　址　www.scwys.com
电　　话　028-86259285（发行部）　　028-86259303（编辑部）
传　　真　028-86259306

邮购地址　成都市槐树街2号四川文艺出版社邮购部　610031
排　　版　四川胜翔数码印务设计有限公司
印　　刷　三河市华东印刷有限公司
成品尺寸　145mm×210mm　　　　开　　本　32开
印　　张　13.5　　　　　　　　　字　　数　320千
版　　次　2019年3月第二版　　　印　　次　2019年3月第一次印刷
书　　号　ISBN 978-7-5411-5269-6
定　　价　48.00元

·献给所有的器官移植者·

题记

如果你去问每一位走到生命终点的个体，他们最大的愿望是什么，他们也许会异口同声地回答：生命重来。仿佛什么都可以重来，生命不可以重来。但是，有这样一群人，他们却告诉你：我们有来生。他们有一个共同的名字——器官移植者。

因为他们有来生，所以他们比我们更懂得对生命的敬畏与珍惜。曾经的他们也胸怀天下、指点江山……有一天，上帝不高兴了，把他们从天堂赶进了地狱。有些不老实的灵魂趁上帝走神的当儿偷偷地溜了出来——"唉！你们能找到回家的路吗？告诉我，你们是怎么找到回家的路的？你们到底经历了什么？"从此以后，我们终于有幸听到了来自地狱的声音。

这群从死人堆里爬出来的人，心灵承载了太多的苦难。他们似一群生活在奥斯维辛集中营的囚徒，病魔犹如毫无人性的法西斯，蛮横地扭曲着他们的人生，让他们的生活变得痛苦而又荒诞。如今，他们把现在的日子叫作残生——哦，是我们将他们的日子叫残生，他们将现在的日子叫来生。因为他们有来生，所以他们太高兴了，太幸运了！这是捡了一个多么大的便宜呀！因此，他们把我们正常人的复杂生活简单化了。他们只希望自己活着。

活着于他们就是一种幸福。这是多么简单的幸福！那为什么我们正常人有那么多痛苦、烦恼甚至悲伤？这是因为我们正常人想要的太多，还是我们正常人拥有痛苦的智慧，而上帝对有来生的人就剥夺了他们拥有痛苦的智慧这个权利？那么有来生的人又是在以怎样独特的方式演绎"我们到底为什么活着"这个千古难题？我们来看看这是一群什么样的灵魂，游走在他们的来生。

他们说：器官移植是他们万里长征走完的第一步。在这条路上，他们遭遇过死亡、病痛、贫穷、冷漠的围追堵截，在他们"拔剑四顾心茫然"时，他们身边出现了一个叫宁光的人。这个人带着他的爱与善良，还有这个世界的良心，与器官移植者组成了一支铁军，在这荒无人烟的万里征途中放牧着他们的理想。走在这样的路上，关山重重、生死未卜，昨天还握过的手，今天还有那只手的余温，但那个人却已离去。

是的，他们的世界曾经山河破碎，他们的世界曾经兵荒马乱，可他们依然选择了坚强、选择了面向阳光。他们虽然遭遇过苦难，经历过生死，但他们的眼神依旧温柔。在这条路上，他们潇洒到笑谈生死。他们深刻地丰富了人类对生死的感悟，让我们明白，死亡不过是再一次重生。他们对苦难的诠释、与命运抗争的巨大勇气，变成了人类的一笔精神财富。让我们一起走进他们的生活，聆听他们发自内心深处的生命强音。

目录

题记 /001

第一章　四个家庭的生离死别 /001

第二章　死神的眷恋 /016

第三章　生命札记 /030

第四章　虚惊 /047

第五章　重逢 /072

第六章　出院 /084

第七章　新生 /098

第八章　聚会 /113

第九章　移友之家 /135

第十章　传说 /152

第十一章　苦恋 /165

第十二章　涌动的情愫 /183

第十三章　葬礼收留的爱情 /208

第十四章　旅途 /215

第十五章　隐忍 /230

第十六章　联谊会 /246

第十七章　烛光晚会 /255

第十八章　好事成双 /264

第十九章　彩云之南 /280

第二十章　彩云之南续章 /292

第二十一章　浓情 /313

第二十二章　变局 /329

第二十三章　纠缠 /346

第二十四章　最后的告白 /361

第二十五章　重新出发 /376

第二十六章　悠游与远去 /386

第二十七章　桃花盛开中的希望 /403

后记 /418

第一章　四个家庭的生离死别

一

今天，杨娇——这个绰号叫杨贵妃的美人，收到两个有关生死的消息，一个是好消息，一个是坏消息。

我们先说这个坏消息，即使这个消息再苦痛、再断肠，也不会让杨娇过分绝望，因为还有一个好消息在等她，而不至于找不到安慰一个苦难灵魂的解药。那时，杨娇陪一群器官移植者从桃花山上下来，路过家门口那个广场，刚好电话响了。接完电话，发现自己走错了回家的路。这是一个什么电话，让她差点迷失在家门口？这可是走了千百次的路呀！

原来，与她同患尿毒症的闺密离开了这个世界。当时，杨娇眼前一黑，似乎那么明亮、温暖的太阳也悄悄躲进黑云里，不知哪儿来的风，在耳边呜呜呜地吹着。走在冬日的阳光里，天光依旧明亮，整个世界却是凉的。泪流满面的杨娇，发现自己走错了路，来到了菜市，不由哀叹了一声：路走错了还能原路返回，而走了的女友，还会回来吗？

杨娇怎么也不相信，活得这么好的女友，怎么说走就走了，连再见也不说一声。自己还以为生命犹如四季，会一季一季地走完，最后才消失在雪花飘飘的寒冬里。哪知朋友一脚踏进繁华而又欣欣向荣的夏季，就倏忽转身，随那还没有来得及撤离的百花，在一夜风雨中无声凋零，留下满地凄凉。我们的生命真的是从上帝那里租来的，连租期都不知道？

杨娇心想，苦难若是有声音，我们还能听到这个世界美妙的歌声吗？因为歌声早被苦难的声音淹没了。曾经的飞鸟，那么震撼地从自己的天空呼啸而过，它留下了什么？杨娇不由得在心里默默为这个从没有辉煌过的生命悲哀：

父亲以挖煤为生，患上尘肺病，年不过四十，就撒手人寰，留下一大笔债务。你们母女相依为命，做点儿小生意，好不容易找了一个爱自己的男人，借债也还完了，好日子终于开始了。但是，好日子只开了个头，就戛然而止。那么善良、那么有爱心的你，不幸还是频频造访，难道就因为你的善良？

那天早晨，你干了件蠢事，为你的爱心买了单，也为苦难埋下了伏笔，不知道你是否后悔过？那个春天的早晨，晶莹的露珠还没有离开百花，你还没有打开销售橱柜的门市，一个微弱的哭声吸引了你。原来，是谁把一个女婴遗弃在这里。那年，你还不到十九岁，一个尚未出嫁的女子，带着一个来历不明的女婴，那些有心人怎么想？

你这个弱智，却母爱倾城，搂着她就再没有放下。后来你面含微笑，幸福满满地告诉我们，这个孩子与你有缘，一见你就笑，从来就没有再哭过。唉，你这样地走，她这一生还会笑吗？你太蠢，这是一个病孩，一个有轻度脑瘫的患儿！没有一个人不劝你，送到福利院，可你铁了心，就要和这个世界对着干，你干得过吗？

这一生，你从来没有对自己好过。

某一日，你偶然发现老公的一张检查单，原来老公患有不育症，难怪老公经常吃中药，难怪自己肚子不争气，但你怕伤了他，假装不知道他的病。后来，老天送病女，你故意说自己这辈子不想生小孩，因为你听说生小孩的女人都会在鬼门关走一回，你害怕，就想养这个捡来的孩子。老公含泪答应了你的要求。其实，你哪里知道，那张检查单是老公故意让你看到的。从此以后，这个男人就更加死心塌地地爱你了，他在心里暗暗发誓，他要爱这个善良的女人一辈子，如果有来生，他愿意向你预订一百万个来生，他要生生世世和你过下去。

捡来的，谁说捡来的便宜，这个孩子让你操碎了心。别人的孩子不教都会喊爸爸妈妈，而这个孩子你教她一万遍，她就只晓得对你流着口水傻笑。两岁了，别人的孩子满世界跑了，她还无知地在地上爬行。难道她就这样像软体动物一样，过完自己悲惨的一生吗？你不知道流过多少泪，也不知道祈祷了多少万遍，受了常人不知道的苦与累。上帝开恩了，这个孩子说话了、走路了，虽然不顺畅，但她毕竟在说、毕竟在走了。

为了她的康复，你南来北往，走了一家又一家医院，去了一家又一家康复中心。你永远在路上，不停地走，如今你又在去天堂的路上吧？

这个孩子很争气，除了有点口吃，除了脚有点僵硬。她学习成绩好，她爱你们，你说她是一个知道感恩的孩子。幸福在你的生命里像花儿一样绽放了，可它开得那么朦胧、那么凄凉，因为你遇到了一个痛苦的选择。

按说，你应该高兴，因为这是上帝对你的恩赐，你竟然怀上了，你老公的不育症治好了。你们真的高兴了一回，但看着这个捡来的孩子，你沉默了，你终于对自己狠心了一回，其实你从来就没有对自己好过，谈不上对自己狠心了一回。

老公将你送进医院做手术，背过身去，早已泪流满面了。你含着泪，咬着牙，把肚子里的孩子又还给了上帝。你竟然有脸对我们说，怕有了自己的孩子，就不会全心全意地爱这个捡来的孩子了，或许就会不自觉地将爱转移到自己的孩子身上，这是对她不公平的，你会痛苦的。难道你对自己的孩子公平吗？为了一个弃婴，一个残疾孩子，你竟然谋杀了自己的孩子，你的心真狠，虎毒还不食子呀！你是会遭报应的。

果然，不幸之神一次又一次敲开了你的命运之门。后来，我们才知道，你有慢性肾病，身体羸弱，你是没有能力带好两个孩子呀！那个孩子念大二时，你患上尿毒症，那年，我也查出了尿毒症，只不过比你早了三个月，我们见面大哭了一场，叹命运不公。

你那个小县城不好报医药费，我把你的医保买到了S市。这里的报销方便，报销的比例高，你和你母亲配型成功，只等S市医保生效，做肾移植就可以节约三万元。看来，好日子又在你生命里抬头了，肾一换，你又是一个好人了。更值得庆幸的是，在医科大学念书的孩子，你千辛万苦抚养的这个孩子，马上就要毕业了，孩子说今生就由她来照看你。你真幸运，你的付出有了回报，你的苦日子到头了。

不知你前世造了什么孽，那么爱你的老公，那日夜半，骑车来医院接透析的你，就不明不白地倒在了那个醉驾司机的车轮底下。可你竟然还活了下来，你对我说，为了孩子，你要把这个家撑起来，孩子不能没有家。难道真如人们对你的评价，你是为众生而来，你在这个薄情的世界过得如此深情?

　　前天，我来看你，见你就有些不对，有点感冒。自你生病以来，心脏就有些不对，我劝你马上去手术，不要再苦熬了。你说医保还有三个月就生效了，挺一挺就过去了，等三个月就节约三万元，你不由笑了。其实你不想把自己的生意停下来，这是你一家人活命的口粮。你计划得真好，因为你医保生效的日子，正好孩子放寒假，那时，懂事的孩子替你照看着生意，你就可以放心地去手术了。你对我说，你唯一无法面对的是，如何把父亲的去世告诉孩子，他是孩子的天，天塌了，她怎么办?

　　听说那天上午，你已经很不好，你的母亲叫你去医院，你仍苦熬着，说再等等，下午你要去医院透析，再顺便瞧医生。为了生意，为了这个家，为了三万元钱，你倒在了你的生意上。这下可好，你不必面对孩子了，你面对的只有上帝了。你走了，不为自己。你真是为众生而来?

　　当杨娇心痛得已然入骨时，电话再次响起，这次真是一个好消息，H省人民医院移植中心通知她明天去医院，准备做肾移植手术。杨娇有些迷糊，有些乱，她想理一理。现在，她又回到了家门口的广场，天空很蓝，阳光很温暖，这是一个一辈子都无法忘记的日子：2013年12月12日。这一天，有一个人走向了死亡，有一个人获得了新生。

二

　　杨娇肾移植后恢复得非常好，刚刚半月就告别了这个重生的地方。面对强悍的北风，热汗仍从自己的身上渗出，原来安在身上的这颗肾，动力这么强大，看来它要和自己的生命走遍千山万水了。

回家的第三天，杨娇就催着老公高声语去三百千米外的 C 县，因为学校放假杨洋明天要回去。杨洋是谁？在最需要照顾的日子里，杨娇还这么牵挂，竟然还要将自己的老公逼走？原来杨洋是自己刚过世的闺密的孩子，也算是自己的孩子。为什么要这么说呢？听说这个孩子不好带，只好找个外人叫娘，杨娇于是担此重任，孩子由此也随了杨姓，闺密被杨洋叫成了二娘。

这天下午，高声语带着两个重任，一是安抚杨洋的悲哀之情，一是代表杨娇为逝者传达人间最后的爱。高声语从 C 县火车站出来，并没有直奔杨洋家，而是在站外找了一个坐处，一边晒着太阳，一边等杨洋。半小时后，她就要从这里出来，自己还没想好如何安慰这个无处安放的灵魂。陷入沉思的高声语，突然觉得天光明亮了不少，那在西天熊熊燃烧的晚霞也诗意无限。

高声语抬头一看，原来是一个清纯的女子夹在匆匆出站的人流中从这里走过。这是一个将近一米六的女子，面容姣好，背影迷人，唯一的缺陷就是右脚有点跛。高声语仿佛看到有一抹浅笑，从那张有些醉人的脸上悄然滚过。她在笑什么呢？原来，她要给自己的二娘送一个礼物，她要用国庆归校后勤工俭学的钱为二娘拍一个写真集。因为二娘有一个愿望，她要好好地替自己留下一个美丽的曾经，她是看过杨娇的写真集后萌生的这个念头。写真集里的杨娇太酷了，还是年轻时的模样，青春飞扬，美得令人眩目。也许二娘在想，青春与岁月无关，青春就在我们心中。但这一切都不重要了，她现在有这个能力帮二娘实现这个愿望了。因此，她笑了，笑出了声。

笑声还没有完，她又紧蹙了自己的眉，心无端痛了起来。国庆假期结束离家归校的那个下午，她第一次让自己的二娘流泪了，二娘是那样忧伤，她那孤寂的背影，仿佛是一条由泪水汇成的河，打湿了天上的太阳，让自己的眼睛至今看周遭都是一个朦胧的世界。

杨洋为什么要让这个饱经磨难的二娘伤心落泪呢？原来是因为自己的爱情。杨洋一直以为，自己的爱情固若金汤，站在那里与自己深情相望而死心塌地地与自己不离不弃。然而，这么有底气的爱情居然败在有些跛的脚上，而那有些口吃的嘴，任你千呼万唤，也只是帮了爱情的倒忙。男友的父母，竟然愚蠢到一叶障目，他们难道不知道爱情与脚无关吗？但杨洋还是在爱情的路上走了麦城。

没有了爱情，生活还有意义吗？杨洋认为没有了，真的没有了。回家就对自己的二娘叫喊起来：二娘呀！你为什么要生下我，生下不完整的我，你让我口吃，让我脚跛，你把我害惨了！你让我今后怎么活？那声嘶力竭的质问，犹如滔滔不绝的长江水，将二娘彻底淹没了。

这一次，仅有的一次，自己出远门，没有叫上一声亲爱的二娘。是的，为什么要叫，她将自己的爱情弄丢了。此刻，杨洋的心变得异常温柔，今天见到二娘，一定要亲亲热热地叫一声二娘，还要将国庆节的那次加倍补上，再郑重地说一声对不起！是的，二娘太苦，拖着破败的身体，照看这个风雨飘摇的家。这家犹如那惊涛骇浪上的一叶扁舟，谁知道哪天就翻了船。

家，愈来愈近了，仿佛已经在眼前。这心不但痛，竟然有些胆怯了。亲爱的二娘呀！我回来了！仿佛已经闻到了二娘为自己特意准备的红烧肉，那是自己的最爱呀！高声语在杨洋的后面不紧不慢地跟着，心中想着那悲伤的一幕自己将如何面对。多日来自己一遍遍地打着腹稿，要如何扮演好这个角色。虽然人生如戏，自己却是一个不称职的演员，而这样高难度的戏，真要演好，于高声语，比产妇十月怀胎都还要难呀！但戏已经开场，自己只好硬着头皮硬上了。

"二娘，我回来了！"杨洋亲热地叫了一声，随手推开了那虚掩的老门。然而，她的二娘再也不会回答了，上帝偷走了她的声音，还有她的整个生命。

"孩子，你一定要坚强！人，总是要死的，只不过是一前一后而已。孩子，请不要悲伤，人间烟火哪有天堂金碧辉煌。"高声语口中这样默默地念着。他看着杨洋走了进去，心却仿佛随着杨洋的脚步，一步一步地走向了地狱。周围很静，光阴已被谁偷走，一秒已变成了一万年，也许一万年就是一秒，生命，已停止了律动。

一声悲凉的惨叫，高声语一惊，仿佛听到等待了一百年的审判。随之，杨洋从屋里冲了出来，看到了堵在自己面前的高声语，愣了愣，像看到了救星一样，扎进了高声语的怀里，无助地哭道："高爸爸，二娘走了你们为什么不告诉我，我好恨，我好恨！"接着就大发悲声了。

高声语不知道杨洋要恨谁，是恨二娘走的那天没有跟自己告别呢，还是恨她的高爸爸没有告诉她回来送送自己亲爱的二娘最后那一程？抑或是恨自己国庆节的一时冲动而伤了自己的二娘，恨自己没有为亲爱的二娘送上她那久盼的写真集？他多想告诉杨洋：

　　傻孩子呀！这些二娘都不需要了，那里没有烦恼，没有忧愁。

　　傻孩子呀！你没有送二娘就更不要计较了。在我们生命里的许多人，没有说再见，却早已见了他们的最后一面。

　　傻孩子，你更不必后悔，因为爱情，我们犯了太多的错误，因为我们太年轻，太需要爱情的陪伴，谁没有年轻过？你只不过就跟二娘说过几句气话，谁又没有因为爱情与自己的亲人说过气话呢？

傻孩子呀！关于写真集，二娘就更不需要了，脱离了万千红尘的二娘，在天光的照耀下，她已年轻得叫你忘记了她是谁。

当晚，高声语把杨洋年过六旬的奶奶安排妥善后，带着杨洋离开了这个伤心之地，回到了 S 市杨娇的家。

三

就在这个冬天的夜晚，S 市也发生了一件极为揪心的事。在华灯初上、树影婆娑的 S 市医学院里，一个学生像一只陀螺一样呼呼地乱窜，他满头大汗，一边急急地走，一边焦急地询问。原来，他正在找一个人，他们的班长张波。当他气喘吁吁地在学校的图书馆找到这个叫张波的人时，张波淡定地坐在那里，用那本厚厚的医学书伴着手里的冷馒头，正在艰难而努力地吞咽呢。他正想责备这个让自己找得很苦的班长几句，却改了口。是的，他望了望这个先前一米七六、有些英俊的班长，因为尿毒症的磨难，他已经又黑又瘦，体重不足五十千克了。他心痛地向张波催促道：

"班长，刚刚班主任叫我一定要尽快找到你，H 省医院的移植中心有适合你的肾源，叫你赶紧与他们联系。"

接着，又补充了一句："班长，你也该备一个电话了，好方便联系，漏掉这么重要的信息岂不可惜？"但他没有再继续说下去，因为他的班长因无钱购衣，在这个冷得掉毛的严冬，只穿着单薄的陈年老衣。他忙将自己的苹果手机奉上，焦急地叫班长快点打电话，仿佛适合班长的那个肾源现在就会被移植中心安放在别人的身体里，而让这么优秀的班长赤裸地暴露在死神面前。

电话很快接通了，张波对着电话说道："你好，你是 H 省人民医院移植中心办公室吗？我是张波，H 省医学院学生，听说你们在找我，有适合我的肾源？"

"是的，你快点过来！你这个人真难找，这么重要的事都不上心。"那个医生在电话里咕噜了一句，原来是个好听的女声。

张波有些心虚地说道："对不起！我想问一下，要带多少钱？"

医生没有回答他，而是反问了他一句："你是 S 市医保吗？"

张波回答道："不是，是外地的农保。"

那个医生道："市医保准备八万元，外地医保要十五万元。你现在就赶紧过来，今晚要准备手术。"那个医生停了一下，又补充了一句，"半年前就通知了你一次，这次你再错失这个机会我们就不准备通知你了。"说完就挂了电话。

接下来，张波掏出紧贴身体的那张卡，轻轻地抚摸着这张带着体温的卡，仿佛是在抚摸那颗能救自己性命的肾脏。是的，不能再拖了，因为透析，自己的身体已经开始报警，说不定哪天躺在透析机旁就再也起不来了。自己才二十一岁，大学马上就要毕业了，绝不能让自己多年的辛苦白费。但是，这卡里只有八万元人民币，而这笔钱是汶川大地震后国家给自己家的补偿金及社会爱心人士给患尿毒症的自己的捐助，还有自己勤工俭学的钱。半年前因为差钱，错失了那颗珍贵的肾，这次再不能错过了。这次错过，错过的就是一次再生的机会了。

张波用同学的电话拨通了远在汶川的叔叔的电话："您好，叔叔，我是张波，请叔叔现在借给我七万元钱，今晚我要做肾移植手术。"

叔叔回答道："你这个孩子，现在黑灯瞎火，你叫我怎么在这个山沟沟里找七万元？它又不是山里的石头，它是钱。"

张波有些心虚地乞求道："叔叔，帮帮忙，你旁边不是有个放高利贷的吗？你去帮我想想办法。"

这时电话那端传来一个女人的声音，这是叔叔的老婆，汶川地震后与叔叔好上的。她在电话那头说道："张波，不是我们长辈不帮你，你是知道的，我们拿不出这大笔的钱，你叔叔能有几个钱？找放高利贷的，不但利息高，还要作抵押，那你现在就赶回来，拿你们家的房产做抵押。"

张波悲哀地放下了电话，不但祖业保不住了，看来连这次活命的机会也丧失了。张波心里明白，叔叔新娶的这个叔娘，一进门就惦记着自己的那份祖业。张波深深地叹了一口气，陷入了无边的绝望之中。同学用手抚着张波的肩膀，传达着对这个饱经苦难的同学最诚挚的关心。而这只手能阻隔那扑面而来、气势汹汹的死亡气息吗？

四

宁光从重症监护室出来，他怎么也不会想到这是儿子宁仁杯在世间的最后三十分钟，再次见到儿子时已是一具冰冷的尸体。在探视儿子的半小时里，他还有些暗自高兴，因为儿子看上去比往日的气色要好。宁光心想这该是老天开眼，儿子有救了，近日绷紧的弦一下松开了。他迈着轻快的脚步朝电梯走去，他要到十八楼看儿子的肺部 CT。

十八楼是 H 省人民医院的器官移植中心，宁光从电梯里出来，一眼就看到儿子的主治医生林凤鸣。林医生是器官移植中心的主任助理，医院的大美女，长得高挑，为人善良，是大家公认的白衣天使。病人和家属都非常信任她，什么事都喜欢找她。宁光正要去给林医生打招呼，却听见林医生在给护士站的护士交代："我刚才看了宁仁杯的片子，他的肺已经基本不工作了，现在只有靠呼吸机维持生命，你们要重点监护。这次进来的六个术后肺部感染病人就死了两个，有三个还在 ICU，只有杨娇一个人在普通病房，这两天宁仁杯也非常……"林医生看到宁仁杯的父亲正朝这边过来就没有继续说下去。其实宁光已听到了林医生说的话，他脸上挤出的笑比哭还难看，跟林医生打了招呼就晕乎乎地朝楼下走去。他没有心情看儿子的片子了，到了楼下，他径直朝医院的小花园走去。他突然感到很累，想好好休息一下，林医生的话将他最后的那点希望浇灭了。他坐在条椅上呆呆地看着花园里来来去去的人们，不知道自己活着到底有什么意义。

此刻，从宁光身边经过的两个护士的话引起了他的注意："有个肺部感染的小伙子快不行了，好可惜哟！听说才二十一岁，大学刚毕业半年，还是电子科技大学的高才生，小伙子长得真帅，玉树临风，一米八的个儿……"这不是说的儿子吗？宁光还想跟过去听，这时听到手机里来短信的提示音，他摸出手机一看，是儿子给他的短信：

爸爸，对不起！我可能坚持不下去了。我已经努力了，我好累。也许我就要走了，其实我也不想走。你养育了我二十多年，却无法报答你，我好失败！您是多想我给您娶儿媳妇，给您生孙子，一个又一个，并且锦衣返乡，光宗耀祖，再有就一大家子开着车走遍天涯海角。爸爸您还记得吗，我换肝后的第二天，您坐在我的床前，笑得那样好，其实爸爸本来就长得高大英俊。我们一起憧憬着未来，好日子马上就要来了，是的，我有能力让你过上好日子。谁知道换肝才半年，我们都以为换了肝就什么都好了。唉，对不起爸爸！我食言了，我不能为您养老送终，也不能照顾您了，我们一家就只剩您一个人孤苦伶仃地在这个世界了，您一定要坚强地活下去。小时候您不是教育我要敬畏生命，珍惜生命吗？

爸爸，对不起！我没有与您商量就把我有用的器官全部捐献了，遗体就捐给医科大学吧。所有手续都办好了，只是在我走的时候要您帮我签下字，因为它需要直系亲属签字同意，到时红十字会会与您联系。爸爸，我爱您，我想您一定不会责怪我，您一定会满足我这个愿望吧！以前您不是经常教育我们，要学会善良，在别人最需要的时候伸出援手，要学会感恩。是的，我的器官在这个世界存留，您就会想到您的儿子还活在这个世界，那些因我器官而活着的人会感恩这个社会，还会感恩您。爸爸，您养育了我二十余年，国家培养了我这许多年，这就算是我对这个世界的回报吧。

听说上帝为拯救苍生，就要找一个人代替它施舍，也许上帝看上了我。爸爸，我是多么幸运，您要为我高兴呀！正好我也可以过去照顾妈妈和弟弟。爸爸，您放心，死其实并不可怕，它只不过让我们换一个地方继续活。您知道吗，古希腊哲学家苏格拉底被判处死刑时，对他的学生说：我去赴死，你们继续活。而那个要将地球撬动的阿基米德面对侵略者的屠刀居然说：站远一点，莫挡住我的阳光。那时他正在地上画圆，他总觉得今天这个圈圈没画圆。爸爸您看看他们多么洒脱，况且我是被上帝钦点代它拯救苍生啊！您和妈妈还会得到不少好处呢。好了爸爸，我有些累了，想休息一下。再见了爸爸，您的儿子宁仁杯。

看完儿子的短信，宁光五内俱焚！他几乎哭出声来。老天爷呀！你这是有眼无珠呀！你这是要我的命呀！宁光不知道在心里祈祷了多少回，他愿意拿自己的命去换儿子的命，但上帝同意吗？宁光想不通这有什么不可以，儿子还这么年轻，没有过一天好日子，这二十年，不是忙读书，就是忙生病、住院、吃药、输液……这过的什么日子嘛！宁光越想越伤心，坐在那里昏昏沉沉，眼前那怒放的三角梅他视而不见，在这个冬天，这么好的阳光也与他无关。坐在那里，他绝望地闭上了眼睛。他仿佛看到一个陌生人来到他面前，大声对他说：宁光，鉴于你的虔诚，鉴于你一生行善积德，上帝同意你的要求，用你换回你的儿子，现在时辰已到，马上跟我走。宁光那个高兴呀！他也不想与儿子告别，立马就想跟这个人走，他怕上帝也会反悔。可他怎么也站不起来，忽然他觉得有人在拉他的手，一下惊醒了。原来自己做了一个梦，他看到是个小姑娘在拉他的手。见他醒来，小姑娘说，叔叔你的电话。果然自己的电话在响。一接听，电话里传来急促的声音："你是宁仁杯的家属吗？赶快过来，宁仁杯不行了。"

　　宁光看到儿子时，儿子在别人口中已改变了称谓，他急火攻心，一下晕死在儿子的床前，醒来时他发现自己躺在床上。这里很静很静，儿子已经不见了。他忽然想起了什么，是的，他要给儿子送些钱。听人说，死了的人要过奈何桥，还要喝一碗孟婆汤，喝了孟婆汤就可以忘记前生，就会变得快乐。现在世风日下，喝孟婆汤会不会收小费？儿子一生节约，舍不得花钱，喝不上孟婆汤，他会想起前生所有的事，那他该是多么痛苦啊！最可怕的是儿子还会去找他的妈妈，那我该如何向他妈交代呀！这么优秀的儿子怎么会在你的手里弄丢呢？是的，一定要让儿子喝上孟婆汤，而且是三大碗，让他忘得干干净净，忘记他的妈妈。还听说人死后七天就要到望乡台，站在望乡台上死了的人就会晓得自己死了。儿子知道自己死了那他该多么悲伤，一定不能让儿子去望乡台，多给点钱，找点关系。宁光一下来了力气，从床上翻身而下，朝卖冥币的地方飞奔而去。

后来，宁光怎么也不会想到，儿子说的要带他走遍天涯海角，半年后，这个愿望就实现了。陪他的不止一个儿子，而是几个儿女，还有一群器官移植者。

第二章　死神的眷恋

一

死过几回的杨娇，原本以为做了肾移植术，就会远离死亡，谁知这只是一个美好的愿望。那天，是术后的三个月整，这个日子她记得特别清晰：2014年3月8日，一是国际妇女节，病友们一早就来电，18号要来她这里看S市第二十八届国际桃花节；二是那天世界上出了件大事，马来西亚飞往北京的MH370航班失踪，机上两百余名乘客命悬一线，多日后证实，机乘人员全部遇难。

今天来省人民医院移植中心，是因为杨娇已低烧一周，在家吃药无效，想早日治好这感冒，她还憧憬着十日后在桃花山与病友共赏桃花呢！杨娇原计划住一周就回家，可死神早已盯上了她，她的一只脚已踏上了黄泉路。她患上的是死亡率极高的术后肺部感染，到底这死亡率有多高呢？杨娇他们一下子进去六个，四十多天后，艰难地走出来两个，可谓九死一生。

高声语娶了杨娇，不知伤了多少世人的心。这杨娇不但男人说她漂亮，就是女人也没有一个人不嫉妒她，说她漂亮。那个岁月，能娶上杨娇做老婆，是幸运的，其喜悦不亚于中了头奖。当时大家都一门心思用在杨娇身上，每一个玉树临风的男人都会认为，杨娇一定会嫁一个高富帅。但杨娇很令他们失望，因为她最终嫁给了高声语。在大家的心里，就是这个世界的男人死绝了，也轮不上高声语，因为他一不玉树临风，二不腰缠万贯。但当传言变成了现实时，杨娇的爱慕者愤怒了，将高声语痛打了一顿，说这个男人破坏了情感秩序，颠覆了一个最基本的规律——男才女貌。这高声语什么都不是，娶上一个大美女，犯了众怒，焉能不挨揍？

直到杨娇怀孕，生孩子，最后做了妈妈，那群人的心思都还没有离开杨娇。他们仍然把最痴情的目光投向了杨娇，一是希望她"浪子回头"，二是盼望她红杏出墙，让爱慕者们捞回一点面子，谁知流言也心甘情愿远离这个美人。

曾经有一些爱慕者们去找过杨娇，希望她离开高声语。他们费尽心机，绝过食、跳过楼、投过河、发誓终身不娶以示决心，但杨娇不为所动。她告诉爱慕者们，她嫁给高声语与他们无关，她就是喜欢他的善良，像个读书人。爱慕者们没辙了，愚蠢的女人！这些算什么东西呀！善良谁不会，哪个都可以拿本书，挥手高呼：我是一个痴迷的读书人！

此刻，高声语提着住院的家什，与杨娇一前一后，来到了省医院的移植中心。这里他们太熟悉，换肾以来，这里就是自己的第二个家了。大部分医生和护士都很熟，有的差点就成朋友了。一进移植中心，就不停地打着招呼：你又来了，是的，我又来了。前天，杨娇就想到医院住院，一是床位紧张，二是无明显症状，肺部照了片，没发现问题，医生林凤鸣开了点药，就让杨娇回家了。今天杨娇他们到医生办公室，还是直奔林医生的办公室。一见面，林医生就笑杨娇怎么又来了。为了今天能住上院，高声语很是在林医生面前发挥了一番，说杨娇胸闷气紧，呼吸困难，无法正常行走。林医生半信半疑，看杨娇没这么严重，但还是本着为病人负责的态度，给她开了急诊CT的检查单。

　　这期间，杨娇狠狠地踢了高声语一脚，因为他在向林医生陈述病情时，可谓添油加醋，大肆渲染。要不是杨娇的这一脚，高声语还会夸大其词，说是他一路把杨娇背上来的。他们拿着检查单，高高兴兴地去了CT室，很快做了检查。在等报告期间，又去医院营养食堂用了午餐。因是急诊，报告出来得很及时，诊断上写有肺部发现少量积液，他们不以为意。积液嘛，还是少量的，有什么要紧，这个不是自己考虑的事情，只要住上院，直接交给医生处理就行了。高声语下楼办好入院手续，拿着单子很快上来了。来到护士站，找到管床护士，说要住院，护士说无床位，只能在过道加床。高声语又如法炮制地说杨娇病情严重，同时又将检查报告翻出来给护士看，就是想进病房弄张床。不知是高声语声情并茂的说辞起了作用，还是护士看了检查单，总之，管床护士很快就满足了高声语的要求。很快，他们就住进了病房，看着干净的地板、洁白的墙壁、柔和而又明亮的灯光，再嗅嗅护士刚换上的洁白床单，多好闻的味道！他们哪里知道，管床护士如此痛快地给他们床位，是因为这个病。患上这个病的人，就是一个离死不远的人了。杨娇一躺上病床，死神就前后脚跟了进来，窥视着她，随时准备取她性命。

二

　　"杨娇，你54床？"护士甲问。

　　"是。"杨娇回答。

　　"叫家属到医生办公室去，林医生找。"护士甲说。

　　"哦，好，谢谢哈美女！"杨娇回答。高声语立刻去了医生办公室，见到林凤鸣医生就问，"林老师你找我？"

"现在杨娇用的抗生素药每天六百元，属自费，这个药效果也不错，治疗她的肺部感染应该有效果，但另外有一种进口药效果更好，把握更大，每天要两千多元，你要不要去和你老婆商量一下?"林医生问。

高声语听后吓了一跳，什么药这么贵，还自费，那加上其他药不就五六千? 这次来医院以为就是个感冒，谁知进医院不过三个小时老婆就下不了床。实在太怪了。

"你看，你们用不用这个药?"林医生催促道。

"用用用，只要效果好，不用跟她商量。"高声语回过神来回答道。是的，高声语确实心疼钱，但只要给老婆用他还是舍得的。

"杨娇的免疫抑制剂是怎么吃的?"林医生问道。林医生说的免疫抑制剂是指器官移植病人吃的抗排异的药，只不过林医生说的是规范的名称。

"他克莫司早晚各五颗，骁悉早晚各四颗。"高声语答道。

"现在早晚只吃一颗他克莫司，其他的都停了。"林医生说道。

"那排异怎么办?"高声语问道。

"现在不是保肾而是保命，只有让她自身的免疫系统来杀灭病菌。这次她能不能走出来还很难说，家属要引起重视。"林医生加重了语气，声音也提高了。有这么严重? 高声语简直不敢相信，但看到林医生那么认真，高声语差点吓哭了，一下子呆在那里。

"肺部感染是器官移植者面临的最凶险的疾病，死亡率非常高，这次前后共来了六名患者，有五人进了 ICU，你们今天来时宁仁杯刚进去，他是一周前入的院。现在已经死了两个。作为病人家属首先不要慌，要让病人高兴，让病人吃好点，才有力气战胜病魔！从现在起家属要二十四小时陪护病人。她是危重病人，随时都有可能抢救，需要家属签字。"林医生说完就出去了。

高声语被吓住了，他想不通，今天上午才到医院，还是有说有笑走来的。就是有点低烧，有点头痛，怎么会是这样呢？原计划今天还要回去的，儿子马上要高考，正是关键时候，哪离得了人，现在却不让走了。儿子怎么办？而最让高声语害怕的是：来医院是两个人，如果回去却变成了一个人，怎么给儿子交代？本是高高兴兴而来，踏上的却是死亡之旅。想到这里，高声语鼻子发酸，泪哗哗哗哗地从眼眶流了出来。

高声语努力让自己平静下来，很深地吸了一口气，他不能让妻子知道自己哭过，那样对她的病没有好处。他现在要装得什么都没有发生，而且还要笑，笑得很开心。

高声语轻轻地走进病房，妻子在看手机，见他进来，就问道："林老师叫你去干什么？"

"没什么，林老师说要换输液药，今天下午输的药要换成效果更好的药，这样病就好得更快。"

"那要好多钱？"

"每天两千多元，要自费。"

"那今天下午输的药呢，也要自费？"

"一样的，只是要便宜些，每天六百元。"

"老高，那要用你多少钱？"杨娇对老公开玩笑说。

高声语想起林医生的话，眼泪又在眼眶打转。妻子对自己的病一无所知，还在心疼钱，她哪里知道，从进入医院的那一刻起，她随时都在面临死亡。幸亏这时护士进来了，妻子才没看到高声语的眼泪。

护士乙："54床，杨娇？嘿，你怎么又来了？"每次医生或护士进来都要验明正身，害怕弄错了，那样会出重大医疗事故。

"就是哟，美女，今天你值班？"杨娇答。

"林医生重新给你下了医嘱，你现在每天上午9时、中午1时、下午5时、晚上9时，第二天凌晨1时都要各输一组液体。现在是晚上11时，就输新液体，明天就调回9时。"这时又进来一个护士。

护士丙："54床，杨娇？"

"什么事，美女？"杨娇问。

护士丙："这是你的药，来，家属过来，我给你说一下。"高声语来到护士丙面前。

护士丙："你要记清楚，看到没？这种药每8小时吃一次，这种每6小时吃一次，这个药每12小时吃一次。不要弄错了，必须按时吃，记下没有？"

这液这药太复杂，高声语一时没记住，护士又说了一遍，高声语才勉强记下来。

护士丙接着说："这个仪器是监测血压、心跳、氧饱的，看到没？这是血压、心跳、氧饱，血压70/110，心跳60/100，氧饱98，特别是氧饱低于80就要及时给护士或值班医生说，因为80以下病人就会呼吸困难，这时就好组织抢救。我说的这些，记下没有？"

"记下了。"高声语答道。

护士丙又道："病人现在不能上下床，吃饭上厕所都必须在床上，因为现在病人每天必须二十四小时输氧，不能动，否则就会供氧不足，跌下来就会有生命危险。"

"这组液体输完就揿床头的铃，凌晨1点还要输下一组液体。"护士乙说完就和护士丙离开了病房。

"你刚才去林医生那里时儿子下晚自习回去了，我说我们在医院你明天才回去，叫他自己弄东西吃。你现在去把尿盆拿来我屙个尿，再量个体温后你也休息一会，你也累了一天了。"杨娇对老公说道。

"你要休息好，我后面再找时间睡，你睡眠又不好。其实也睡不了什么，都快 12 点了，又要输液、吃药，护士又要查房，液输得多尿就多，还要量尿，你也睡不了啥，还是你先休息。我看着液体，输完时好叫护士取针。唉，住院真是遭罪，又累又休息不好。"高声语说道。

高声语给妻子接完尿，量完体温，体温基本正常，就服侍妻子睡下了。这时已过 12 点，病房里很安静，只有氧气在嗞嗞地响，高声语一眨不眨地看着液体一滴一滴地滴着。还有半个多小时就要换液体了。

这时高声语又想起林医生说的先保命，难道肾就不保了？如今换个肾可真难。首先是自己身体要有条件才能换，比如抗体高了、有心脏病、身体太差等都不能换，你合乎条件换，就再找肾源，必须找三代之内的直系亲属，还要血型相同，再配型，配型之前还有一连串的体检。高血压、心脏病、年龄太大等都不适合捐肾，假如这些都过了可以捐就要配型结果，配型成功还要回当地跑证明，找当地政府、派出所、公证处等等，当这些证明办好再交到医院，医院再报到省卫生厅等待审查审批，前前后后要三四个月，这个艰辛、焦虑、惶恐、绝望呀！难以言表，好人都会变成病人。这还算是最顺利的，运气不好的，N 次配型都会失败，有的一等就好几年，在这个等待的过程中让生命走向终结。他们真的太苦了！明天，一定要给林医生说，一定要保住这颗肾，它太珍贵了，这是杨娇的舅舅捐给她的，最可怕的是肾源太不好找了。这一夜，高声语几乎无眠，刚一迷糊就被惊醒，生怕误了妻子吃药、液输完了没有叫护士、氧饱低于 80 没有叫医生抢救。高声语就这样担惊受怕了一夜，唉，生病遭罪呀！一家人都要跟着倒霉，甚至倾家荡产，终日惶惶不安。

早晨是高声语最忙的时候，量尿、量体温、量体重，因为护士要记录数据。这期间护士要抽血，测血糖，高声语要照顾妻子大小便、吃药、吃早餐，而且都必须准时，她可以不吃饭，但不能不吃药。尿量、体重、血压等的一个细微变化都有可能是排异。一次平常的拉肚子、花粉引起的过敏、小动物的传染等都有可能要她的命。活着，真不容易。忙完这些就要准备医生查房需要的东西，医生要了解前一天的病情，病人及家属有什么疑问及想法可以和医生及时沟通，医生才好做出最佳的治疗方案。今天带队查房的是林医生，林医生了解情况后说还算稳定，同时嘱咐病人一定要严格按医生和护士说的执行，除了打CT，其余检查都在病房进行，打CT一定要带上氧气包，避免呼吸困难危及生命。林医生说的还算稳定令高声语认为妻子有救了。病人也好，家属也好，最想听的就是医生说情况好。

三

"宁姐，你来了。"店员A跟刚到药店的老板打招呼。宁姐叫宁文琴，她开这家药品连锁店已八年，生意好得很。开这个店还有一个故事。

宁文琴还没来得及回答，店员A又说道："宁姐，我今天在报上看到一个报道好感人哟，有个肝移植病人死了，他把双肾、心脏、眼角膜、遗体全部捐了。救了六个人，才二十一岁，叫宁、宁什么来着？"店员这么激动地告诉宁文琴，是因为宁文琴也是个肾移植病人。

宁文琴一听姓宁，才二十一岁，非常激动，立即叫服务员A去找那张报纸。这时，店员B也凑了过来说道："宁姐，我也看了那个报道，电视台也播了，那个人叫宁仁杯，他父亲叫宁光，因为他和你一个姓，我就留意了一下，记住了他们的名字。"宁文琴一听到宁光和宁仁杯，脑袋"嗡"地一下，就失去了知觉。

宁文琴醒来时发现自己躺在药店的沙发上。两个二十岁的店员哪见过这阵势，早吓蒙了，见宁文琴醒来两个人高兴坏了。宁文琴对她们说道："你们去忙吧，我想休息一会。"

记忆把宁文琴带到了十年前，那是她生命中最寒冷的季节，犹如西伯利亚的雪风在她的天空中日夜不停地呼啸。她已病入膏肓，每天面临的是死亡。那天她实在病得不行，再不去医院就只有去地狱，她强撑着朝医院走去。在路上，她脑袋迷迷糊糊，不知道走了多久，从家到医院不到三百米，她觉得山高路远没有尽头。脚像踩在棉花上，迈不动，走着走着，一阵恶心，就昏死过去了。待她再次醒来时，已躺在医院的病床上，一个陌生人朝她微笑。后来她才知道这个人救了她，叫宁光。那天他在上班的路上，看到前面有个女子，走路摇摇晃晃，走着走着就倒下去了。他以最快的速度把她送到医院，因抢救及时，宁文琴算是捡回了一条命，宁光是她的救命恩人。那年宁光三十一岁、宁文琴二十九岁，因同姓他们就以兄妹相称。以后两年，他们的命运就紧紧地连在了一起，成了生死之交。

那时，因宁文琴无医保，治病需自己掏钱，治疗尿毒症的费用太昂贵，普通的工薪阶层一个月的工资只够她两次的透析费，而她每周要透三次。这是很令人悲伤的事情，不是不能治，是没有钱治，宁文琴现在面临的情况就是这样。因没有钱，宁文琴两周只能透三次。因他们的尿、毒都需要透析机来析出，为了省钱他们就要减少透析的次数，这时他们就不敢多吃东西，甚至不敢喝水，渴得要命也只能用棉签在嘴唇上抹一抹，因不能自己排尿，喝了水那个胀就更难受。因不能及时透析，毒液在身体里聚积，大脑、五脏六腑每天都浸泡在毒液里，对身体造成了严重的损害，活下来的人留下了许多后遗症，有的直接就在毒液的浸泡里睡过去了。宁文琴就因为节约钱减少透析次数，曾经有四次心脏停止跳动，最长一次停跳十五分钟，有五次差点被医生宣布死亡，最危险的一次差点死在家里。

那次，宁光正在给孩子们上音乐课，总是心神不定，老走神。他想，是不是妹妹的病情又严重了？他再也没有心情上课，立即朝宁文琴的家跑去。这次，他又救了她的命。他赶到宁文琴家时，一眼就看到她倒在门边，已经昏死过去了，幸亏还有心跳。宁光和邻居一起把宁文琴扶上了出租车。到了市里，宁光只记得那个医院的大概，就是找不到是哪家医院，宁文琴陷入重度昏迷，只有心跳，没有知觉，怎么也叫不醒。他们已经在城里转了半个多小时，司机也发毛了，要求他们下车，这次宁光又在她耳边大吼了几声，宁文琴居然睁开了眼睛，抬头朝窗外看了看，对他们说："就是这里，就是这里，右手边这个楼，从拐拐边上二楼。"说完再次陷入了昏迷。这一次宁光又捡回了一条命。

由于宁文琴的老公在重庆的一家轮船公司上班，要一个月才回家一次，宁文琴就靠老公的工资来救命。恰恰这次老公晚回来了两天，宁文琴无钱就医，所以就出现了这种情况。宁光知道这个情况后，特意去办了一张卡，把自己仅有的一万元存了进去，将这张卡放在了宁文琴那里，对她说："自己没钱时就取这卡里的钱，有钱时就把用掉的钱存进去，卡里的钱用完了你就告诉我。"

这个毫无血缘关系的陌生人，因为一个姓氏、一次偶然的相遇，伸出他的援手救了她的命。十年来，她一次次被宁光的善举感动，心中的感恩之情愈积愈浓。她想不通，仅仅两年，就在她刚做了肾移植手术日子开始好转的时候，这个人竟然不辞而别，就这样莫名地在她的生活中消失了，他的去正如他的来，意想不到。宁文琴手里拿着宁光给她的那张卡（她家把这张卡称为救命卡、爱心卡）开了这家药店，生意特别好。她每年都朝这张卡里存入十万元，这存进去的不仅仅是钱，还是爱、是感恩、是爱的传递。现在唯一与宁光有联系的就是这张卡，想到这里，宁文琴眼里蓄满了泪水。现在，这个人居然再次在她的世界里出现，她一定要找到他。她要问问他，他为什么不辞而别，他的世界到底发生了什么事，为什么杳无音信。

这时，一个近四十岁的男子匆匆来到药店，他叫黎学兵，宁文琴的老公，身高一米五九，比老婆还少一厘米。他笑嘻嘻的，慈眉善目，看到他会觉得这个世界永远充满欢乐，没有苦难，没有悲伤，没有被侵犯和伤害的担忧。宁文琴能活到现在与她先生的乐观分不开。当时，每到一家医院就被一家医院判一次死刑，碰到的所有病友都流露出同情的目光，病友心想，这个人活不了几天了。现在大部分人都走了，只有宁文琴还活着，这难道不是与他们夫妻的乐观有关吗？

他刚才接到药店服务员打来的电话，说老婆晕倒了。现在见老婆呆呆地坐在沙发上，手里拿着一张卡，黎学兵就轻轻地问道："文琴，你没事吧？"宁文琴看到老公回来，兴奋地叫道："黎先生（这是宁文琴对老公的称呼），我没事，宁光有消息了，你赶快去找，现在才下午4点，就在市里这五家做移植手术的医院去找，一定要找到他。"

"好好好，你不要急，我马上就去，你一定要注意身体。"黎学兵说道。

四

黄昏，H省人民医院移植中心来了一个明眸皓齿的美人，她的到来令有些阴郁的十八楼明亮了不少。她穿过阴暗泛黄的过道，径直来到了 54 号床的病房外，未敢进去，只在门外探头探脑，兴奋地朝病房里叫了一声："杨娇，好些没有？"能够把普通话说得如此又脆又甜的人，就只有她肖潇了。

"肖潇，你来了？"杨娇朝站在门外的美女说道。肖潇，三十岁，因长得小巧，被戏称为赵飞燕，在一个地级市的公办学校教音乐。

这是杨娇入院的第七天，见到肖潇，像见到了久别重逢的亲人，她们算是生死之交吧。三个月前因做肾移植术相逢，同一个病房，一场院住下来就成了好朋友。她们在移植中心是"移友"心目中的两个绝代佳人。她们加盟"移友"，令移群的颜值飙升。杨娇早就知道肖潇今天要来，因她们症状相同，低烧、呼吸困难。如今，她们只能在门内外四目相望，医生不允许她们互相探望，怕交叉感染，怕坏情绪互相影响，加重病情。

由于肖潇来得突然，一床难求的移植中心未来得及给肖潇准备病房，只好委屈美人住在过道的加床上。肖潇选择了杨娇门外的过道，两个生死相随的战友，在寂寞的时候，可以隔墙传递友情与善意，让病中的自己不再孤单。但这种美好，在第二天护士上班时，就戛然而止了，因为肖潇搬进了一间明亮安静的病房里。这种高级待遇，是缘于肖潇的老乡管床护士的关照。在床位紧张的时候，运气稍差的，连加床都住不上，只好拖着病体急得在医院里打转，焦虑、流泪、哀求，有时也无法改变命运，只好恋恋不舍地离开这里，去寻找下一家，一个能收留你的地方。

杨娇那天住进医院，病情就突然加重，医生严厉警告她：吃饭、上卫生间一律不准下床，否则会加重病情。杨娇当时就吓蒙了，也无法理解，吃个饭、上个卫生间就那么严重？后来才弄明白，她这个病，只能静卧，不能乱动，否则就会消耗大量的血氧，氧饱上不去，会窒息，只有割气管、上呼吸机，进重症监护室，最后不能自主呼吸，肺这个器官不工作，就算挂了。当时住在过道里的一个病友与她病情相同，因没有氧气瓶（过道里无氧气装置）只好硬扛着，或到其他病房吸氧。更要命的是，他不听医生的劝告，起床上厕所，这一上一下，消耗了大量的血氧，一口气没上去，就送进了重症监护室抢救。这个病友高声语以前就认识，他比杨娇早一个月做移植术，术后一直不顺。开始移植肾拒绝工作，在他体内既不排毒，也不排尿，他心里那个焦呀！夙夜哀叹，千呼万唤，它就死磕，好不容易盼它醒来，尿来了，排毒了，指标又特别糟糕。这是个工作极端不负责任的刁民，它三天两头罢工，你好吃好喝地、小心翼翼地喂养着它，它就不领你的情，专门和你对着干，弄得这个病人苦不堪言，生不如死，医生也没辙。

杨娇和肖潇她们术后出院时，他落寞地躺在病床上，露出羡慕的目光，心情十分沮丧。在医院躺得太久，对窗外的世界特别向往，看到比自己后来的人都出院了，自己仍在医院孤军奋战，生死未卜，就特别地难受，仿佛自己的心、自己的梦想，还有那鸟语花香的青葱岁月，都被出院的人带走了。

当时杨娇术后出院，最怕见到的就是这个病友，他脸部扭曲变形，面容惨白如纸。杨娇见到他时，这个病友是站着的，假如是仰卧，一定以为是一具告别了人世的尸体。更要命的是，他从喉结发出的那个声音，十分吓人，像是来自地狱的声音。听说是他喉咙长了息肉，现在还无法手术，也不知是个什么东西，要是恶性的话，他确实没必要再去折腾。因此，高声语听到的他的声音，是他从胸腔和声带共同发出的撕裂的变了调的声音。此次，他因肺部感染，不遵医嘱，比杨娇来得晚，却最先进重症监护室，在那里一住就是半个月。高声语再次见到他时，简直脱了人形，面部肌肉像要从皮肤里喷涌而出，就像一个熟透了的西瓜，随时都要爆裂。这是激素惹的祸。由于使用了超量的激素，阻止了身体对钙的吸收，他的髋关节坏死，行走极不方便，一瘸一拐的，他那难受的样子，见过他的人真想帮他走上几步。由于肾性骨病，他全身骨头痛如针扎，面部表情极其痛苦，也极其恐怖吓人，像是大白天从地狱里冒出来的厉鬼。

大量使用激素，是每一个移植人的共同经历，它会干扰人的免疫系统，让移植器官在体内存活，免遭攻击。听说以前没有免疫抑制剂——也就是抗排异的药，有个器官移植者依靠激素存活了一年零七个月。现在有些穷困"移友"，为了省钱，少用排异药，就大量使用激素，因为一颗排异药可以买上几百颗激素。一个器官移植受者，每月维护移植器官的成本是非常高昂的，动辄七八千元人民币，要是碰上长期食用免疫抑制剂带来的其他病症，比如糖尿病、心脏病、肾衰……每月的医药费就会上万元，对一个没有医保的家庭或因器官移植致贫的家庭来说就是一个十分沉重的负担，有的家庭由此走上了屈辱的乞讨路。

由于这个移植病人使用了超量的抗生素，各大脏器纷纷告急，全部亮起了红灯。肝功不正常，心脏不正常，血红蛋白严重下降，有时只有三四克，他的生命随时可能崩盘。这一次，他在医院住了大半年。那些该出院的出院了，该过奈何桥的过了奈何桥，就他一个人，拖着破败的身躯，在医院里耗着，居然熬出了头，最终从医院里走了出来。他从春天穿越了夏天，再从夏天跨进了冬天，在医院，他错过了多少个季节，足见这个人生命力之顽强。

当时那个"移友"从重症监护室出来时，杨娇已遭遇第二次感染，命悬一线，无暇顾及周遭所发生的一切，包括那漫山遍野的桃花，漂亮得像一朵朵彩云，在山腰上飘浮，还有那盛况空前的桃花节。

第三章　生命札记

一

现在的医院修得像宾馆，宽敞明亮，360度无死角地被阳光照耀，应该是让人感到温暖的。但是，来这里的人对它特别敬畏，总是心事重重。其实大家心里都十分明白，这里是生命的中转站，一不小心就会跑到"那边"去的。因此，大家总能感受到从那边蹿过来的嗖嗖冷气，不寒而栗。

此刻，黄昏，移植中心的窗外，淅淅沥沥的春雨在窗台滴滴答答，一阵春风扫过，飘在窗上，撞击的声音显得单调而沉闷。在病房，这样的春天也是冷的，杨娇躺在病床上，不由紧了紧被子。这是高声语在病区的库房刚弄的被套，洁白干净，散发出一种好闻的味道。在杨娇看来，这么一尘不染的被单，纵使味道再沁人心脾，也可能在某个尸体上停留过，说不定就在前几天，还覆盖过一具冰冷的尸体，只是病人都不愿说破这个事。此时，护士乙给杨娇换上了另一组液体，很高兴地说杨娇的病情已开始好转。杨娇说着谢谢，心情大好。高声语也面露喜色，仿佛离出院的日子不远了。正在他们开心的时候，一声撕心裂肺的哭叫从过道突兀而来，没有铺垫。在医院听到这种声音，大家就知道，有一个生命正不管不顾地朝黄泉路赶去。杨娇听到这个声音，心里一紧，叫高声语去看看。

高声语是个近视眼，走在幽深的过道，昏黄的灯光显得浑浊，把人的身影拉得长而朦胧，周遭变得影影绰绰。白天还人来人往的病区，此时已寂然无人，令人心生恐惧。高声语穿过走廊，拐过护士站，来到传来哭泣声的医生办公室。原来这个病人快不行了，医生叫家属做好心理准备，而来探望病人的亲戚一时没控制住，就大放悲声了。后来，高声语才闹明白，这个病人叫宁仁杯，二十一岁，电子科大的高才生，长得高大帅气，大三就患肝癌，一边治疗一边完成了学业。刚换肝半年就碰上这倒霉的术后感染，杨娇入院那天下午，他就进了重症监护室。宁仁杯，杨娇认识。一个多月前，杨娇来医院复查，顺道来移植中心看一个病友，恰恰这个病友和宁仁杯住同一个病房。那次宁仁杯住院是因为胆管问题，杨娇本着天下"移友"是一家的情怀，就加了宁仁杯的QQ和微信。

高声语回到病房，也带回了这个不幸的消息，杨娇有些惋惜，有些恐怖，同时也悄悄地把宁仁杯从自己的手机里删除了。她害怕这个人今后会通过电波，来找她摆龙门阵，告诉他"那边"的故事，邀请她去"那边"体验生活，那就有些麻烦了。

是夜，杨娇心事浩瀚，总睡不踏实，就在病床上玩手机。她现在最关心的是移植中心的病友建的QQ群和微信群。此刻，她打开了一个叫宋帆的人的空间，百无聊赖地读着他的病中札记：

树生长的声音

我在尝试用朴实的语言，编写一些我沿路修复身体所发生的故事，我不求华丽，只需要真实。波波心跳见证了我的恐惧，在这条曲折的轨迹上，滴滴眼泪汇成一条忧伤的河，这条河泛滥成灾，而我则等待引渡。

（一）

我第二次住进交大病房是完全没有必要的，过了三年后我依旧还是口服雷公藤降尿蛋白，退到三年前我用生死攸关换来的检查结果却对他们的诊治和我的病情没起任何作用。

2006年冬天经过很多次排查后，他们确认这四千多毫克尿蛋白是由肾排出来的，一个我信任的医生冯大夫建议我做肾穿，我还是迟疑的。就这样2007年的春节到了，我和父亲在李家村市场买了两件过年衣服，不管怎样年是要过的，所以我们回到了长治，一切暂且搁到一边。年很快过完，未了的事情还需去面对，我还得去西安。

3月份去西安，父亲说这件事你得自己做主张。我夜里想得火烧火燎，没个主意，在网吧里查了数次，真正让我下决心的还是中庸在博客里的回复。心想，做吧，不就是针在肾上取几个细胞，好了也就是个针眼吧。肾穿那天，冯医生对我说：今天科主任亲自做！这又是一支强心剂。医生通知家属推病人到二楼做穿刺，病房的过道里一张张病床排着队，像等待加油的车辆。

排着队的病床挤向紧闭着门的换药室，等待着的人堆里有老有少，有贫却没有富，有点本事的人都走后门去了。就像我的一个病友，他来自富饶的广东，在我们住到一个病房前，我好像在透析室见过他一面，因为他父亲手指戴着一个很大的金戒指。他比我迟来三四个月，却在O型肾源紧张的情况下，在我前面做了手术。手术后24小时内发生了超急性排斥反应，新肾很快被摘除，一天以后他幸运地又被安排了手术，又一个健康的肾源放到他髋窝里。

（二）

我们是同一天转入隔离病房的，随后几天我和用同一个肾源的病友刘瑾床挨床聊得不亦乐乎，我们相互比较着谁的刀口长得快，谁的液体流得快。刀口在这种比较中恢复得很快，我刀口上的线眼又细又整齐，刘瑾很是羡慕，我却羡慕他身上安的那个肾好，因为我们用的同一个人的左右肾，第一天他排了 18000 多 ml 的尿，我只排了 5400ml，他 24 小时尿了一个机油桶，我却只尿了个大壶金龙鱼。

广东肾友这时因为两三天里划了两刀，刀口一直不能愈合，主治医生实行了特殊治疗，经常过来给他换药或是诊查，我们是享受不到这个待遇的。换药的时候他总是发出嘶嘶的叫声，有时候甚至可以用凄惨来形容，这会儿我也对他的情况有所了解，虽然心地善良的我也会为他感到可怜，但他这种走后门的做法让我嗤之以鼻。

本来我们 A 型是不会和他 O 型有什么可说的，但同处一室，日久他总会生情的，更何况身体上的折磨已经惩罚了他。因为没肉可长，当医生用塑胶把他的刀口缝住时，我已开始怜悯他了，当他可以下地扶着墙走路，露着生殖器在水房洗漱时，我们已成为朋友了。他告诉我他为了早点做，从上到下送了八万，他还说他开了两刀，没剩多少钱了，医生们已经把钱还给他了。

我们每天输着液，吃着隔离病房外亲人送来的饭，重生的日子新奇而又紧张。小广东家里两千两千地往这儿寄着钱，在医院里这点钱很快就用完了，医院来催款的时候，我总没见他愁过，他父亲手指上的大戒指依然还在。我的父亲送饭时说，老广东依旧喝着大桶纯净水，喝着工夫茶，按片买着牛肉吃。

南方人就是这么洒脱和自在。我只是个思想上的奢侈者，就像写这些不上档次的文字一样，太奢侈了。节俭的我父在把猪啊鱼啊补给我的时候，他喝的是我的汤，汤里煮点儿面就是一顿饭。常常走好几里的路就为了买便宜新鲜的菜，袜子破洞脚上长茧都是常事，异乡异土，生活简单枯燥！在这个时候，千里之外我的老家，我的姥姥日夜牵挂着这个她从小看大的外孙，还要照顾我精神失常的母亲，将近七十岁的老人支撑着这个家庭的里里外外，实属不易！

（三）

第一次的换肾手术是在期盼中做出来的，尽管要疼要见血，但能喝水的喜悦冲淡了一切。秋天的秋高气爽结束了炎热难耐的夏天，每天拿着有刻度的杯子不停地喝水，总想把将近一年不能喝的水都补回来。冯医生说，喝吧，总有你们喝不动的那天。果然，没出几天，每天最少3000ml的任务渐渐难以完成，菊花茶、果珍变着花样喝。喝水会腻，父亲制定的食谱却没有腻过，连续一个月早中晚都这么吃。早上：炒北瓜，馒头，鸡蛋羹加蒜；中午：排骨或鱼，胡萝卜肉丝，主食加蒜；晚上还是必不可少加些蒜，这是因为据传大蒜可以杀菌。

我们中间就有一个人不吃蒜，他就是小广东，他不吃，而且还很反感我们吃，他经常说，都不想跟你们说话了，满嘴大蒜味。他不吃，他的父亲也不会强迫他去吃。我们能下地走路时已经11月中旬了，西安是典型的四季分明气候，天气这个时候渐渐转凉，我们都穿上了毛衫，可小广东穿的是单衣薄片。

隔离病房最头的门口，站满送饭的家属们，禁止陪护，一天中的疼痛委屈喜悦只能在这三餐的时间诉说和分享，这时候才能真正体会到亲情的重要性，一个病区几十号人山南海北是不会找到依撑的。天天见面也只是在活动的情况下，倘若你连床都下不了，孤独得让你想死。

我二次手术后就在病床上躺了三十几天，这次手术就是因为前面讲到的肾穿失败进行的，这次穿刺是我一辈子最错误的决定。排队进了换药室，三个医生：主任、助手和一个B超医生，首先他们通过B超观察移植肾的位置形态，商量之后决定在肾的下极针取组织，一切看起来很让我很安心。

穿刺前，我还是问了一下疼不疼，医生说会打麻药的，不疼。马上穿刺开始了，确实除了麻醉时针扎的一下疼痛，全程都没什么不适，普鲁卡因让我的腹部失去知觉，只是听到了取组织的针发出剪指甲一样的声音……

二

今天，杨娇特别高兴，因为去 CT 室复查时，可以摘掉氧气罩自主呼吸而不特别难受了。她预约的 CT 时间是下午 3 点，高声语推着医院的检查车送杨娇到 CT 室时，发现早了半小时，见这里人来人往，空气混浊，就顺着过道把杨娇推到了阳光明媚的医院小花园。这里花团锦簇，姹紫嫣红，空气新鲜，能动的病人都喜欢来这里透透气。来到花园，病人很满足。而在病床上躺了半月不能下床的杨娇，站在阳光里，哦，是坐在阳光里，不仅仅是满足，简直是陶醉了。

刚才杨娇从过道出来，碰到肖潇也被母亲推来 CT 室复查，她的检查号还在杨娇的后面，于是就一起在花园逛上了。这对情深似海的病友，在一个病区住了一周，终于在这个阳光满园的花园重逢了。她们高兴得像两朵在春风里绽放的桃花，虽然人间的桃花已开始凋零。就在她们高兴得快忘记自己是个病人的时候，余先雷和龙吉伟已到医院，他们是来看望杨娇的。原来，无聊的杨娇喜欢在天下"移友"群闲逛，前几天在网上结识了余先雷和龙吉伟，听说杨娇在住院，今天就赶过来看她。这天下"移友"，最是痴情的，在网上相遇了，就盼着快点相识，相识了就急着相聚，相聚了甚至直接往朋友上头靠，简直比网恋都还来得热烈，来得情意绵绵。

这个龙吉伟，一来就喜欢上这两个美人，她银铃般的笑声清脆甜美，一直在二位美女的上空荡漾。三十七岁的龙吉伟，身高不高，五官却很精致，一对酒窝盛满了微笑，随时准备给大家敬上一杯笑的美酒。她的可爱令杨娇、肖潇如沐春风。三个美女闹成了一团，要不是高声语催杨娇去CT室，她们还以为是出来踏青赏花。在她们挥手告别时，才记起独自提着一大包水果和花篮的余先雷。可苦了这个六十六岁的老帅哥，他退休前一直从政，至今眉宇间仍英气毕露。余先雷在离开时仍不忘鼓励她们战胜病魔，说自己做肝移时，心脏停搏十二分钟，肋骨被医生按断几根，最终都活了过来，而且还活得这样好。

从CT室回到病房，杨娇又打开了宋帆的生命札记接着看了起来：

毛的一直很乖
——感谢一直以来指引我生命的我父

毛是我给我的新肾取的名。

这个3月对我来说是极其黑暗的，甚至在我这一生当中都不会再有了，幸亏在我人生的路上，上帝已经为我安排了一些帮我度过困难的人们，比如说我的家人，比如说她，总之都是一些爱我的人。在西安的五十天对我来说太深刻、太漫长了，所以尽管那个3月已经过去两个月了，我还是想靠我自己不太好的记性记录下来。

3月19日 晚

我是从单位走的，坐着单位的车到了客运。我跟科长请了三天假，那天的心情是不错的，因为都比较顺利，家里人都比较舒服。到了西安的心情也是好的，因为我在住院部看到了给我做手术并一直指导我术后的冯大夫，之前他一直都在门诊的。年前我一个人在这里白白待了半个月什么都没有做，想着这次可以有点实质性的治疗吧，还有，在里面碰到一个从长治医学院毕业的一线大夫。这次住的还是年前的病房甚至病床，亲切的病房、熟悉的病床和年前新认识的病友让我很轻松。住进去以后，冯大夫的意思还是要做肾穿。

3月20日 晚

我在考虑中，爸也在考虑中，当天晚上我去了网吧，想去看看做过肾穿的人怎么看，好像也给网上那个做过二十五年的肾友医生中庸留过言吧，他建议我做一下检查，毕竟尿蛋白量比较大，还有一个做过手术的药商也说过做一下好，最让我动心的是在网上看到一个女病人的帖子，她写得太轻松了，简直跟玩一样。

3月21日 星期三

肾病中心统一这天在肾内科做经皮肾穿刺活检。从上午就开始紧张，时间好快就到了中午，吃完饭之后就躺在床上等医生上班，我想爸也在外面焦急着吧。上午爸签了字，又是一个医院推卸责任的术前谈话记录，下午3点，护工和爸推着床下了二楼，还有我的一线住院医生，一个很让我BS的人，我照旧趿拉着我心爱的片鞋跟在后面。在二楼的楼道里排满了做肾穿的病人，排着队，一个进去一个出来，很快，不用多长时间，一会儿就轮到我了。我很不安地躺到床上被别人推了进去，看到几个医生和一台简易的B超仪。中间有个细节是做B超的医生就是我昨天做彩超的那个人，这个人在后来还为我做了几次检查。真正穿的时间很快，更多的时间在B超定位时消耗掉了。我记得那个做肾穿的女主任穿一双很漂亮的黑靴，我问她疼不疼，她说很快，让我别乱动。手术时真的不疼，肾穿在我的一线医生简单为我刮了点毛后开始了，普鲁卡因的麻醉让我几乎没感觉到什么疼痛，抽取细胞的针也很听话，五针抽出了四个肾组织。做完之后准备走的时候，他们在我的引流袋里看到了100多ml的血液，很红很浓的血，但是他们没有太多的惊慌。我被推到了病房，路上我跟爸说了有好多的血。

2007年3月21日　下午4点

在病房我被加上了监护仪，按常规，术后24小时应该绝对卧床，当时的我还想着尽快过完这该死的24小时，然后下地回家上班。尽管引流袋里已经有了将近200ml的血，但我仍然紧张不起来，我以为这是术后正常的出血，病房的郭超还用MP4为我拍了一小段录像，我还很潇洒地向他竖起了胜利的手势。

病程记录是这样的：

2007年3月21日

患者于今日下午在B超引导下行移植肾活检术，患者取仰卧位，右髋移植肾在B超定位于肾下极，常规消毒铺巾，1％普鲁卡因局麻，垂直进针5.0cm，取出肾组织6.0cm送检，穿点消毒，加压包扎。

2007年3月21日

患者肾穿后立即出现肉眼血尿，存在少量血凝块，患者无胸闷及其他不适，嘱绝对卧床休息，并给予心电监护观测生命体征，给予补液，止血治疗，为防止血块堵塞瘘管，给予留置导尿管持续对口冲洗。

三

杨娇的第二次感染来得令人猝不及防。仿佛一个登顶的人，一脚踏空，坠入悬崖，成了自由落体。命运的方向盘拱手交给了上帝，只好让人生在轮回中自由漂泊。

夜半，高声语从库房抱来的五套病服已被杨娇换了个遍。由于突发高烧，杨娇大汗淋漓，开始用护士乙的物理疗法散热，无用，后来找值班医生开了退烧针，又辅以物理疗法，体温总算是降了下来。一番折腾，杨娇像经历了一场马拉松，头发被汗水浸湿成了一把水草，头痛欲裂，全身瘫软，换透湿的病服都无力抬腿，氧饱也在毫无征兆中降至90，病情在一转身间加重。当时杨娇以为是感冒，不以为意，只要退烧就无事。可第二天上午林医生查房，听完杨娇对病情的陈述后，一张笑脸瞬间就变得严肃，说可能是第二次感染，必须换抗生素，病毒已产生了耐药性，同时安排护士抽血做细菌培养。这血一共抽了八大管，在抽第五管时，血流已变得非常缓慢。护士碰到这种情况不多，一般是危重病人才会出现。杨娇一入院就判危重病人，昨天从CT室回来以为可以摘帽了，原来只是个美好的愿望。

经历过第一次感染的杨娇，才知道感染的可怕。因为感染，已走了两个，有两个进了重症监护室生死不明，而那个叫宁仁杯的病人已离开了人世。住在医院好好的，怎么会来个第二次感染，杨娇有些愤慨，肯定是医院消毒不严，责任应在医院。其实对这次感染，林医生也很困惑，肖潇也在这个上午高烧了，两人同时进入了同一条万劫不复的河流。只不过肖潇比杨娇晚了十个小时。一番冥思苦想后，杨娇和高声语共同认为，问题出在昨天下午，早晓得会遭遇二次感染，就不该提前半小时去CT室，提前去了就不该到小花园游玩，这风一吹，不感染才怪。

杨娇的生命指标非常不好，病情一天天加重，医生要求她做好进重症监护室的准备。杨娇在心里做着诀别的准备——看来是等不到儿子的高考了。尘世一直都是滚滚向前，不曾为任何人停过步。杨娇确实有些不甘心。这一生过得太窝囊，能吃的时候没有钱，有钱吃的时候医生不让吃，只能用那白花花的银子，无不心痛地去买那难吃的药。

两年前，一声晴天霹雳，尿毒症，生命开始拐弯。但自己总想搏一搏，相信医生，这是尿毒症的早期，可以保，好好保，可以保五六年才透析，一般透上十年，再做肾移植，移植肾一般也能存活十多年，这一算，自己还有三十年阳寿，当时自己不贪心，目标是能活上二十年。这肾功不比肝功，损害了可以恢复，也不像心肺功能，停跳了可以复苏。这肾功，只要受损就再难复原，生命只能与医院结缘，挣的钱，家人挣的钱，只能与医院和医生分享。杨娇调整心态后，好吃好喝地把这对可怜的肾供着。听医生说，她肾脏功能只剩百分之三十，也就是说，原来一百个人干的活儿，现在只能由剩下的三十个人来完成，一个人要干三个多人的活儿，迟早会被累死的。一番折腾，遭遇庸医，金钱受损是其次，最重要的是延误了病情，自己累得筋疲力尽，到后来连上楼回家的力气都没有了。病情急剧恶化，说是要保六年，可保了不到半年，那个遥不可及的透析，就与自己不期而遇了。瘘是造了，还在为透不透而纠结，听说透析影响心肺功能，还有很多副作用，最好就是一步到位——换肾，它代表了当代医学的最高成就，是人类文明的标志。

"杨贵妃，杨贵妃，在哪里?"过道传来很响的喊声，声音清脆而富有磁性。被如烟往事笼罩的杨娇被这个声音拉回了红尘，她一听就知道是谁来了，这个同学如今在 H 省的省侨办工作。

此刻，高声语正在给杨娇削水果，杨娇急忙叫高声语去接天尚仁。高声语刚站起来，天尚仁就撞了进来。这个近一米八的汉子，方面大耳，一张笑脸透着机灵，一看就不是个省油的灯。他低头看了看杨娇，瘪了瘪嘴，嘲笑道："杨娇呀杨娇，我看你这张状如满月的脸，真是个名副其实的杨贵妃了。"由于使用了大量激素，杨娇的脸变得又肿又硬。今天高声语替杨娇洗脸时，一摸，冷如铁，硬如石，这已不是一张脸，而是一颗随时会爆炸的大气球。

杨娇苦笑道："沦落至此，该你们看笑话了。"

曾经的风华美人，把日子过成这样，天尚仁也很心痛。不由扫了高声语一眼，心想，就是你这个窝囊废，让一个绝代佳人跟着你受罪。天尚仁没有接杨娇的话，掏出一个大红包，递给了杨娇说道："同学们都惦记着你，叫你安心养病，他们有空就来看你。"

杨娇接过红包答道："住一次院就让你们送一次红包，我都不好意思了，仿佛是为了收红包才进医院似的。"

天尚仁说道："今天我来就两件事，一是帮你找了个高人为你超脱，二是给你带来了宁文琴的 QQ 号。如今同学们很牵挂你，希望你早日康复，能对你有所帮助他们非常高兴，谁叫你是他们当年的女神呢！"

杨娇很感动，同学们至今仍这么牵挂自己，不遗余力地支持着自己与病魔抗争，竟有些泪湿地说道："那就请你帮我谢谢同学们，假如还有未来，我会当面致谢！"

"54 床的家属，林医生叫你到医生办公室去一趟。"护士丙在病房外叫道。高声语与天尚仁打过招呼就去了林医生的办公室，见林医生正坐在电脑前看资料，面前摆着一叠检查报告。高声语站在林医生旁边问道："林老师，你找我？"

林医生看了看高声语说道："杨娇指标很不好，病情很凶险，你看是否考虑进 ICU，可以防止进一步感染，对控制病情有好处。"

　　高声语问道："一定要进吗？"

　　林医生道："我们只是建议，决定权在你们。"

　　高声语道："我们商量后再告诉你好吗，林老师？"

　　林医生很爽快地说道："行，到时给我说一声。"

　　高声语告别林医生再次回到病房时，天尚仁已经离开了，杨娇正在专心测体温。她不知道，她的下一站是 ICU，下下一站呢？现在量那体温又有何用？高声语心想，竟有些泪湿。

四

　　这天查房，杨娇见到了一个重要人物，移植中心主任刘灏——雅号刘一刀，移植界的翘楚。他的肝肾心移植术填补了多项国内空白，是移植界的真正大咖，业界其他人难望其项背。杨娇见到刘主任时，发现这个移界泰斗竟然是个高大帅气、年不过四十岁的帅哥。命悬一线的杨娇在此刻见到刘灏，绝不是偶遇，它至少包含两层意思，一是杨娇已病入膏肓，二是她的病情引起了移植中心高层的高度重视。刘主任的出现看似是一件好事，但对病人来说就是一道催命符，他是来下死亡通知的。在中心，最想见他的是来做器官移植的病人，因为他手术精湛，而病情危急的病人又最怕他的出现，他的到来就是在提醒你，你的生命到头了，准备后事吧！我们中心尽力了。

　　林医生在向刘主任介绍病情时，刘主任的表情越来越忧郁，他是否也在为这个漂亮的女病人惋惜呢？听完林医生的介绍，刘主任问了句下一步采取什么治疗方案，林医生刚说出叫病人进

ICU时，就遭到了杨娇的强烈反对。她坚决要求，她哪儿也不去，就是死也要死在54号病床。在离开这个世界的最后日子，她要为自己做回主，为自己活一回。不想穷折腾，不想被过度医疗，也不想浪费社会资源，更不想再白花自己的钱，虽然自生病以来花的都是同学和朋友的钱，但这也是钱呀！其实有些病人是命不该绝的，他们有的死就死在过度医疗上，或者在折腾过程中吓死的。杨娇想给生命留一点尊严，按自己的意思，平静地离开这个世界，何必再让自己遭罪呢！因为即使你拥有美色抑或智慧，病魔也不会去宠任何一个人。

下午3点，一个六十多岁的干瘪老婆婆，肾癌患者住进了这间病房，她一进病房就大放悲声。下午5点，林医生再度来到杨娇的病床前，这时高声语已回家，一是为即将高考的儿子安排生活，二是想问问替杨娇修改命运的高人，不知是否有结果。林医生一进来，拿着杨娇今天的CT结果，在杨娇面前挥了挥："杨娇，从检查结果看，你左肺已不工作，右肺也停止张弛，这个病死亡率非常高。我们尽力了，给你用的是世界上最好的抗生素，这次走不走得出来就靠你自己了。"说完毫无停留，也未让杨娇做出任何回应，丢下独自在那发蒙的杨娇，径直离开了病房。看来林医生是专门来给她送死刑判决书的。那么，病人写遗嘱就变得刻不容缓了。

一个月后，当杨娇病愈出院时，也没有弄明白，林医生为什么要以这样的方式让自己直面生死呢？这有悖常理呀！按道理她应该安抚病人呀，即使无药可救，必死无疑的后果首先知道的应该是家属。那林医生为什么要这样做呢？看来只有两种解释，一是早晨拒绝了林医生要求自己进ICU的治疗方案，她心怀恨意；二是给病人来个破釜沉舟，置之死地而后生，抛弃所有杂念，轻装前进。

当时替高声语看护杨娇的朋友很以为意，说这个医生咋这个样子对待病人呢？这不是直接把病人往黄泉路上送吗？当时朋友又是悲伤又是愤怒，悲伤的是这么好的朋友就要离开自己了，愤怒的是这个医生太没有医德。而回到家的高声语接到杨娇用微信发来的遗嘱时，心如刀绞，第二天很早就赶回了医院。早上，看护杨娇的朋友因要上班，帮助杨娇用完早餐，干完一切杂事，就离开了杨娇。此刻，医生还没上班，又不需要输液、吃药，无事的杨娇又拿起手机走进了宋帆的空间：

我的十年

再过几天就是我肾移植手术十周年的日子了，一路走来坎坷和惊喜不断，我以为我能一直幸运下去，然而在这个值得纪念的日子里，我又不得不踏上漫漫的寻医路。这次不同以前的是，身边那个给我无边无际动力的老人不在了，却多了一个让我牵挂不断的孩子。

这次血肌酐毫无症状地上升，身体正常得让我觉得此时是手术后最舒服的一段日子。这种自欺欺人的想法始于去年的年初，那时肌酐已经超限，我以为是多年尿蛋白产生的后果，我以为它不会上涨，比我偏高的肾友大有人在。去年年中的时候，父亲还在，我将病情好转的希望托付给网上的一个肾友，他陪伴了我肾移植的早期，给我出了一个又一个主意，没想到当时他给了我无能为力的结果。去年年底，完成父亲的葬礼后，肌酐又上涨了，面对着去外地看病的恐惧心理我自我安慰，想着能保持稳定就好。还有一层想法是尽量不要影响现在的工作，再加上身体毫无异样，便心安理得地放松了自己。

从上周末自知自己的新肾可能会不可逆地损伤下去后，

自己是真的发了愁，孩子是我最放心不下的一点，虽然肾坏了可以再治疗，但现在的身体条件是不能和当时比了。这几天晚上一直在半夜醒来再也不能睡去，心里不断浮现十年中逝去的形形色色的肾友模样，浮现着自己曾遭受的罪祸，那绝望仍然心临其境。

十年前凭着年轻一路跌跌撞撞走到现在，经历两次大全麻手术，现在的身体还能经得起折腾吗？第一次手术是肾移植手术，自己经历了数月不能喝水的日子，对喝水充满无限渴望，再加上初生牛犊不怕虎的心态，我想那时是因为有一个对我照顾得无微不至让我放心的父亲吧。我在嘻嘻哈哈的放松心态下进了手术室，醒来已经是下午，嘴里插着的各种管子让我难受，我不知道自己身在何处、是什么情况，下意识用手去拽它们，护士们大叫着绑住了我的手，接着我听到了父亲的声音，便放心睡去。术后跟我用同一肾源的病友第二天便恢复了肾功，我却恢复延迟，试尽各种办法，父亲甚至迷信地想到了给为我捐肾源的大哥烧纸。

第二次全麻手术起因是一次常见的肾穿检查，肾穿是肾脏病常用的检查方法，基本不会有什么风险，不幸的是，这千万分之一的风险却降临到了我的头上，穿刺针穿破了我的肾血管，堵住了输尿管。在经历引流和一次透析后，经过父亲差点下跪的哀求，他们决定在一个非常规时刻，半夜两点为我做手术。引流这简单的两个字背后经历的是，用20到26号的四个型号尿管从尿道通到膀胱里来回折腾。折腾无效后到膀胱镜室用膀胱镜折腾，即用一根金属管插进膀胱。仍旧无效，他们在B超室用超声探视后，用普鲁卡因进行局部麻醉，用一根筷子粗的利器插破我的肚皮穿进膀胱，这残酷的一切在我的注视下完成。一系列措施后，我的症状毫无缓解，晚上 6 点我被告知他们深夜 2 点给我手术，被拯救的喜悦冲淡了一切疼痛。护士来给我插胃管导出胃里的食物，在护士不断下咽督促中，一根塑料管子从鼻子里插进了胃里。进手术室的时候，心里充满了无限恐惧，不知自己能否平安出来，心里想着远方的亲人和手术室外的父亲，想着是否该和他们交代些什么，一切匆匆忙忙从我脑海里闪过，甚至我还想到我隔离病房的东西会不会丢了。进手术室的时候，自己躺在手术车上感慨万千，那只有在电视里看到的情节终于发生在我身上。经过曲曲折折的手术室长廊时，我问车旁长治医学院毕业在西安进修的年轻大夫：我能平安出来吗？他说能。老天又一次眷顾了我，我又一次睁眼看到了这个美丽的世界。这次手术后，肚皮上有两个窟窿不能长合，我便失去了下地的机会，整整一个月吃喝拉撒全在病床，看到别人下地走来走去我度日如年，想着外面的车来车往，想着病房门口窗台边的亲人。

　　尽管经历痛楚，尽管不堪回首，好在一切都挺过来了，那以后虽然有些毛病却不会影响正常生活，现在好日子终于到头，那个陪伴我给我能量的老人也不在了。我的妈妈宽慰我，叫我别去瞎想，说你已经多活了十几年了，你是幸运的。是的，我是幸运的，这种幸运让我舍不得我的孩子舍不得这个世界，但出来混迟早是要还的。如果那年我不追着医生减药，如果那年我不做这个肾穿，如果这次我早早重视……然而人生如戏，却无彩排，一切听天由命吧！

第四章 虚惊

一

高声语心急火燎地赶到医院时，还不到 8 点，见杨娇安静地躺在床上看手机，悬着的心才算放下来。自从接到杨娇的遗嘱，总有一种生离死别的情绪在心中弥漫，害怕自己连最后一面都见不上。为了活跃气氛，让这种痛暂时远离，高声语悄悄地溜进病房，在杨娇的耳边"嘿"了一声，他这一声确实把杨娇吓了一跳，把她从宋帆的日志中拉了回来。杨娇见到高声语就直奔主题，问道："你看过我给你写的东西了吗？"

高声语故作轻松地答道："看过了，你放心，你是死不了的。"

杨娇目不转睛地盯着高声语，很认真地说道："既然已经走到这步了，我只有一个要求，假如我处于深度昏迷，不要再做无谓的抢救，我不想这样痛苦地离开这个世界，希望你答应我！"

高声语有些泪湿，但自己不能哭，于是很无所谓地答道："我答应你，让你安静地离开这个世界。"

杨娇继续说道："我的器官，凡是能用的，你都帮我捐了吧！至于身体，你可以捐给医学院，也可以火化，不用买墓地，一个墓就是几万元，何必白花钱。就将骨灰埋在树下，或者你外出旅行时洒向江河。不用举行任何告别仪式，没有这个必要，大家都很忙，身前已得到了他们太多的爱，离开时就不用惊动他们了，今后他们问起，你就替我说声谢谢！"杨娇捐赠器官大概是受了宁仁杯的影响。

高声语怕自己一说话就会忍不住大哭，就没有接杨娇的话，只顾一个劲儿地点头。

杨娇停了停，继续说道："听说人在离开这个世界时，听觉是最后消失的，我在弥留之际，请你不要哭泣，不要呼唤我，也不要在我身边与别人谈论我。我怕我听到会难受的。你就为我放一些舒缓欢快的轻音乐吧！那样我心情会好受些。在我昏迷时，你一定替我取走输液管、监测生命体征的一切东西。近两年来，一入院就是这些，我烦了，我输液都害怕了。在离开这个世界时，我不想让这些再令我痛苦，我想彻底放松一次。我走后，儿子，你就不用告诉他了，让他安心参加高考吧！这两年因生病，没有好好照顾他，还让他担惊受怕，我这个做母亲的很内疚，希望你今后多帮我照顾他。谢谢你陪我这些年，虽然没有大富大贵，但也知足了。今后你就找个身体好的、善良的，自己也少受些苦、少遭些罪。好好照顾自己，你这一生也不容易……"杨娇说得有些哽咽，高声语实在忍不住，抓住杨娇的手失声痛哭了起来。太难受了，这就是世间所谓的生离死别吧！

高声语痛痛快快地哭了一场，心情大好，对杨娇说道："你早一步离开我也好，在那边可以占一个好位置，我就尽快过去陪你。听人说，我们离开这个世界时，眼前会有幻觉，那时，我们看到的最后一个人，不是恋人，不是孩子，而是自己的母亲。但我希望你看到的最后一个人一定要是我，我会很高兴，算我这二十年没有白疼你。一个人在离开这个世界时，一定有一种很舒服的死亡方式，比如世人应该注意哪些细节，才能让临终离世的人很舒服地离开这个世界。这时的你，已是死过的人了，也算是一个有经验的人了，请你一定要以托梦的方式告诉我。假如你在那边的日子过得比人间还要快乐幸福，也请你在梦中告诉我，我好早点过来，沾沾你的光，多过几年好日子。也请你不要移情别恋，一定要等我来，因为在这个世界上，我是最在乎你的人。假如你很寂寞，你就在梦中告诉我，需要什么我就好尽快给你捎过去。离开时你就把这部手机带上，免得孤单……"

病房里的其他病人，见这两个人哭了又笑，笑了又哭，谈论生死就像在谈一件与自己无关的事。他们以为这对夫妻，一个生病变傻了，一个又怄疯了，在这里发疯。要不是护士丙过来输液，他们这疯还得继续发下去。接下来的这一天，除了那个患肾癌的老婆婆不停地呻吟外，病房相对安静。无非就是吃药、输液、吞吐氧气……杨娇身后事一交代，别无他念，一身轻松，只管一心赴死。此刻，她已加了天尚仁带来的大漠胡杨（宁文琴）的QQ号，专心看起了大漠胡杨的日志：

浴火重生

一个人能有几次生命？感谢我的父亲给了我第二次生命，让我今天还能存留世间，书写这人世间的美与善。

（一）星星之火

2000年5月我在东莞，那时在一家工厂做生产管理，因为做事太认真，压力很大，心情总很郁闷。有几天早上起床，总觉得眼睛不舒服，以为是没睡好，就没有管它。十几天都这样，而且手足也觉得肿胀，我想应该是身体出现了状况。但一直身体棒棒的我根本没想到有多严重，想过段时间生产忙过了，压力没这么大，没这么累了，会好的，所以也没有抽时间去看看医生。但伴随着血尿的出现，我觉得事情不会这么简单，于是抽了个时间去医院检查一下，拿到报告的时候我就知道出问题了（蛋白5＋，潜血3＋）。报告交给医生，希望他能说出我想听的话来，但医生告诉我，问题比较严重，他们这里是没办法的，叫我最好回家治疗，不要再工作了。吃完医生开的一个星期的药，没什么效果，于是我请假回了家，在县医院住院。我入院那一天，刚好有一个二十三岁的年轻姑娘因为这个病走了，不管医生将后果说得多严重，我总觉得死亡离我那么的远，我怎么也没将死与我联系起来。我不就是有点儿水肿吗？不就是检查指标有点儿不正常吗？哪里那么容易就会死呢？

　　这是我有生以来第一次住院、第一次输液，当时心里还在想，在我二十九岁的时候终于有了第一次的经历。躺在床上，有爱人来照顾我、陪伴我、呵护我、宠爱我，孩子在床前绕来绕去，那感觉很好，生病也是一种幸福啊。2000年12月我去了××医科大学附属医院，做一个全面的检查，诊断为IgA肾病，愈后效果不太乐观。我不去想太多，按医生开的药物按时服用，在家带孩子上学，借此机会好好休息一下。2003年12月，身体开始出现别的症状了，总是感到疲倦、腰痛，水肿越来越厉害。

（二）引火烧身

　　2004年3月9日，那天我去H省的A医院复查，诊断结果：尿毒症。尿毒症，好像跟我总有些扯不断的关系。在我几岁的时候，母亲去给我算过一回命，她回来就说算命先生说的这孩子以后会得肾脏病。开什么玩笑？谁信啊？在我上高中的时候，每天晚上班主任都会给我们念一篇文章，而我什么文章也没有记住，就记住了一篇，那是发表在《中国青年报》上的一篇文章，写的是深圳赛格集团一个叫魏达志的尿毒症患者如何顽强地与疾病做斗争。世间真有这么巧的事！所以我心里明白尿毒症意味着什么。我走出医院大门，老公跟在我身后，一句话也没有。他在想什么呢？这一天阳光明媚，我的心情却一下子变得有些灰暗。我抬头看了看天上的太阳，心想我还能看多久呢？走路的脚步我都不知道落在了何处，那时仿佛有一种东西从我的身体里剥离。这样的惆怅持续了大约二三分钟，我马上让自己回过神来，我现在不是还好好的吗？何苦要将未来临的痛苦提前演练？我恢复了平静的心情，回头和老公开起玩笑来，他似乎还是有些忧心忡忡。我说这不是早期吗？如果保持得好说不定还得几年才会去透析呢。他对医学知识一点也不了解，我说什么他都信，于是我们开开心心去了朋友家。当时朋友问检查有什么事没有，我们说没有，中午还特别地喝了点酒，庆祝我有惊无险。从朋友家出来，我们大笑不止，我说今天你们还喝酒庆祝我得了尿毒症。老公说，何必要让朋友担心呢？回到家我想了想这几年的治疗，心想药物已经不能治疗，就不必再吃那东西了，于是做了错误的决定，放弃了一切药物，而去寻求神的护佑。

4月份我的身体每况愈下，腰痛得厉害，需要长时间躺在床上了，而且呼出的气体带有浓浓的氨味。那时我就像手足无措的孩子了，我不知道怎么办，老公也不在家，我就一个人待在家里，任疾病慢慢将我吞噬。老公打电话回来我却装出精力充沛、中气十足的样子，总是说我很好，不想让他担心。5月份，我几乎已经不能下楼了，没有去医院检查，也不知道身体到了哪种状况了。

（三）火中沐浴

6月3号上午，我告诉宁光（我叫他哥哥），我难受得很，不停地吐血，我想去医院看看，可走不去了。他马上跑到医院，把医生请到家里来。医生听了听我的心脏，询问了我的病情，当时就告诉我，已经没治疗的必要了。尽管如此，我还是觉得死亡离我还远。3号下午，朋友们搞活动，到家里来看我，见我如此模样全都吓了一跳，马上要我去医院，于是我叫哥哥来送我去医院。在这里，除了八岁的女儿和患有老年痴呆症的母亲，我没有一个亲人。到医院抽血检查，我的指标太糟糕了，肌酐已经达到2000多，血色素只有3克多，血压高达230。肾脏彻底衰竭，无法形成一点尿液，肺部感染，消化系统严重出血，心衰，不停地呕吐，可是吐出来的全是血。肾性骨病让我背部的骨头像针刺一样的痛，一个姿势不能躺过久。后来因为呼吸困难，根本无法在床上躺了，也没办法睡觉，医生发了病危通知书，催促我们转院，可是老公不在家，哥哥要上班，我年迈多病的母亲连照顾自己都成困难，别说送我去大医院了。因为没有小便，县医院又没有血透机，只能靠吃拉肚子的药物来排泄体内的水分。我就躺在那里耗着时间。

一天一天越来越难受了。因为一直没法睡觉，精神彻底垮了，那时就想能见老公一面，我不知道能不能等到他回来，但我想撑着，没有见到他我是不会甘心的。我记得曾经在一篇日记中写过这样的话：在我和你的世界里，我唯一有些自私的地方是希望能走在你的前面，让你亲手关照我永恒的睡眠。我希望这个愿望能实现。

（四）火中舞蹈

6月9号，老公终于完成了他的工作，回到了A市，哥哥把我送上火车，他在火车站来接我，把我送到了A市医学院附属医院。刚进那间病房的时候，我已经奄奄一息，眼睛都睁不开了。那天透析的人很多，但因为我危急，不知道是谁让了位置给我，因为贫血太严重，先输了450ml血才做了第一次透析。回到病房，我除了闭着眼，轻轻地哼哼（有时连哼也不知道了），再也不能做别的，连抬一下腿也要他的帮助。晚上还是无法睡觉，因为自身的各个脏器被严重损坏了，特别是心脏和肺不能正常工作。那感觉随时会要了我的命。旁边左右各睡着一个病人，他们的情况都比我好，他们还能说话，还能吃东西，还能喝水，还能排泄，还能看电视，还能下楼去散步，可这一切都是我不能的。他们以及他们的家人都用同情的眼光看着我，因为我们住的专科，死人是常有的事，也许他们觉得我也撑不过两天吧。

可是只要老公守在我身边，我便什么都不用担心了，即使死也无所畏惧。姑父是医生，他知道我这情况过不了几天，就叫家里的亲戚们来见我最后一面。姑姑们、叔父们、婶婶们、哥哥们、姐姐们、表哥们、表嫂们都来看我，然后就是流泪，我劝他们别哭，我说我会好的，其实当时心里很明白，我已经没有机会了。过了两天，吐血不再那么厉害了，偶尔可以睡上一个小时，精神好了些，然后就和老公说话。我说我们回家吧，反正是治不好了，我想回去再看一眼我们的家，然后就安心地走，我想要一块墓地，因为我怕孤单，公墓里有很多的人，我就不会寂寞害怕，而且那里干净，我平常喜欢玩升级，在那里我晚上可以出来约人打升级。老公听了又是好笑，又是难过，哭了又笑，笑了又哭。

那时候其实没有去想自己了，想得更多的是我走后，他怎么办？他会难过吗？他会孤单吗？他会习惯吗？想起我的时候他会心痛吗？他能处理好未来的家庭关系吗？他会再去看望我的父母吗？还把他们当亲人吗？父母养育了我，我却没能报答他们就走了，他能帮我去孝敬他们吗？我说我和你做了十年的夫妻，我走了没有别的要求，只希望你还能记得我的父母，并在逢年过节的时候去看望一下他们，就当一门亲戚吧。另外找一个善良的好女人做你的妻子，好好对她，一家人过得幸福快乐，我就别无所求了。他答应了，我便放下了心里所有的牵挂。我知道他会爱他的女儿，那是他的心肝宝贝，这个不用我担心的。也许是心里没有什么压力或遗憾了，我每天就知道按时吃药，隔两天去透析一次，我的情况竟然没继续恶化。可和我同病室的那两位病人竟先后离去了，一个死于尿毒症糖尿病并发症，一个死于呼吸衰竭。看着他们挣扎、失去神志、停止呼吸，以前我很怕死人的，可是亲眼看着这些死亡的过程，我竟然不再害怕了。死亡就是这样的简单，停止呼吸而已。

二

高声语急匆匆地回到了病房，很神秘地对杨娇说道："刚才天尚仁打电话给我说，他们老家有个高人很厉害，他今天回老家正好碰到说了你的情况，他就打电话给我要了你的八字，刚才他来电话说你已被抓到十二层地狱，再下一层就没救了。幸亏今天来得及时，他还问我，你在梦中是否与长辈待在一起过，有，就叫我现在马上告诉他，他那边好收拾。"

杨娇说道："还真有那么一回，和我二舅舅。"

"我现在就打电话告诉他们。"高声语边说边走了出去。

高声语打完电话回病房时看到过道里的病人甲的液体输完了，就帮他换到另一组。杨娇以前在一家中医院住院时高声语同时照顾着五个病人，因有时护士忙或者忘了。

病人甲感激地朝高声语点点头，神秘地对他说道："你认识宁光吗？"

"不认识，但听说过。"高声语说道。

病人甲说道："你可能知道他儿子宁仁杯的情况，但不一定知道他家里的情况。他家属叫黎趣诗，大儿叫宁仁杯，小儿叫宁仁商，你看这名字就不吉利，黎趣诗（你去死），两个儿子的名字合起来就是令人悲伤，他们家四个人就只剩宁光（令光）一个人了。他们家的名字取成这样，真搞不懂，这是不是每一个人的生死都有一个暗示，只要去感悟就能提前知道？"

"你这说得也太玄了吧，你咋知道他家这么多情况？"高声语问道。

病人甲笑了笑没有回答，随后又说道："宁光可能要到这里来做志愿者，今天他到医院来过，是来完结他儿子的手续。"

"你消息真灵通。"高声语说完就回到了妻子的病房，不经意的一眼把自己吓了一跳。他看到妻子的床号是54号，吾死、我死？以前咋没有想过呢，她们住的楼层是十八层，那不就是十八层地狱？连起来就是妻子死后还要进十八层地狱。看来这次妻子是在劫难逃了。想到妻子就要离开这个世界，心里充满了悲伤。这时他看到妻子拿着手机在那里流泪，就过去安慰道："杨大姐，你在干啥？不要难过，你会好起来的。"

"我才不得难过呢，我在看宁文琴的病中日记，写得太好了，她太乐观，太坚强了！无钱治病还在想办法活，她一次又一次被医院宣判死亡，但就是不相信自己会死，她反过来还安慰医生说，我不会死的，你们去照顾其他病人。我边看边哭，都哭了好多次了，文琴姐太不容易了，我要向她学习，我要活下去，你有时间也来看看她写的日志。"是的，只要精神不倒，我们就会活下来。高声语感动了。他的手机这时响了，原来是天尚仁打来的。

天尚仁在电话中激动地说："事已办好，杨娇的病明天就会好转，到时出院办招待。病好后还要去感谢那个高人，他在施法时差点走不出来，做完法事就像大病了一场。"

高声语高兴地回答道："谢谢！谢谢！好了一定请，好了一定去感谢。"

高声语挂断电话，深受鼓舞，夫妻俩很是高兴，心间阴霾尽扫。这一夜，他们早早地睡下了。因为在他们心里，明天病情就会大有好转。

"高声语，你看这屋里哪里这么多人，他们的头都顶到了天花板，你把他们都喊出去。"睡梦中，高声语被妻子的声音惊醒，一看表，才凌晨1点半。妻子并没有醒，像是睡得很沉，是在说梦话？氧饱度这时很低，只有80，也就是最低的，它就在那里横着，不上也不下，就这么和人对峙，好像在看谁的心理素质好。

妻子的梦话令高声语不寒而栗，这屋哪里有好多人？哪里有头都顶到天花板的人？看来是妻子要走了。高声语想起了一件事，十多年前，父亲离开他的时候也说的这样的话，也是这个时辰。高声语又想到了与妻子紧密相连而又不吉利的数字54、18，这就是宿命，早已注定，任凭苦苦挣扎，也是徒劳。这一晚，高声语毫无睡意，他怕妻子睡过去了，很想叫醒她，真要叫呢又于心不忍，她这段日子被病魔折磨得精疲力竭，太需要休息了。他就这样纠结着，来回地踱着步。他看见氧饱从80跳到了81，慢慢又升到85，悬着的心终于放下了。他这时觉得很无聊，想起妻子叫他看宁文琴的病中日志，就打开了妻子的手机走进了宁文琴的空间：

我是这样一个病人

生病几年，辗转了几家医院。但是每到一家医院，我都会成为最受欢迎的病人。

第一家医院

第一次去住院，就已经濒临死亡，医生说没有治疗的必要了，护士告诉我母亲说，你女儿都已经是癌症了，还治什么？不是白花钱吗？不如抬回去。母亲只有躲在一旁抹眼泪。我今天照样还活得好好的，那护士不是乱判人的死刑吗？只是当时的情况，百分之九十的人都是死罢了。我并不像其他人一样绝望，我不哭泣，也不发牢骚，我还和护士聊家常、劝医生别着急，我说会等到我先生回来，我会转院的。还有病人安慰医生的，呵呵，一年过后他们再见到我，不相信我还活着。

第二家医院

第二次，我被转到了市医院，一个研究生做了我的主治医生。也许他的经验不是很丰富，但他是一个很随和的年轻人。我清醒的时候，他来看我，我总是微笑着和他聊天，我会把我好转的方面告诉他，把不好的方面轻描淡写地说出来，然后笑着问他，我这还有办法整吗？他也笑着开玩笑说："整是有办法整，但是很难整。"然后我们都哈哈大笑。每一个早晨他来查房，问我，感觉怎么样？我都会笑着说，比昨天好多啦，昨晚已经多睡一个小时啦，昨晚头没那么痛啦，昨晚心里没那么恶心啦。总之，我都会报告好消息，然后他也很开心。一个月后，我真的有好转了，我出院回家，然后每周去医院两次。

这时，护士成了我接触最多的人，一次治疗四个小时。在那里都是这样的病人，大家都明白是数着日子过，还有一些是得病不久的，心里充满了绝望和恐惧，所以气氛总是比较沉闷，大家谁也不愿意去谈死亡，有病友离去大家也避而不谈。可是我不喜欢那样的气氛，难道你害怕，死亡就远离了你吗？今天不是还活着的吗？我一进去就和护士们打招呼，喜欢和护士们聊天、开玩笑。有一次因为发生危险、心跳停止，被抢救过来马上又和护士说，我刚才在坐火车呢，却被你们拉下来了！护士说，你一会儿嘻嘻哈哈，谈笑风生，一会儿又装死卖活的，我们都要给你弄出神经病！我说："如果我死了，我想捐献器官，你们说要怎么才捐得出去？"护士们说，你哪里还有可用的器官？我说，我有眼角膜呀，我有肝呀，我有心呀。她们说，你那个近视眼，谁要？（近视眼的眼角膜到底有没有用，我现在还没问清楚呢，谁知道？）你那个肝脏毒素太多，没多大用处了，你那个心脏被毒素长期浸泡，胀得老大，搏动无力，功能不好，也没什么用了。哎呀呀，我身上一个好东西也没有了吗？悲哀呀！可是我还有膝关节可用呢，她们又说，你缺钙严重，膝关节也没用了。我的天！拿去学生学习解剖总可以吧？她们说，可能只有这一个用处了。呵呵！所以护士很喜欢我，觉得我是一个可以制造出活跃气氛的人，能给大家带来欢笑，哪怕是暂时的也好。每次我一去，护士们都会热情地招呼，好荣幸呀！

第三家医院

后来我又转到了另一家医院，在这家医院待的时间最长、发生的故事最多。这家医院做这种治疗时间不是太长，护士的技术不太好（但是价格要便宜一些），病人痛得杀猪般嚎叫，就连那些大男人也痛得一边哭一边叫（因为才开始大家都是采取直穿动脉），女孩子就更怕痛了。护士也特别紧张，可是她们越紧张，越是穿不上，有的病人痛得开始破口大骂，我看着护士也好委屈。每当她们给我穿的时候，我总是笑着鼓励她们。我说，别怕，你大胆点，一针就狠狠刺进去，穿不到再来。其实让她们心情放松，我受的苦比别人还少些，经常一次就可以成功。还有一些实习的护士，病人是不允许让她们来试手脚的，因为那个痛呀，不是像输液那么简单，也可以理解为病人的恐惧心理。但是我会让实习的护士在我身上来试，我想她们总要找到实习的人，否则她们永远也没机会熟练呀，因为健康人是接受不了这样的试验的。我会帮她们慢慢地、仔细地、反复地找准位置，然后鼓励她们一针见血。实习的护士最喜欢我这个病人姐姐了。不过有一次，也是我自己的身体状况太差，一连穿了十五针也没有穿到动脉，两个手腕、手臂、双脚、股静脉，到处都扎过了，但找不到可用的血管，我真的无法承受了，痛得抖了起来，然后哭了，哭得简直就停不下来了。护士连连说对不起，对不起，给我擦眼泪，我摇头表示不怪她们，我只是痛啊，我想哭出来而已。还有一次，护士给我穿好血管，上了机后，她们就坐到前台去做别的事了，我不知不觉就睡着了。当我醒来的时候，发觉床单怎么湿湿的，我一看，床单已经被鲜血染红了一大片，浸透了褥子，流到床下的地板上，已经好大一摊血了！我叫了一声陈姐快来，护士和医生一起跑来，吓了一大跳，赶快给我处理，又怕领导来看到会挨骂的。后来领导看见他们手忙脚乱地跑来跑去，就问发生了什么事，我说没什么事，我刚才动了一下，出了点血，没关系，已经处理好了。医生和护士无比地感激。

因为病人多，机器少，一般我们都是这周去了就要预约下周的，但是有些人不听医生的安排，老是自己想去就去，治疗也没规律。很多时候为了争机器，病人与病人之间、病人家属之间就会争吵，甚至还会动手，弄得医生护士很不好处理。虽然我还要坐火车去治疗，但是为了不让大家伤和气，我经常会让出自己的位置，让那些路更远的人或者更危重的人先做治疗，然后我就在医院住上一个晚上，第二天再做治疗，再回家。其实大家都是同病相怜，只要自己还能多挺一天，让一让有什么不可以的呢？看着别人难受，自己心里会好过吗？我始终感激在我生命垂危的时候，让出位置救了我命的人！

我已经有一年没去过那家医院了，可是她们经常会打电话给我，关心我的情况，叫我去看她们。这是不是因为以前在那里种下的善因呢？

第四家医院

后来因为情况太严重了，坐火车发生了几次危险，便又转到一家离家比较近的医院。这一家医院开展此项业务的时间更短了，我去的时候也就才一两个月。护士只是出去学习过一个月，还处于实习阶段。那里的护士和蔼可亲，我喜欢和她们聊天，她们也喜欢问我其他医院的护士是怎么做的，我把每一家医院不同的处理方式都告诉她们，有时遇到危急状况一时慌了手脚，我会告诉她们怎么处理，旁边的病人会说你怎么知道那么多？我说我的时间比较长了，我处理过很多危急情况了，所以比较了解而已。护士和病人充满了感激之情。我想我也许就在无意之中救了别人，做了善事吧？

护士张姐就像我的好朋友一样，经常和我讨论用什么治疗方式最适合，有时候我会配合她试一些不同的方法，然后告诉她我的感觉，最后找到最适合我的方式，同时其他病人说出自己难受的症状时，她就知道该怎么去调整了。我们也讨论止血的方式哪种好，药物的注射方式哪种恰当。其实自己积极参与自身的治疗，也是一种乐趣。

我这人可能总有些自以为是吧？老是喜欢用一种乐观积

极的态度去影响别人，我希望他们都能像我一样乐观豁达，能多活些日子。我总喜欢把别人心里最恐惧的说出来，其实有时候说出来反而不怕了，让它躲在那黑暗的角落更显恐怖，但同时我们也不能失去希望、陷入绝望的深渊。我喜欢微笑着迎接每天的太阳，我喜欢随时保持热情与活力，我喜欢处于兴奋的状态，我喜欢说话眉飞色舞、给人力量。张姐最喜欢我这一点了，每当有病人绝望放弃的时候，就会打电话让我去医院看看，或者让病人家属带着病人到我家来找我聊聊，问问我的情况，我便会借机开导开导，有时候有用，有时候也没有用，有些人重拾希望活下来了，也有些人死去了。后来我做了手术，便不再往医院跑了，可是护士张姐仍然经常打电话和我聊天，再有病人需要做我这样的手术，就会让病人来咨询我了，我也乐于做这样的美事。能帮助别人是多么快乐啊！

第五家医院

这是我的最后一家医院，到目前为止。我在这里获得了重生。做这样的特殊手术，全省仅有五家，朋友介绍我选择了这一家。我是到目前为止，在这家医院做这种手术最顺利的一例。医生和护士说，你正常得让我们有些不敢相信是真的！呵呵，还有这种说法？每天早上医生们来查房的时候，问我情况怎么样，我都是满脸笑容甚至可以说是满面春风地回答，一切正常，好得不能再好了！即使有一点点哪里不舒服，我也不会在意，我觉得那都是正常的反应，我不会紧张。我不喜欢像别人那样把芝麻大的不舒服说成绿豆大，那不是自己制造紧张情绪吗？当然，在那种特殊时期，也要时刻注意自身的变化，可是自己的心态还是要平和，积极才好。后来有那么多的病人回去复查、回访，但是所有的医生和护士都能记住我，一提起我的名字，他们都说她是情况最好的一个，她是最棒的！现在，我也许不算情况最好的一个了，因为还有些其他的原因。但是我也没有任何的压力与恐惧，经历了那么多次死亡，这每一天都是赚回来的了，我想每一个有生的日子都要过得开心快乐，过得有意义。爱我所爱的人，做我喜欢做的事！

三

天亮了，高声语感觉病房里变得很安静，突然邻床的小保姆像风一样跑出去，边跑边喊："医生，快来呀！56床的病人不行了。"一会儿，医生过来直接宣布了老婆婆的死亡。

杨娇这时突然醒了。

"昨晚睡得怎么样？"高声语关心地问道。

"睡得很好，好像做了很多梦，病房里来了很多人，头都要顶到天花板，我感觉一身很轻，像要飞起来，后来我真的飞起来了，在天上飘，一直一直地飘，后来就醒了。刚醒就听到医生说老婆婆走了。"杨娇说道。

"昨晚你听到老婆婆叫唤没有？"高声语问道。

"没有听到。"杨娇说。

这就怪了，明明昨晚老婆婆叫了一晚，老婆婆一死，妻子就突然醒来，而且现在氧饱升到96，是这几天指标最好的，太奇怪了。看来妻子的病要开始好转了，老婆婆把妻子的晦气带走了。

下午3点，高声语到医生办公室去看了下今天的检查报告，指标没有继续严重，有的指标已开始向好，真是老天开眼了。接下来一周指标越来越好，有的已经接近正常。肖潇的指标也不错，高声语每次来看检查报告都要看看肖潇的。那天高声语去看肖潇，肖潇竟然在厕所里面洗头了。高声语见 77 床换人了就问肖潇那个小姑娘去哪儿了，肖潇说那小姑娘转到肾病中心去了。肖潇今天心情很好，边洗头还边在哼歌。看来她们都在做着出院的准备。她们这次大难不死，幸福的日子会等着她们的。

此时，高声语又想起那天女孩的爸爸来病房找他们的情景：

"请问哪位是杨娇？"病房进来了一个四十岁左右的陌生男人。

"我就是，找我什么事？"杨娇说。

"是肖潇叫我来找你，我和她一个病房，她说你是我们那里的人，我就是想问一下，你瘘是在哪里做的？省医院谁的瘘做得最好？"陌生男人问道。——透析病人才做瘘。

"你是给谁做？"杨娇问。

"我女儿。"

"你女儿多大了？"

"今年二十岁了，都透十一年了。现在她身上都找不到在哪做瘘了，透烂完了。现在就想找一个瘘做得好的人，做了可以多管一段时间。"

"你咋不给她换肾呢？她还那么小。"

"哪里有钱嘛，我们家在农村，没有医保，现在有个农保，在外地治病拿回家报只报得到三分之一，这还得找关系，不然就拖着好久都报不到。自从她生病后，我们一家人就再没回过家了，她在哪里治病我们就在哪里安家，挣的钱除了生活只够她透析。我们也想给她换肾，就是弄不来钱，她这样活着我们家长也难受。"

"唉，穷人就怕生病，十多年了，你们也真不容易，那个妹妹若要做瘘可以去找省院肾病科的江主任，他的瘘做得非常好，我以前就在那里做的。"

　　"那谢谢了，打扰了。"陌生男人说完就出去了，高声语就跟那个男人一起到了肖潇的病房。小女孩77床，和肖潇的床紧挨着，小女孩骨瘦如柴，又黑又小，被病折磨得不成人形，根本就不像个二十岁的大姑娘。她手和脚都溃烂了，还真找不到做瘘的地方。高声语看到这个情景心疼得不得了，从身上摸了四百元钱给小女孩，小女孩坚持不要，高声语硬塞在小姑娘手里，对小姑娘说道："拿着吧，你这么坚强，你与苦难斗争的精神感动了叔叔。小姑娘，祝你早日康复，奇迹会在你的身上发生。"

　　"谢谢叔叔！我会好好地活着，我不会死，我还要去看海。"小姑娘说道……

　　是的，看海，那里是诗意和远方。

　　高声语现在特别牵挂这个小姑娘——这个没有青春、没有未来、也定然没有爱情的小姑娘，她是从童年坐着火箭一瞬间就穿越到暮年，开始了她悲惨的晚景生活。她现在就是一具活着的木乃伊，唯一不相称的就是她的眼睛，还那么明亮、清澈、有神，她不像浸泡在苦难中，像是生活在童话里。

　　高声语回病房时过道里的病人甲在打电话，说抗排异的药没有了。因他那种药吃的人少，医院里现在也没这种药，就只好在病友之间找。这时有一个年近四十、身高一米七五左右的男子径直走了过来，对病人甲说："你刚才在医生办公室问那种排异药，医生说药房暂时没这种药，我刚才通过病友给你找到了，他一会就送过来。"病人甲连声说着谢谢，并给高声语介绍，这就是宁光，他开始在医院做志愿者了。两个人很亲热地握了手，宁光有事就离开了，高声语坐下来和病人甲聊了起来。原来病人甲是肝移植患者，已快两年，因肠胃不舒服、拉肚子到移植中心治疗，已入院一周不见好转。两个人不知怎么谈到了医院乱象，病人甲原来是赤脚医生，他说每年镇医院院长要他开一万多元的假处方、假发票，给他返两个点的辛苦费，他那个镇三十多个村，那个院长不知一年要挣多少昧心钱。高声语也谈到妻子杨娇尿毒症期间的过度治疗，一家中医的肾病科，液体输得人全身浮肿，药一天吃十几次，简直难找到吃饭的间隙，如此，病情也急剧恶化，高声语不得不四处去寻找肾源。

那天，林医生到杨娇的病房查房，看了杨娇这几天的检查单，很高兴地说道："杨娇，过几天你就可以出院了。"杨娇夫妻俩一听高兴坏了，齐声说道："谢谢林老师的救命之恩。""不客气，应该的。"林医生边说边离开了病房，但对他们的话林医生很受用，救活一个快死的病人，医生也有成就感。下午，杨娇病房走了一个病人，紧接着又来一个病人，一进病房就咳咳咳，一量完体温说是发高烧。杨娇一听，面露恐惧，这不刚有好转，再来一次感染只有死路一条。林老师说杨娇经历两次感染，所有器官受损严重，如今正在艰难恢复中，一定要防止再次感染，否则，是难有活路的。杨娇急切地对高声语说道："快去找林老师，把病人换走，或者把我调到其他病房。"高声语飞快地跑去医生办公室，但林老师不在，高声语心急如焚，在十八楼到处乱窜。碰到做志愿者的宁光，宁光听了高声语的情况后，就帮着找，最后林医生从电梯里走了出来。高声语像见到救命恩人一样，马上对林医生说了情况。林医生说："现在病房紧张，有的还在过道里，调换病房也不现实，杨娇确实不能再感染，要不你们今晚回家，明天来输液。"高声语道："回家要近一小时，杨娇在病床上躺了三十多天，现在已无法站立，脚迈不开步，身体虚弱，害怕这一动病情会出现反复。林老师能不能想想办法？""确实不好想办法，这个事我记着，有空床位就给你换。"林医生说道。

高声语无功而返，显得垂头丧气。宁光安慰道："会有办法的，我们一起来想法。"高声语说完谢谢就回了病房。杨娇知道后焦得不得了，仿佛又被林医生判了死刑，苦着脸在那里发呆。一会儿，宁光急匆匆地走了过来，说道："好消息，可能找到了办法。"杨娇正一筹莫展，口罩都戴了三个，憋得呼吸都非常困难。一听宁光带来的这个消息，两个人都破涕为笑。原来宁光有个表弟是省外办一个领导的专职司机，这个领导的丈夫是 H 省医院的院长，刚才宁光给表弟一说，表弟给那个领导打了电话，对方马上答应帮办，叫把姓名和床号等情况发过去。

杨娇夫妻俩在焦虑中度过了一晚，吃饭都跑到医生办公室去吃，就害怕被那个高烧病人感染。他们对宁光说的情况半信半疑，是不是宁光在吹牛。第二天一早，护士丁和护士丙就将杨娇搬到了 76 床，这间病房很安静，光线也好，病房里是两个打肾结石的小伙子，本地人，这几天都在医院检查，晚上都回家住，也就是说这几天杨娇住的相当于是个单间病房。杨娇心里美滋滋的，别提有多高兴，心中想着一定要好好感谢这位宁光大哥。宁大哥太有爱心了，自己孩子走了，还到这里来做志愿者。杨娇今天液体很少，只有一组。躺在床上，透过窗口，能看到太阳，阳光很好，天空很蓝，杨娇被这久违的景色弄得醉醺醺的。今天她又打开了宁文琴的空间，接着那天没看完的《浴火重生》继续看：

(五) 人间炼狱

2005 年 7 月 1 日我出院了，因为躺在医院，除了每周两次透析，也没有别的特别的治疗方式。回到家里也许比在医院的日子还好打发，只是到市里去透析有些不方便，需要坐一个小时的火车，然后透析结束后要匆匆忙忙地去赶回程的火车。这两年透析就成了我的主要工作，不知情的人问我经常到市里去干什么，我笑笑说我在市里上班，一个星期上两天班，一个月可以挣四五千，人家听了很羡慕。

由于肾脏彻底失去功能，一点小便也没有了，这两年我不敢喝水，越是不能喝水，越是渴，喝水成了我最大的期盼。我总在想，要是有一天我能自由自在地喝水该有多好啊！所以，朋友，你今天能喝水就是一种幸福。每天都只有吃干东西，实在太渴了，就冻一点冰块，放在嘴里，即使下雪天也一样，那冰块就成了小孩子口中的糖果，是一种渴望，而且吃了一颗还想吃一颗。有时候真想抱着水咕咚咕咚喝个痛快，然后死了也值了，可是喝水后那痛苦的代价我又承受不起。因为体内的水分过多，压迫心脏和肺部，不但心累，而且呼吸困难。几天几夜不能睡觉，不能躺下，别人在睡觉的时候，我只好在沙发上坐一会儿，或者在房间里挪来挪去，不停地看时间，看窗外，希望这漫漫长夜快点结束，盼望黎明早点到来。由于长期不能好好睡觉，精神都快崩溃了。即使这样严格地控制水分，每次去透析还是要透出四公斤左右的水来，偶尔还会达到五公斤，所以透析前觉得累、呼吸困难，而透析后，人又像虚脱了一样，瘫软无力，走路要飘起来一样，可是还得急匆匆去赶火车。那时就只有一个信念，坚持下去就会到家了。每次回来就像死了一回，可还得盼着下一次再去。

在这透析的过程中，太多的并发症随之而来。肾性高血压，因为血压经常在160至200间，透析结束后往往血压更高，头痛欲裂，仍然整夜整夜无法入睡。有时候只好用木槌来敲，或者用手指使劲摁住太阳穴，也不管什么科学方法了，只要不痛就行。有时候甚至像发高烧一样，眼睛都模糊了。有一段时间眼睛几乎看不见了，我知道肾性高血压会造成蛛网膜出血，引起永久性失明。因为有其他病友已经失明了，我真害怕我也一样，我宁可接受死亡，也不愿意接受失明。由于胃口不好，很多食物又不能吃，所以严重缺乏营养，加上透析要流失部分营养物质，肾脏坏死，骨髓的造血功能受阻，所以贫血成了最明显的症状。一直血色素只有四克多，贫血加上胸腔积水，心脏负荷加重、搏动无力，心脏病变，不断长大。由于血液供应不足，就连吃饭这样的工作也不能正常完成，吃一口饭都感到好累好累，很多时候只能躺在床上，连下床的力气也没有了，要完成上卫生间这样的工作也要歇七八次。那时候听见街上人们走路的声音，我好羡慕，如果我也能自如地走几步路该有多好啊。一个人躺在床上，望着天花板，什么事也不能做，想到死，却连死的力气也没有。母亲看着我忍受痛苦，流着泪对苍天说，如果你要她的命，拿走便是了，不要再让她受这无尽的折磨了。

由于我没有做造瘘手术，每一次去透析都是直穿动脉，开始还好，后来时间长了，穿刺的地方长成了核桃大小的硬包，成了动脉瘤，针也刺不进去了。到最后有时候要刺十多次才能穿到动脉，痛得我浑身发抖，本身对痛有一定承受能力的我再也承受不了，最后只好去做动脉造瘘术。记得那天是 12 月 31 号，不知道为啥，我总要看着医生给我做手术，看着他将我的皮肉割开，用夹子绷着，在里面去翻找血管，在里面切割，整整两个多小时，仿佛那样看着割我的肉，有一种残忍的快乐。

曾经一度真的想死，这样没日没夜的折磨让我精疲力竭了，因为我看不到明天的希望，而眼下的每一分每一秒又让我生不如死，活着是为了什么呢？可是我又找不到一种可以接受的寻死的方式，跳楼吧，有点害怕那血肉模糊的情景，会给家人留下阴影；上吊吧，没力气去完成；喝毒药吧，害怕那毒性发作时的挣扎，况且也没人给我买；吃安眠药倒是可以接受的，但一次在哪里买得到呢？后来有一次透析结束，压脉带没压好，流了好多的血，我想到了一种方法，那就是透析后将压脉带取掉，动脉血就会喷涌而出，不用自己割腕，就会血液流尽而死，我为自己找到了这种既不痛苦、自己又可以完成的方式而窃喜。从此我心里有了底，因为这种方式掌握在我自己手中，我可以随时决定自己的生死了。

可以决定自己的生死是多好啊，我心里没有了顾虑，我躺在床上可以轻轻地哼唱我喜欢的歌，回忆着那些美好的往事，偶尔还可以翻看一些书籍来打发时间。有一天看到圣经上说，自杀的人是罪大恶极的人，将永世不得超生。虽然我不信奉什么教，但是我还是害怕被永远打入地狱，回头一想，既然上帝给了我这么多的日子，我还是要用完它，提前结束是对上帝的不敬，同时我也想起了十六年前有人推荐给我的那本书：《死是容易的》，作者顽强地与疾病做斗争的情景还历历在目。仿佛我的人生总有那么多的伏笔，当年为什么他要我反复读这本书，我仔细读了三遍，是为了今日给我活下去的决心和勇气吗？于是我问自己，既然有死的勇气，为什么没有活的决心？它这样折磨我，最坏的结果也就是一个死字，没到最后一刻我怎么能认输呢？所以我要拼一拼！

（六）死神你好

第一次与死神见面是 2005 年 8 月 9 日，感觉自己情况很不好，于是打电话叫年迈的父亲陪着我去透析，可以说是爬着进了血透室。不到几分钟，我觉得一阵眩晕向我袭来，我躺在那里无法开口了，父亲看着我，我张开嘴，用尽全身的力气，想吸进最后一口气，想告诉父亲，我不行了，快救我！但说不出话来，父亲似乎有所觉察，他连忙告诉护士说，情况不妙。护士说，不可能吧，才和我嘻嘻哈哈打了招呼，怎么又不行了？父亲说你看嘛。护士走过来叫我的名字，我无法回应，护士着急了，赶快叫医生来急救。我不知道自己什么时候就没有意识了，我掉进了黑暗的深渊，脑袋和浑身的血管无限地膨胀，一直往下掉，却怎么也掉不到底。那种恐惧无法言说，时而又像在坐火车一样，也不知道过了多久，我听见了嘈杂声，吵吵嚷嚷的，我一下子惊醒过来，我不能睡去，我努力地让自己清醒过来，想睁开双眼，可是怎么也睁不开，想让自己说话，也说不出来。我听见了一个女人的声音，她大声地叫，这个病人的心跳已经停了七八分钟了，搞快点！然后又听一个男人的声音在说，没办法了。接着又一个女人的声音，不能放手，继续用力！我的胸骨痛得要命，好像后来换了一个人，压得我更痛，慢慢地我越来越清醒了，我开始用力说话，我说我听见你们说话的声音。虽然我还睁不开眼睛，却听见护士在说，心跳有了。我知道我活过来了，然后睁开眼看见了父亲那煞白的脸，惊魂未定。我真不该这样惊吓他老人家。半个小时后又开始接受透析，我又和护士谈笑风生了。护士说，你是怎么的呀，一会儿死了，一会儿又笑哈哈的，把我们都搞出神经病来。我说非常抱歉，这是锻炼一下你们的应急能力。

第二次与死神照面是9月份，那天同样感觉很不好，我又叫父亲陪我一起去医院。在火车上我就觉得呼吸很困难，下车的时候我已经不能站立，父亲抓住我的手，把我拖下了车，在站台上拖了几步，那种心慌不能自持的感觉又袭来了。只是感觉一种东西从头到脚从我的身体剥离出来，然后就倒在了地上，什么也不知道了。后来听父亲说，我一瞬间汗如雨下，尽管是夏天，全身却一下子冰凉，皮肤乌紫，没了脉搏，没了呼吸。因为第一次看见过医生怎么抢救我，父亲就照着医生的方式来按压心脏，当120急救车到达的时候，我的意识渐渐恢复了，感受的那些情节和电影里的一模一样，于是日后看电影的那些镜头，我就会想起那些亲身经历，那些不是虚构。

第三次是11月份。

第四次是2006年1月6日，因为这一天，死神和我相处的时候延长了，前后十个小时。它一直揪着我不放，反反复复将我拉来拉去，搞得我精疲力竭，可我就是不肯放弃，最后在医生的努力和哥哥的鼓励下，我们还是赢了，所以今天我还活着。

每次这样的经历都把父亲吓得半死，他说他这把年纪，再也经不起几次这样的惊吓了。他于是决定要我好好活下来，把他自己的肾捐一个给我。但我担心年近七旬的父亲怎么受得了呢？咨询医生说年龄不是最重要的问题，关键是要看配型结果和肾功能是否完好，还有供者的身体状况。最后经检查三项要求都非常理想，我便于6月8日接受了移植手术。后来我将自己的生日改为了6月8日，这是我重生的一天，是父亲给了我第二次生命。从此，我没有任何理由不开开心心、快快乐乐的！

第五章　重逢

一

上午，杨娇接到宋腊妹的电话，说是来看她，另外就是想到省医院做肾移植手术。宋腊妹是杨娇在中医院住院时认识的一个病友，那时她们看病都会约在一起，住同一间病房，最后又一同出院，成了最要好的朋友。

宋腊妹身高一米七六，长相甜美，说话声音清脆明亮。她比杨娇大两岁，老公是个建筑商，平时很忙，她在医院就无人照顾，幸亏遇到杨娇。杨娇老公高声语是老婆在哪里他就在哪里，只要找到杨娇就找得到高声语。在中医院，高声语就成了杨娇和宋腊妹的保姆，拿药、挂号、排队、买菜、弄饭……全是他，被人戏称男保姆。在她们周围的病人都会得到他的照顾，有时高声语要照顾五六个病人，在医院收获最多的是病人送给他的感谢。在这家中医院，杨娇和宋腊妹还帮助了一个八岁的小病友，那个小病友无医保，每天住院费要六百元左右，病情很重，水肿，肚子胀得像面鼓，吐血、拉血，每天难受得直哼哼。只要不难受，小女孩就在医院蹦蹦跳跳，医生、护士、病人都挺喜欢她。她住院都带着书本，打吊针的时候会做作业，大家见到这个快乐懂事的孩子都很怜爱。这么小，受这么多苦，还这么快乐，不晓得她是否知道死，害不害怕？病友心里都很难过。她进院半月就无钱医治，后面的住院费都是宋腊妹和杨娇支付的。曾经她和她母亲在医院半个月都没有吃一次肉，后来高声语打饭时就多准备两份，母女很是感谢。后来还有电话联系，有次住院还给杨娇她们带过家乡的土特产。杨娇做肾移植手术后她们就再无音信，不知那个小妹妹病况如何，但愿她还活在这个世上。

杨娇和宋腊妹叽叽喳喳聊得正欢时，隔壁病房的肖潇也加了进来，大家有说有笑地摆了一阵子。宋腊妹就谈起了正事："杨娇，我现在肌酐1100多了，有时呼吸很憋闷，心里又发慌，是不是毒太重，已经影响到心脏和肺部了，我又不想透析，透析太痛苦了，我想在省医院换肾，不知肾源好不好找？"

杨娇想了下说道："你一定要抓紧，我有个同学就是影响到心脏，叫我帮他找肾源，肾源倒找到了，打电话叫他来换肾时，人都走了。哪天你单独到刘灏主任那里去谈一下，也许刘主任很快就会给你想到办法。"

肖潇说："恐怕不好想办法，可能要排队，有的几年都找不到肾源，我看省医院风气很正，我做移植手术给他们送红包都没收。不知杨娇你送红包没有？"

杨娇说："我送了五千元，但最后转到我的医疗账户上了。我听很多移植病人说他们都没有送，有一个病人欠医院八万住院费刘主任都没要他拿。抓紧点，不然你很快就会面临透析，按道理你现在都该透析了，随时都有生命危险。"

此刻，正聊得兴起的杨娇突然被一个脚有点跛的年轻女孩抱住了，那女孩说道："妈妈，你病这么重，为什么不告诉女儿，要不是爸爸说漏了嘴，我至今都不知道。"说完就伤伤心心地哭了起来，不知是为这个苦难的妈妈还是那个死去的二娘。

女儿杨洋的突然归来，令杨娇十分激动，她一边安慰着杨洋，一边很是精神地在女儿面前走了几步，仿佛是在对杨洋说：你看妈妈是多健壮。但杨洋看着摇摇晃晃的杨娇，抚摸着那张圆脸，心想这次妈妈一定吃尽了苦头，眼泪又禁不住地流了出来。

杨娇拥着女儿，安慰道："好孩子，妈妈不是很好吗？不哭，不哭，我知道你心痛妈妈。"

杨洋慢慢停止了哭声，向妈妈汇报了一个好消息，前天已与重庆的新桥医院签约，自己马上就是一名正式的医生了，今后就可以为更多的像妈妈这样的病人服务了。杨娇听了很高兴，为有这样一个有出息的女儿自豪，把女儿夸赞了一番。

"哟，今天是医院美女开会呀！"杨娇的话被进病房的宁光打断了。杨娇赶紧道："宁大哥来了，这次多亏宁大哥伸出援手，不然真不知道这日子咋过，谢谢宁大哥！"宁光答道："不客气，不客气，只要对你治病有利我就非常高兴。"接着杨娇就把宁光介绍给了宋腊妹，同时向宁光介绍了自己的女儿杨洋。肖潇道："宁大哥今天像有什么心事样？"宁光答道："没什么，本来我今天早就到医院了，就记挂着给杨娇换病房的事，过道里那个病人情况很不好，就在那里帮了会儿忙，最后还是走了，就是小杨出病房的右手边的过道的第二张病床，他是腹泻引起的急排。"这时高声语走了进来插话道："宁大哥说的是不是那天你帮他找药的那个人？"宁光道："就是，一个小小的腹泻就终止了他的生命，你们可要当心，好好地保护自己。"宁光关照了她们几句就因事离开了。大家都陷入了沉默，空气很凝重。看来，移植病人不能因自己换了肝肾就觉得万事大吉，这只是万里长征的第一步，后面还将面临很多的凶险。

"既然我们不想死，就要快乐地活，我们应该向宁大哥学习，他儿子走了不到十天就到医院来照顾我们，我们更要好好活着。"杨娇打破了沉默，肖潇说道："就是，换了肾比透析强多了，透析时最大的愿望就是能痛快地喝一次水，痛快地撒一泡尿，现在能吃能睡，真的很幸福。能够活多久并不重要，重要的是我们现在还活着，幸福地活着。"大家你一句我一句，越说越高兴，仿佛她们就是世界上最快乐的人。

高声语和杨洋意外相逢，很是亲热，而女儿杨洋对宁光非常感兴趣。听完爸爸对宁光的介绍，非常崇拜，又要了宁光的电话号码。杨洋见妈妈身体已无大碍，于当日下午返回了重庆。

杨娇午睡醒来就在手机上和宁文琴聊QQ。杨娇说："宁姐你好，这次从死神的魔爪中挣脱出来，全靠看你的日志，它坚定了我活下来的信心。"大漠胡杨："哪有这么厉害的日志，这全靠你与病魔斗争的勇气。"杨娇说："今天我又要感谢一个给我帮助的人，不是他，我这次很难走出省医院。"大漠胡杨："那你遇上贵人了哟，祝你早日康复，我们好在一起耍。"杨娇道："是他通过关系给我换了病房，他叫宁光。"大漠胡杨："啊！哪个宁光？"杨娇："文琴姐你认识？他是个志愿者，非常有爱心，他儿子去世才十天他就到医院来照顾我们，我们好感动哟！"大漠胡杨："假如他儿子叫宁仁杯，他就是我失散八年的哥哥。"杨娇："就是、就是，四十岁的样子，一米七五左右。"大漠胡杨："那他就是我哥哥，我们八年没有见面了，我找了他八年，就是找不到他，是他救了我，在我濒临死亡的日子，他陪了我两年，他在不在？我要和他说电话。"杨娇说："他不在，上午到我病房来过。文琴姐，你不要急，我叫高声语马上去找。"大漠胡杨："我马上到省医院，找到了就叫他不要走，一定要等到我，我今天一定要见到他。谢谢哈，杨娇。"杨娇："文琴姐，你放心，我一定帮你完成这个任务。"

杨娇立马就安排高声语去找宁光，闲下来的杨娇打开宁文琴的QQ空间看《哥哥别走，抓紧我的手》，此文由宁光写于2005

年1月11日：

　　我是一名影像医生，在我人生的道路上，从来没有亲身经历过生与死的抉择，内心深处也没有最真切的感受。可就在2005年1月6日这一天，我遭遇了人生最难忘的一幕。

　　这是一个星期天，冬日的阳光照得人暖洋洋的，也没有病人，我早早地关了办公室的门和我妹妹一起从公园散步回家。午饭后上网玩游戏时，一阵急促的手机铃声响起，一看是她的，这时候找我有什么事呢？我心里犯了叽咕。电话通了，一个稚嫩的声音从电话的另一端传过来："舅舅，快来，妈妈不好！"刹那间，我的心一沉，丢下鼠标，冲下楼，一阵小跑到了妹妹家。门敞开着，床上没人，一种不祥的预感从心底升起，我大喊了一声，从卫生间传来妹妹的应答声。我一看，她躺在地上，没穿多少衣服，面色乌紫，已经失去了知觉。此时幸好来了几个邻居，大家七手八脚才把她拖上了床。略通医理的我给她复苏一阵之后，她才喘过一口气来。

　　类似的情况以前她也出现过，一般二十几分钟就会清醒过来，我天真地以为这次也会一样。可是随着时间的流逝，情况并没有按预想的结果发展，她意识不清的时间有些长了，稍有一点意识她就拼命地叫人给她喝葡萄糖，也许她用尽了全身的力气，在我们听来却是那么微弱。给她喝葡萄糖她几乎已经不知道往下咽了，时而又清醒一下，她又叫人给她推高参葡萄糖注射液。

　　求救了几个医生，可是没有人敢来冒险，此时的我深深地感到自己医学知识的匮乏。如果继续耽误下去，也许情况会更糟，快，送医院！我的脑海里迸出了这个决定，于是把她从七楼架到了街上。快，找车！一辆辆的士停了下来，看了一眼生命垂危的她，又迅速地开走了。我心急如焚，这到底是怎么了？难道这些人的怜悯之心已荡然无存了吗？望着这些见死不救的司机，我欲哭无泪。

在几个邻居的帮助下，最后终于把她送到了急救室，我才松了一口气。给氧、推葡萄糖，她才慢慢地从中度嗜睡中苏醒过来。这时我听见她在叫："哥哥……别走……抓紧我的手。"我赶紧应了一声，紧紧地握住她的手，透骨地凉，没有一丝力气，她不停地叫："哥哥，把我的手抓紧些，不要让别人把我拉走了！"虽然微弱，却充满着求生的欲望。我知道此刻的她一定在和死神做最顽强的斗争，我的心顿时绷得紧紧的，就像拔河比赛最关键的那一刻。此时，再优美的语言都会显得苍白无力，我只是说了一句："要坚强！要挺住！不要放弃！"她只是"嗯"了一声，没有多余的语言，但那是对生命的承诺。

对于医院的医生我很熟悉，主治医生把我叫了过去，问了一些情况，然后填了一张单叫我签字。《病危通知书》！我一看立时傻了眼，平时一支轻巧的笔这时在我的手中是多么沉重，我极其艰难地写下了名字，回到病床旁边。一阵揪心的疼传遍全身，这时我觉得好无助，一个年轻的生命随时都会从我身边溜走。我心里很明白，不敢离开半步。她又在叫我"哥哥，哥哥"，我应了一声，紧紧地抓住她的手。此时，她还没完全清醒，但能感觉到我的存在。我在心里默默地想，这是一场没有硝烟的战争，此刻我是她最忠实的战友，她全部的希望都寄托在我的身上，此时我才明白为什么战场上会有士兵为了自己的战友抵挡刀剑或子弹。让我们一起来战胜死神吧，我一定要把你从死神身边抢回来！

时间过得很慢，医生和护士在抢救，她的情况逐渐好转起来，四肢慢慢地有了温度，嘴唇也开始红润了，我的心稍稍宽了宽。我万万没有料到，更大的风险居然还在后面。晚上7点钟，她的父母吃了饭来守她，我也正准备回家去吃饭，突然又传出她微弱的声音："哥哥……又不……舒服……"当时的值班医生姓李，是我很要好的朋友，他匆忙过来，叫护士推葡萄糖，又对我说："她必须去透析，不然今晚一定很危险。"可我犯愁了，下午给血透室打电话，医生觉得她情况太糟了，不愿意接收，好心的李医生说，他负责去联系。几分钟后，他告诉我，让我们马上去透析。于是我们又把她从这家医院架出来，送到另一家医院去透析。一个新的问题出现了，下午在医院抢救的时候，护士错把她做了造瘘手术的手用来输液，血透没办法在这只手上进行。又折腾了半小时，真正的危险开始了，她的生命体征出现了危急状况，但她口中仍然叫着"哥哥……哥哥……"她在努力地保持着和外界的一点联系，仿佛她知道一停止呼唤就不会再醒过来了，监护仪上的数字在不停地闪烁，心率在变慢，80、60、20、0！波形也慢慢地变成了一条直线，死亡笼罩了她。我只能眼睁睁看着她的生命如潮水般渐渐退去。阿托品！肾上腺素！心脏复苏！医生和护士紧张地进行着抢救，感谢他们没有放弃！我的心紧缩着，在滴血，大脑一片空白，我不愿意相信，也不想看到一个鲜活的生命就这样走了。我轻轻地唤着她的名字，紧紧抓着她的手，害怕死神把她带走了，更希望她自己决不放弃！几番抢救之后，感谢上苍！她的心脏又开始重新跳动起来，逐渐趋于平稳。凭着她坚强的毅力、强烈的生存意志，她又一次从死神那里挣脱出来了。随着透析的进行，她的生命体征终于平稳了。后面还会有危险吗？我暗暗地问自己，其实我也一片茫然，此时又有几人能理解我内心真正的感受呢，心灵受的煎熬远比身体所受的劳累大很多很多……

　　到透析下机的时候，她的病情终于稳定了，这一关我们终于闯过了！尽管我身上的重担轻了许多，心情却始终不能平静下来，耳边时时回荡着那既微弱又令人揪心的声音："哥哥……别走……"

　　一个小时后，黎学兵陪着宁文琴来到了杨娇的病房，见面就问："杨娇，宁光找到没有？"杨娇说："莫急，莫急，文琴姐，你先休息，高声语已经找到宁大哥了，他今天下午在陪一个病人做肺部增强 CT，我叫高声语不要离开宁大哥，过会儿亲手把宁大哥交到你手里。"宁文琴道："那谢谢你们，辛苦了。"杨娇说："文琴姐你太客气了，真正应该谢的是我们。"宁文琴道："确实该谢你们，我找了八年没找到的人，你却帮我找到了，八年呀！我魂牵梦绕、寝食难安呀！不见到他，我是死不瞑目的。他让我多活了八年，哦，不止八年，再加我后来的日子。"杨娇说："这就是缘分，没有我们你照样能找到宁大哥。"这时，杨娇的电话响了，是高声语打来的："杨大姐，叫宁文琴下来，宁光在小花园等她，他怕到病房影响病人。"宁文琴听到电话，赶紧朝楼下走去，竟忘了给杨娇打招呼，黎学兵一边和杨娇说再见一边去追宁文琴。

　　到了小花园，宁文琴一眼就看到了宁光，哥哥没有变，还是那么高大帅气，就是有些憔悴了。宁文琴大叫一声："哥哥！"跑上前去倒在哥哥的身上大哭起来。这一声哥哥，不知道她在梦里呼唤了多少次，这一声哥哥，叫得令人肝肠寸断。宁光把宁文琴扶到条椅上坐下，安慰道："文琴，别哭了，我不是好好的吗？"

过了一会儿，宁文琴才平静下来，问宁光："哥哥，八年前你为什么不辞而别，后来也不与我联系，到底是为什么？你们家到底发生了什么？今天，你一定要告诉我。"

不堪回首的一幕又浮现在宁光的眼前，他轻轻地向宁文琴诉说着他家的变故：

　　八年前，儿子宁仁商八岁，因高烧不退、流鼻血，到医院检查，是急性粒细胞白血病，病情凶险，医院当天就下了病危通知，要求转院。我当时吓蒙了，来不及给单位请假，也没有给任何人打招呼，包括你，同时我也很内疚，我一走，不知你挺不挺得过来。确实无法考虑太多，连夜就赶到S市（H省的省会城市）的A医院（H省城最好的一家医院），半个月就用光全部积蓄，医院催着缴钱，我们东拼西借又熬了半个月。后来，又欠了医院五万余元，医院要求我们尽快缴钱，否则就停药。这药确实不能停，停药就是要儿子的命。儿子妈妈黎趣诗那天晚上说去她同学那儿借钱，这一走就再没有回来。

　　那晚他妈妈出了车祸，司机赔了我们五十万元。后来经新闻媒体报道，很多爱心人士为儿子捐了不少款。半年后，儿子也跟他妈妈走了。至今想来，儿子妈也许是救儿心切，人为地制造了这起车祸，因为他妈妈离开我们时，显得心事重重。走了一段路又折回来，嘱咐我要带好儿子，一定要把儿子的病治好，又叫我要保重，不要累垮了身体，一定要快快乐乐地活着。她说，这一生与我生活的十四年，是她最幸福的时光，假如有来世，她还会嫁给我。当时我还嫌她啰唆，以为是孩子的病把她吓的，我根本没有醒悟过来，这就是她的遗言、她对我的交代。后来同病房的人说，儿子妈妈问过出了车祸，造成他人死亡可赔多少钱。如此看来，孩子妈妈早有预谋，她就是要拿命给儿子换钱治病。我怎么这么大意，这么傻，孩子妈的死，我是有责任的，我怎么就没想到她会走上这条路。如今，孩子走了，她这不是白死了吗？

后来，我就从单位辞了职，因为我喜欢音乐，想做点我喜欢做的事，就和仁杯留在了省城。仁杯很听话，学习很努力，这几年我们父子生活得很幸福。这期间，我也一直在关注着你，你换了肾，生活开始好转，最后又来到了省城，我就放心了。我也知道你在找我，但我见你过得很好，对你又没有什么帮助，我想也就没有必要打扰你了。

宁仁杯大三那年，得了肝癌，这个孩子很坚强，他一边治病，一边完成了学业，孩子太听话，简直不让大人操一点心。他得这么重的病，这么痛苦，在学校还能拿最高的奖学金，还经常安慰我，说他不会死，等找到肝源他就是一个健康人，他就会陪我到老，为我生孙子，让我过上儿孙绕膝的天伦之乐的日子。最后我们等到了肝源，过上了正常人的日子，可不到半年，仁杯又离开了我。

宁光静静地向宁文琴讲述着自己家的悲惨经历，仿佛是在讲述一个与自己毫不相干的故事，那么冷静，那么令人心痛。宁文琴却听得肝肠寸折，大哭道："哥哥，你太苦了，你为什么不告诉我，你为什么那么傻，独自一个人扛着，你是怎么走过来的？哥哥呀！你这八年是从苦水里泡过来的，为什么不让我和学兵一起替你承担呢？哥哥，你一定要答应我，不要离开我们，我们要让你过上好日子。"宁文琴差点哭昏死过去，紧紧抓着宁光的手，生怕他又不辞而别。

宁光害怕宁文琴悲伤过度引起病变，想转移她的注意力，就说道:"文琴,你看,月亮都出来了,你看我们是不是到哪里去吃点东西。你也累了,要好好保重身体。"宁文琴确实很难从悲伤中走出来,这太惨了,一家三口,小孩活蹦乱跳的,这么小,这么年轻,几年时间,就全走了。一想到这里,宁文琴又要哭出声来,但害怕哥哥担心自己,就强忍着。抬头看了看天,天空很蓝,几抹云在西天无声地徜徉。月亮已挂在小花园的树梢上,光从树的枝叶间流泻下来,洒在他们身上,冷冰冰的。有人从花园匆匆走过,唱着《月亮之上》,歌声时而远、时而近,飘飘荡荡,在宁文琴的周围流淌,久久不散。此时已是华灯初上,繁华万千。这么美的世界为什么就容不下哥哥一家呢?这么好的世界为什么还发生这么悲惨的故事呢?宁文琴想不通。这时哥哥又在催,是的,也许哥哥真的累了、饿了,她站了起来,她要带哥哥去最好的五星级酒店海吃一顿。

她们来到恺撒大酒店楼顶的旋转餐厅,这里繁花似锦,透过落地窗朝下俯瞰,万家灯火,风光无限,餐厅的角落有人正在用钢琴演唱舒曼的《隔世离空的红颜》。在餐厅,宁文琴向哥哥讲述了自己这八年来的经历:"你不辞而别后,我的命运开始发生惊天逆转,我与病魔的抗争感动了很多人,被新闻媒体发现,社会爱心如潮,很快我就换了肾。在住院期间,我救了一个不堪病痛折磨的年轻生命,准确地说是我的日志救了这个年轻人。这个年轻人换肝不久,没有闯过感染期,病倒了,他感到太痛苦,找不到活下去的理由,他拒绝治疗,只求一死。也是他命不该绝,有天,他误撞进我的 QQ 空间,他看了又哭,哭了又看。他想,这么苦,这么惨的女人,在没有钱、没人照顾的情况下,竟然坚强地活了下来,他被感动了,他找到了活下去的理由,和命运抗争,在苦难中寻找活着的意义。这个年轻人坚强地活了下来。他的父母为了感谢我,利用他们的资金和人脉帮我开了一家药品店

（因他们是做药品生意的）。从未做过生意的我们，生意竟出奇地好，一年最多能赚六十多万元。哦，你给我的这张卡，这张救命卡，我一直保存着，我每年都往这张卡里存十万元，现在这张卡里已经有八十一万元了，它也该物归原主了。"

宁文琴说完就将这张卡还给了宁光，宁光说什么也不要。最后他们三人经过商量，达成了以下意见：既然宁光在做志愿者，帮助和照顾移植病人，那么就成立一个移植人基金会。这笔钱就作为基金会的启动资金，宁文琴在生意尚可的情况下，每年注资十万元。另外就是，有"移友"经济条件较好的也可以捐助，同时也可以接受爱心人士的捐赠，该基金会由宁光统一管理，基金主要用于特别困难的移植病人。同时宁文琴还将六年前购买的一套住房借给移植病人作为活动室兼住宿，作路途遥远、生活窘迫的移植病人到省医院检查时的栖身之所。当然，经济条件较好的"移友"需付费，收入用于"移友"活动室的开支。"移友"活动室就叫"移友之家"。这套房子有一百四十平方米，四室两厅，位于顶楼；上面可以养花草，还可筑亭、养鱼；有电梯，方便"移友"上下楼。本来是宁文琴买来养病用的，现在身体尚可，又在做生意，所以就一直空着，如今却派上了大用场。

第六章　出院

一

今天是杨娇和肖潇出院的日子，两个人非常兴奋，一大早就起来了。住院近五十天，路都不会走了，回家是她们最大的心愿，怎能不喜笑颜开。今天是个好日子，天气也特别明媚，可谓风光正好。

肖潇今天是老公开车来接她，肖潇离开医院时高声语正在为杨娇办出院手续。因杨娇是本地户口，就在医院结算，所以要麻烦些，而肖潇是外地户口，要拿发票回当地报销，所以就简单些。高声语办完所有手续就在病房等天尚仁来接他们，昨天晚上杨娇打电话和天尚仁约好的。闲着无事，杨娇就和老公谈起那天见宁文琴的印象："那天见到宁文琴，与我想象里的她差距好大。我以为她是个挺文静的人，哪知真如她自己所说，五大三粗，门牙有点龅，样子有点恶，谁知她却是个那么善良、那么有爱心的人。"

高声语答道："上帝在创造那些善良和有爱心的人时，都会将这些人的样子弄得极凶狠，它主要是为了保护这些好人免受坏人欺负，坏人一看到就会心里发怵，不敢轻举妄动。我和宁文琴就属于这类人，假如你们要想做个啥子是很难得逗的。"

杨娇道："你那是王婆卖瓜，长得丑就不要自圆其说。"

杨娇她们正说笑时，宋腊妹走进了病房。他们相互打了招呼，宋腊妹就接着说道："我已做了检查，在移植中心登记了，现在就去干细胞库抽血配型。"

　　杨娇说："那就好，你尽管放心，刘主任既然说了，你很快就会手术，而且会给你一个很好的肾源。"

　　这时天尚仁打电话过来，叫他们下楼到天桥的下面等，因为省医院外面不允许停车，这里交通繁忙，一停就堵。高声语双手提着东西无法照顾杨娇，宋腊妹扶着杨娇，杨娇太虚弱脚怎么也迈不动，看来真的是不会走路了。幸亏这时宁光走了过来，把杨娇背到了天桥下面。接近四百米的距离，累得宁光气喘吁吁，他们刚刚到天桥天尚仁就开车过来了。宁光一看到天尚仁就说道："表弟，怎么是你？"天尚仁说道："我和杨娇是高中同学呀！"宁光说道："这么巧。"这时天尚仁催他们快上车，不然就要堵车了。杨娇与宋腊妹、宁光打完招呼，车子载着他们绝尘而去。

　　杨娇一上车就埋怨天尚仁道："三娃（天尚仁的小名），早晓得你这么神通广大，我就不欠宁光这么大个人情了嘛！"

　　天尚仁马上醒悟道："宁哥帮换病房的就是你哟？我咋晓得你要换病房。"

　　杨娇说："那宁光咋晓得的呢？"

　　天尚仁说："前段时间宁哥的儿子走了，我怕他想不开，有时间就陪着他，可能就说了我的情况。我给现在的领导开车才半个多月，上次到医院来看你时我才刚给她开了两天车，后来有天她叫我开车到省医院来帮她拿东西才知道她的老公是省医院的院长。"

　　杨娇笑道："三娃，那不是我冤枉你了？那就对不起了哟。"

　　他们一路说笑，时间过得非常快，不知不觉就快到家了。回到家中，杨娇真正觉得脱离了苦海。在这里，想在哪里躺就在哪里躺，想在哪里睡就在哪里睡，想什么时间睡就什么时间睡，除了部分东西外，想吃什么就吃什么。但没过几天，杨娇就觉得烦，很无聊。每天就那点儿事，吃药、量体温等等，很快就完。而此时的杨娇又不敢出去，除了家，哪里都不安全。因为家里的消毒液、醋、紫外线灯这些才能保证她不被感染。

二

这天，杨娇在"移植网"上瞎逛，看到"移友"萝卜丁儿写的文章，很是受用，就认认真真地看了起来。她是一位湖南的肾移植受者，一位市级名优教师，从教十七年。如今离开了她热爱的三尺讲台，只好将苦难埋在心中，让它变成生命的养料。她用调侃的笔调记录了术后两年的良好心态和摇曳多姿的生活经历，展示了"移友"们普遍乐观向上的精神风貌。

你羡慕我的自由，我羡慕你的健康

"你现在真好，不用上班，天天好玩，自由自在，真羡慕你！"常听到这样的话，我笑一笑，无言以对。我现在的确是自由身，想吃吃到撑，想睡睡到自然醒，想玩玩到全世界，想去哪就去哪，只要我愿意。家人顺着我，一切皆以我顺心、开心为主；单位照顾我，再也不用过着早出晚归、风尘仆仆、用尽脑细胞的日子啦。年纪轻轻，本应在三尺讲台度过青春岁月，我却已经过着退休人员清闲安逸的日子，着实惹人眼羡。我的自由自在成了别人眼中的一道风景——神仙日子！话题开了，这路神仙时而这里会餐，那里K歌；时而这里聚会，那里出游；时而这里爬山，那里散步……唉，神仙都没我充实，爽吧？你定羡慕吧？来，瞧瞧我的另一种魔鬼日子吧！

（一）"三高"生活

血压高、血糖高、血脂高全黏上我，一样没少。头痛欲绝、太阳穴的筋跳得厉害，准是血压升高。无缘无故升至一百五六，不敢小觑，进口降压药一天一粒不能少，八块多一粒，得当饭吃。术后服抗排斥药引起副作用血糖升高，我的天哪！心爱的糖再也不敢吃了，糖分高的水果小吃都要忍痛割爱了，每天还要控制米饭量。一天在手指上自己给自己扎四针，虽然痛，还得抵着针孔，任针头使劲刺，就为那一点点血。天天还得准时监测记录血糖情况，高了，再吃进口药，再控制。后来血脂又高了，医生强调，"别吃太好，少吃油"，每天少油少荤，差不多吃素了，还是高而不降，没办法，再来进口降脂药。嘿嘿嘿嘿嘿，全三高、全进口，羡慕吧！

（二）另类旅行

火车票、汽车票保存了一部分，顺风顺车的事别提了。目睹车站的变化、火车票的更新、列车的调整，我就像它们的忠实追随者。路途中，我要晒晒风光；出门在外，我要晒晒伙食；偶遇相聚，我要晒晒朋友；相约而行，我更要晒晒快乐……我的一摞车票，谁给报销？傻瓜虽苦，也不想苦给大家看，每趟复查路，都当是一次另类旅行吧！

（三）特殊器具

紫外线灯，血压计，血糖仪，电子秤，体温计，量杯，陈醋，84消毒液……这些日用品，一样不缺，活脱脱一个家庭病房。梅雨季节、感冒传染期间，紫外线灯、84消毒液、陈醋该隆重出场了，只为全新空气。臭氧的味道真好闻，陈醋的熏香真特别，84的味儿真舒服。每天晨起任务，测体温、测血压、测体重、测尿量，一样一样地来，一样一样地记，小本儿上全是数字，密密麻麻记了几本，这些数字见证着我的成长！

（四）进口"食粮"

房间的柜子里，堆满了我的口粮，冰山一角，吃完一山又一山。"饭可以不吃，但药不能不吃"，这是我们移植人的理念。清一色进口食粮，抗排异的、治感冒的、消炎的、降糖降压降脂的、降尿酸的……日子虽然紧巴巴，但全是外国货，终身"爱"上了它，嘿嘿，一流的崇洋媚外的家伙！

（五）标准统计员

每每检查结果一大堆，扔了，找不到依据；存了，地盘太小。没办法，找朋友做了一本书样，还要求封面精致，设计符合我口味，全套检查记载，一项不落下，前后对比，对自己有个正确的评估。嘿嘿，谁要统计员，找我就对啦！

（六）未经历的恐怖

这些术后日子的小小缩影，有喜有乐。当然，最可怕的术后感染没经历过也不想经历，最好一辈子别经历，那种死里逃生的日子，谁愿意去试？人生如戏，如若经历，再谈感受。这样的自由身，这样的神仙日子，你想要吗？谁想要？谁敢要？

（七）幸福要求如此简单

透析的日子过了近两年，谈起来仍然历历在目，不能喝水，不能排尿，不能远行，去医院是唯一活路。各种药一大把，降压补血护心，身上千疮百孔，几根管子插在身上，洗澡不方便，时不时还感染，防不胜防，终身不得自由。这种绝望的日子你可曾体会过？现在术后解除禁锢，喝水尽情，撒尿舒畅，出门不忧，这种快乐，你可曾有过？拔了身上的管，还身体原样，痛痛快快洗个澡，这种喜悦，你可曾有过？虽然仍离不开医院，但不用像往常那样两天一趟，一躺四小时，年复一年，日复一日，这种脱离苦海的重生，这种美好,你可曾有过?好不容易换来的自由身,我怎能不好好把握?我怎会虚度光阴?我怎会不开开心心过好每一天?

你们见到的是我的开心一刻,我的快乐时光,我的脱胎换骨,我的第二生命。在你眼中,若我的开心快乐碍了你眼,请把我从你的圈子中删掉,因为我不会为了活在别人眼中而改变自己。现实是骨感的,我倒霉,有人拍手有人欢笑,有人伤心有人落泪;我顺畅,有人拍手有人欢笑,有人冷眼有人数落。无论怎样,我开心时,真朋友始终为我开心;我落难时,真朋友始终为我雪中送炭,足矣!

你不是我,没有过我的经历,没走过我的黑暗,没经历过我的风雨,没经历过我的蜕变,你终究是不懂的。风雨过后,绝处逢生,对生活的向往,对家人的珍爱,对恩人的感激,对爱我的人的珍惜,对仇恨我的人的宽容,你终究是不懂。你羡慕我的自由,我羡慕你的健康。我——移植人走过的生活,似"仙"又似"魔"!

杨娇读完萝卜丁儿的文章,心想,虽然萝卜丁儿没有经历过术后感染的恐怖,但自己只有"两高",血糖不高,要比萝卜丁儿有口福。萝卜丁儿每天还得扎针测血糖,而自己不用。一想起扎针杨娇就打冷战,自己血管细,住院输液有时要扎好几针才行。碰到业务不精或者新来的实习生,那就遭罪了。更可怕的是,时间一长,血管变细,扎不进针,将身体扎成筛子也无济于事,那个痛呀,是真的不想活了。这时护士就会上火、发脾气,埋怨血管没长好,病人还得向她说对不起,血管没长好确实是自己的错。只有赔着笑脸小心地安慰她,叫她不要急,慢慢来,会套上的。萝卜丁儿的文章引起了她的共鸣,一番感慨后,她又不管不顾地看了起来:

春雨过后的清晨，还带着丝丝寒意，阳台盆栽的枸杞，早已在不知不觉中抽出了许多嫩叶。崭新的、嫩嫩的，不忍触摸，怕一不小心碰掉刚长出的小精灵，它们脆弱而顽强，正诠释着生命的意义。今天刚好是整整一年，回忆生病到现在，往事一幕幕涌上心头……

绝望

　　当我给自己定下的小目标一个一个达成，以为可以安心卸下重担好好生活时，2012年5月27日，一张化验单却无情地告诉我已患尿毒症。几次复诊，医生告知只有透析和换肾才是活下去的出路，感觉天就要塌下来一样。人在绝望时是最无助的，过度悲伤加剧了病情，第三天就因短暂失去意识而住进附二急诊抢救室，后来就是透析。我永远忘不了6月1日凌晨的第一次血液透析。附二院医生深更半夜加班就只为我一人，把我推进偌大的透析室，第一次看见无数台透析机，又惊又怕，医生不允许家人陪着我，近乎小指头粗的针头扎进双脚的动、静脉，疼得我顾不上自己是成人，而像小孩那样号啕大哭。冰冷的病床，我不停地抽泣，摸着体内热乎乎的血液顺着管子流进透析机，眼泪止不住地流。在医院，烦躁、绝望、无助、无奈……丈夫守护四天四夜没合眼，父母一下子苍老许多，家人在我面前小心谨慎，生怕一句话一丁点事触动我。周末，女儿千里迢迢来到附二，当她踏进病房那一刻，我强忍着，不想让她幼小的心灵承受剧痛，想说话却哽咽着什么也说不出，就那样默默地看着、抱着。短短几分钟过去了，医生不允许久留，望着她们离开的背影，内心备受煎熬，自己的不坚强只会让家人更痛苦，我努力调整心情，不管怎样也要为年幼的孩子、年迈的父母、疼爱的家人支撑着。后来回到家，无论冬夏，无论晴雨都要往人民医院跑，那是我唯一的生命通道。病魔就这样汹涌而来，毫无征兆，也让人毫无反抗之力。这段伤心的经历是心底最刻骨铭心的记忆。

重生

肾源配型后等待了近两年的时间，那段时间最盼望的就是附二江老师的电话，她的电话预示着我新的生命。女儿都知道我二十四小时开机只为了不错过这个电话。

2014年3月29日下午4点，一家子其乐融融，妈妈和女儿包饺子，我和爸爸为冰箱除冰。江老师一个电话，我认真听着各种交代，接着就是忙碌地准备一小时。老公匆匆忙忙从单位赶回家，妈妈简单收拾东西，我激动万分，浑身发热，手抖得不知所措。几分钟后冷静下来，我做了个交代。5点20踏上去附二的路，一路上有爸爸、老公、舅舅的陪伴，心里都是甜的。近六个小时的车程奔向医院，护士早已等待着我。立即做各种术前准备，忙完后告知我肾源已在路途，需推迟几小时手术，叫我稍作休息。我见到和我同一供体即将同时手术的小弟早已酣然入睡，可自己却毫无睡意。

凌晨4点多，手术室的护工来接我们了，小弟先、我在后，家人把我送进手术室门，目光告别，但没有害怕，随着护工不停地转，跨过一道又一道厚重的电动铁门，眼睛直盯屋顶，任凭无数盏灯从眼前飞过。室内宛若白昼，这场面、这阔气的手术室我只在电视里见过，现在竟然身在其中。最后推进了暂属于我的手术室，看见两个医生不停地剪着什么（后来从手术记录中才知道是在修复肾），三个护士开始"招待"我，右手扎针吊水，告诉我是护胃的，同一处继续扎针，第三针扎下去，我什么也不知道了……

一觉醒来，就嚷嚷要上厕所，护士告诉我早已手术完毕，现身在ICU，已是下午3点多，同时手术的小弟比我早醒。后来复查遇到临床的蒋姐，她告诉我，见我昏睡太久，才叫护士不停地叫醒我。这段昏睡的时间，亲人在手术室门口接我，和我招呼，见我眼睛睁着，小外甥还叫了我，老公为我挥胜利手势，把我送进重症监护室。这一切我浑然不知，现在想想，原来一觉醒来便是重生。

　　ICU的十四天也许就是重生的蜕变，亲人没在身边，不能近身照顾，一切都要靠自己。术后，在享受有水放肆喝、有尿尽情拉的喜悦时，也承受着术后带来的疼痛。药水几天几夜不停地流进血液里，手上的针眼无数个，青一块、紫一块，翻身、下床、上厕所……步步维艰，还要小心提着插在体内的管子，不然碰一次便痛一次，看着管一节一节地拔出，忍着一次又一次的剧痛，也就一步一步地熬过来了。

　　术后的日子总是充满快乐。手术成功，解除了身体透析时病毒清除不干净的各种不适，解除出不了远门的困扰。术后的日子总也提心吊胆。术后保养、防止感染以延长移植肾的存活期是我今后的必修内容，和肾友交流，自己积累经验，不断前行摸索。听前辈们说，移植后，半年望一年，一年望三年，三年望五年，五年望十年，每过一坎就闯过了一劫。漫漫长路已行走一年，带着希望，或行走更远更远……回忆是因为忘不掉，揭开伤疤忘不了痛，一路辛酸，满是泪，每每想起都揪心，可是我要感谢它，因为它让我意识到了自己有多坚强。愿将来，微笑常相伴！

　　杨娇看完萝卜丁儿的文章，坐在沙发上久久无语，眼里蓄满了泪水。同是移植病人，经历有许多的相似，大病突至，最先倒下的是精神。记得自己上午查出病情前几小时还活蹦乱跳，下午，躺在医院的病床上就起不来了。其实，那段日子亲人也许比我们还痛。杨娇清楚地记得，从未住过医院的老公，悄悄地把摄像机拿进病房，为自己录下病中的每一个瞬间。也许他怕自己就此离去，在回忆时，怕忘了妻子的模样吧！也许他认为相片是凝固的永恒，没有生机却更能传达亡人往昔的音容笑貌吧！抑或是假装亡人还活着的意思呢？可惜那时的自己，除了泪雨倾盆已不能欢笑了。

　　一阵电话铃声将杨娇从往昔的岁月里拉了出来。原来是肖潇问杨娇明天是否去省医院复查，于是杨娇一边答应一边对正在收拾屋子的高声语说道："明天星期一，肖潇要来检查，我也要去。余先雷和龙吉伟他们明天要去Ａ医院开药，我们约好了一起见面。"

　　高声语答道："肖潇离这里有两百公里，她什么时间过来？"

　　杨娇说道："肖潇今天晚上过来，住在医院附近。明天还要帮我们排队。"

　　她们移植病人每次复查都要查肝功、肾功、血常规、血药浓度、尿常规等等。由于检查的病人多，她们又要准时吃排异药，所以必须提前排队，把检查单准备好，排好队就直接抽血检查。她们每次都会约几人一起检查，一是可以互相排队，二是可以在等报告的时候消磨时光，以免孤单。

　　"明天我们什么时间出发？"高声语问道。

　　"6点半。"杨娇答道。

　　于是，高声语就去收拾明天到医院需要的东西：检查单、排异药、降血压的、补钙的、保胃的、保肝肾的、水杯、碗筷、原始检查单、门特①资料……自从杨娇生病以来，他成了杨娇的影子，远离了自己的圈子和朋友。家里有一个病人，一家的生活就此改写了。

---

　　①　即门诊特殊病种。

三

近日，宁光显得尤其繁忙，他既要去医院为移植病人服务，又要收拾宁文琴借给"移友之家"的房子。屋内不用费神，宁文琴都进行了简装，只需购回家电和"移友"需要的紫外线灯、空气清新机、血压计、血糖仪、消毒柜、量杯等，"移友之家"就可以开张了。

工作主要在楼顶，宁光想把楼顶近三百平方米的面积全部用起来，造一间琴房，置办些乐器，教几个学生，赚点儿钱补助"移友之家"，平时还可搞些小型的文娱活动。另外就造亭修池养鱼，培植花草，打造一个小花园，再搞一个观景台，这里离海滨公园直线距离只有两百米，视野开阔。最可喜的是公园里那近三百亩的人工湖清晰可见，美景令人心旷神怡，湖里有野鸭、白鹭等水鸟，白鹭起飞，就是"两个黄鹂鸣翠柳，一行白鹭上青天"的景象。这天，宁光正在楼顶规划，宁文琴和黎学兵过来了，他们是来送电器和移植病人用的东西。宁光下楼一看，自己需要的东西全有了：电视、电脑、冰箱、空调、空气清新机、血压计等一应俱全。宁光见到这些特兴奋，心想这个妹妹真是个急性子，看来"移友之家"要提前开张了。

宁光对妹妹说道："我准备将楼顶好好打造。"

宁文琴对黎学兵说："黎先生，把设计图拿给哥哥看看。"对宁光说："他已按你那天说的找设计师把图纸弄好了，明天工人就来这里施工，不会耽误你的事。"

宁光说："太让妹妹费心了！"宁光看完图纸，很是满意，接着问道："有没有把隔壁楼顶纳入规划？"

宁文琴："哥哥不用担心，隔壁已满口答应，完全支持你的工作，你若需要他们的帮助尽管开口，他们被你的善心感动了。"

宁光说道："太好了，谢谢妹妹。现在你不要过分操心，多保重你的身体。"

宁文琴笑道："今后我也是'移友之家'的一员，尽力是应该的，也是在帮我自己。"

宁光说："那就让妹妹受累了"。

这时黎学兵过来说道："文琴，东西搬完了，除空调没安装这些都弄好了。天不早了，我们就先回去吧，那宁光哥就辛苦你了。"

宁光说："好，学兵，你们先回去。"

师傅在安装空调的时候，宁光显得很无聊，就又跑上楼顶，他想好好琢磨琢磨这个珍贵的地方。刚上楼，就看到一个单薄的年轻人，大约三十岁，一米七的样儿。宁光心想，莫非是隔壁的主人？就微笑着跟他打招呼，算是拜码头。这时，年轻人竟主动走过来说道："你是宁光哥吧！我听文琴姐说起你。"

宁光说："你好，你是隔壁……"

"我叫关梓木，你的邻居。"年轻人说道。

宁光道："哦，你好，关弟，今后还请多关照。你以前就认识宁文琴？"

关梓木道："认识八年了，文琴姐是我的救命恩人。"

宁光道："那关弟也是？宁光想起来了，那晚妹妹提到这个人。"

关梓木道："我是肝移植，幸亏遇到文琴姐，要不早走了，哪能活到现在。"接着关梓木说起了他的经历。

"八年前，我二十一岁，得了肝癌，母亲捐肝救了我。当时太年轻，家里有钱，娇生惯养，哪吃过这种苦，一出院就与我那帮兄弟胡吃海喝，还以为自己又是好人了。由于不遵医嘱，我病倒了，以为只是小感冒，后来才知道是最可怕的术后感染。太痛苦，生不如死，我确实不想活了，自杀过三次，都被救过来了。

"有一天，很无聊，在病床上玩手机，误入文琴姐的QQ空间，看到了她的日志，我被她与苦难抗争的精神感动了，我要活下来！但是，已经晚了，由于自杀，我耽误了病情，入院半个月后我住进了ICU，这一住，就是五十多天。后来被医生宣布死亡，医院给殡仪馆打了电话，叫来医院拉尸体。那天殡仪馆生意特别火爆，拉尸车一个多小时都没来。当时，医生要拔我的氧气管，因为人都死了，他们也要结束这里的工作。我母亲坚决不干，她认为她儿子不会死，她一定要坚持到灵车来时才放弃。也许是我命不该绝，抑或是看了文琴姐的日志坚定了活下去的信念。后来，我苏醒了，我终于活了下来。有时候我在想，我们坚持到最后，实在坚持不了了，再咬咬牙，也许奇迹就会出现。这些年，我就是这样挺过来的。

"八年来，从移植肝第七个月起，就开始了我的苦难。复查时，碱性酶高，医生让加大优思弗，无效，继续升高。造影发现为胆道狭窄（靠近吻合口）。幸亏T管未拔，从T管处放入支撑管，一头引流，半年换管一次，医生让带管两年，为保险起见，我带管三年，肝功除碱性酶高，一直正常。

"不久，突然小便发黄，皮肤痒，去医院查血，黄疸80多，转安酶180，于是各种忙活找病因。首先怀疑肝炎复发，抽血测各种病毒，正常，大夫让做肝穿，加急化验，排除排异可能和药损，再做核磁，终于确定病因，发现为胆道狭窄（靠近吻合口）。大夫建议做皮下肝穿，两次放管支撑引流（大夫说放支架容易引起胆道感染等炎症），经过生不如死的痛苦（用球囊扩张那种疼不是人能受得了的），放管成功了，金黄的胆汁顺着管流出来，立马止痒，就是这么神奇。小便恢复久违的无色，胃口大开，吃嘛嘛香，只是B超显示有轻度脂肪肝，身上有管不敢做大幅度动作，只能调整饮食或做些轻的动作。说实话，身上有个管子，十分不便，尤其是夏天洗澡，可是为了活命，这又算得了什么……"

关梓木的话，令宁光感动不已。看来每个移植人的存活都是一部血泪战斗史。八年来，关梓木经历过数次死亡，他已经从一个衣来伸手饭来张口的富二代，成长为一个坚强的钢铁战士。

"宁光哥，我有个建议。"关梓木说道。

关梓木的喊声将宁光从万千感慨中拉了回来，他赶紧回道："你说，关弟，有什么好的建议？"

关梓木道："文琴姐把图纸拿给我看过，你看是不是缺个菜园子？反正这里有近三百平方米，辟个二三十平方米作菜园子应该不会对你的规划有影响。你想，自己种菜，有乐趣、无污染、又新鲜。现吃现摘，既能改善到这里来的移植人的生活，还能提高他们的生活质量。我们家的保姆很会种菜，又勤快，到时我喊她过来帮你。"

"太谢谢你了，关弟，这个主意好。"宁光赞叹道。

"不客气，宁光哥，今后我还要贪你便宜呢，这个菜园子不就变成我的菜园子了。"关梓木说道。

"应该应该。"宁光说道，"真没想到文琴妹妹与你还是邻居。"

关梓木回答道："是我父亲强迫文琴姐买的，说这里肯定要升值，离医院又近。环境优美，空气清新，景色宜人。更重要的是他们生怕我出乱子，如今只有文琴姐镇得住我，父母希望文琴姐照顾我。"

这时，宁光的电话响了，原来是省医院有急事，叫马上过去。宁光叫关梓木帮忙照看一下，空调师傅还在安装空调，说完就匆匆地去了医院。

第七章 新生

一

宁光来到器官移植中心，碰到正准备下班的林凤鸣，林医生说："老宁，你来了，好像你侄娃在找你，他在医生办公室。"宁光说着谢谢，就进了医生办公室。这个年轻人活脱脱就是一个宁仁杯，只是比儿子矮一点儿，年轻一点儿，精神一点儿，宁光有点迷糊，难道儿子又回来了？宁光的心又痛了。

这时，值班医生乙见宁光进来就说道："老宁，你来了，这个小伙子有急事找你，他说是你侄娃。"宁光认真打量着这个年轻小伙子，五官及面部确实像宁家的人，但从没听说有这样一个侄子呀。

年轻人显得很激动，对宁光说道："对不起，宁爸爸，有些事一时说不清，我们找个清静的地方，好吗？"

年轻人叫他宁爸爸，他更加糊涂了，想了想就说道："行，那就到医院的小花园吧。"

到了小花园，他们找了张条椅坐下来，这时年轻人非常激动，很深地吸了口气，腼腆地说道："宁爸爸，对不起！可能要占用你一些时间，我一时半会儿还说不完。"

宁光不知道这个叫他宁爸爸的人到底要对他说什么，温和地鼓励他道："孩了，不要紧张，我愿意听你说。"

年轻人清了清嗓子，就开始了他的叙述："我叫张波，是个孤儿，八岁那年，妈妈离开了我，十三岁那年，爸爸也走了，那年我也差点离开这个世界。十七岁我来到了这个城市读大学，大二快结束时，就患上了尿毒症，今年，我大学就快毕业了。"

宁光听孩子这么一说，眼泪就差点流了出来，这个孩子身患绝症，却完成了学业，和宁仁杯一样，是个好孩子。他忍着泪水，对张波说道："孩子，你们家到底发生了什么？你告诉叔叔，看我能不能为你想点儿办法。"

张波接着说了下去："我是汶川县映秀镇人，八岁那年，妈妈上山采草药，不幸滚落山涧，当场去世。这以后，我就与父亲相依为命。爸爸患过小儿麻痹症，不能正常行走，我一边读书一边做家务，有时还得照顾父亲。

"父亲有一门做缝纫的手艺，我们住在镇上，他靠缝补和残疾人补助维持着我们简单的生活，叔叔看到我们生活很艰难，就到镇上为我们家申请了低保。这以后，我们家的生活有所好转。父亲虽然没有文化，但对我读书很重视，五岁就送我念书，他最大的希望就是能看着我读上大学。我暗下决心，一定要好好学习，报答父亲的养育之恩，让没有出过镇、坐过火车和飞机的父亲感受一下外面世界的精彩。

"父亲没有等到这一天，一场大地震要了他的命。那天我腹泻，刚走出教室，地震就发生了。周围所有的建筑，在我眼前瞬间消失了。我的四十七个同学全部被埋在废墟里，还有我的老师，他们一个都没有活着走出来。当时，我完全被这地动山摇的景象吓傻了。周围全是尘埃，天空似乎暗了下来，身边看不到一个人，我感到异常恐怖，没有悲伤，只感到害怕，悲伤是后头才有的事，当时除了害怕，什么都不知道。不知过了多长时间，我才想起去找我的父亲。到处都是倒塌的房子，到处都是残垣断壁，已经没有路，整个镇子已经面目全非，父亲在哪儿呢？这以后，我再也没有见到父亲，包括他的尸骨，因为大地已将他的尸骨深深埋葬。

"叔叔是我们那里仅有的几个幸存者之一，那段时间，我就和叔叔住在一起，四个月后，我离开了叔叔，开始了我的求学生涯。那以后，就很少和叔叔联系了，因为叔叔又找了个新婶婶，新婶婶不怎么喜欢我，我就很少与他们走动。听别人说，当年大地震，叔叔能留下一命，是因为到外面去与别人鬼混，才躲过一劫。和他鬼混的这个人，就是我现在的新婶婶。总之，叔叔对我还算好：第一，他陪我一起度过了那惊恐彷徨的几个月；第二，没有他，我也许现在还在透析，所以，在这里，我要感谢他！

"因我是外地户口，没有这里的医保，在这里做肾移植手术要交十五万元的保证金。我只有八万元存款，这都是地震后国家的补偿，还有这些年的低保积累，另外就是患尿毒症后，学院和同学及社会爱心人士的捐赠。一年前，省医院打电话叫我去做肾移植，说有适合我的肾源，但因差七万元钱而错过了手术。后来，我回到映秀，找到叔叔，叫他帮我担保，我把低保证和房屋产权证押在他那里，就在当地放高利贷那里借款。当时我给他们约好，一旦医院叫我做肾移植，就叫他们给我汇钱过来。上个月，省医院再次给我打电话，说又有适合我的肾源，叔叔当天下午就给我汇来了七万元救命钱。我很感谢叔叔和那个放高利贷的人，感谢他们对我的信赖，因为他们也承受了很大的风险和心理压力。一个绝症病人走上手术台，他的未来是没有保证的。我在医院换肾成功，也要感谢移植中心的刘主任和林老师以及所有的医务人员，他们为我免除了很多的手续，对我特别关照，他们给我的爱与同情，我会终身铭记。

"住院期间，我听到了你的消息。虽然国家有规定，捐者家属和受捐方信息要保密，医生、护士不明说，但我通过对比分析，发现植入我体内这枚珍贵的肾，就是宁仁杯哥哥的。这次移植，我恢复得很好，十五天我就出院了。一周后，我来医院复查，听别人说你竟然到医院做义工来了。回去后，我再也无法入眠。在你身上，发生了这么多不幸，你却把苦难埋在心中。你培养了一个这么好的儿子，他的爱，拯救了六个濒临死亡的人。你不但不向社会索取，自己还没有从失子之痛中完全恢复过来，又把爱洒在了移植病人的身上。你们的爱心深深地感动了我。我暗下决心，这次来医院复查，我一定要见到你，我一定要做你的好儿子，我要凭我的能力，让你幸福快乐。我要像宁仁杯哥哥一样，让你高兴自豪。"

　　张波从椅子上站了起来，跪在宁光面前继续说道："爸爸，收下你这个儿子吧，他会做一个有爱心的人。"张波失声痛哭，不知道是为自己的新生而哭呢，还是为这个新爸爸的悲凉身世而哭。是的，在他独特的人生里，没有童年，没有青春，没有爱，没有温暖，只有苦难、病痛、绝望和孤独。

　　宁光也忍不住有些泪湿，他紧紧抓住张波的手，把他拉起来抱在怀里，说道："孩子，爸爸收下你了，爸爸认你这个儿子，你一定要好好活着，爸爸现在再也经不起失子之痛了。孩子，你知道你现在是多危险吗？你不好好休息、保养，感染会要了你的命，你仁杯哥哥就是因为感染而离开我们的。我们没有经验呀，谁愿意有这样的经验呢？现在，我有了，我有这个能力让你度过感染期。从现在起，半年内，你不能离开我。"宁光将张波抱得更紧了，生怕他离开了，像儿子那样一去不返。

早上 7 点半，杨娇她们就到了省医院，忙完已是 10 点多了。她们刚走到医院下面的小花园，电话就响了，原来余先雷和龙吉伟两人从 A 医院过来了。病友都喜欢聚在一起，相互寻找温暖。

"肖潇，你老公怎么没来？"杨娇这时突然想起来就问道，刚才一忙就忘了。

肖潇答道："他单位有事，来不了。"但杨娇看肖潇明显不高兴，像要哭的样子，就没有继续问下去。

"杨娇，你们今天怎么来了？"杨娇掉头一看，原来是宁光从那边过来了。

杨娇答道："你好，宁光哥，我们今天来复查。你这是要到哪里去？"

宁光答道："给一个移植病人送血药浓度，那个移植病人严重贫血，只有三克多血，开始都没抽出血，所以现在才来送。"送查血药浓度的血要经过这个小花园。

杨娇和肖潇答道："哦，那你忙，宁光哥，我们在这里等两个病友。"

"好，一会见。"宁光说完就走了。

与余先雷、龙吉伟一起来的还有个小女孩。原来她是龙吉伟换肝后生的，今年十三岁多，叫未晗。

杨娇问龙吉伟道："孩子怎么没有念书？"

龙吉伟脸上掠过一丝哀伤，但立马就笑答道："孩子喜欢画画，她喜欢干什么我们都高兴，反正都是学习。"杨娇听后心想，孩子有爱好是好事，但文化课也很重要呀。

高声语见他们说得热闹，插不上嘴，就在一边打量这个小姑娘。她大约和杨娇一般高，秀发披肩，长相甜美，面部略显苍白。身上背一个画板，很文静地站在那里听大人们摆龙门阵。

"好热闹呀！"宁光这时又过来了。杨娇赶紧向龙吉伟和余先雷介绍道："这是宁光哥，我住院全靠他。"余先雷和龙吉伟齐声说道："久仰，久仰！宁哥是爱心人士。""移友"在一起不分年龄，互称哥姐，年龄太小的就在姓前加个"小"字。

宁光说道："过奖，过奖！今天大家都在这儿，就请大家去看看我给移植人建的家，帮我提提意见。"

大家满口答应。宁光边走边告诉大家他建"移友之家"的目的、意义以及"移友之家"今后应承担的责任和使命，不知不觉就到了。

来到"移友之家"，大家进门一看，这里有"移友"所需要的全部仪器，房间可供六位移植病人食宿。客厅和四个卧室面对海滨公园，公园景点一览无余，那个近三百亩大的人工湖仿佛就卧在面前，任性地荡漾。未晗简直高兴坏了，从这间屋跑到那间屋，边跑边喊妈妈："这里太美了，我要到这里来画画。"龙吉伟看见女儿这么高兴，非常幸福，回答道："晗晗，你喜欢这里就跟宁叔叔说。"未晗赶紧跑到宁光面前，说道："宁叔叔，我能经常到你这儿画画吗？"宁光答道："小美女来，那叔叔肯定愿意。"

"耶，妈妈，宁叔叔同意了。谢谢宁叔叔！"未晗高兴得蹦了起来，白得不太正常的脸泛起了红晕。

杨娇说道："宁大哥，你楼上咋这么吵呢？"

宁光说道："哦，忘了给大家介绍，楼上正在施工，是今后的工作室，'移友'的活动室、观景台，大家上去看看吧。"

来到楼顶，工人正在工作，一派繁忙。站在这里看风景，又是别有一番滋味。未晗那个高兴呀！真是要飞起来了。有两个年轻人见宁光他们上来，赶紧过来打招呼，一个叫宁光爸爸，一个叫宁大哥。杨娇感到很纳闷,宁光家里不是只剩一个人了吗,怎么又钻出来两个?

这时,宁光向大家介绍道:"这个年龄大的叫关梓木,现在是邻居。"接着又指向年龄小一点儿的:"他叫张波,做肾移植才一个月,我收养的孩子。"

"叔叔阿姨好!"张波笑着向大家打招呼,非常阳光。

此时,余先雷大声说道:"同志们,快午饭时间了,今天我请大家吃个便饭,同时也感谢小宁对我们移植病人的关注。"

宁光客气道:"在我这儿,我请大家。"

余先雷大手一挥,说道:"这里年龄我最大,小宁,就听我的。"

"要得,我们今天跟着余大哥走,好不好?"龙吉伟笑说道。

"好,我同意。"杨娇附和道。

今天余先雷带"移友"聚餐的酒楼叫满江红,这是一家中高档中餐酒楼。余先雷曾在这里接待过南来北往的客人,也开始了自己的辉煌人生。余先雷喝过很多白酒,最高纪录是一次喝了五斤白酒而无醉意。余先雷喝来了自己的暗淡人生,在这里开始了他的死亡之旅。他的这场病没有白得,成功地来了一次华丽转身。自从与宁光结缘,他才开始了真正的人生:从不自觉地帮助别人到主动为"移友"买单。

今天与"移友"欢聚满江红,还为"移友之家"化来了一万元捐款。"移友"们被满江红照顾得满心欢喜,就连那个被杨娇取笑的天尚仁(说他是来蹭饭的,因他们刚从"移友之家"出来就碰到了天尚仁),在满江红也见识了余先雷虽远离江湖,至今江湖仍有他的传说——酒店老总对他仍尊敬有加。"移友"们从满江红出来,提着酒店送的礼品个个欢天喜地。杨娇、肖潇、高声语坐着关梓木的奔驰绝尘而去时,酒店老总仍牵着余先雷的手怎么也不肯放下。

杨娇她们是去省医院取检查报告。在满江红用餐时，紧挨龙吉伟的杨娇才知道，未晗患有先天性心脏病，手术难度大，风险特别高。肖潇她们知道这个残酷的现实时，心里特别难受，开始还喜气洋洋的车内变得寂然无声。而高声语在吃饭时还鼓励未晗说："小妹妹，你有梦想，就要坚持你的梦想。青春是人生最美的歌，愿你好好谱写，唱响未来的每一个日子……"原来她还是一个重症患者。

杨娇和肖潇她们坐关梓木的车回到了省医院。高声语叫她们到二楼移植门诊等，他到四楼去取检查报告。高声语每次都是单独去取报告，他是怕检查指标不好让老婆心里难受。假如不好，他就好提前想好应对之策，不要让老婆朝排异的方向联想，排异就意味肾坏死，那是很可怕的事情。今天，高声语拿到检查报告，要看的是肌酐、尿蛋白、隐血、血红蛋白、白细胞等，今天指标还好，就是肌酐比正常指标高了十个点。肖潇指标也不错，就是转肽酶有点儿高。看了指标，高声语如释重负，刚才那忐忑不安的心情一扫而光。像临刑的死囚拿到了免死牌，他迈着轻快的脚步来到移植门诊，看见肖潇伏在杨娇的肩上哭，而且哭得很伤心。高声语很茫然，刚刚不是好好的吗？

杨娇给肖潇递了个纸巾，叫肖潇看检查报告。肖潇接过纸巾，擦了擦红肿的眼睛，犹如梨花带雨，别有一番风情。杨娇拿过检查报告一看，叫道："怎么肌酐涨了，都98了。"她们的最高正常值是84。

高声语安慰道："这些指标还好，就是肌酐略高，待会儿问问刘主任。哦，你还没有挂刘主任的号？"

杨娇答道："肖潇挂了的，我待会儿和肖潇一起进去。"

"你又要占小便宜。"高声语说道。平时不管有没有号，刘主任都会把移植病人看完。有的移植病人是为了节约二十元挂号费，有的却是想挂又没有刘主任的号了。在这个事上，刘主任从不计较，经常是睁只眼闭只眼，只要讲秩序。

今天肖潇看了检查单没有说话，可能一是心情不好，二是今天的指标她能够接受。下午4点刚过，轮到肖潇看病了，杨娇就跟着肖潇进了刘主任的诊室。几分钟后，她们就出来了，还算高兴。高声语马上凑上去问道："刘主任咋说的？"

杨娇道："刘主任说我现在还在吃抗感染的药，只要不吃这种药肌酐就会下来。"

"那肖潇呢？"高声语问道。

"刘主任说我是术后感染后遗症，感染期间损害了肝功，但慢慢就会恢复。"肖潇说道。"杨娇，你帮我把东西拿着，我去上个卫生间。"肖潇又说。

高声语见肖潇走远，就问杨娇道："肖潇刚才哭啥子？"

杨娇回答道："她和老公离婚了。"

高声语说道："人家才出院就离婚，她老公也太狠心了吧！"

这时杨娇的电话响了，接完电话，杨娇见肖潇从卫生间过来了就对肖潇和高声语说道："过会儿宁文琴要到这边来，今天是她换肾八周年纪念日，还请了刘主任和林医生，叫我们在医院后门口等，一会关梓木就来接我们。肖潇你这几天就到我那里去散散心。"肖潇想了想也就同意了。

他们下楼刚到医院后门，就听见有人喊"阿姨，这里、这里"，杨娇眼尖，见张波从车里下来，他们赶紧上了车。

杨娇问道："小关，辛苦你了，我们现在要去哪里？"

关梓木说道："我先把你们送到恺撒大酒店，再回来接刘主任他们。房间订好了的，楼顶的旋转餐厅B座。"

"到这么高级的地方？"杨娇感叹道。

关梓木说道："刘主任他们要来。"

杨娇说道："小关，那就谢谢了哈！"

关梓木说道："杨姐，你太客气了嘛，能请动二位美女非常荣幸。刘主任能来，是因为文琴姐创造了一个之'最'，一个第一。她是第一个在省医院做肾移植术的。她接受的移植肾供体是全国年龄最大的，他父亲给她捐肾那年七十一岁，因 A 医院规定年满六十的捐赠人就不能再做移植术。那时省医院刚刚组建，她算给省移植中心开了张，刘主任印象深刻，对她也特别关照。刘主任是省院从澳大利亚请回来的，年薪二百万元。林凤鸣那年也刚从美国回来，她是个富二代，她父亲与我家还有生意上的往来。这个手术，刘灏一炮走红，成了业界的泰斗，被称为刘一刀，其实刘主任出名是因为肝移植手术做得特别好。"

杨娇问道："那你和文琴姐怎么认识的呢？"

关梓木说道："哦，到了，你们上去就说我订的，我现在去接刘主任。杨姐，有时间我再告诉你。"

三

到楼顶的旋转餐厅，要经过一个曲曲折折的长廊，所谓长廊就是一个葡萄架子。杨娇她们从葡萄架下走过，东拐西拐，就有浓郁的茉莉花香扑鼻而来，能隐约听到那袅娜的琴音。愈往前走，琴音愈密，仿佛在人身边流淌，又仿佛有人在耳畔轻轻地诉说着什么。这时就会让人觉得这是一个高贵的地方、文明的地方，自己也成了这里最尊贵的客人。高声语每每来到这些地方总是不相宜，认为这是异国他乡，显得十分胆怯，杨娇却是宾至如归。

他们走进旋转餐厅，服务员就过来了，告诉他们前面右拐的房间备有免费的咖啡、饮料、新鲜果汁、点心、水果等，可以自取，也可以叫服务员送过来。她们说着谢谢，商量后就叫张波和高声语去选几样时令水果。

杨娇说道："有钱人日子过得真潇洒！平时是不敢来的。几年前高声语的同学邀请我们去广州玩了半个月。那段时间过的才是神仙日子，早餐就二十多道菜，饮料、牛奶好几种，一张能坐二十多人的餐桌就我们六七人，一天就是吃和玩。他同学拿着几十张餐卡带我们吃遍广州，各大菜系无一漏网。看那橱窗里挂着的照片，都是明星光顾的酒店。我们每天要做的就两件事，一是开着豪车在广州瞎转，找地方玩；二是吃下去的东西想办法消化。我想，我这尿毒症怕是在那时埋下的隐患。"杨娇的话把肖潇逗得哈哈大笑。

这时张波和高声语端着果盘过来了，高声语看见杨娇和肖潇在笑，就问道："你们在笑什么？"

肖潇回答道："你老婆说你们一家几年前到广州玩，海鲜吃多了，如今才得了尿毒症，叫你到你同学那里去讨个说法。"

高声语嘿嘿地干笑了两声，算是回答。

"10年前哪会想到在这样的地方消费，只想能吃饱肚子就不错了。"张波说着，把削好的水果递到杨娇手里。

"谢谢哈小张！"杨娇接过张波递过来的水果说道。

肖潇道："这是我们沾了小关的光。"

杨娇道："听说小关没生病前是个五毒俱全的狠角儿，一场大病加上文琴姐把他从一个恶棍变成了一个回头浪子。"

"你咋知道他的情况？"肖潇问道。

杨娇答道："我仿佛是听文琴姐说的，要不就是她日志里提到过。现在记不住了，哪天有机会问问文琴姐。"

"你是不是在给关梓木写传记？"高声语取笑杨娇。

"去去去，一边去！"杨娇对高声语说道，转过头来问张波道："小张你是哪儿人？"

张波回答道："我是四川汶川人。"

"汶川的？"杨娇惊讶道，"你们家在那次地震中还好吧？"

"父亲在那次地震中走了。"张波回答道。

"那你妈妈呢？"杨娇问道。

"在我八岁那年就去世了。"张波轻描淡写地说道。

杨娇沉默了，高声语听了张波的身世，心里充满了同情，这个孩子太不容易了，这些年他是咋个过来的？他就像一只落单的骆驼，身患重病，孤寂地走在青春的沙漠里。他能走出这无际的沙漠吗？高声语不敢想，一想心里就发酸。

"阿姨和叔叔不用为我难过，我现在过得很好，宁爸爸对我很关爱，大学毕业，就可以出来工作了。"张波很高兴地说道。

这时宁文琴和黎学兵走了进来，黎学兵提了两包东西，张波赶紧去接了过来，放在酒柜上。

"刚才小张在说什么？要找工作？千万不行，必须过了感染期再说，现在你的生命是非常脆弱的。"宁文琴关心地说道，"他真不简单，做肾移植手术的费用都是自筹的，至今还欠七万元高利贷。做手术无人替他签字，还是刘主任帮他签的。宁光帮他还贷，他就是不答应。"高声语被张波感动了，杨娇和肖潇也是泪光闪闪。

"不说从前了，说点儿高兴的，你看今天多好，美女加美酒。"黎学兵笑嘻嘻地说道。

"黎先生，都6点半了，他们咋还没到？你给关梓木打个电话吧。"宁文琴对黎学兵说道。

黎学兵拿出电话刚拨通，刘主任和林凤鸣、宁光、关梓木就出现在走廊了。大家忙迎了过去，与刘主任和林凤鸣打招呼。关梓木立即吩咐服务员上菜，黎学兵就去酒柜上拿酒，刘主任说："今天我就不喝了，你们喝。"

宁文琴说："刘主任你咋不喝？已经下班了，就少喝点，这是你最喜欢的洋酒。"

林凤鸣答道："今晚可能有手术，有个中年人因车祸伤得很重，正在抢救，可能生还希望不大，劝导员正在与家属沟通，想请他们捐器官。"

宁文琴说道："那好，刘主任他们有事就算了，待会儿就把带来的虫草放车上给刘主任和林老师带回去。"

"刘主任下班了还随时准备工作，真辛苦！"杨娇说道。

这时菜上来了，宁文琴就招呼刘主任他们快吃菜，黎学兵他们几个也干起了杯。

不一会儿，刘主任的电话就响了，原来是那边妥了，叫刘主任马上回医院。

刚送走刘主任他们，天尚仁就走了进来，边走边说道："散席了？散席了？也不等等我。"

杨娇说道："我看你就是个吃货，我们走到哪儿你就跟到哪儿，简直阴魂不散。"

"你这说得也太难听了嘛，一天从早忙到晚，不就是混个肚儿圆吗？"天尚仁答道。

张波赶紧给天尚仁摆上碗筷，放上酒杯，高声语为他斟上酒。

天尚仁道："酒，我就不喝了，我要开车。"

宁光说："表弟，你不是缺不了这口吗？要不少喝点。"

"那就来杯啤酒吧！哦，算了，我尿酸有点高，酒就不喝了，我多吃菜。"天尚仁道。

"哪个不喝？天尚仁，好不容易聚到一起，不喝咋行。"黎学兵从外面走了进来大声说道。

"我要开车,不能喝。"天尚仁道。

"待会儿找代驾,先把酒喝了再说。"黎学兵说道。

"黎先生,你咋回来了呢?不是叫你和关梓木送刘主任他们吗?"宁文琴说道。

"他们叫我不要送,叫我上来陪美女。"黎学兵笑嘻嘻地说道。

"黎先生,我看你倒不是回来陪美女,是你舍不得那口黄汤。"宁文琴说道。

"知夫莫如妻呀!"黎学兵笑道,端起酒杯就和天尚仁干了一杯。

天尚仁说道:"我尿酸有点儿高,我喝点儿白酒,叫服务员给我拿瓶二两装的二锅头。"

黎学兵说:"你这个人说话有点笑人啰,坐在这里喝二锅头,服务员都要取笑你。直接说,是喝茅台呢还是喝五粮液?"

天尚仁说:"那就要酱香型的,来一瓶喝不完吧。"

黎学兵说:"我陪你喝,还有高哥。小姐,来瓶飞天茅台。"

肖潇说:"黎哥,在这个地方咋个说小姐呢?"

杨娇笑道:"就是嘛黎哥,看来你在外面经常叫小姐吧。"

黎学兵笑嘻嘻地说道:"我是大老粗,说话随便。"接着又和天尚仁干了一杯白酒,高声语没干,黎学兵催促道,高声语说胃有问题,只能喝点儿啤酒,最后好说歹说干了两杯啤酒。张波在这里斟酒都忙不过来。本来是服务员斟酒的,宁光叫她们去休息,没必要喝酒还要一个人站在身边陪着,说有事再叫她们。这时,宁文琴、杨娇、肖潇在那里说得也很开心。

关梓木送完刘主任回来快8点了,一进来就说看到了余先雷,他说以前的一个领导退休了,几个老头在这里凑了一桌,他今天身体有点不适就提前走了。

宁文琴说道："小关，今天既让你破费又让你忙碌，姐就谢谢你哟！你赶紧吃点东西。"

关梓木说道："姐，你不要客气，今天姐的生日，我也喝几杯助助兴。"

杨娇和肖潇同时问道："你喝不喝得哟？"

宁文琴道："可以喝点儿啤酒。"张波立即给关梓木斟上啤酒。

关梓木端起酒站起来说道："今天姐的生日，我连干三杯，祝姐生日快乐，健康长寿。"大家于是也轮流向宁文琴敬酒，一会儿那瓶飞天茅台就被黎学兵和天尚仁喝去了一大半。此刻，气氛愈来愈热烈，大家也愈来愈兴奋。

杨娇怕这些人喝多，就叫服务员把蛋糕推了进来。张波赶紧去弄蛋糕、点蜡烛、关灯，大家唱起了生日歌，叫宁文琴许一个美好的愿望再吹蜡烛，生日晚宴进入高潮。黎学兵和天尚仁干完一瓶白酒后又连干了三瓶啤酒，宁光和关梓木也陪着干了三瓶，只有高声语没喝多少，那几个酒仙几乎是摇晃着离开恺撒大酒店的。

晚上10点，杨娇刚回到家，宋腊妹的电话就来了，原来刘主任叫她马上到省院做移植手术。刚接完宋腊妹的电话，龙吉伟又来电话，说明天要到桃花山摘桃子。肖潇在一旁说道："杨娇你忙得很哟，一天接待都忙不过来。幸亏没上班，要不你一天会忙成个啥样子。"杨娇笑道："忙点儿好，免得想自己的病。肖潇，我们休息吧，明天还要到山上摘桃子。"肖潇道："好，杨娇，晚安！"

第八章　聚会

一

　　桃花山方圆百里，海拔一千五百米，群山环绕，深邃而又神秘。上午10时，余先雷和龙吉伟就被杨娇带到了御苑山庄。御苑山庄坐落在半山腰上，紧挨桃花故里，四面环山，空气新鲜，环境优雅，胜似人间仙境。它还是一家集赏花、娱乐、餐饮休闲、品果、垂钓为一体的大型综合性农家乐。这夏日炎炎，确实无法去山里摘桃，余先雷和龙吉伟、杨娇、肖潇就凑了一桌麻将，一边打麻将，一边等宁光和宁文琴他们。未晗想画画，高声语就搬了张桌子靠着窗子，窗前就是池塘，池塘外是桃林，远方是绵延起伏的群山，层层叠叠，有白云从山顶飘过，景色非常迷人。未晗坐在那里很认真地画起来。

　　高声语成了他们的服务员。看了会儿麻将，给他们加了点儿水，就到未晗那里去了。未晗画得很认真，高声语进去她都不知道，她完全沉醉在自己的画中。高声语没有打扰她，又悄悄地退了出来。站在窗外，看着脚下的池塘，他想起了爱莲说的句子："出淤泥而不染，濯清涟而不妖"。这是一个多么干净、多么天真可爱的孩子，她身处困境而无悲苦，身患重症而不哀伤，她天真烂漫，笑靥如花。她会不会如这满池的朵朵荷花，在秋的清冷中就无声无息地远去呢？想到这里，高声语鼻子发酸，不禁有些泪湿。心想只要苍天还在，只要苍天的眼睛还在，这个孩子就会健康平安！

高声语无聊，又打开宁文琴的QQ空间看了起来：

平心静气看生活

昨晚在电话里，你又和我说了很多的话。你一直喜欢和我说话，像朋友一样聊天，那是我们觉得最愉快的事。躺在床上，我睁着眼，望着天花板，那些生活的片段像电影一样，一幕一幕滚滚而来。此时，我像一个从地狱归来的王者，微微眯起眼，透出一丝冷峻的光，看着那一段黑暗的路。我从来不愿提及，不愿面对，总是将它埋到最深处。我确信，每个人的内心都有一段不愿为人所知的黑暗，像我这般喜欢阳光的人也不能避免。

人的命运有时可以掌控，有时却让你猝不及防。我从阳光的山巅跌入了深谷，看不到光亮，可是我却不知道恐惧，因为我以为我不曾被抛弃。那些黑暗的日子，我却看到了太多的真相。我开始渐渐感到寒冷，只能靠内心一点微弱的光，温暖我那脆弱的心脏。

父母、手足，那些光环后的假象，我永远不能再去回想，这是我最失望的地方。我内心的悲哀，永远无法对人提及。你也不会了解。当我身体健康的时候，我是你们最引以为荣的人。当我被宣判死刑的时候，你的父母，你的弟弟妹妹，像陌生人一样逃离，他们都叫你放弃。两年来，母亲来看过我一次，弟弟妹妹一个电话也没有。你说他们没有文化，不会处事，不会说话，可是没有文化不代表没有人情味。去年，当我活着回去过春节的时候，他们不好意思了。我已经原谅了他们，在那种情形之下，他们的想法是正确的，只是没想到我命这么大。当我卧病在床时，那帮平常围在身边、口吐赞誉之词的朋友，全作鸟兽散了，只剩下一位大姐还将我放在心上。后来我也能理解，那些人本就与我没有多大关系，平常的那些话谁都可以随口而出，又怎能放在心上？

今天想来，我很喜欢我自己，我斗志昂扬，我想办法寻找阳光，寻找生路。感谢我生命中的很多人，很多机遇的巧合，使我绝处逢生，让我重获第二次生命。

我是一个好了伤疤就忘了痛的人。让我时常想起的还是你的那些好，生活还得继续，毕竟你是最终陪我风雨同舟的人。我最喜欢的就是你的诚实和坦率，你不会欺骗，也不会伪装，你就是一个真实的人。你对我好的时候，你是真实的好；你软弱无助的时候，也是真实的无奈。我能理解，你是人，不是钢铁。爱情不是神话，虽然我们曾听到过那些感天动地的爱情故事，你和我都是太平凡的人，我们都很俗气。我很庆幸的是，今天，我们仍然是亲人、最好的朋友、好哥们儿，在一起相处仍然是最愉快的，不在一起的时候，你最想找到说话的人还是我。也许，不管年龄有多大，我们偶尔仍会像孩子一样任性，软弱，惊慌，犯些小过失，把肩上应负的担子扔在地上，耍一会儿赖，性子使过了或休息够了，有了足够的力气，又会担起担子高高兴兴往前走。也许，生活中某些时候就这么简单，并不是人们想的那么复杂吧。

"大哥，你们客人好久到？啥时吃饭？"老板的问话把高声语从宁文琴的日志里拉了出来。

高声语答道："12点半吧，他们可能快了。"说完就从练歌房拐弯去棋牌室看他们打麻将。走到门口，就听到龙吉伟大叫一声："杠上花！"后面就是收不住的哈哈大笑。余先雷见高声语进来，可怜地说道："小高，快来救我！今天被几个娘们……"说到这里觉得不妥就改口道："被几个大美女收拾惨了哟！"

高声语笑道："余哥，你是领导，又是长者，就当给小辈发压岁钱嘛。"

余先雷苦着脸说道："只有这么想哟。"

高声语又笑道："三位美女手下留情，不要宰得太狠，该拿大砍刀的就用水果刀哈，免得余哥今后看到你们就害怕，到时缺个角角就莫法开展工作了哟。"

"我们温柔得很，只是用剃须刀刮了点汗毛。余哥是什么人？这点儿也就给我们下点儿毛毛雨。"三个美女七嘴八舌，嘻嘻哈哈，满脸通红，犹是"人面桃花相映红"。只有余先雷在那输得有点儿不好意思，不是放炮就是挨自摸，只好自嘲："和美女打牌，不出点血，今后见到余哥还说余哥是个小气鬼。"

杨娇赶紧抓住余先雷的手摇了摇，笑道："余哥，你不愧是好干部，心系贫困百姓，我们不会忘记的。"

这两天不爱说话的肖潇也来了语言："余哥，你扶贫不能搞错了对象哟！我是最贫困的哈。"大家说说笑笑，气氛异常活跃。

"余哥，对不起！杠上炮。"杨娇把余先雷打出的牌放自己面前，抓住他的手一边摇，一边说笑。

"杨娇你声音好洪亮哟！看来今天手气不错嘛。"黎学兵边说边走了进来。原来宁文琴和关梓木他们到了。

"今天这手真臭，好不容易杠一个，不说杠上花，反而杠了个大炮。"余先雷苦笑道。

"哇，坐在麻将桌上的时间混得真快，不知不觉就 12 点过了，那我们吃了饭再战？不晓得未晗画得咋样了？"龙吉伟边说边清理自己的胜利果实。今天三分天下，龙吉伟赢得最多，杨娇和肖潇收获也不小。

宁光安慰余先雷道："余哥，胜败乃兵家常事，下午再捞回来。"

宁文琴道："你们打得还有点儿大哟！还是打小点儿好，免得伤了和气。"这时老板过来叫吃饭，龙吉伟叫上还在画画的未晗。大家一边说笑一边朝饭厅走去。

餐毕，因天气太热，无法外出活动，老板说现在大家在山庄休息，下午早点吃晚餐，6点左右太阳下山时大家再出去，就可以摘桃子，也可以开车到桃花故里去转一圈。大家认为这个安排甚好，于是就去寻找自己的组织。余先雷、龙吉伟、关梓木、黎学兵四人凑了一桌麻将。看来余先雷想把上午的损失捞回来，而龙吉伟是想趁手红继续扩大战果，杨娇和肖潇属于稳财一类，主动放弃进财的机会。宁光和肖潇、张波到练歌房K歌去了，杨娇和高声语有午睡的习惯就到了休息室。宁文琴因以前透析身体伤害太大，不能久坐久立，喜欢平躺，不然就会下肢浮肿，呼吸带氨味，于是也跟着去了休息室。

杨娇她们午睡醒来已是下午3点，从窗外射进的阳光白花花的，毒辣而凶狠，甚是吓人，于是就赖在床上摆起了龙门阵。高声语去帮她们倒了点儿水，拿了几个桃子进来。

摆着摆着，杨娇突然问宁文琴道："文琴姐，听别人说，关梓木以前在社会上混，不知道这是不是真的？"

宁文琴沉默着。杨娇催促道："文琴姐，给我说说，我不会到处乱说的。"

宁文琴长长地叹了口气说道："我也是断断续续听来的，有些是小关后来告诉我的。小关小时候确实不听话，身后随时跟着一帮小弟，喜欢看港台的功夫片，认为黑社会老大呼风唤雨，无所不能，派头十足，非常崇拜。他的梦想就是让自己成为江湖老大，过那种随心所欲指点江山的日子。

"他经常在外面惹事，打打杀杀，三天两头就被弄进看守所，进去了又出来，出来了又进去。他父亲多次咬牙切齿地说过，要与他断绝父子关系，怎奈他是三代单传，爷爷奶奶甚是溺爱而只好作罢。

"你看到他额头的左上角那个刀疤没有？那一刀差点儿要了他的命，头皮都被削去了一半，要是再下来一点儿就会当场毙命。后来头上还植了皮，在医院住了三个多月。

"出院后，倒是老实了，不经常出去，出去也不像以前整夜不归。父母以为儿子长记性了，爷爷奶奶也认为孙子变好了，逢人就夸孙子浪子回头。哪知，他后来做了一桩天大的事，和一群小弟当街追杀那个仇人，被判了重刑。

"经过这次劫难，关梓木倒是老实了，可才一年多，他又身患肝癌。看来人在江湖漂，迟早要挨刀。出来混，终究是要还的。"说到这里，宁文琴没有再继续往下说。杨娇抬头一看，见张波端着水果走了进来，对他们说道："叔叔阿姨，吃点水果。"

"谢谢小张，你宁爸爸他们呢？"宁文琴和杨娇问道。

"他们两个在练歌房唱歌，阿姨你们也过去看看吧！"张波说道。宁文琴和杨娇答应道，叫他先过去，她们马上就来。

张波离开后，高声语说道："看那小关，还真像项羽，豪爽、义气。他人生起伏大、阅历丰富。这种大喜大悲、大起大落的人，仿佛最终都会遁入空门。"

杨娇也说道："怪不得他头发都是向左梳的，而且把额头罩住，原来是遮伤疤哟！看他的相貌不是很恶嘛，好像还有点男子汉的味道。"

宁文琴说："我们就说到这里，不谈这个了，去看看他们玩得如何。"

到了棋牌室，几个人正打得热火朝天，从三个男士的脸色就看得出来，手气不咋样，而看龙吉伟就不同，双眼放光、神采奕奕，走到门口就能听到她欢快的笑声。杨娇和高声语的注意力却在关梓木的头上，他们看到关梓木左额上果然有较明显的疤痕，杨娇和高声语相视而笑。这时他们听到龙吉伟又叫又笑："哇，天和暗七对！"杨娇心里不由一激灵，心想：和这种牌，听说不是吉祥之兆。

"走，杨娇。他们打麻将喜欢清静，我们到练歌房去看看。"宁文琴说道。

"好，去吼两嗓子！他们就怕我们在这里打扰他们。"杨娇说道。

高声语给余先雷他们续上茶水后，也跟着杨娇她们去了练歌房。此时，肖潇正在唱《家五月》，她已沉醉其中，唱得那么深情，旋律里那淡淡的忧伤和无奈，以及对家的向往情愫令人鼻子发酸。接着是《不爱就散了吧》，里面的旋律令相恋而不能相守的恋人柔肠寸断。下一首是宁光的《我要去西藏》，这是一首苍凉而优美的歌曲，有一种飞起来的感觉。他们见宁文琴和杨娇进来，叫她们点歌，张波也叫宁文琴她们唱两首。最后推却不过，宁文琴就点了首《风中有朵雨做的云》，而杨娇点了《祈祷》，高声语唱了首《精忠报国》。

后来就听肖潇和宁光两个唱，他们确实唱得好，歌声清亮柔美，犹如天籁之音。这时杨娇凑了过来，对着高声语的耳朵悄悄说道："你看他们好般配。"经杨娇提醒，高声语再一看，还真是。肖潇小鸟依人，宁光玉树临风。高声语对杨娇说："你去撮合，说不定还能弄个猪脑壳媒人钱。"宁文琴见他们两个在那里耳语就笑着问他们，杨娇就把刚才的话说了一遍。宁文琴说："可倒是可以，但肖潇不是有老公吗？"杨娇说："刚分手，过段

119

日子再说可能要好些。"宁文琴道："他们两个刚遭受了这么多磨难，等等再说也好。"这时服务员来叫他们吃晚饭了。

到了饭厅，大家都在。用过晚餐，已过6点，阳光温柔，周围已出现大片的阴凉，大家就催老板带他们去桃林摘桃子。到山上摘桃子，边摘边吃，只是一个美好的愿望，真要叫大家去摘还不是那么回事。现在气温偏高，有的地方还晒着太阳，桃树林里又闷又脏，重症病人去还是不太好。他们在桃树旁用手抓住桃子照了相，在路边摆起了龙门阵。渐渐地，太阳下山了。明亮刺眼的光线逐渐暗淡，远处吹来的阵阵山风，凉爽袭人。这时杨娇突然说道："晗晗不是画了画吗？拿来我们看看。"龙吉伟说道："晗晗，把画拿出来给叔叔阿姨看看。"未晗很大方地拿出自己的画摊在手中，让大家看。晗晗的画里有池塘、桃林、人物、亭子、远山，大家虽然看不懂画，但画里有远景近景，着色柔和，处理恰当，那种质朴而空灵的美征服了大家。此刻，山中升起了雾霭，愈来愈浓，大家已弄不清是雾从山中升，还是山在雾中显。霎时，一抹夕阳将山和雾镀成了金色，大家抬头一看，眼前：苍山如海，残阳如血，气势磅礴，分外壮观。大家被这美景熏得有些醉了。

他们沿着桃林朝山庄往回走，这时晗晗在后面喊："妈妈，等等我，我好累哟！"回御苑山庄的路上，杨娇接到宋腊妹老公的电话：宋腊妹术后因胃痛陷入昏迷，已送进ICU抢救。大家听后，已无心玩耍，草草结束此行，归心似箭。杨娇要高声语现在就代她去医院，宁光说他回去看望就行，现在高声语去也见不着人，明天再去也不迟。杨娇说自己真是糊涂了，这时才想起还没有结账，其实关梓木早已买单。一路无话。车在山中盘旋，穿云绕雾，摇晃而去。第二天出现的意外，令人猝不及防，而高声语去看望宋腊妹，也被推迟到了四天以后。

二

从桃花山回来的第二天早上，杨娇感觉鼻子发堵，有点头昏脑涨。心想，是不是感冒了，这两天确实活动量较大，东跑西跑。高声语正在厨房弄早餐，突然听到手机响，拿起一看，是杨娇的，忙问啥事。杨娇在电话里说："高声语，你给我兑一包虎杖进来，另外来帮我甩一下体温表。"高声语一听，一下紧张了起来，忙问道："咋了？感冒了？""没得啥子，就是有点晕头晕脑。"

杨娇只要心情不好就会对老公直呼其名，而杨娇刚提到的虎杖是省院移植中心的自制药，专治头痛发热、上呼吸道感染等病，而且效果极好，几乎每个在省院就诊的移植病人都备有这个药。高声语只要一听杨娇感冒就会情绪低落，于是手忙脚乱地兑好虎杖给杨娇端到卧室，帮她把体温表甩好递给她，就坐在床边等体温结果。五分钟后，杨娇拿出体温表一看，大叫一声："糟了，37.6度，低烧。"高声语也吓住了，虽然比正常体温只高了0.4摄氏度，但就是这0.4摄氏度，对刚移植不久的移植病人来说，是非常可怕的事情。上次杨娇就是因为低烧，引起了肺部感染，差点要了她的命。如今，出院才半个月，总不可能又进去吧？这次若要进去，恐怕是真出不来了。因为上次感染对她几大器官都损伤严重，至今都还没有完全恢复。作为重症病人，遭受病痛的折磨是一个方面，而最难受的是精神折磨，这种苦难往往令病人生不如死。

高声语紧张地问道："去不去拿药？要不要给林凤鸣打个电话咨询一下？"

杨娇说道："先吃虎杖看看，你再去把虎杖兑一包，今天加量吃。这下再也不敢出去耍了，至少这半个月不得出去耍了。晓得肖潇感冒没有？"

高声语答道："肖潇还没起床，她昨天都是8点才起，待会儿她起来了问问看。你今天早餐是在床上吃呢还是在饭厅？"

杨娇回答道："我还是起来吃。"自从杨娇生病后，部分早餐都在床上解决。特别是移植后，吃药吃饭都非常准时，杨娇又爱睡懒觉（其实也不叫睡懒觉，因她睡眠不好，经常失眠，早上想多睡一会儿），在床上吃饭的时间就非常多。

高声语说道："都7点半了，你快起来，我去炒菜了。"

肖潇从卧室出来已经8点多了，一起来就打了几个很响的喷嚏，连说头好痛哟！高声语忙把体温表拿过来甩好，递给肖潇叫她量体温。

杨娇对高声语说道："你也给肖潇兑两包虎杖，加量吃。"于是高声语忙着去给肖潇兑虎杖。五分钟后，肖潇拿出体温表一看，大叫道："完了，37.5度，发烧了！怎么办哟，杨娇，是不是又感染了？"说着就要哭了。

杨娇笑道："叫你不要出去耍，你就是不相信，两条腿跑得比兔子都还快。现在才晓得哭了。我看你和高声语都是两个胆小鬼，一点小事就吓得尿裤子。我今天的体温比你还高，真要有啥子那就是命，只是这段时间我们要少出去，多在家静养，反正高声语会把生活安排好的。"

听杨娇这么一说，肖潇紧张的情绪才缓和下来，接着问杨娇道："怎么没看到你儿子，他不是没住校吗？上次他到医院来看你时好高哟，现在怕又长了。"

杨娇回答道："我都要十天半月才见一次，你个懒虫就更难得见到了。他早上6点40分就走了，中午又不回家，晚上要11点30才回来，你咋个看得到。只有高声语早晚给他弄饭，才看得到他儿子。如今高考完了，找同学玩去了。他这半年没有长，还是一米八三。"

高声语插话道："虎杖快完了，你看给宁光哥打个电话，叫他帮我们买点儿，叫天尚仁帮我们带回来。"

杨娇就拿起电话给宁光打，肖潇这时就端了个矮凳坐在阳台上看风景，看得有点入神。她觉得这里太美了，前面是缥缈的远山，眼前是苍翠的绿树。左边有一条清澈的小河，河岸植有杨柳，袅袅娜娜。紧挨河岸是大片的绿地和花草，还有十多张乒乓台，听说杨娇经常和球友在这里切磋球艺。而右边是绵延不断的群山，离此十公里有一座全国闻名的古镇，再往前走十公里就是依山而建的长城，S市的游人周末都会去爬长城。昨天去桃花沟时看到一条上山的健身步道，看似修得很好，离这里不过一千米，肖潇心想这次病情稳定了就好好地玩两天。

"肖潇，肖潇，饭蒸在锅里的，你待会儿记得吃，我去菜市买菜去了。"高声语的喊声把肖潇从想象中拉了出来，她哦哦地答应着，眼睛却没有离开窗外的远山。

高声语买菜回来，看到杨娇和肖潇在窗前有说有笑，自己刚才的郁闷也就渐渐消失了。杨娇见高声语回来了就说道："高哥，有个好消息，想不想听？"

高声语猴急道："莫卖关子了，快点告诉我。"

杨娇故意逗道："高哥，你咋就这么沉不住气呢，都快五十岁的人了。你猜猜？"

"你说不说？不说就算了，我还忙得很。"高声语有些生气了。他是个急性子，于是就提着菜朝厨房走去。

杨娇说道："高哥，莫生气，我说我说，我和肖潇的体温都正常了。"

高声语一下来了精神，说道："真的吗？莫哄我！"

肖潇高兴地说道："是真的，高哥，哪个在哄你嘛！"

　　高声语刚才那阴云密布的脸，立马绽放出灿烂的笑容。是的，这个消息比中了大奖还令人振奋。曾经他和杨娇说过无数次，说这个世界有人买病就好了，他们愿意倾家荡产，债台高筑，即使给一百万元也愿意把这个害人的病卖出去，可是，等了多年，至今都没有人来购买。看来这是自己不可转让的"专利"，是上帝对她的特别"恩宠"。

　　听了她们报告的好消息，高声语兴奋地说道："今天中午整两个好菜庆祝一下！我好高兴哟！我看我们都要得神经病，这一惊一乍的。今后你们不是死于尿毒症，而是死于精神病。"高声语说完就高高兴兴地到厨房准备午餐了。而杨娇和肖潇心情也十分激动，整个房间荡漾着满满的幸福。

　　午睡后，杨娇一量体温，又上去了，37.5摄氏度！这样反复，是要死人的，谁经得起这样的折腾？那些重症病人不是病死的，而是被这样折腾死的。是的，要不就指标越来越坏，让人看不到希望，病人也就死了这个心，而它总是忽坏忽好，哪个都要冒火。杨娇把体温表一甩，背过身去，一言不发。高声语从床上捡起体温表一看，在那里气得直咬牙。虽然怄得想吐血，但还得去兑虎仗给杨娇喝。人啦，就是这样无可奈何，你要想活命，还得哄着病。

　　肖潇下午4点半才起来，高声语忙把体温表甩好拿给肖潇量，一测量，还好，37.3摄氏度，基本正常，但听声音，感冒还没好，又兑好虎杖让肖潇喝。这时杨娇在卧室喊，叫高声语把体温表拿进去再量一次。

　　高声语一边甩体温表一边对杨娇说："肖潇的体温基本正常，这下你的也应该不错。"

　　在量体温的这5分钟，仿佛一个世纪，漫长而又令人心惊胆战。杨娇量完体温，一甩，说道："高大哥耶，这是要人命啰!"说完在那里兴高采烈，手舞足蹈。高声语心一沉，糟糕，妻子怕是气疯了! 杨娇的妈妈就有精神病，后来疯了。好好好! 高声语在心里连说三个好字，得这种大病的人疯了好，免得遭罪受折磨，是一种最好的解脱。高声语很悲伤地捡起体温表，条件反射地举起看了看，36.9摄氏度。哇! 正常了，高声语笑了起来。真是太折磨人了。

这时，杨娇的电话响了，原来是关梓木送药过来了。说已到C区，问她们的具体地址，杨娇说了地址，叫高声语下楼去接，说关梓木马上就到了。在楼下等了约五分钟，关梓木那辆脏兮兮的大奔就进了小区。关梓木提着药走下车来，高声语忙迎上去说道："关弟，辛苦了，害你走这么远，真不好意思。"说着就把药接在手中，领着关梓木朝楼上走去。关梓木边走边说道："宁光哥说叫我把药送到天尚仁那里，再让他带回来，我想，何必弄这么复杂呢? 所以我就直接送过来了。"

来到楼上，打开门来，看到肖潇正背对着他们站在阳台上，肩膀一抽一抽，像在啜泣。她穿着杨娇的睡衣，稍微显大，但还是挡不住她的魅力，这时看上去更是楚楚动人，惹人怜爱。她听到门外有人，转过身来，关梓木一看，也许刚哭过的原因，更是令人心疼。这时杨娇也从屋里出来了，高声语忙叫关梓木进屋，见关梓木没有反应，朝他一看，原来他的注意力全在肖潇身上，眼珠子都快被肖潇吸出来了。

杨娇大声说道："小关，快进来坐，害得你亲自跑这么远。"关梓木这才回过神来，不好意思地笑笑，走进屋来。

杨娇走到肖潇的身边，用手把着肖潇的肩膀，笑着和关梓木他们摆龙门阵。关梓木一看，这两个人的造型，像一幅美丽的油画作品。

杨娇突然问肖潇道:"你刚才是不是在哭?"

肖潇说道:"女儿想我了,又问爸爸为什么不回来。我还不好给女儿说我和他爸爸离婚了。孩子这么小,才六岁,所以想到这里就很伤心。"关梓木这时才晓得肖潇离婚了,在心里不由暗骂道,这个可恶的男人,上帝放这样一个大美人在身边,竟然晓不得珍惜!但转而心里又不由一阵窃喜,仿佛从绝望的黑暗中照进一束阳光来。其实关梓木不知道,生了病的公主还不如一个健康的乞丐。

高声语对杨娇道:"那我就煮晚饭了哟,关弟就在这里吃便饭哈,她们不敢出去,就只好委屈你了。"

关梓木毫不推辞就满口答应了,高声语就进厨房忙活去了。关梓木在客厅陪着两个美女,偶尔有笑声从客厅里传到厨房,高声语听到只言片语,才发现关梓木是一个风趣幽默的男人。自己就不像关梓木,只晓得埋头干事,自己走到哪里,哪里的气氛就很沉闷,人和人就是不一样呀!那天,关梓木很晚才离开。

三

第二天早餐时,杨娇对高声语说道:"今天多准备点菜,龙吉伟和余先雷要过来。"

高声语说道:"他们咋个想起今天又过来呢?"

杨娇说道:"今天早上,龙吉伟打电话给我要你的电话,她说晗晗要给新认识的叔叔祝福,因为今天是父亲节。最后听说我们那天陪她摘桃子回来就感冒了,心里很过意不去,说今天约余先雷一起来看我们。我不该多最后那句嘴。"

高声语说:"这就对了,我刚收到一个短信,还以为是晗晗发错了呢,原来是真发给我的。这个孩子真懂事,要是有什么不测不知龙吉伟会怄成啥样。"

杨娇责备道:"你这张乌鸦嘴就没说过好话。"高声语想争辩最后忍住了,因为他最近去听了一堂课,感悟颇多。他用过早餐,就急急地赶到菜市采购去了,回来时肖潇已端坐在阳台的茶桌上吃饭了,杨娇坐在茶桌旁一边看窗外的风景一边陪肖潇摆龙门阵。看见高声语买菜回来,就问道:"上次我感染住院时,护士站那个姓黄的护士你还记不记得?"

高声语回答道:"咋个不记得,就是管床位的那个人嘛。"

杨娇道:"她是肖潇的老乡,我说是了,肖潇每次都住好病房。"

高声语答道:"那次宁光帮忙不也让你住好病房了吗?"说到姓黄的那个护士,高声语又想起那不愉快的一幕。

那是杨娇感染住院的日子,是第一次感染最严重的时候。那天下午,靠窗的那个病人出院了,高声语想把杨娇的床位换到靠窗的位置。一是空气好,二是光线好,最主要的是现在的床位紧靠厕所,厕所外面就是过道,过道里住着没床位的病人——也不是没床位,是有床位没在病房的加床。因他们没厕所,就会到杨娇的病房上厕所,这人来人往,就有可能交叉感染,增大二次感染的概率。于是高声语就找到管床位的黄护士说明情况,黄护士就同意了,但那个病人还没走,正在收拾东西。等那个病人离开病房时,高声语马上就到护士站找黄护士,刚进护士站就碰到那个矮小而又十分厉害的护士长,她见高声语进护士站就问道:"你什么事?"

高声语答道:"我来找黄护士,想把床位调到靠窗的位置。"

护士长说:"你不是有床位吗? 不能换。"

高声语回答道:"黄护士已经同意了。"高声语就是个老实人、直性子,不晓得看脸色下菜,他这句话反而把护士长激怒了。

护士长更加坚定地说道："不行就是不行，你已经有床位，还有好多病人住在过道里呢！"

高声语说："她不是危重病人吗？这个要求过分吗？"

护士长说："来这里住院的病人哪个不严重？"护士长开始那句话可能怕扫了黄护士的面子于是又接着说道："你以为换个床位会那么容易吗，要改资料，做更正，非常麻烦，我们护士熬更守夜本来就辛苦，我不能让她们累死，我要为她们负责。"

高声语没想到高高兴兴来换床位会是这样个结果，心里又气又恨，大声说道："你就晓得为护士负责，就不知道为病人负责，要是病人都没有了，要你这个护士长有何用？怕辛苦，就不该选择这个职业，既然选择了就不要说辛苦，你嫌这里辛苦又何必赖在这里呢？"高声语平时胆子本来就小，也不多事，今天却发毛了。可能是这段时间不顺，压力大、事情又没办成，又急又气，才说了这些话。

这时那个黄护士安慰高声语道："其实你那个床位也不错的，换与不换也差不多。"

护士长说："你还有什么事没有？没事就不要打扰我们，我们还有事。"

高声语一听护士长这话，更来气了，她是在下逐客令，于是双眼恶狠狠地盯着护士长说道："我从来没见过你这样的护士长，你不配当护士长，我老婆要是有个三长两短我跟你没完。"撂下这句话迅速地离开了护士站。

到了病房，杨娇问道："我们什么时间搬？"

高声语说道："那床位已经安排病人了。"他省略了与护士长争执的情节，但几天后还是忍不住说了。杨娇没有说话，明显地感到很失望。高声语忙安慰道："我去给过道里的病人做工作，叫他们到其他地方上厕所。"当天，高声语给过道里的病人一说，大家也很理解，毕竟杨娇是重危病人，这以后，到这里上厕所的人就明显减少了。

高声语忙完后坐下来歇息时，想起刚才与护士长的争执，觉得自己最后的话确实有些过火。她会不会报复？高声语突然想到一个可怕的问题，她会不会暗中吩咐护士故意输错药，或直接上阵放点儿什么药在输液瓶，这样神不知鬼不觉的。一想到要是妻子死在这里，自己会忏悔一辈子的。这咋办？冲动确实是魔鬼，冲动会受到最严厉的惩罚，得想个办法补救一下，就是认个错也没什么大不了的，就当在救妻子的命。

主意拿定，高声语就朝护士站走去，一看护士站人多，自己又放不下面子，想认错的话又说不出口，就在过道里徘徊。最后因杨娇有事叫他去了趟病房再出来时，护士长却不见了。她会不会跑到配药室去了？她是不是正在实施她的谋杀计划？这必须要阻止她，而且现在就要给她认错，叫她停止她的谋杀计划，因为妻子马上就有一组液体要输了。高声语这时急得冷汗直流。他来到配药室，从门里望进去，脑袋"轰"的一下，好家伙！果然看到了护士长，她正在轻轻地给护士说着什么。肯定要搞谋杀了。听老人说，千万不能跟"五子"打交道，这是很难缠的，弄得不好会吃大亏的。这五子中就包括矮子，护士长是够矮的了，她完全符合标准。一想到这里高声语那个后悔呀！他来不及多想，也顾不了面子，冲进去语无伦次地说道："护士长你不能……"觉得不对，又说道："我刚才确实有点冲动，得罪了你，不是我妻子得……"还是不对，接着又说道："护士长，我刚才不该说那样的话，你确实很辛苦，要照顾那么多病人，我不该再给你添麻烦，请你一定原谅我。我妻子也就半条命，你好日子还长着呢！不要跟我们计较。"

护士长就听了个大概，并没有明白高声语真正的意思。她也觉得刚才有些话不该那么说，就客气地对高声语说道："刚才我的态度也不好，我应该好好给你解释。没事了，你回去吧！"高声语感激地表决心："谢谢护士长！我今后一定支持你们的工作，一定按你们的要求办。"说完就离开了，这个心终于放下了。回到病房，高声语觉得不对，她为什么对我这么客气，她刚才还笑来着，冷笑？不怀好意的笑？谋杀马上就要成功而心满意足的笑？高声语这时又开始心慌意乱、如坐针毡了。

一会儿，护士丙提着输液瓶进来，说道："杨娇，54床？输5点钟这组液体。"杨娇哦了一声，高声语心想，这是不是那个护士长密谋的那瓶？刚才该把与护士长争执和她在配药室的踪迹录下来作为证据。是的，早不去，晚不去，和我吵了架，护士正在给老婆配药的时候就进去了，这不明摆着有事吗？

高声语看着那液体已一滴一滴地流进了妻子的体内，心情变得异常难受。都是自己惹的祸，却要妻子去承担后果。妻子如果真有什么，高声语也想好了，他要杀了那个护士长，还有那个护士丙。高声语心虚地问妻子道："你脑壳痛不痛？你有没有什么不舒服？你心里难不难受？"高声语问了一大堆问题，妻子说没什么。杨娇就是感觉高声语怪怪的，魂不守舍，她还以为高声语没换成床位在那里生闷气呢，哪知道高声语的心里还藏着那么大个事。此时，高声语眼睛一眨不眨地盯着液体，同时察看着妻子有无异常反应……

四

"高声语，你在发什么呆？余哥他们来了，敲了这么久的门你还在那里傻站着。"杨娇在那里喊道，高声语才发现自己刚才确实走了神，于是忙去把门打开。一看，是关梓木，提着一包东西，就把他让进来，说道："快进来，我们还以为是余哥呢。"

杨娇也说道："我说嘛，余哥没来过我们家，他怎么会知道呢？何况他也不会来得这样早。"杨娇边说边招呼关梓木坐。她发现关梓木今天穿的是正装，仿佛参加国事活动的外交官，哪像以前穿着那么随便。今天他看起来精神多了，一股英气简直是藏都藏不住。

"来来来，试试衣服，一人两件。昨天看见肖妹穿个睡衣，我想是不是肖妹出来没带够衣服。刚刚出来看到一个时装店在打折，上去一看，很便宜的，就随便给你们两个美女拿了两件。"关梓木很轻松地说道。

肖潇看到衣服很高兴，突然又想起了什么，说道："不对吧，小关，仿佛我比你大吧，不是叫的肖姐吗，咋改成肖妹了呢？"

关梓木说道："我们年龄差不多，你大也大不到哪儿去，况且美女们都喜欢别人把她往小里叫，我这也是顺应潮流嘛！"关梓木这解释也算天衣无缝。

杨娇笑道："我看你这个肖妹叫起来怎么听都像是在叫'小妹'呢。"

肖潇道："管他咋个叫，只要不改我的姓就行。"于是两个美女说笑着到卧室试衣服去了。

在试衣服的过程中，杨娇说道："这个衣服应该是非常贵的，至少每套在一千元以上，你摸这手感，质量是非常好的，也不像他说的随便挑了两件，倒像是在高档时装店精心挑选的。你看我们穿起是多么合身，多么有型。你感觉到没有？"

肖潇回答道："真的很上身，穿着比以前的衣服舒服多了，小关还真会挑衣服！"

杨娇道："他倒不是在挑衣服，他是在用心挑人，我反正是沾你的光，捡到两套高档衣服。"

肖潇回道："我不晓得你到底在说什么，像是和尚在打诳语。"杨娇真没搞懂，这么明白的事情，肖潇咋就不明白呢？她是在故意装不懂呢还是脑壳真的差根弦？昨天小关看她那眼神，就知道后面会有故事的。

这时两个美女穿着关梓木买来的衣服，来到客厅展示给两个男人看。她们在客厅里旋转着身体，看得两个男人双眼发直。关梓木啧啧地称赞道："好看，好看，美女就是美女，衣服穿在美女身上，衣服都要提升几个档次。"于是她们又去穿另一套衣服，又赢得了关梓木的一大堆赞赏。杨娇见高声语在那里一言不发，只是傻笑，就问道："高哥，我们穿起怎么样？"高声语很勉强地答道："可以。"杨娇一听到他说这话就来气，每次在服装店试衣服，杨娇只要一问他，他就是千篇一律的可以，你再问，他就再无下文了，弄得杨娇再无兴趣搭理他。

此刻，杨娇说道："去去去，煮你的饭去，你也就只会说个可以。"高声语一听这话，像遇大赦一般，钻进了厨房，弄午饭去了。

两个美女试完衣服，十分满意，就坐下问关梓木这衣服多少钱。关梓木说道："真不值什么钱，我刚才不就说了吗，很便宜的。"两个美女说道："再不值钱也是钱，钱肯定是要付的。"关梓木道："要说付钱，其实两个美女已经付过了。刚才你们穿在身上我看着很养眼，我获得了美的享受，就像看模特儿比赛。而且你们刚才的表演比模特儿还精彩，你说哪个看这样的大赛不买门票？按说这次你们还是吃亏的，当然我也就不找补了，就算咱们两清了，两个美女也不会这样小气地斤斤计较吧。"

这时杨娇的电话响了，一接听说龙吉伟已进小区了，问是哪栋楼多少号，杨娇就喊高声语下楼去接余先雷。关梓木说他下去，高声语正忙着。很快，关梓木就把余先雷他们带上来了。龙吉伟还没有进屋，笑语声就传进来了："我今天又是跟着余哥混的哈！"这时余哥就出现在门前，提着大包小包的东西。杨娇迎上去说道："余哥，你们来耍就是了嘛，带啥子东西嘛，你太客气了。"龙吉伟说道："全是余哥买的，他不让我买，跟着余哥就是好。"余先雷说道："来看病人咋可能空着手呢。""晗晗呢？"这时肖潇问道。龙吉伟说："在后面，她走得慢，马上就上来了。"这时晗晗已气喘吁吁地站在了门口："叔叔阿姨好，哎哟，妈妈我好累哟！"杨娇拉着晗晗的手说道："晗晗辛苦了，快来歇会儿。"

关梓木像这里的主人一样，忙着给余先雷泡茶。晗晗歇了两分钟就跑到阳台上，看窗外的风景了，边看边对龙吉伟说："妈妈，阿姨她们这里也这么美，我很喜欢这个地方。咱们家怎么周围到处都是房子，看不到山和水呢？阿姨这里都能看到。妈妈，我想画画。"龙吉伟答道："你去画吧，妈妈陪阿姨她们摆龙门阵。"

龙吉伟问道："杨娇、肖潇，你们好些了吧？"

杨娇和肖潇答道："没事了，指标都比较稳定，真是虚惊一场，我们是被上次的感染吓怕了。"

余哥说道："指标稳定就好，稳定大于一切。"

在大家的说说笑笑中，菜已经上桌。余先雷夸道："这么大一桌，很丰富嘛！闻到挺香的，一看就有食欲。"龙吉伟在桌上喊："高哥，菜够了，快来吃了，待会儿弄多了吃不完。"

高声语在厨房回答："没弄啥子菜，不晓得合不合你们的口味。你们快吃，我马上就好。"

这时大家围上了餐桌，关梓木紧挨着肖潇坐着，余先雷尝了口，赞道："味道不错，小高还是很有几下子，今后'移友之家'

成立了，就叫小高在我们'移友'面前露一手。"

杨娇答道："没问题，他做这个还在行。"接着又对着厨房喊道："高哥，余哥把你今后的工作都安排好了哟。"今天杨娇很高兴，因为今天的菜很对客人胃口，大家吃得赞不绝口，很撑了一回杨娇的面子，所以，现在高声语在杨娇的嘴里就变成高哥了。高声语端着最后一个菜出场了，大家都赞着高声语的厨艺精湛。饭毕，龙吉伟闹着要打麻将，余先雷也积极响应，他们在屋里凑了一桌。杨娇和肖潇先去休息一会，高声语顶杨娇的班，他们算是开的夫妻店；关梓木与肖潇合股，属于股份公司。于是，一场血雨腥风的战斗就此上演。

一开局，在心理上余先雷就落了下风，因为他上桌连点三炮，而且还是大炮，一上来就把胆子吓破了，整个下午的牌势都不如人意，越打越臭。中途杨娇上来，他的手气略有转机。肖潇上来后，关梓木坐在旁边观战，余先雷总觉得关梓木在有意无意地瞟他的牌，于是就把牌遮着打，哪晓得记错了牌，和了把瞎和，赔了大家一个极品，把大家的眼泪都笑了出来。余先雷反而不恼，还和大家一唱一和，说就是故意逗大家开心的。整个下午满屋都是欢声笑语，看来这麻将还是根治苦难的高手。结局是余先雷又输了，龙吉伟又赢了，肖潇和杨娇也小赢了几个。牌局快结束的时候，宁光来电话问关梓木在哪儿，说张波发高烧叫他马上把张波送到医院。大家一听，也无心打牌，关梓木说马上要回去，于是余先雷和龙吉伟也就跟着离开了。

第九章　移友之家

一

　　高声语去看宋腊妹的那天上午，宋腊妹也正好从 ICU 转到普通病房。这次身体虽无大碍，但也吓得不轻。医生说肾移植像安灯泡一样容易，但术后的保养就难了。

　　在 ICU 待过的宋腊妹，变得深沉了，犹如一个叛逆的孩子突然懂事了。看来，凡是面对过死亡的人，都会迅速成熟。看来，活着真好，谁也不愿意死去。宋腊妹很幸福地喝着高声语给她送来的鸽子汤，而宁光将高声语送给他的煨汤再转送到与宋腊妹同病房的小女孩手中时，高声语才注意到这个小女孩。更没想到的是，与杨娇说好中午回家的自己，短短三十公里，竟然走了五天。

　　听宁光说，这个小女孩叫文娟，十三岁就患了尿毒症。在各大医院排了四年队，这几天才等到肾源，她和宋腊妹是用的同一个人的肾源。小文的妈妈一年多前也查出了尿毒症，她爸爸承受不了家门不幸，离家出走，至今杳无音信。她妈妈又有老胃病，如今母女俩相依为命，把唯一栖身的房子卖掉才凑够了这次做手术的费用。

　　高声语这时才看到，文娟病床边的椅子旁坐着一个六十岁左右的妇人。她面黄肌瘦，埋着头，一只手摁着腹部，听到宁光在介绍她们就朝高声语点点头，露出谦卑的笑，笑里藏着悲凉。高声语看到心里像被锥子扎了一下，痛得快要掉泪了。再看病床上的文娟，文静瘦弱，圆圆的脸有点黝黑，可能是长期透析身上的毒没有完全析出的原因。但从灵魂里跑出来的阳光还是浮在她脸上，温馨而又动人。

此时，宋腊妹说道："宁光哥，听刘灏主任说你要成立'移友之家'，也算我一份，我捐五万元，"

这时高声语才记起杨娇交办的事，忙把肖潇和自己的捐款拿出来交到宁光手里："这是肖潇的两千元，这是我的一千元，有点儿少不好意思。"

宁光说着谢谢，把肖潇的钱收了，高声语的钱没收。说道："你们家就你那点儿工资，确实也很困难。"可高声语坚持要捐，最后宁光收了五百元，说道："今后'移友之家'有事就多过来帮忙，听杨娇说你以前喜欢看书，你就为'移友之家'写点什么，好吗？"

高声语没有再坚持，顺手就把这五百元捐给了文娟。文娟感动得哭了，说这次遇到的全是好人。这时高声语看到坐在椅子上的老人一直往下滑，就一把抓住，问道："咋回事，老人家？"

老人有气无力地说道："胃疼，老毛病，好多年了。"

高声语说道："老人家，走，我带你去找医生。你今天早上吃饭没有？"

老人答道："还没有吃，我不去看了，看也白糟蹋钱。我的病我晓得，治不好的，总算坚持到我文娟把肾换了，今后可能还要仰仗你们这些好心人照顾一下我文娟。"

高声语说道："都病成这样了还心疼钱，这里有宁光哥帮你照顾文娟，我陪你去看病。幸亏你没吃早饭，我们先去做个胃镜。"老人没有再坚持，也可能是再也坚持不下去了。

到了诊室，高声语叫老人先坐着休息，就拿着老人的身份证去办就诊卡、挂便民门诊、找医生开检查单交费。在办理的过程中，高声语看了下老人的身份证：1976年3月3日，今年才三十八岁，比自己还小十岁，看上去怎么也有六十出头。不由感叹道：人啦！你什么都可以得，就是不能得病，它可以把少女变成老妇，把少年变成活着的木乃伊。高声语后来再也不敢喊老人家了，也不好意思再改称呼，就直接称"你"了。文娟妈妈的胃镜报告下午才拿到，检查结论说发现不明肿块，不排除癌变，建议作活检进一步确认。高声语一看，心里很难过，真要如此，这一家可怎么活哟？文娟妈问结果怎么样，高声语说没什么大问题，叫继续检查。高声语又忙着去挂号开检查单。事情办完医生都快下班了。

这一次，文娟妈妈没有等到活检报告，那夜她悄悄地走了，医生说她死于尿毒症的并发症——心衰。也许她这辈子遭受的罪太多，实在受不了了，想早点脱身，又找不到照顾孩子的合适人选。这下可好，孩子换肾了，又碰到一个有爱心的宁光，她放心了，她终于熬到了这一天。从此以后，宁光也算有儿有女，真是后福无穷呀！

高声语想留下来帮忙，这一留就是好几天。幸亏有他的帮忙，宁光才缓了口气。母亲去世，文娟哭得悲痛欲绝。她不是为自己成了孤儿而哭，而是为自己母亲的离去而痛哭。母亲这么年轻，不到四十岁，她这一生太不容易，特别是查出身患尿毒症，父亲不辞而别，竟一夜白头。一个风韵犹存的少妇，一转眼就变成了一个干瘪的老太婆。为了节约钱让自己透析，母亲有时候五天才到医院去透一次，她难受得整夜整夜地睡不着觉，有时为了哪个先去透析而相互推让。每每这时，母女俩都会大哭一场，最终，母亲把生的希望留给了她。文娟觉得自己才是个罪魁祸首，没有自己，也许母亲就不会得尿毒症，爸爸就不会不辞而别，妈妈就不会死，这个家就不会散。文娟一想到这些，就哭得肝胆俱裂。由于刚做了手术，一哭就扯到伤口痛，便在那里无声地哭泣。医生和护士都劝她不要哭，这样会撕裂伤口，难愈合，而且情绪波动这么大，对这样的重症病人是非常危险的，这肾就等于白换了。

宋腊妹也在悄悄流泪，哭过后对文娟说："娟娟，你妈妈累了，她是去休息去了，她是去享福了。你要好好保重，否则，你妈妈在那边也不得安生，你就不要再让她操心了，好吗？"经过大家的劝说，文娟才慢慢地平静下来。后来，宋腊妹还把文娟收为干女儿，负担了她妈妈的安葬费，高声语和宁光就负责葬礼的所有事宜。文娟因做了肾移植手术无法参加妈妈的葬礼，只好在心中与自己亲爱的妈妈告别。那天，宁光、高声语、黎学兵和天尚仁在仙居山的告别大厅，与文娟的妈妈告了别。宁光他们为这个女人送行，是在向这个饱经苦难的女人传递着生命最后的爱。高声语透过水晶棺认真看了文娟妈妈一眼：她睡得安详，面露微笑，仿佛是安睡在鲜花丛中的美妇人！

高声语一到家，杨娇就给他报告喜讯，说他走后自己天天在家搓麻将，就她和肖潇、关梓木三个人，关梓木天天输，都赢了好几千。高声语听完喜讯，又听到一个令自己纠结的消息。原来，女儿杨洋对宁光的"移友之家"很感兴趣，准备放弃新桥医院的那份工作。杨洋说想一边在"移友之家"做事，一边在 S 市找工作。杨娇劝说了一回，说工作不好找，何况还是这么好的工作，要到"移友之家"做公益，可以利用节假日来这里。但这个孩子就是铁了心，说什么要是二娘在，一定会支持她的决定。高声语听后，既感动又担心，只是在心里轻轻地叹息了一声。

二

2014 年 6 月 22 日，对移植人来说是一个值得纪念的日子。因为这一天，爱心大使宁光为"移友"们安了一个家。从此以后，他将在这里放牧他的爱与善良，让每一位回家的移植人的灵魂得到安放、得到抚慰、得到温暖。同时也让那些有爱心的移植人，这些小人物，找到一个种植善果的地方与理由，让他们的善举得以延续，得以开花结果。宁光说道："我们不是移植病人，也不叫移植患者，我们就是移植人。一群能吃能睡，能哭能笑，有梦想，有未来的移植人。我们无法选择不生病或生什么病，但我们可以选择怎么爱和怎么活。我们要把苦难留在家中，经过我们的发酵，将它变成爱，再让它走出去。因此，我们要让家成为移植人魂牵梦绕的地方，成为移植人的信仰之地和精神指针，我们要让这里汇聚着世上最狂热的爱。"

高声语根据宁光的交代，对家做了进一步的阐述（因高声语家中有事，没有到场，是他真有事呢还是不好意思到场？在这些场合他一般就不好意思参加，他不像黎学兵，走到哪里都自信得了不得，笑眯眯，乐哈哈）。他让天尚仁带来的稿纸写到（天尚仁念）：

家是什么？有一首歌写得很好，家是温柔港湾，风雨再大都不怕，我们无时无刻不在牵挂它。走遍海角天涯，我们爱着它，我们渴望拥有它，我们大家都需要它……我们漂泊的灵魂找不到归宿，没有地方安放，所以我们对家就特别依恋、特别敬畏，因为那里是我们的根，所以我们在外面如何富有、尊贵，都会锦衣返乡，来个叶落归根。

既然是"移友之家"，那么它就要承担家的责任，它应该给移植人更多的关怀、帮助，这里会变成一个拥有温暖、友情、爱与善良的地方，这里将没有算计、没有冷漠、没有苦难与泪水……

听说耶路撒冷的地理位置正好在地球的正中心，它成了三教共同的"圣城"，接受着来自全世界近二十亿教徒的顶礼膜拜。不久的将来，在大家的爱与汗水的浇灌下，"移友之家"也会成为我们移植人的"耶路撒冷"，我们移植人心中的圣地！让那些为"移友之家"做出重大贡献的人，到这里来领取大家对他们的仰慕与敬意。宁光带领大家在这里放牧着爱与善良，我们要让这片沙漠、死海、没有生命的极寒地带变成一个百花齐放的大花园，让它成为移植人心中的"香格里拉"。

很久以前有个朋友带我去欣赏茶艺，我看到两句话，在这里，我就把这两句话送给"移友之家"：善是至宝，一生用之不尽；德是良田，百代耕之有余。横批就是"移友之家"！

"移友之家"成立，除了杨娇、肖潇、张波住院和高声语有事外，宁光、宁文琴、黎学兵、关梓木、余先雷、龙吉伟、天尚仁等均悉数到场。未晗也来了，独自到楼顶画画去了。会议中途，杨洋意外地来到了会场，参加了"移友之家"的成立会。大家慎重决定，选出了第一届"移友之家"家庭成员：

家长：宁光

秘书长：宁文琴

文娱组长：肖潇

联络组长：杨娇

生活组长：高声语

接待组长：余先雷

财会组长：宋腊妹

心理疏导组长：关梓木

抢救组长：张波（杨洋协助）

宣传组长：龙吉伟

信息收集组长：宋腊妹（兼）

　　宁光说："这里要说明的是，宋腊妹虽然刚做手术，没有参加以前的活动，但她一直有这个愿望，要到'移友之家'来工作。我们这个家的宗旨就是：你可以到园里来栽花锄草，也可以到园里来欣赏花开花落。因此，鉴于她以前在她老公的地产公司做过会计，我们就将财务这一重要职位交给她。

　　"高声语厨艺不错，余先雷提议他任生活组长，为我们移植人的健康生活助力。余先雷任接待组长也是实至名归，天尚仁协助余先雷。肖潇懂音乐，曾是音乐教师，文娱组长也就非她莫属。宁光对音乐也在行，就协助她工作。杨娇善于交际，亲和力强，任联络组长很合适。关梓木从小在奶奶身边生活多年，奶奶一生信奉佛教，对他影响深远，他很善于抓住他人心理，带人走出迷津，他任心理疏导组长也就特别合适，同时，高声语协助他工作。因来'移友之家'的人员特殊，特设一抢救组。张波曾是医学院学生，懂得在危急时刻如何抢救病人。再者，他人年轻，反应快，这个工作叫他做大家应该很放心，何况还有杨洋这个重庆医科大学的高才生作他的后盾。龙吉伟活跃，能说会道，就把宣传这一工作交给她。黎学兵协助，同时黎学兵还需协助秘书长宁文琴的工作。因时间关系，我们就不再一一说明。"

"移友之家"还制定了基金会和使用规则：

基金：现在收到的捐赠款共计人民二百万元，另有一大批物资。捐赠款来源：宁文琴为宁光存的八十万元，宁文琴又捐了三十万元，宁光捐五十万元，是他妻子死亡后获得的赔偿金，一直没用，今天他全部捐出来了。今天余先雷带来了五万元，龙吉伟三千元，天尚仁三千元，加上外界捐款，总计二百万元。因宋腊妹刚做手术，财务及这笔钱暂时就由宁文琴代管。

基金使用：全部用于最困难的移植人。凡一千元以下，宁光可独自支配，一千元以上须所有担职人员同意，同时做好笔录。

这里要说明的是：所有任职人员属"三无一有一全"人员，即无工资，无补助，无车船费；全义务，有时还要倒贴钱。每天均需一人值班，因特殊情况可自由换班，无须家长同意，只要做好记录即可。

鉴于杨洋的爱心，"移友之家"这段日子就由杨洋值班。值得庆幸的是，在宁光和关梓木的努力下，不久杨洋就在 H 省人民医院的移植中心签约上班了。"移友之家"还安排了好几个计划：

家庭计划一：每月安排六至八个困难移植人旅行观光，让他们走出去，感受人间温暖，感受大自然的壮美，给他们以信心和勇气，去战胜病魔，找回自信，开始另一种精彩的生活，同时让他们感到"移友之家"是每一个移植人真正的家。旅行期间，须有二至五个担职人员陪同旅行，负责困难移植人的衣食住行，担职人员需付来去车费。

家庭计划二：利用网络、媒体、医院、各种"移友"群等多种渠道收集移植人的数据。包括身体情况、病情、家庭成员、住址、移植时间、经济状况、精神状态等等，数据越翔实越好，而且越快越好，马上就启动。

家庭计划三：利用"家庭计划二"的数据，在一百公里之内的，每月去看望十个困难移植人，以送水果、生活用品的方式，每个人金额在三十至六十元之间，让他们感受到来自家的人文关怀；一百公里以上的，以发红包的方式，慰问十个移植困难户，慰问金三十至六十元。

家庭计划四：逢年过节，每个有家庭职位的家庭成员要去看望和慰问三至五个移植贫困人员。

家庭计划五：凡来省城就医复查的移植人员均可在"移友之家"食宿，贫困移植人优先，满额为限，每天最多六人。贫困移植人免费；生活尚可的需付费，每天每人食宿费四十元。

家庭计划六：我们以民间组织的形式向当地民政部门注册，争取该组织的合法化。到时既可接受那些富裕移植人的捐赠，同时，也可光明正大接受来自社会各界的爱心行为。

在"移友之家"成立日的中途，林凤鸣医生代表省移植中心刘主任亲自到会祝贺。一是祝贺"移友之家"的成立；二是感谢"移友之家"对术后移植人的关爱、帮助、支持，同时给中心减轻了负担；三是祝"移友之家"办出特色、办成经典；四是中心真诚地向爱心大使宁光致以最崇高的敬意；五是感谢近一阶段宁光为中心做出的贡献，同时也希望宁光一如既往地关心支持移植中心的工作；六是代表移植中心和刘主任再次为"移友之家"捐赠人民币三万元，另外刘主任私人捐赠十五万元。因中心有移植手术，林凤鸣转达了中心和刘主任的意愿后，就匆匆地离开了"移友之家"。林凤鸣的到来，给与会者很大的精神鼓励，将"移友之家"成立会再次推向高潮。因此，"移友之家"的成立会是一个积极、团结、友爱的会，是一个让爱与善良长出翅膀腾空而起的盛会。会议尾声时还意外得到了省红字会的关怀和物资支持。

三

这天，高声语将熬好的乌鱼汤和鸽子汤送到医院时，宋腊妹、文娟、张波三人正在同时办理出院手续。因宁光找他有事，和他们打了招呼就离开了。高声语走出病房，在过道里碰到那个矮小的护士长。她笑眯眯地给高声语打着招呼："来啦!""嗯，来啦。"高声语回道。自从刘主任亲自给杨娇换过病房后，护士长在高声语的眼里就由一个严肃的人变成了一个和蔼可亲的人。

到了"移友之家"，宁光不在，打电话一问，才知道在隔壁的关梓木那里。来给高声语开门的是保姆，四十岁左右，人高马大，很精神，一见高声语就笑道："你请进，小关在书房。"一看这保姆就是个没多少心计，踏实干事的主儿。高声语打量了一下这个屋子，装修很讲究，算得上富丽堂皇。还没进书房，就有佛气扑面而来。在门外就能看到书房里挂着的对联：

上联：大肚包容，了却人间多少事
下联：满腔欢喜，笑开天下古今愁

书房内书不多，屋内摆有如来佛和观音的塑像，案头上有佛经之类的书籍及杂物，书房没多少书卷气，禅味却很浓。关梓木见高声语到了，忙招待他坐。走进书房，一股很浓的茶香飘来，沁人心脾。原来关梓木面前摆放着茶具，他和宁光正在品茶。关梓木道："高哥，来尝尝，这是今年新出的大红袍，很香的。"高声语对茶一窍不通，但好茶确实味道不同。比如今天这茶，茶汤橙黄透亮，幽香如兰，就很不一般，有一种高贵的气息在周围升腾。

宁光见高声语进来，忙招呼让座。高声语屁股还没坐稳，宁光就直奔主题："刚才和关弟正商量来着，我们'移友之家'做了个网页，挂在网上，还真不错，立即就有'移友'围观。其中有一个网名叫鱼儿的说，他不相信会有这么个'移友之家'，不可能有这么好，问是不是骗人的，骗钱的。他说他是肝移植，因胆道堵塞，每半年就要换管，活着异常痛苦，想就此了却残生。但看到'移友之家'的介绍，觉得很新奇，产生了好奇心，想来看一下是不是真的，回去也好死个明白。但他又说，自己天高路远，又无盘缠，还是算了。我想：他是不是在试探我们，抑或就是个骗子。但我又怕是真的，他真要有什么不测，我会于心不安的。我告诉他我们愿意给他路费，但要研究一下，叫他等我们的消息。因这个事应属小关和你的职责，所以就把你也叫来了。你看这事咋弄好？"

高声语问道："关弟的意思呢？"

关梓木说道："假如这个事是真的，那么来分析一下。他想自杀，但看到'移友之家'的消息，他有新奇感，也就是说，他对这个世界还抱有好奇心，这种情况一般还不想死，还在徘徊。也许他还留恋这个世界，还有东西放不下。这时你拉他一把，他也许就活过来了；如果你推他一把，他彻底绝望，也许他就有了自杀的勇气。移植人的胆道堵塞，确实是个痛苦的事，我经历过，常人难以忍受，真的是生不如死。这个时候还真怕他走极端。"

高声语听完后说道："关弟分析得不错，我同意你的观点，不知道宁光哥什么意见？"

宁光说道："我也赞成关弟的分析。"

大家观点一致后，就形成了下面的意见：

给他买一张来S市的单程机票，叫他带上当地街道、派出所及医院的证明，近期的住院记录及各类检查报告。我们欢迎他来做客，并尽力帮助他。这件事由关梓木办理，高声语协助。

"关梓木，关梓木！你一天死到哪里去了？娃儿都不管，你一动得就在外面疯，和一帮狐朋狗友在外面胡吃海喝，这个家你是不得管的。"从客厅里传来的这个女人的声音，把高声语和宁光都吓了一跳。抬头一看，是个三十岁左右的少妇，穿着睡衣，披着长发，像刚起床的样子。人长得很好看，但就像一花瓶，只有形，没有神。听她那语气，定是这屋里的女主人。高声语他们想和她打声招呼，但她根本就没看这边，也许她认为不值得看这里一眼，他们是没资格享受她那一眼，她这是真真儿的目空一切。在她眼里，关梓木的朋友就是一群食客，一个个酒囊饭袋，只晓得花她关家的钱。但她却不用发展的眼光看问题。现在的关梓木已今非昔比，他确实在与时俱进。士别三日，当刮目相看，但关梓木的老婆却要拿九年前的关梓木来说事。

关梓木老婆还在那喋喋不休："两个孩子都成了野人，跟着一个吃斋念佛的八十岁的老人，今后会有啥出息？我看你是不配当父亲……"

关梓木一声怒吼："够了！再说老子今天要收拾人。"说完就把书房门"嘭"的一声关上，说道："不要理她，她就是一个神经病。"客厅的声音戛然而止，看来关梓木还有当年做大哥的余威，满有杀气的。

后来，高声语才知道，这个女人一嫁过来，肚子很争气，一次就生了两个带把儿的，彻底破了关家的三世单传的魔咒，于是集一家宠爱在一身，从此这女人在关家就炙手可热、位高权重，后来就养成了专横霸道、颐指气使的坏脾气。不知是她的天性还是家教的原因，她眼里只有个钱字，她老爹当年看中的就是关家的钱，才把她许配过来的。因她这一传宗接代的功劳，关家再无人管她，从此就迷上了麻将，整天和一群有钱的少奶奶在麻桌上消磨光阴。每天中午饭一吃，人就在麻桌上了，一直要整到晚上12点才回家。有时是整夜不归，一般要中午饭才起床，有时连中餐都免了，睡到下午3点多，直接就去了麻馆。她这一生就每天重复做这一件事情，也就相当于她这几十年只活了这一天。关家的两个孩子有爷爷奶奶宠着，还有那个八十多岁吃斋念佛的太姥姥疼着，也就没他们父母两个的事，夫妻两人也就这么不冷不热地熬着，成了住在一个屋里的两个陌生人。

四

那个网名叫鱼儿的移植肝友，于某日上午10时，乘飞机降落在S市的国际机场。那天天尚仁正在机场办事，就顺道把那个叫鱼儿的人直接接到了"移友之家"。

来人是个自称胡少波的中年人，大约四十多岁，青海西宁人。他身体瘦小，小眉小眼，表情绝望。他带来的所有资料都能证明他就是一个肝移植者。宁光他们很热情地接待了他，带他观看了"移友"的寝室、健身房、厨房及"移友"使用的各种医疗器械。又带他到楼顶去看"移友"文娱活动室、望景台、花园、菜园等。看了这些，他十分惊叹、十分羡慕，觉得这简直就是移植人的乐园，一个世外桃花源。站在这里，他简直觉得自己像在做梦，一个魂牵梦绕的美梦，他都不想醒过来了。

因为他是第一个来家的"移友"，在接待上规格就比较高，甚至可以说是隆重。陪同人员有宁光、关梓木、高声语、余先雷、天尚仁，中午就在满江红给胡少波接风洗尘，餐费是余先雷私人掏的腰包。在用餐时，宁光介绍了余先雷的有关情况，说他六十六岁了，还在老年大学学习，还这么有爱心。餐毕，胡少波在"移友之家"午休，下午大家又陪他逛了两个景点，晚上又邀请他品尝了S市的几个著名小吃，晚上就在"移友之家"休息。大家把他当亲人一样，给予他无微不至的关怀，他感动得哭了。他说有这么好的日子、有这么好的人在身边，有这么多人的关怀备至，谁愿意去死嘛！接着他说了自己的遭遇。他老家是重庆，在西宁搞装修，挣了些钱就在那安家，五年前肝脏硬化，做了移植手术。不知道是什么原因，胆管总是出问题，隔几个月就要做一次手术，令人痛不欲生，生不如死。后来妻子离开了他，十八岁的孩子也不懂事，不晓得关心这个病重的老子，就知道伸手要钱。他说今年等他上大学后，也就了无牵挂了。说着，一个大男人就当着这么多的陌生人，很伤心地哭了起来。那种悲凉、那种伤心，令在座的人心里发酸。

宁光他们商量后，决定让这个胡少波先住下来，再慢慢地化解他心中的死结，给他重塑生之希望。这几天就由关梓木和高声语负责，一个给他心理疗伤，一个负责他的生活。第三天，胡少波的情绪已基本稳定，张波与文娟已出院回到"移友之家"。当他知道了这两个孤儿的悲惨遭遇，他震动很大，心想这个世界还有比他更凄惨的人。第四天，关梓木把他的茶具搬到了"移友之家"，请胡少波品茶，给他放自己很喜欢的《云水禅心》。中途，他和胡少波做了个游戏，这个游戏不知是否给他以触动。

关梓木问道："胡哥，你在平时生活中会不会生气？"

胡少波答道："有哇，肯定有过生气的时候。"

关梓木说道："那你举一个平时让你生气的例子。"

148

胡少波想了一会儿说道："你看这件事行不？孩子早上起来，床上乱糟糟的，被子都不叠，我就说他，让他把被子叠好，你说上几遍，有可能他都没有叠，这时我就会生气。"

关梓木说："好，就这个事，孩子不叠被子，我就会生气。"

关梓木问道："你生气后，孩子叠被子没有呢？"

胡少波说："没有。"

关梓木说道："你生气后会有啥子后果呢？"

胡少波说："后果是我就会说他，骂他，孩子就会和我争吵，说我管得宽，我们就会越吵越凶，老婆也不高兴，整个家庭气氛十分不好。"

关梓木问道："没叠被子就出现这么严重的后果，你生气后、吵后，那被子最后叠好没有呢？"

胡少波说："没有。"

关梓木说："没叠被子，你就生气，你为什么会生气呢？"

胡少波说："主要会发生联想。"

关梓木问："发生什么联想？"

胡少波说："就会想，这么简单的事都不想做，而且做不好，今后还会做什么大事。如此下去，我就会想到他肯定是个没出息的孩子，一个命运非常不好的孩子。因为古人云：'一屋不扫何以扫天下'！我就气得不行，我熬更受累，省吃俭用，供他读书，却培养了这么个没出息的东西。你说气人不气人？"

关梓木问道："那你心里想的这些你孩子知道吗？"

胡少波答道："他哪会知道，他根本就不听我说。"

关梓木说道："那你问过他为什么不叠被子吗？"

胡少波答道："你问他，他根本就不理你。"

关梓木说："他不叠被子，你生气，最后家庭闹得乌烟瘴气，被子还是没有叠。那你想过有没有自己不生气，又能让孩子把被子叠了的办法呢？"

胡少波说："想什么办法，咋个想办法？没想过。"

关梓木说："你想没想过，你不生气，直接去给他把被子叠了。或者直接夸他，我儿是个做大事的人，不拘小节。这样不会和孩子争吵，也不会把家庭搞那么沉闷。反正你生气，被子没叠，你不生气，被子还是没叠。而且生气伤肝，伤身体，家庭也闹得不团结，和老婆也没处好关系。

"说不定孩子与你的想法正相反，他认为不叠被子很酷，脚一蹬就起床了，多潇洒，晚上将被子往身上一扯多方便。他还认为你多事。

"你看你把个事情想得多严重，不叠被子，孩子今后就没出息，有这么严重吗？你是不是随意夸大了事情的这种后果？

"以上的这一切，都是你的主观想法，是站在你的角度，用你的价值观、人生经验、你所受的教育，再加上你的想象，来完成你生气的这个因果。你就没想过你这个想法是错误的，你不深刻反省，不多角度看问题，不开阔自己的视野与胸襟。那么，你今天犯这样的错误，明天你儿也会犯这样的错误，今后你的孙子还会犯同样的错误，你这个家还怎么兴，你的后代还怎么有出息？一遇事就生气，一生气家庭就不和睦，不和睦的家怎么兴旺？都说家和万事兴，家不和就吵架，一吵架，就败家，就伤身，在这种环境下还怎么生活得下去？

"我给你说一个真实的故事：一样的事，两个人处理的方式不同，结果也就不一样。

"朋友甲，那天他从茶房出去，有人从外面进来，撞上了，那人上来就是一拳，我朋友也不示弱，也回敬了一拳。是呀！大庭广众之下，不能丢了面子，于是大打出手，双双住进医院，出院后还不服气，结果又干一仗，最后双方致残。

"朋友乙，也是那天从茶房出去，有人进来，撞上了，进来的人火气大，上来就是一拳，朋友乙连说对不起，态度诚恳，那人打了第二拳，第三拳举起再也没有打下去。因为朋友乙还在一个劲儿地说是自己错了，应该先敲敲门，慢慢推。还一个劲儿地安慰他，问碰着没有？疼不疼？需不需要处理？这看似失了面子，但舆论就向他这边倒，大家都去谴责另一个人太过分，那个人确实很尴尬，后来灰溜溜地走了。而朋友乙并没有失了面子，反而还获得一片赞许声，说他道德高尚、处事冷静，是个好人。大家深受教育，从他这里学到了一些东西，他这一举动很有启示，对社会具有积极的意义。

　　"现在，我们再回到你身上，你自杀了，看似解脱了，其实你把这个不幸转嫁到了你孩子身上。别人会说他的父亲是个懦夫，而且你也成了孩子的反面教材，遇事就去想最坏的那面。假如你孩子今后遇事也像你一样去处理呢？那不是你在暗示他？你这不是间接地谋杀了自己的孩子？既然生命还在，我们有什么理由让它熄灭？"

　　胡少波听了关梓木的这番话，茅塞顿开，连连称谢，说自己一时糊涂，差点酿成大错，是"移友之家"救了他，救了他孩子，回去后一定要好好活着，无论遇到再大的苦难都要含笑面对。他会永远铭记"移友之家"为他种下的善果，他要把这个善果带去远方，让它生根发芽、开花结果。胡少波痛苦而又悲伤地来到"移友之家"，几天后，他带着微笑和感恩的心离开了"移友之家"。

　　胡少波离开后，宁光在清洗胡少波用过的床上用品时，发现他留下的一万元人民币和一句留言："感谢'移友之家'的救赎。我留下的是我的感动，愿'移友之家'关注和拯救更多的在苦难中挣扎的移植人。"

第十章　传说

一

　　肖潇在杨娇这里一住就是半个月，准备过两天就回家。昨日下午在移植群吼了声：有没有人明天去桃花古镇？大家纷纷响应，于是相约明日 9 点在桃花古镇集合。

　　第二天早上，不到 8 点，关梓木就在杨娇楼下，打电话催她们快下楼。肖潇先下去，关梓木把她让到副驾位上，车上已坐着张波和文娟。两个孩子热情地叫了阿姨，肖潇问他们宁爸爸咋没来，孩子说宁爸爸今天在移植中心有事。这时，关梓木在车上放起了音乐，歌名叫《花好月圆》，曲子忧伤缠绵，淡淡的哀怨倾诉着对爱情的向往。歌词在车内飘荡：浮云散，明月照人来，团圆美满今朝醉，清浅池塘，鸳鸯戏水，红裳翠盖，并蒂莲开，双双对对，恩恩爱爱……车内弥漫着柔情蜜意。

　　这时，杨娇下来了，上车后笑道："关大侠，你这车今天咋洗得这么干净，以前不是脏兮兮的吗？"这段时间关梓木天天来杨娇这里，混熟了，因关梓木大气、豪爽，像个侠客，大家就把他叫关大侠。关梓木答道："有你贵妃在车上，哪个敢不把你座驾整干净？"杨娇刚坐下，身边的女孩甜甜地叫了她一声阿姨，杨娇问道："你是？"小姑娘答道："我叫文娟，现在住在宁爸爸

152

那儿。"杨娇说道:"哦,想起来了。你叫文娟,长得不错,就是单薄了点。好好养养身体。"于是拉着她的手,很是不舍。杨娇心想多么可怜的孩子,这么小,就遭了这么多的罪,把一生中最难吞咽的东西提前消化了。

杨娇见车一直没走就取笑道:"关大侠,你被鸳鸯戏水听傻了哟,一直不走?"

关梓木很爱怜地看了一眼身边的肖潇,委屈地对杨娇说道:"姐姐,我不是还在等高大哥吗?"

杨娇不好意思地说道:"哦,对不起我错怪你了,我忘了跟你说,高声语今天不去,他儿高考后在家,他要陪他儿子,给他儿子改善生活。"

关梓木道:"你们不是公不离婆吗?哪次出去不是成双成对的,我可搞不懂。"说着就是一脚油门,车开了出去。今天出游天气真好,前几天连下了几场雨,今天又没有太阳,空气清新凉爽,令人心旷神怡。这时关梓木给身旁的肖潇介绍道:

"桃花古镇离这里大约十公里,古镇距今一千三百多年,哦,马上进隧道,过了隧道,就如陶渊明笔下的桃花源了。你看满目苍翠,群山环抱,桃花古镇就坐卧在群山的怀抱里,像一颗镶嵌在山里的明珠。说到桃花,历史上还有一个凄美动人的爱情故事。

"相传,唐朝诗人崔护进京参考,途经此地,因病不能前行,只好住在一个老太婆家里。老太婆家有个小女儿,长得非常漂亮,她天天精心照顾着病中的崔护。女孩的家后园有一大片桃林,恰是桃花盛开的日子,桃花就像一片片飘在山间的云彩,令人迷醉。崔护病稍好,女子晚间就陪他出来逛桃林,崔护就教女孩吟诗作赋,他们互相倾慕,暗许终身。这一晃就是三个月,崔护的病也好了,但却过了考期,只好来年再考。因崔护生病花光盘缠，于是就与女子告别回家，同时也想禀告父母，来年与该女子续下这个好姻缘。第二年，阳春三月，崔护又来到了这个地方。此时桃花怒放，胜似朝霞，女子却不见了。原来，就在崔护离开后不久，女子染疾，不治身亡。崔护知道后，柔肠寸断，哭倒在地。于是就有了这首传颂千古的美丽诗篇：'去年今日此门中，人面桃花相映红。人面不知何处去，桃花依旧笑春风。'

"后来，人们为了纪念这对相恋而不能相守、有缘而无福消受的恋人，家家遍植桃树，一时桃花开得漫山遍野，于是就有了现在的桃花古镇。后来就有了桃花盛会，还设有相亲会，让世上的痴男怨女终成眷属，确实还成就了不少好姻缘。"关梓木娓娓道来，听得肖潇如醉如痴。

杨娇笑道："你说得这样动人，这样情不自禁，不会就是当年的崔护吧，这里可没有青春貌美的桃花姑娘哟！"关梓木没有接杨娇的话，却又讲了与桃花镇有关的另一个故事。

关梓木说道："后来，桃花古镇差点易名。明末清初，张献忠逃到这里。有天吃了不洁的东西，肚子不舒服，因在外面查看地形，只好就地解决。完事后随手扯了把野草擦屁股。哪知他不认识这东西，他是拿了霍麻擦屁股。这东西颇厉害，他的屁股立马就肿得老高，痛得他冷汗直冒。他心中大怒，认为这里的花草都如此可恶，人还会有好的吗？于是大开杀戒，致使血染桃林，山河悲泪，这里从此渺无人烟。不久，这里来了很多的客家人，镇子又开始热闹起来。他们闹着要改镇名，但当地人坚决反对，因那个美丽的爱情故事成了这里文化的一部分，融入了这里人的血脉里。桃花古镇得以保留至今。"

关梓木说完，车也到了桃花古镇。肖潇他们下车后，关梓木就把车开走了，说是叫他们玩着，他有点儿事，一会就来找他们，还很神秘的样子，说是待会儿让他们见识天女散花的壮景。

杨娇这时给余先雷和宁文琴打电话，问他们到没有，说要等半小时，于是杨娇就陪肖潇和文娟、张波先逛古街。他们一进入古街，就有一股浓浓的客家文化气息扑面而来。这时才上午8时半，街道清静，山上的泉水从古街流过的潺潺水声都清晰可闻。这里百分之九十都是客家人，说特色的客家话，软软糯糯，丝毫不逊色吴侬软语。在这里可以说客家话、吃客家饭、睡客家花床。这里文化底蕴非常厚重，肖潇他们走在古街有一种时间倒流的错觉，迎面走来的客家人面带微笑，热情地与肖潇他们打着招呼，像是在招呼家里的来客，让人宾至如归。古镇老街，青石铺路，街道两旁商铺林立，都是明清风格建筑，客家文化在商铺中展现得淋漓尽致。这时他们一行四人来到了古镇四大会馆中最大的会馆，广州会馆，它是国家级重点文物保护单位。不久，余先雷、龙吉伟、未晗、宁文琴、黎学兵都到了。他们正从江西会馆往上走，终于在海洋馆那里会合。

　　走了不到半小时，宁文琴就走不动了，未晗也要歇一会儿。这时黎学兵看到有黄包车和鸡公车过来，笑嘻嘻地说道："我招待美女们坐车，享受一下古人的生活。现在街上游人不是很多，待会儿人一挤，就坐不成了。"

　　黎学兵的话激起了大家的好奇，肖潇和杨娇、龙吉伟也跃跃欲试，只有张波和文娟没有说话，在那好奇地笑。最后黎学兵叫齐了车子，余先雷却抢着把钱付了，张波和文娟也就扭扭捏捏地坐了上去。大家这一圈玩下来，看遍了古镇的秀丽风景。

　　走在街上，他们买了很多的小吃：三大炮、油烫鹅、天鹅蛋、伤心凉粉等几大袋。余先雷给张波和文娟各塞了两包，说这些东西以前这两个孩子可能都没尝过，叫他们慢慢品尝，好吃以后经常给他们买，剩下的几包就给了肖潇。宁文琴说，肖潇明天就要走了，不知什么时候来，叫她就在S市买房，反正就她娘俩，对她的治疗也有好处。大家边说边走，古街就逛得差不多了，大家就想找个茶馆喝茶等关梓木。街上的游客也渐渐多起来，慢慢地就像乡下赶集一样，开始拥挤了。这时杨娇的电话响了，关梓木叫他们过去坐直升机看桃花古镇，他好买票。最后大家商量后，余先雷、黎学兵、张波、宁文琴、龙吉伟、未晗都不愿坐直升机，他们就去白鹭洲湿地公园坐船玩儿，说好待会儿在东方威尼斯会合吃午饭。本来文娟也不去的，杨娇硬把她拉上了，说让这个苦孩子享受一下，她们一行三人就朝停机坪走去。

二

余先雷他们来到湿地公园，租了一辆六人座的带篷船，船上有桌，可以玩扑克牌。余先雷、龙吉伟和黎学兵三人凑了一桌地主，未晗摊开了画夹，在船上写生，张波和宁文琴就坐在船上看风景。这白鹭洲和东方威尼斯虽是两个大块，却是互通的。从东方威尼斯可以坐船到白鹭洲，也可以从白鹭洲坐船到威尼斯。东方威尼斯占地一千二百亩，可以游览观光吃喝玩乐住宿，修有亭台楼榭，而白鹭洲只有五百亩，是个休闲玩耍、欣赏风景的地方。这里的河水干净透明，寒彻透骨。因滨江从桃花古镇穿过，就在镇口开了条小渠，这滨河水是千里之外高山上的积雪融化而来，所以江水冷冽清澈。这白鹭洲和东方威尼斯是由五十八座孤立的岛屿组成。到这里来游玩的客人经常是流连忘返，不知归途。如果这时客人还没玩够，那么还可去紧邻白鹭洲的蔚然花海，它占地两千余亩，里面百花齐放、争奇斗艳，是一个真正的花的海洋。

杨娇和肖潇她们到了停机坪，关梓木正站在那里等她们。关梓木身旁放着两大袋东西，走近一看，像是花。肖潇问他在哪儿买这么多花，买这么多花干什么，关梓木坏笑坏笑的，说一会儿就知道了。这时有一架直升机降落在停机坪，关梓木提着两大袋鲜花领着她们上了飞机。机组人员对关梓木很是客气。后来她们才知道，他给机组人员发过红包，不然那两袋鲜花是不能拿上飞机的。这时，关梓木打开鲜花袋，里面就是一小袋一小袋的鲜花，一扯就开。关梓木笑着对三个美女说，你们现在就是仙女了，待会儿，只是把一袋一袋的鲜花扯开，撒下去就可以了。肖潇她们这才知道刚才关梓木说的，让她们知道什么叫天女散花，原来他这半天是在忙活这个。

此时飞机已接近古街的上空，越飞越低，越飞越慢，可以看到游人了，而且越来越清晰。飞机开始在空中盘旋，三个美女异常激动，把花拿在手里，只听一声令下，她们就会像仙女一样把鲜花撒向人间。这时，机组人员朝她们点了点头，她们马上就把鲜花抛向窗外，花朵飘飘荡荡，打着旋儿，飘了下去，落在游人的头上、肩上、身上、脸上。有游客吼了起来，快看，有人在飞机上撒鲜花，于是万人抬头，杨娇她们激动得要死，边叫边朝下面抛。她们看到鲜花飘在由游人组成的海洋里，下面游人有的在大叫、有的在拍照、有的在傻笑，人群沸腾了、癫狂了！这是他们这一生看到的最美丽最动人的风景——天女散花。此刻，飞机带着游人的欢呼声朝白鹭洲的上空飞去，也带着快乐得差点岔了气的三个美女，穿越了两千亩鲜花烂漫的蔚然花海。这一天，她们会永远铭记，并用一辈子来回忆。她们来过、快乐过，也被人们深深地爱过，她们这一生是幸福的一生。

宁文琴他们坐在船上，看着河里来去穿梭的游船，船上有时传来欢声笑语，还有缱绻的歌声，袅袅娜娜的丝竹之音。天空很蓝，有白云无声地从头顶游过，她像走进了一个梦幻的世界，美得自己要掉泪，却总是走不出这个幻境。有时觉得是活着的，有时觉得自己又在另一个世界飘着。前天她看了一个叫幽静的网友写的关于感悟生死的文章，如今又浮在眼前：

患癌五载，重生五年，慷而慨之！第一年我在离天堂不远的天空垂钓，钓一池晶莹剔透的繁星。第二年我在离祖坟不远的自然垂钓，钓几缕怡神养性的空灵。第三年我在离古人不远的书海里垂钓，钓些许开启混沌的真谛。第四年我在离自己不远的尘世垂钓，钓几多感人肺腑的真情。今年我放下鱼竿回到我们中间，我不靠聪明但凭悟性，我不唯心但我认宿命，我不玩世但我知幽默，天令我命薄如蝉翼，你使情厚似深海。我以厚情克薄命，以无药为药治无命之病。尘世浮华，几多沧桑，旧事如烟，心醉与心碎掺半；欢庆与悲凉并存；起点与终点难分。天地间的我似醉似醒，踽踽独行，好似天涯客，思虑简约，所求在何？思虑若多，生之求何？仰天问：谁能知我？值此深夜抚曲高山流水！心随弦动，魂寄夜空，求你入我梦，梦中伴君行！

他们的船已经进入东方威尼斯。连接街道两岸的是各种各样的石桥、木桥，它们横跨水巷，一点儿也不妨碍行船。东方威尼斯纵横交错，四通八达，以舟代车，以桥代路。大大小小的船只，在太阳型的桥洞里穿梭。在张波的眼里，这里看到的是蜿蜒的水巷，流动的清波，宛若脉脉含情的少女，眼底倾泻着温柔、晶莹和柔情，就像一个漂浮在碧波上浪漫的梦，充满诗情画意，久久挥之不去。它就是个乐园，是个充满奇妙与梦幻的地方，来过的游客都会依依不舍，在童话般的水际流连忘返，来感受这里的美丽、温馨和浪漫。

张波心想：这么美的地方，可惜父母却无福消受，他们一生没有出过映秀镇，更不要说汶川县城。他们这一生就在那个山沟里滚爬了一辈子，这一生过得太苦太累太凄清了。如今儿子生活在一个充满爱的世界，一个美的世界，倘若他们知道儿子这么幸福，应该瞑目了。

这时，杨娇打电话过来，说已在东方威尼斯，叫宁文琴他们到"烟柳人家"来吃午饭，菜都点好了，正在餐厅等他们。不久，宁文琴他们就过来了。看大家喜笑颜开美滋滋的样子，都应该玩得很开心。今天最高兴的要数坐飞机的三位美女，现在三个人还是红光满面，兴奋不已。其次要数龙吉伟，今天手气又很好，余先雷和黎学兵都做了冤大头，但两人仍是笑嘻嘻的，仿佛输钱的不是自己。这时菜上来了，大家毫无客套，拿起筷子就狼吞虎咽起来。看来大家确实玩累了，菜是一盘接不上一盘，一端上桌就来个风卷残云，急得龙吉伟在那儿大叫："你们文明点儿好不好，简直成了抢食的，还是给我留点嘛！"因未晗吃得慢，又不主动夹菜，她要照顾她，所以抢不过，就在那里闹开了。关梓木说道："慢慢吃，菜还多，咋个今天就成了群吃货呢？"中途，余先雷和黎学兵先后都去过吧台，但很快就回来了。原来他们去买单，而关梓木点菜的时候就预放了人民币。餐毕，确实剩下不少菜，最后文娟和张波去吧台拿了几个打包盒，把剩下的菜全部打了包。

现在还不到两点，大家又在商量下午咋要。因杨娇和肖潇不敢过度劳累，想找个茶馆休息一下；余先雷、龙吉伟、黎学兵斗地主的瘾还没过足，还要上船接着干；于是张波、文娟、宁文琴也跟着上了船；未晗想在东方威尼斯画画就留了下来。

关梓木他们一行四人就在附近找了家临河的咖啡馆，一进咖啡馆，就听见有人在演奏舒曼的《人鬼情未了》。他们找了个靠窗的位子，要了三杯咖啡，给在窗前作画的未晗要了份点心。也许他们真的累了，都没有说话，就躺在椅子上闭目养神，聆听那款款而来的琴音。此时，有一对情侣在他们的右前方卿卿我我，那个男孩正对那个女孩谈自己读《43年的花开无声》的感受：

"公元1853年，三个音乐天才相遇了。那个叫勃拉姆斯的年轻人，携带着自己的音乐梦想，去见早已名震欧洲乐界的舒曼，却把自己的爱情弄丢了，为了心中的最爱，他终生未娶。他一生只做了一件令世人哀婉的事，他不该在二十岁、自己最美好的年华，见到舒曼的妻子克拉拉。于是，一朵叫作初恋的花，在这个桀骜不驯的大男孩心中悄然绽放，他不由自主地陷入一场无望的爱情里。他，从此再无爱情，他把心中那个最重要的位置留给了这个美丽的女人。从此以后，这个世界的女人再也无法走进他的心里。也许他与克拉拉有长达四十年的销魂爱情，但他认为此生永远无法代替舒曼在克拉拉心中的位置。舒曼的离世，他竟然远离了这个令他终生魂牵梦绕、痛不欲生的女人。他为她写了一辈子情书，却没有一个字抵达梦中情人的心灵。年复一年，他目睹了克拉拉的衰老，心疼不已。而克拉拉的与世长辞，令他老泪纵横。十一个月后，这位音乐天才离开了这个没有克拉拉的世界。他的音乐，总有一种欲言又止的惆怅，有一种深藏不露的忧郁，有一种隐隐约约的哀怨……"

渐渐地，关梓木他们进入了梦乡。

三

下午4点，黎学兵的来电把他们吵醒了，说宁文琴身体不适，想早点儿回去。余先雷和龙吉伟也和他们一起走，问他们走不走，于是杨娇他们说那就一起回去。肖潇说她准备搭车进城，晚上就住在"移友之家"，明天好到省医院复查，杨娇就叫肖潇帮她排队，因为她明天也要去检查。明天宋腊妹也要来医院复查，今天上午就给杨娇打电话联系了。

关梓木开始还很遗憾，准备今晚请肖潇她们看东方威尼斯的夜景，那高高挂起的万千红灯笼，壮观梦幻，游人像走进一个红灯笼的海洋，令人如梦如幻，忘了归途。关梓木再一听肖潇要搭他的车回"移友之家"，于是又转忧为喜，马上同意一起回去。肖潇来到"移友之家"，文娟把肖潇的物品拎到卧室，肖潇看到"移友之家"真的像个家了，显得非常高兴。她看到宁光不在房间便问道："娟娟，你宁爸爸还没回来吧？"

文娟答道："他应该在楼上的琴房。因为他今天早上穿出去的鞋都在屋里。"于是肖潇就上楼了，走到楼道的拐角旁，就听到古筝的声音，曲子悲哀忧愤，哀婉动人，如泣如诉，令闻者断肠。肖潇轻轻地走进了琴房。宁光果然在琴房，他正在用古筝如醉如痴地演奏着这首曲子。他不知道屋内已有来人，肖潇静静地站在他旁边欣赏这首动人的曲子。宁光演奏完毕，不经意地看到屋内的肖潇，吓了一跳，回过神来问道："你咋进来的？"

肖潇回答道："我和张波一起过来的。我明天要到省医院复查，所以今晚准备住在'移友之家'。宁哥，今天就给你添麻烦了哟。"

宁光说道："这就是你们的家，何来麻烦，只是按家规你是要付费的，到时你就把它交到文娟那里好造册登记。"

肖潇答道："那是应该的。"接着又问道："宁哥，你刚才演奏的是什么曲子？很感人很好听。"

宁光答道："是《文姬归汉》，你应该知道吧？"

肖潇答道："文姬，应该就是蔡文姬吧！这个人我知道，但她的身世不是很了解。《文姬归汉》这个曲子我还真不知道，我还想请你教教我呢！"这时文娟上楼问他们是不是在家吃，她好

161

去准备晚饭，在得到肯定的回答后就下去了。

宁光接着刚才的话题说道："要学好这首曲子，就要先了解蔡文姬这个人。"

肖潇说道："那宁光哥先给我讲讲蔡文姬，待会儿再教我这个曲子。"

宁光说道："那行，我们就到外面的观景台那儿去说吧。"于是肖潇就跟着宁光朝外面走去。

宁光边走边说道："蔡文姬，名琰，字文姬，是东汉著名大学者蔡邕的女儿，她满腹才华又历尽沧桑。她经历了父丧夫亡、国破家败、流落异乡、抛亲别子这一系列悲惨经历，她的心灵伤痕累累。

"她从小就博学有才辩，又妙于音律。她初嫁河东人卫仲道，夫妻恩爱，整日吟诗作赋，弹琴吹埙，忘情山水。可惜好景不长，不到一年，卫仲道便因咯血而亡，从此丧夫守寡。

"接着又是父亲因董卓获罪，冤死狱中，自己又于兵荒马乱中被胡人所掳，士兵见她年轻貌美，就把她献给了匈奴左贤王，沦为侍妾。有诗云：'伤心竟把胡人嫁，忍耻偷生计已差。明月孤影毡庐下，何处云飞是妾家。'

"她这一住就是十二年，生了两个孩子。建安中，曹操一统北方，出于对故人蔡邕的怜惜与怀念，痛其无嗣，乃遣使者以金璧将其赎回。她能回到日夜想念的故国，当然十分高兴，但要离开在匈奴生下的子女，又觉悲伤。在回归途中，望着月光惨淡，朔风四起，孤灯不明，亭外胡笳远鸣，声声哀怨，千愁万慨，柔肠寸断，于此写下《胡笳十八拍》。

"回国后，曹操看她一个人孤苦伶仃，又把她嫁给屯田都尉董祀。那年蔡文姬已三十五岁，而董才二十多岁，感情并不很好。后因董获罪被判死刑，她冒死找曹操求情，当时曹正大宴宾客，她嗓音清脆，又说得十分伤心，座中宾客又多是蔡邕旧友，大家感慨万千，纷纷求情，曹最终赦免了他。

"与《胡笳十八拍》一起传世的还有她的《悲愤诗》，后人把她的《悲愤诗》与《孔雀东南飞》相提并论。在这首诗中，蔡文姬以一个女性所独有的细腻感伤的心理体验和有别于男性的独特视角，用悲痛深沉的笔触展现了一个弱女子在战乱时代的悲惨命运和心灵深处难以言说的痛苦和悲哀。她用卓越才华和顽强精神与时代命运抗争，成为中国文化历史空天中璀璨的一颗明星。

"后来，董祀感念妻子的救命之恩，与她十分恩爱。从此二人隐居山林，相伴终老，也算是对她半世苦难一个好的回报吧。"

肖潇被蔡文姬的凄美故事感动得唏嘘不已，她叫宁光一定要把《文姬归汉》的曲子教给她。

这时，文娟叫他们下去吃饭了。两人一看，已是夕阳西下，华灯初上了。这时间过得确实太快了。

宁光他们在用晚餐时，先后有两个"移友"来到"移友之家"住宿，说是明天到省医院复查。一男一女，一个肾移植，一个肝移植，宁光叫他们吃饭，他们说在来"移友之家"的路上已经吃过了。宁光一看就知道是两个经济条件较差的"移友"，就叫他们今后提前联系，吃住均可在"家"。于是叫他们歇会儿，洗个澡早点儿休息。

饭毕，肖潇兴趣很高，要宁光教她《文姬归汉》，宁光没有推辞，就领着她去了琴房。由于肖潇经常接触音乐，对许多乐器也比较熟练，几遍下来，就弄了一个大概。宁光说她不愧是搞音乐的，这么快就掌握了要领，很快就弹得比较连贯了。宁光坐在她身边，偶尔就指点她一下，这样弹了几个来回，就弹得比较熟练了。

这时夜渐渐深了，周围逐渐安静了下来。琴房里飘荡着如泣如诉的旋律，气氛显得暧昧起来，肖潇能听到坐在她身旁的宁光的呼吸声。时而有晚风从窗前飘过，带来了花的香味，还夹着宁光身上的味道，肖潇深深地吸了一口气，真的有一股熟悉的久违的男人味道。屋里就他们两个孤男寡女，肖潇有点心猿意马。

她偷偷地瞟了宁光一眼，这还是一个十分英俊的男人，心里就有些想入非非。这心一乱，曲子就演奏得越来越差，错误越来越多，不如开始流畅了。但宁光并不知道她已心猿意马，还是很温和很有耐心地指点她。肖潇心里很过意不去，总想把心思用在曲子上，但它就是不听使唤，总在宁光的身上晃悠。宁光见她思想不集中，就叫她停下来歇一会儿，也许弹久了，累了。肖潇想起刚才的走神，有些不好意思，脸唰地一下红了。

宁光看了看表，已 11 点多了，就说道："那今天就到这里，早点休息，你明天还要复查。"

肖潇这时突然大叫一声："糟了！今晚忘吃药了。"说完丢下宁光一人就独自跑下楼去了。

第十一章　苦恋

一

　　早晨7点多，杨娇就到了省医院。这时宋腊妹打电话给杨娇，问队排好没有，她马上就到，她是出院后第一次来医院复查，显得有点紧张。杨娇叫她快点儿，肖潇的队都排到了。后面宋腊妹总算到得及时，抽完血，完成了所有检查，就等着拿检查报告了。忙完这些，大家一看时间还不到9点，就一起来到"移友之家"，在门口碰到刚要去市场买菜的文娟，文娟惊喜地和前来的干妈打着招呼，杨娇就叫高声语和文娟一起去，说今天人多，叫他多买点，好好把自己的手艺展示一下。

　　走进"移友之家"，余先雷已在这里，原来今天轮到余先雷在"移友之家"值班。大家刚坐下不久，龙吉伟和未晗就来了。今天未晗想到"移友之家"的楼上作画，所以龙吉伟一大早就陪晗晗过来了。大家不约而同地到来，而且到得这么齐，都非常兴奋。这时晗晗和大家打了招呼去楼上画画了。宋腊妹和肖潇紧跟着也上去了，肖潇说她想把《文姬归汉》再练练，而宋腊妹是第一次来，听说楼上弄得不错，就想上去看看。余下的几个就在客厅里摆起了龙门阵。

　　龙吉伟突然问道："文娟咋不在?"因为她只看到张波一个人

165

在电脑旁。

杨娇答道："她跟高声语买菜去了，不然我们这么多人中午吃啥子？"

龙吉伟说："这孩子也大了，还是该给她找个事情做。"

余先雷说道："这几天她在帮她爸爸录资料，就是要找事也要等到过了感染期呀！"

杨娇看到电脑旁的张波突然说道："开网店，对，就开网店，不累又安全，适合养病，高声语的堂弟就在干这个，听说收入很不错。"

余先雷接道："开网店可以呀！我在老年大学听一些人说什么线上线下，O2O什么的，现在做这个成潮流了。"

杨娇说道："就是这个，现在有人还把土特产也挂到网上卖。"说到这里，她想张波是四川人就对张波说道："嘿，张波，你不是四川汶川的吗，你那里应该有土特产吧？"张波从电脑旁站起来，接着说："杨姨，我就是汶川的，你这话提醒我了，我们那里还真有不少土特产，由于山高路远，运不出来，就不值钱了。现在物流和网络很发达，这个事可以做。"

于是大家七嘴八舌地议论开了，这时宋腊妹从楼上下来了。更奇的是黎学兵和宁文琴也来了，原来宁文琴昨天身体不舒服，也到医院检查来了。于是大家都加入了进来，进行了认真的讨论和分析，形成了一个统一的意见：

一、余先雷、宁文琴、宋腊妹各出资五万元，在四川汶川县成立一家农产品收购公司，由张波负责。

二、由张波的叔叔负责与农户联系收购，组织货源，加强质量监督，可分得公司利润的百分之三十。

三、张波负责线上线下的联系、考察，文娟负责线上的销售、宣传、做账。两人可分得公司利润的百分之二十。

　　四、余下百分之五十的利润，百分之十用于偿还十五万元的集资款，剩下的百分之四十用于"移友之家"的开支；待十五万元集资款还清后，这百分之五十的利润均用于"移友之家"。

　　五、借助"移友"网和"移友之家"这个平台，现在就可开展工作及宣传。这个平台辐射出去后，其流量是惊人的。

大家认为，做好这件事情有几大好处：一是解决了张波和文娟的工作问题；二是解决农户信息闭塞、交通不畅的困难，能够让他们生产得出来，也卖得出去，同时带他们走上致富路；三是能够让"移友"及消费者吃上绿色、环保、营养、放心的高质量食品；四是帮"移友之家"解决了资金枯竭的问题，今后能帮助更多困难的移植人。

大家因这个创意激动得兴奋不已，个个脸上满面红光、笑逐颜开。这时宁光回来了，一听他们的这个构想，连说了三个"妙"字，同时又做了进一步的发挥，增加了两点：一是尽快落实，由张波牵头，到四川的汶川县考察。借这次机会，"移友之家"组织一次旅行，地点就在四川三州，具体地点待定。二是文娟在网上筛选四至六个身体较好、愿意出行、经济困难的移植人去感受大自然的美和人文关怀。若名额不齐可吸纳愿意与"移友之家"一同出去旅行的移植人参与，但需付费，"移友之家"的担职人员为这次旅行服务的人员待定。另外，安排了余先雷、龙吉伟和自己三人明天去看望三个附近的困难移植人。最后拿出了杨娇、宋腊妹的检查报告，说刚才给病人取报告时也顺便把她们的带回来了。他说她们指标都还可以，就是杨娇的 FK 浓度高达

167

13.8，今天刘主任在住院部，现在才11点半，叫她们可以去找他看看。于是三个美女说说笑笑地朝省医院的移植中心走去。她们在路上碰到关梓木提着生活用品，说他婆婆身体不适，昨天晚上就住进了省医院的心脑血管科。他婆婆有冠心病。肖潇这时才明白关梓木昨晚为什么没有在"移友之家"出现了。她们看完了病，便回了"移友之家"。

今天是"移友之家"人员到得最齐的一次，超过了"移友之家"的成立日。除了关梓木，所有在"移友之家"担职的都到了，再加上昨晚入住的两名"移友"共计十五人，中午坐了两桌，可谓盛况空前。在吃饭前，宁光把"移友之家"的工作做了微调，宋腊妹不再兼任信息调查组长，改由文娟担任该职，另外，宁文琴将财务这块移交给宋腊妹。午饭后，昨晚来的两个"移友"事已办好，准备搭火车回去，恰恰今天下午肖潇也要乘火车回家，正好天尚仁在，宁光就安排天尚仁送一趟，于是肖潇在大家的告别声中离开了S市。

二

上午9点，宁光、余先雷、龙吉伟来到位于S市E区附近看望了三位移植人。一位男性，肝移植，在一家银行做保安，较年轻，三十多岁，身材较魁梧。他月薪三千元，外地人，家有一子，念小学二年级，妻子在一家餐厅做服务员，月薪两千元。只要不出现重大情况，他们夫妻俩生活应该没问题。另一位是女性，肾移植，四十余岁，孩子在这座城市念大三，因病情需要，长期在这里租房生活，母子俩相互有个照应。去年学校知道他们家的特殊情况，在校园给她找了间房，现她在校办企业做保洁员，月薪一千八百元。因当年生病及换肾欠债十万元，去年经人

168

介绍，老公在国外打工，年薪十万元，要在那里连续做满三年。听说那里气候恶劣，局势动荡，一般人都不去那里，因为随时都有生命危险。宁光他们只有在心里祝愿她老公平安。值得庆幸的是他们都有这里的医保，生活总算能够应付。两个看似风雨飘摇的家庭，表面过得还算温馨，近期尚无焦虑。

宁光他们找到第三个"移友"时，已是下午1点。他们一家正在用午餐：馒头和蔬菜汤。这是一个近四十岁的女肝移植者，有一个十二岁的小男孩。这个家庭的悲惨遭遇震惊了他们。

六年前，她做了肝移植，失去了自己的房子。五年前，因肺部感染使用大量激素，缺乏常识，不知道补充钙质，造成股骨头坏死，下肢瘫痪，老公不堪忍受丢下母子离家出走。从此，这个风雨飘摇的家就由一个七岁的小男子汉，用稚嫩的肩膀扛起。他扛得动吗？他扛得动，因为他是男人，虽然他只是一个小男人。这一扛就是五年，他每天5点20分起床，为母亲翻身、换尿片、清洗身子、煮饭、扶母亲到轮椅上……做完这一切，就满头大汗朝学校跑去，因为家离学校有二十分钟路程。上午放学，跑回家为母亲换尿片、擦身子、做午饭……再匆匆赶回学校，下午放学就赶去菜市，捡拾菜贩丢弃的菜叶，有时吝啬的菜贩没有留下这些好东西，小男子汉就会心痛地掏那少得可怜的钱，去选购那最廉价的蔬菜。后来，有良心的菜贩就会主动将这些好东西（不要的菜叶）留下来送给小男子汉。小男子汉在菜市盘桓片刻，就快速地赶回家，他要做晚饭、为母亲翻身、洗漱、换尿片、扶母亲上厕所、按摩……忙完这一切，自己再赶紧去忙作业，必须赶在12点之前入睡，不然他第二天5点20分就起不来床，上课就会瞌睡。因为他在这几个小时的睡眠中，还要起床数次，为母亲接尿、翻身……星期天，小男子汉也没有休息时间，他要打扫屋子、洗刷衣服被子、上医院替母亲拿药……假如还有时间，假如那天还有太阳，这时小男子汉就会让母亲晒晒太阳。

五年来，母亲为了不拖累儿子，自杀过两次，最终被小男孩救了过来。病危了三次，小男子汉送母亲去医院抢救了过来。五年来，小男子汉没有落下学习，成绩在班级名列前茅；五年来，在母亲的世界里，小男子汉没有缺席过一天，因为他说，母亲不是用来孤单的。小男子汉又说，只要母亲在，家就在，自己就不孤苦，因为他不想成为一个无家可归的孩子。他想有个家，即使这个房子是别人的（一个废弃的破厂房，一个有良心的厂主免费让他住，顺便帮看厂房），但有母亲在这里，这里就有阳光，有温暖。是的，再伟大再坚强的男人也想有个家，因为顺着母亲的方向，我们就能找到我们来时的路，而不会迷失自己，把自己弄丢了。

听完女移植人的叙述，余先雷沉默了。耻辱呀！她家过成这样，使活在这个世界上的男人蒙羞。悲伤的啜泣将余先雷思绪拉回，原来是龙吉伟在哭泣。余先雷架不住这个心软的女人的想法，还有宁光的善良，于是将他们身上所有的钱共计五千余元全部捐给了这个"移友"。回到"移友之家"，宁光也经不住龙吉伟他们的撺掇，承担了这个"移友"所有的医药费，并定期派人看望和照顾她。从此，这个"移友"过上了好一些的生活。

夜里，"移友之家"发生了一件令人意想不到的事情，幸亏关梓木来得及时，才没有造成严重的后果。9点多，有个朋友来拜访关梓木，而关刚从婆婆的病房回来，朋友闹着要品他的极品龙井。这时，关梓木的茶具还放在"移友之家"，于是就去"移友之家"取茶具。那天胡少波来"移友之家"，他把茶具拿过去的，近来事多，加之自己几乎天天往杨娇家跑，就忘了。这天夜里，"移友之家"住进了三个"移友"，关梓木进来时，一个"移友"见到他很慌张，马上转过脸就往卧室走。关梓木觉得这个人很面熟，像在哪儿见过，一时又记不起来。关梓木看见他的右手少了根食指，忽然记起了，大叫一声："瘦猴儿!"上去就是两脚，把这个叫瘦猴儿的人踹倒在地。那瘦猴儿马上跪在关梓木面前，磕头如捣蒜，口中忏悔道："关爷，饶命!我再也不敢了。"关梓木上去又是几脚，边踢边骂："你狗日的胆子不小哇，竟敢偷到这里来了，你不看看这里是什么地方，简直瞎了你的狗眼。"这一顿暴打，打得瘦猴儿连连告饶。

大家被这突然发生的事惊呆了，等大家清醒过来后，忙把关梓木拉住，劝他别打了，都是病友，这样打会出人命的，待大家听到关梓木说"你竟敢偷到这里来了"就更加糊涂了。关梓木还想上去揍他，但被大家死死拉住，问到底怎么回事，关梓木气呼呼地骂道："叫他狗日的自己说。"瘦猴儿战战兢兢地说道："由于这段时间手头紧，加之每天从这里经过，看到'移友之家'的广告牌，来踩过点了解了这里的情况后，觉得有机可乘，装'移友'混进来，晚上可顺几样值钱的东西出去，解决自己的燃眉之急，哪晓得还没来得及下手就被关爷识破了。我该死，得罪了关爷，请关爷手下留情，小的再也不敢了!"这时关梓木从厨房里拿来一把刀，往桌上"啪"的一放，问道："今天剁哪根手指?是自己剁还是我亲自来?"那瘦猴儿一看到关梓木拿着刀往桌上一"啪"，就吓了个半死，一听说又要剁手，吓得魂飞魄散，在那里求饶，脑壳都磕出了血，吓得身体像筛糠一样。

原来是个小偷!此时大家才闹明白。这小偷也太可恶了吧，不行善积德也就算了，还要来这里行这苟且之事，着实该打。原来这瘦猴儿在这一晃十多年了，他原本是从外地流窜过来的，当年一来就撞在关梓木手里。那天瘦猴儿在街上摸关梓木的手机被发现，算他倒了大霉。关梓木那时正在江湖飘荡，年轻气盛，手下又有一群小弟，把他打了个半死。关梓木叫小弟拿了把刀来，手起刀落，右手食指就从瘦猴儿手掌脱落了，关梓木看都没看就离开了。后来听小弟回来说，那掉在地上的食指还跳了几下，瘦猴儿在街上躺了几个小时后才晃悠悠地站起来。那次瘦猴儿给关梓木的印象很深，精瘦精瘦，像个猴儿，所以今天一见，就有些印象。

这个事，给"移友之家"提了个醒，"移友之家"面对的是整个社会，是非常复杂的，安全问题特别重要。这以后，"移友之家"又设一安全组，关梓木兼组长，张波协助，凡来"移友之家"需提供严格的身份证明。

三

肖潇午睡醒来已是下午 3 点，今天是星期日，孩子在客厅看动画片。她很无聊，发现好几天没摸乐器了，几日前在宁光那儿演奏过的《文姬归汉》怕又生疏了，现在不如来练练。于是整个下午都在弹这个曲子，越弹越熟练、越弹越投入、越弹越感动，最后竟然被那种淡淡的忧伤、缠绵悱恻的旋律感动得泪流满面了。

忽然，她听到了掌声和说话声："弹得好弹得好！我都听醉了。"肖潇转头一看，惊道："关梓木，你咋来了？这么远。"

关梓木贫道："这有好远，他们说最远的距离是：我就站在你面前，你却不知道我爱你。"

肖潇生气道："不要乱说，孩子在屋里，听到不好。"

关梓木看到肖潇生气了，忙改口道："开玩笑的，开玩笑的。我到这里来是处理家里生意上的事，这里有个客商和我们有生意上的往来，我知道你在这个城市，所以就很想过来看看你。"

肖潇笑道："那就谢谢你了哟！刚才还真搞误会了。我还以

172

为是真的跑这么远来看我哟，原来是来处理生意上的事。"

关梓木答道："不用谢！你认为我是专门来看你的，那就算是吧。你是我最好的朋友，生意上的事哪有朋友重要。"关梓木在心里说道：其实我就是来看你的呀，你却不知道。原来世上最远的距离是心与心的距离。

肖潇生怕刚才的话又有朝那个方向引的意思，就转移话题道："你能来看我，我还是要好好请一顿的。你说，想吃什么？也算是感谢你在Ｓ市对我的照顾。"

关梓木道："这里的名菜呀！"其实心里想说，我只是想看到你呀！

肖潇答道："也没什么特别的名菜，今天你点菜我买单。"

关梓木说道："我听人说，到这里来不吃这里的夫妻肺片，就算是没来过这里。说明这道菜不错，今天你就请我吃这道菜。"

肖潇道："可也可以，你喜欢吃，我就请。"其实刚才她也想到这道名菜的，但一想到一男一女坐在餐厅吃这个菜，确实会让人产生联想，所以就没有说出口。现在他说了就只能答应，心想，他是真的喜欢这道菜呢，还是其他什么原因？

关梓木说道："那就走吧，小妹，我还真饿了。"

肖潇纠正道："喊姐，我比你年龄大。"这次，肖潇确实听明白了他是叫的小妹，而不是肖妹。心想，不能让他乱叫。再一看表，都快7点了，时间过得还真快。

关梓木说道："我在心里试着叫了几声，确实喊不出口，还是叫你小妹吧！"

肖潇没有再和他争执，说道："走吧，还真晚了，不能把你饿瘦了，到时又该你老婆心疼了。"

关梓木马上接道："老婆心不心疼都不重要，只要小妹心疼我就心满意足了。"

肖潇生气道："贫嘴，又来了，再说我可生气了。"说道就走出了琴房。不知不觉在琴房站着和关梓木说了这么久，来到客厅，看见关梓木买的那一大袋水果，都是自己喜欢的，还给女儿买了礼物，又觉得自己刚才的话说得有点不近人情，心不由变得柔软起来。

关梓木也跟着走出了琴房，说道："小的再也不敢了。"

肖潇看到关梓木可怜的样子，不由"噗"的一声笑了，对他说道："小关，下次不要买东西了，你给我买的东西够多了，我真不好意思。"说完这话，又觉得说错了，"下次"这不明盼着还有后来嘛。

关梓木说道："来看你，哪可能不买东西呢？"

他们边走边说，就到了街上。走了一段，关梓木说道："就这里吧。"因为那个店门口打着很大的夫妻肺片的牌子，餐馆看上去不是很大，但很干净，很有情调，所以他们就决定在这里吃。肖潇本想是再走远一点儿的，近了害怕碰到熟人，带着个男人在这里吃夫妻肺片算什么事。既然关梓木看上这个地方，那就在这里吃。走进这家餐馆，发现生意还不错。关梓木问服务生有没有雅间，服务生在耳机里了解了一下说道："你稍等，刚空了一桌，服务员正在打扫卫生，二楼，梅花厅。"

他们在餐桌前坐下，关梓木的肚子就"咕咕"地响了起来，关梓木说道："还真饿了。"

肖潇的女儿笑道："叔叔的肚子好响哟！"

肖潇道："文文，叔叔给你买礼物你说谢谢没有？"

文文答道："说了的，叔叔来的时候，他用手捂住嘴唇叫我不要说话，他站在你门边，一直在听你弹琴。"这时关梓木也点好了菜，夫妻肺片来了个大份，一共五菜一汤。

肖潇说道："你咋知道我的住址的？"

关梓木回答道："你忘了,在杨娇那里,我专门问了你,问你小区名字咋写,几栋几楼,多少号。我怕你骗我,还在杨娇那里核对过。"其实这是关梓木诓她的,他是在杨娇那里要的地址。

肖潇笑道："狡猾狡猾的,我还真想不起来告诉过你。你来咋不给我打电话呢?"

关梓木道："给你个惊喜呀!我以为你会情不自禁地给我一个拥抱呢,我都准备好了用哪种方式来迎接你的拥抱,哪知你站起来就没了下文,连座都不赐一个,弄得我好失望。"

肖潇没有接他的话,只是笑了笑。这时夫妻肺片端了上来,肖潇就催关梓木快尝尝。关梓木夹了一大块塞进嘴里,嚼了嚼,说道："巴适,果然名不虚传!名菜就是名菜,正宗就是正宗。我在很多地方吃过这道菜,还真不咋样,今天在这里一吃,还真是想象中的那个味。"关梓木今天很高兴,要了三瓶啤酒,给文文要了瓶营养快线,中途想去付账,已被肖潇预付了。

这一餐,有美女陪着,关梓木吃得很高兴。从餐馆出来,已经9点多了,不觉有点晕晕乎乎,借着酒劲儿,试探着肖潇："小妹,今晚我就在你家搭地铺,省两个钱,明天好给车子加油。"

肖潇说道："喝多了,又说酒话。我们就到前面找家宾馆。"肖潇心想,虽然不会做什么,但是一对孤男寡女,睡在一个屋檐下,这气氛也太暧昧了嘛。

关梓木道："那这样,天也不早了,你就带孩子早点休息,我们明天再联系。"肖潇说还是把宾馆确定了再回去,但关梓木坚决不干,最后就道了晚安,也叫关梓木早点休息,记得把宾馆的地址发给她,明天好陪他出去玩。

关梓木在市区找了家高档宾馆,办好入住手续上楼时碰到了天尚仁。天尚仁问了他的房号后,说马上去找他,他现在去买烟。

天尚仁买好烟在楼上找到关梓木就说道："太奇了，在这个地方碰到你。你什么时间来的？"

关梓木道："今天来的，你怎么也来这里了？"

天尚仁说道："领导来这里办事，我开车送她过来的。"他们两个聊着聊着，心里的话是实在憋不住了，就对天尚仁说了他和肖潇的事情。

关梓木说道："那天，我到杨娇那里给她们送药去，她站在阳台上，穿着睡衣，背对着我，像在哭泣，那种娇美、风流、怜爱之情一下抓住了我。我心痛、放不下，心里有个声音告诉我，要好好地保护她，陪她到老，陪她走遍天涯海角。这以后，我天天都想看到她，看不到就魂牵梦绕，寝食不安，心里慌慌的，昏昏沉沉，一看到她心里就安静了，踏实了，就会觉得神清气爽，就是狗叫声我都以为是美妙的音乐。这三十年来，不说阅女人无数，但见过的女人还真不少，动心的女子也有过，但这次我是当真了，是真的放不下了！天哥，你说我咋办？"

天尚仁没有马上回答他，而是从桌子上拿了一只空杯过来，他示意关梓木拿着，又提来刚烧开的水壶，朝关梓木端着的空杯注水，一直往里倒，水从杯子里溢出来了，关梓木烫得赶紧把杯子放到桌上，大叫道："天哥，你要烫死我呀！"

天尚仁说道："放下了罢！痛了，你就会放下。在这个世界上，没有放不下的事，你所谓的放不下，其实是你不想放下。假如别人没那意思，你就不用瞎忙活了。问你个事，你以前醉过酒吗？"

关梓木答道："醉过。"

天尚仁问："醉后是什么感受？咋想的？"

关梓木答道："很难受，发誓再也不喝了。"

天尚仁问："后来还喝吗？还醉过吗？"

　　关梓木答道："喝过，醉过，就是控制不住，明知道喝多了难受，就是忍不住要喝，而且还要喝醉。"

　　天尚仁说道："这爱情啦，就跟喝酒一样，醉了一次又一次，下次还想醉。爱情这个东西，就是一张网，一张痛苦的网，令人痛不欲生，可人呀，他就要往那张网里钻，有的干脆就躺在网里不出来了。

　　"其实我们是怕孤独，我们每一个人都是一座孤岛，这个世界，再美丽动人的爱情，也是一个孤独的灵魂与另一个孤独的灵魂的呼唤与应答。上帝在创造人的时候，都是把人一劈两半，一脚端下红尘，让他们在尘世去寻找他们的另一半。在几十亿个人中去寻找自己的另一半，这是一个多么痛苦的事情，世间又有几个找到了自己的一半，大家找到的都不是自己的那一半，我们都在凑合着过。那幸运找到的，就成了爱情的传奇，成了经典。

　　"其实你现在要做的，就是要放得下，学会放弃，给爱一条生路。其实你什么都没有失去，你只不过又回到认识她以前的岁月。就像烟花不可能永远挂在天际，只要曾经灿烂过，又何必执着于没有烟花的日子。就像我刚才说的，痛了，你自然就会放下，有一种爱，叫作放弃，而我们的许多痛苦就是因为不愿离场。"

　　关梓木听完天尚仁的话，觉得确实很有道理，痛了，就放下，自己现在还不想放下，是因为还没有到痛得要放下的时候。

　　天尚仁见关梓木沉默不语，看了看时间，已是午夜了，就站起来对关梓木说道："关弟，天不早了，好好休息。"于是，告了别离开了。

　　今天晚上，天尚仁也有自己的小九九。他和宁光是血亲老表，他隐隐约约听到，宁光和肖潇还有那么点儿意思。表哥这一生太苦了，孤身一人就是十年，多么美好的十年，就这么痛苦地过着，如今遇到这么个好姑娘，他确实想促成这段好姻缘。但一想到自己在关梓木面前说的这些话，觉得自己确实是个小人，别人把自己当朋友、当知己，自己却在背后使坏，实在不仗义。

天尚仁走后，关梓木躺在床上，翻来覆去睡不着，一直在那儿默念：放下，放不下；放下，放不下……后来，不知道什么时候睡着的。

四

"砰砰砰"，一阵敲门声把关梓木惊醒，一看时间9点了。开门一看，是肖潇，忙说道："快请进小妹。你看这一睡就过头了。"肖潇笑道："别人说我是懒虫，我看你才是个大懒虫。"这时肖潇看到关梓木在用冷水吃排异药，就说道："你咋用冷水吃药呢?"

关梓木说道："时间来不及了，都9点了。"

肖潇说："今天怎么安排的，出不出去玩?"

关梓木说道："小妹安排，一切唯小妹马首是瞻。"

肖潇道："你想到哪儿去玩我就陪你。"

其实，关梓木来这里之前就查过，这里最出名的是太蓬山，传说中杨贵妃马嵬坡自缢未死后隐居的地方。一般有客人来当地人都会主动带客人到那里去玩，他今天故意不说，是想让这个美丽动人的女人自己说出来，但她偏不说，这个狡猾的女人！关梓木不但不恼，反而更心疼、更怜爱她了。昨晚天尚仁的话，自己还有点犹豫，但今天一看到这个自己日思夜想的女人，就忘了那个狗屁的放下与放不下了。

关梓木装模作样考虑了一下说道："我听说太蓬山不错，现在到那里又凉快。小妹，你看如何？"

肖潇坏笑道："那就去那里吧。"关梓木看肖潇的表情，肯定她早就晓得自己的心思，自己不由脸红了。但他更被肖潇刚才的表情迷住了，觉得自己身体有些发软。这时肖潇经过他身边，头发擦过他的肩膀，他不由心旌摇动，连呼吸都上不来了，真想大哭一场，死在这个女人的怀里。

肖潇见关梓木在那里发呆，就问道："你在想什么？"

关梓木回过神来答道："哦，我在想是先吃饭呢还是先去朋友那里拿车。"

肖潇答道："肯定先拿车，你才吃了抗排异药，要一小时后才能吃饭。"

关梓木答道："对，先拿车。"听见肖潇在关心自己，心里非常感动，多么好的女人。

肖潇问道："收拾好了吗？"

关梓木答道："收拾好了。小妹，你帮我到吧台退房，我上个厕所就下来。"

他们去太蓬山时，已经 10 点过了，关梓木车子开得非常快，车里正播放着刀郎的《大眼睛》：

> 你的大眼睛/我每天都想起/不知不觉我又来到你家的小树林/你呀太美丽/我不敢看着你/你实在不该对我笑/让我掉进你的陷阱/今夜的风儿轻/别让我伤心/我就躲在你家门外那片小树林/我痴痴地想/我苦苦地望/我想待在你身旁……

歌的旋律幽怨缠绵，那种欲爱不能的无可奈何之情，在车里盘旋、荡漾，令人心碎。车内很静，两人都没有说话。关梓木窒息得呼吸都像要停止了，他就想这样一直坐下去，让这个片刻永存，生怕这个情景会成为一个短暂的美梦。他伸出手在空中抓了一把，但什么都没有抓住。他觉得肖潇朝他望了一眼，听到她轻轻地叹息了一声。他猛踩油门，车像箭一般飞了出去。

太蓬山，佛教圣地。它山高林密，泉水淙淙，凉风习习，清爽袭人，善男信女，络绎不绝。有成对成对的恋人在这里游玩，关梓木下了车，仿佛听到有人在说"又来了一对"。他听得心里美滋滋的，再看肖潇，她的脸红得像一朵盛开的桃花。原来确实有人在说，而不是自己的幻觉。关梓木说道："小妹，有人在说我们是情侣。"肖潇说道："尽说这些无聊的话。"关梓木又说："听说前世的五百次回眸，只能换来今生的擦肩而过。你算算我们前世回了多次眸，才换来这种相聚。"肖潇说："你在哪里听来的谬论？"关梓木说道："我们缘分不浅，相距几百公里，还能相聚。我们一来到这个世界，就注定了我们的缘分。你看你换肾我换肝，中医有肝肾同源，厨师的菜谱里有肝腰合炒，看来我们是密不可分，紧密相连的一对。"肖潇说道："你很会联想，干脆到联想公司当老总算了。"关梓木总想把话朝自己需要的方向引，却被肖潇一一地化解了。

他们边走边聊，不知不觉就来到了亭亭玉立、低头愁思的杨玉环的汉白玉雕像前。这时有个导游带着一群游客来到这里，导游对游人解说道："贵妃的雕像高三点八米，象征她活了三十八岁。'安史之乱'玄宗一路西逃，到了马嵬驿，将士又累又饿，不肯再往前走。于是，她在马嵬坡代人受过，被缢死后草草地葬在那里，从此马嵬坡成为举世闻名的旅游胜地。"

关梓木听得如醉如痴，肖潇这时也听得入了神。不一会儿，导游带着游客朝后院走去了。关梓木的电话急促地响了起来，一接听，是父亲打来的，问他在哪里，让他赶紧回去，他奶奶快不行了！肖潇见他脸色骤变，忙问啥事，他说奶奶不行了。关梓木和奶奶感情极深，一听到说她不行了，立马就想回去。肖潇安慰道："你不要急，也许只是虚惊一场，不会有事的。"她见关梓木傻傻地站着，像在想什么，就催道："我们快走吧！"这时他才想起去开车。回去的路上，车子开得快极了。

肖潇坐在车上，想到关梓木今天情绪这么不稳，奶奶的事又令他心烦，开车很容易出事，就想缓和一下气氛，想逗他开心，便看着他笑了笑说道："你这次来生意上的事也没处理。"关梓木见肖潇一脸坏笑，心想她一定知道自己在骗她，但还是将错就错地答道："只有下次再来了哟！"

肖潇笑道："那不是白跑了一趟哟。"

关梓木听她那语气，胆子又大了起来，说道："不白跑，为下次来看你找个理由。"

肖潇说道："看我不需要理由，只是不能把生意上产生的费用算到我头上。"

关梓木说道："不会的，我会把看你产生的费用，都计算到生意的成本里去，免得你为此担心。"

肖潇见他情绪比较平稳了，也放心了，这时他们也已经到市区了，就说道："我准备在这里下，去看个朋友。现在也快中午了，我们就在这附近吃点儿饭，你再往回赶。"

关梓木道："没心情吃，也吃饱了，还是早点赶回去。"

肖潇不解地问道："还没吃就饱了，净瞎说。"

关梓木笑道："我今天跟大美女待了一天，古人云，秀色可餐，我还能没吃饱？那肚量也太大了吧！"

肖潇说道："贫嘴！"同时又关心地说道，"开慢点儿，注意安全，我们这一路走来真不容易，我们都要好好地活着。"

关梓木说着谢谢，把车停到路边让肖潇下车，说了声"小妹，再见！"就把车开走了。他一边开一边在想肖潇说的"我们这一路走来真不容易，我们都要好好地活着"，这句话有没有特殊的暗示。想来想去，觉得有又觉得没有。每每和肖潇说话，在关键时候都会被她轻轻化解，自己就像一拳打在空气里、白打一拳，只好又把手收回来再积聚力量，犹如那水快要开了却没了柴火，再去找柴火，烧得差不多了又熄了火，这水总也烧不开。

这时，关梓木猛拍脑袋，恍然醒悟，这就对了！原来肖潇对自己若即若离，没有反应，是因为自己是有妇之夫。这样的话，她怎么能与自己好，她又不好明说让自己离婚。自己是多笨，耽误多少工夫，幸亏醒悟及时，不然就酿成了大错。关梓木在车上越想越高兴，仿佛看见肖潇穿着婚纱幸福地朝自己缓缓走来，自个在车里快活地哼起了"爱情买卖"。而这爱情是一百年的孤独，直到遇上那个矢志不渝守护的人，那一刻，所有苦涩的孤独，都有了归途。

第十二章 涌动的情愫

一

　　文娟把筛选好的移植人旅游名单交给了宁光。这次只有四个贫困移植人，两男两女，文娟就加了一个愿意自费的男性移植人。宁光拿着名单看了看，就和"移友之家"任职人员进行了沟通，决定三天后出发，旅游地点有九寨沟、康定和若尔盖草原。这次旅游团队的服务人员是：宁光、余先雷、肖潇和张波四人。旅行时间共七天，大家须备齐十天的药品，包括感冒药，并带齐生活用品。统一由文娟在网上购票，出发的前一天下午在"移友之家"报到，统一行动。

　　第二天上午，未晗匆匆来到"移友之家"找宁光，要宁叔叔这次也让妈妈去旅行。因为昨天下午宁光与龙吉伟通电话时被未晗听到，妈妈说因未晗心脏的原因无法参与。昨晚她想了很久，这次一定要让妈妈去玩，因为自己，妈好很苦，没有出过远门。她说她这几天就到"移友之家"和文娟姐姐生活，她们可以互相照顾。在未晗的苦苦要求下，宁光就将龙吉伟的名字加上了。另外就叫高声语和杨娇暂住"移友之家"，负责这里的工作，同时照顾未晗。

　　旅行的第一站是九寨沟，他们从 S 市国际机场坐上午 9 点去九寨沟的航班。这次出去旅行最高兴的要算肖潇了，她看到这次是与宁光一起同行，更重要的是四个服务人员中就她一人是女性，这是不是宁光在向她释放什么信号呢？他是否想利用这次旅行来加深对她的感情或直接向自己表白？虽然后来加上了龙吉伟，也没有改变她的好心情。随之发生的事情更加坚定了自己的这个想法：上飞机后紧挨她座位的是宁光，而且把龙吉伟和余先雷隔离开了，这肯定是宁光的有意安排，简直就是在大胆地向自己示爱。肖潇心想，自己一定要做出回应，不然他认为自己不喜欢他，在拒绝他。所以肖潇一上飞机，望了望坐在自己身边的这个英俊男人，就非常大方地把自己的脑袋靠在了他的肩膀上。宁光见肖潇把头靠在自己的身上，觉得有点别扭，但看了看没人注意自己，就没有挪动身体，他以为是肖潇感到疲劳，想靠着自己休息一会儿。

肖潇假装睡觉，闭着眼睛享受靠在自己喜欢的这个男人身上的那种感觉。此时，飞机已在空中平稳地飞行，机舱里很安静。突然，她后排座位上的人在哼唱王洛宾的那首经典歌曲《在那遥远的地方》，这首优美动听、轻快活泼的爱情歌曲，以它美妙无比的旋律穿越时空阻隔，宛若天籁之音，传遍了全世界，此时，也深深地感动了肖潇。她知道这首歌的背景，这首歌表达了作者对那个叫卓玛的西北女孩的思念，在离开她的归途，他想起了与卓玛相聚的日子，那个夕阳下的卓玛，亭亭玉立，晚霞的余晖映照出卓玛的倩影，望着茫茫草原，他按捺不住对卓玛的思念。肖潇忍不住在心里也哼起了这首歌：

在那遥远的地方/有位好姑娘/人们走过她的帐房都要回头留恋地张望/她那粉红的笑脸/好像红太阳/她那美丽动人的眼睛好像晚上明媚的月亮/我愿流浪在草原/跟她去放羊……

肖潇仿佛来到了无边的草原，头顶蓝天白云，与宁光跨上那奔驰的骏马，一路飞奔，直到生命的尽头。肖潇被自己的幻想感动得流下了幸福的眼泪。肖潇觉得，宁光也一定被后面的歌声感动了，因为宁光在用脚踩着节拍。此刻肖潇的一滴眼泪滴在了宁光的手背上，让宁光的心变得柔软无比，怜爱之心顿生。他心想，也许这个漂亮的姑娘做了个噩梦，或想到了自己的不幸而伤心，突生一种想保护她的冲动。此时肖潇的一只手挨着宁光的手，宁光不由自主地把肖潇的手抓在自己手中，他觉得肖潇的手细腻滑嫩，像是摸在绸缎上一样柔软光滑，心里幸福无比。而肖潇更是全身酥软，不能自持，她很想换换靠姿，因为自己的左腿坐得有些发麻了，但她怕自己一动，惊扰了宁光，使这幸福的瞬间消失。在她心里，宁光是喜欢她的，甚至是爱她的。

　　这时飞机好像遭遇了强气流，开始抖动了起来。宁光这时突然松开了她的手，轻轻地叹了一口气。肖潇搞不明白宁光为什么要将自己的手突然放下，还轻轻地叹了一口气。原来，宁光想到"移友之家"刚兴，任重道远，自己的精力全部放在"移友之家"上都忙不过来，哪有时间照顾身边这个美丽又让自己心动的女人。既然自己不能给她幸福，何不趁早放手。因此，他依依不舍、无可奈何地放下了握在手里的手。也许这一放，这一生就无缘再握此手，心里像被锥子锥了一样痛了起来，不由自主地轻轻叹息了一声。飞机仍没有走出强对流空域，机身抖动得厉害，像一条耕地的老牛，喘着粗气，吃力地颤巍巍地朝前拉。机舱里开始出现不安的声音，有人开始发出小声的惊叫，肖潇也假装醒了过来，问宁光咋回事，假装很害怕的样子。这时也确实有点害怕，一下握住了宁光的手，身体竟然倒在了宁光温暖的怀里。宁光没有拒绝，像关心小妹妹一样把她紧紧搂着，安慰着她。肖潇有些醉了，一种巨大的幸福感把整个心塞得满满的，感觉被宁光抱得太紧，都快要窒息了，心里却希望他抱得再紧点儿、再紧点儿。但愿就这样一直睡在他的怀里，直到幸福地死去。肖潇说她好害怕，问宁光是咋回事。宁光安慰她，说飞机遇上了强气流。这时空姐在广播里安慰大家，让大家不要惊慌，系好安全带，坐在自己的位子上，不要随意在过道里走动，这种情况很快就会过去。

11点过，飞机终于降落九黄机场，接着大家又坐了两个小时的大巴，到达九寨沟已过两点。他们把东西放在旅馆，出来就近找了家餐厅，这时大家已是饥肠辘辘。吃完午饭已是4点过了，宁光问大家是回旅馆休息呢还是就在街上转转，大家都说就在街上玩。因为现在太晚，无法进沟，加之他们是特殊人群，不能过分劳累。既然大家在街上玩宁光就没有说什么，于是安排张波去买票，今晚请大家看藏族的歌舞晚会。

刚刚在机场上大巴时，肖潇经历了一件很不愉快的事情。上车后，她用包为宁光占了个座位，不想被别人占去了。这个人不是别人，就是这次与"移友之家"一同旅行的移植人。他与那四位移植人不同的是，他是自费，另四位是免费的，因为他的经济条件比较好。后来听余先雷说，他戴那块表就要值十万元，余先雷是经过大世面的，这个他应该知道。看来这个移植人的经济条件不是一般的好，而是非常好。从机场出来，肖潇对他还是心存感激的，走在路上，他就在余先雷面前套话，说我们的家长宁光真是艳福不浅，竟然找了位大美女在身边陪着。余先雷叫他不要乱说，他们就是一般的"移友"。这个人一听这话，脸都笑裂了，嘴上说着误会、误会，心里却是乐开了花，眼睛就在肖潇的身上放肆移动起来。他看到肖潇的第一眼就被迷上了，只是肖潇在飞机上一直靠着宁光，他还以为他们是夫妻。他心里正为这个尤物不能成为自己的旅途艳遇而失落时，才发现是这么回事。

　　肖潇刚才听到他的问话时，心里十分甜蜜，她多么希望余先雷说他们就是夫妻，或者说快要成夫妻了，至少应该说仿佛正在那个。谁知道余先雷是个严谨的主儿，既不与人开玩笑，也不会乱说，他就实事求是。当时肖潇占着座位一心等宁光过来坐，因为宁光要照顾其他移植人，总是最后一个上车，最后一个落座。谁知这个人一来就拿起肖潇放在座位上的包，毫不客气地坐在她身边，并且来了句："大美女，我坐在这里你不会介意吧！"肖潇恶狠狠地剜了他一眼，没好气地从他手上抓过自己的包，把头靠在车窗边，漫无目的地看着窗外的风景。

　　这个人并不生气，朝肖潇宽容地笑了笑，并且来了句令肖潇摸不着头的话："大美女，你还是烈性子哟！你知不知道我以前的职业？我以前可是个驯服烈马的高手。"肖潇并不懂他的意思，心想，我管你以前做什么，听他说完后，才晓得仅是驯马的，你再是个高手呢，也是跟畜生打一辈子交道。其实这个人说话很暧昧，他是要把美丽有个性的女人当烈马来驯，看来这个人是长期在女人堆混，并且经常得手，战果辉煌。这个男人坐在肖潇身边，自顾自唱起了情歌，先是《在那遥远的地方》，再是《达坂城的姑娘》，紧接着又是《康定情歌》。这个男人有副好嗓子，中气十足、银质音、优美动听，他又全部唱的是明快、优美、朗朗上口充满思恋之情的经典情歌，很是煽情。总之，大家听到这个人优美动听的歌声很享受，开始只是听，后来就跟着唱了起来，整个车厢充满了浓浓的情意。肖潇这时也忍不住看了他一眼，他见肖潇在看他，就笑了笑，友好地朝她点了点头，还是继续唱他的歌。

　　宁光上车后见前面的位子已坐满，肖潇给他占的那个位子又被这个男人占了，这时他看到余先雷身边还有一个空位，就过去坐下了。谁也没有想到，他这一坐，一段痛苦的人生就开始了。

二

宁光刚坐在余先雷身旁，余先雷就把憋在心里很久的话说了出来。原来余先雷早就有意想给他找门亲事，结束他的单身生活，这个人跟他一样不幸，她就是我们大家熟悉的龙吉伟。龙吉伟以前有个很幸福的家，刚结婚半年就被查出肝癌。后来老公对她不离不弃，为她换了肝，因经济压力，就出国打工挣钱，因他有技术，头脑活络，很快就成了小领导，年薪升至二十万元。一年半后，他带着三十万元回了趟家。这一回来运气真好，也就是龙吉伟换肝两年后，竟然怀孕了。他以为这辈子无法享受天伦之乐，上帝竟给他送来一女。他本不想再出去，因为那里气候恶劣，高温达五十摄氏度，更可怕的是炮火连连，时局动荡，有时人身安全都得不到保障。但为了孩子，他咬着牙又出去了，心想再搏一回，再干五年就回来。这五年中他只回了一趟家，本来这次回来不想走的，但查出孩子患有严重的先天性心脏病，不及时治疗会活不过十六岁，一家两个重症病人，今后会用很多的钱，于是又狠心地去了那里。这一次，他就再也未能回来，他用他的命，换来了妻女的救命钱。

宁光被龙吉伟的悲惨经历震惊了，这个坚强的女子，从来没听她说过自己的不幸，哪怕一声轻轻的叹息，听到的只有她那富有感染力的笑声。余先雷说龙吉伟今年三十七岁，他们年龄相当，命运相同，都是苦命人。若是没什么意见，他就去说说。

宁光现在一门心思全在"移友之家"，这个事还真没想过。此刻，余先雷要宁光表个态，宁光不好意思说拒绝，就只好敷衍道,等以后再说。因为"移友之家"刚成立,有许多事要做。其实他怕自己的拒绝会给龙吉伟巨大打击,她已经很不幸,不能让她知道自己不喜欢她。他的这种怜悯与优柔寡断,简直害死人,从此把两个女人连同他自己一起带进了痛苦的深渊。这边余先雷却又误会了意思,他以为宁光的以后再说是真的这段时间事情多脱不了身,余先雷也知道"移友之家"事务繁杂,就错以为宁光对龙吉伟没意见,只是自己不好直接答应而找了托词。余先雷于是立马就把这个好消息反馈给了龙吉伟,那个下午是龙吉伟最幸福快乐的时刻,走在九寨沟的大街上,一路歌声,一路欢笑。大家以为龙吉伟的兴奋是因为九寨沟的美景,因为这里和S市是完全不同的两个世界。这里就像一个美丽而深邃的梦,美得连梦都自叹不如。那遥远而神秘的雪峰,山峦逶迤、深谷幽壑、云海连天、絮浪翻腾,一切都令人迷醉。

这个下午大家玩得很尽兴,那个唱歌的移植人,还为每个人买了一份价钱不菲的土特产。他给肖潇买的东西就更多了,小到一顶颇具风情的草帽,大到几百元的精美饰品,付钱的时候连眼睛都不眨一下。跟在他后面的人个个有份,于是大家都围在他的身边,弄得宁光和余先雷身边冷冷清清,心里酸溜溜的。肖潇时不时会把那个人给她买的众多小吃拿来给宁光吃,她简直兴奋得满脸通红,后面就把所有的东西包括自己的包都交给了宁光,肖潇认为那个"移友"对她的好和精心呵护,可以提高自己在宁光心中的地位。她哪里知道,这时的宁光已经不自在了。他认为肖潇不该随便要一个陌生男人的东西,他这时已不自觉地把肖潇当成了自己心目中的恋人。他哪里知道肖潇是个单纯任性没有心计的女人,从小在家受宠,长大了因自己的美丽又在男人堆里受宠,结婚又被老公宠。只是后来因为生病老公受不了父母的高压(老公家是那里的豪门,他们要儿子为他们续香火)才离开了她,痛苦才开始走进肖潇的人生。

肖潇还不知道危机已悄悄地向她靠近，后来的这件事彻底惹火了宁光。原来，肖潇想送宁光一件礼物，而且还要有意义，买什么呢？她终于看上一条精美的男式皮带。她想把它买下来送给宁光，她要把宁光拴住，一辈子拴在自己的身边，也让他爱自己一辈子。她还没来得及打开自己的钱夹子，那个"移友"就抢着把钱付了，肖潇推让了一番也没有再坚持，但恰恰这一幕被宁光看见了。肖潇兴冲冲地跑到宁光身边，满含柔情地望着宁光说，她给他买了件礼物。很高兴地递给他，哪知宁光用手一挡，很生硬地说，他不需要这个，他自己有。肖潇被这当头一棒敲蒙了，不清楚到底发生了什么事，站在那里很没面子，心里很委屈，泪水在眼眶打转，她不知道怎么把他得罪了。在宁光心里，他已把肖潇当成了自己心中的恋人，而肖潇却拿着那个男人买的东西来送给自己，这是不是利用姿色来为自己谋取好处，而且面对的是一个对她心怀叵测的男人。在这个世界，什么都可以分享，爱情却不能分享，它是非常自私的，纵使过命的朋友，也不可能拱手相让。

大家这时看见肖潇非常委屈，快哭出来了，都来劝她。宁光觉得自己做得太过分，心中自怨道，她是你什么呀，别人好心好意地送你东西，你却给别人冷脸，让别人很没面子。他的心软了，很想对她说一声对不起，但又说不出口，就讪讪地伸手去拿肖潇送他的礼物。肖潇这时醒悟过来，牛脾气也上来了，把礼物一甩，从宁光的手里抓过自己的包，哭着跑开了。最后在大家的劝说下，肖潇的情绪才渐渐平静下来。

那个"移友"不离肖潇左右，像牛皮糖一样黏着。这场风波，让他喜上眉梢。这个"移友"简直太聪明，他高明就高明在，对刚才的风波不置一词，也不参与评论，就一心哄着肖潇开

190

心。他妙语如珠，文辞歌赋随手拈来，妙趣横生，逗得肖潇哈哈大笑。他对什么都有独到见解，还善于投其所好，他知道肖潇喜欢音乐，立马就大谈音乐，说音乐是个很干净的东西，不带任何偏见，可以把人带到一个没有算计的桃花源，搞音乐的人就是给了人美的享受。他面前听不到一句诽谤别人的话，就算是他的敌人，比如现在的宁光，他不但不说宁光的一个"不"字，还在肖潇面前为他开脱，说他是个领队的，事情多，难免会有情绪失控的时候。他就像一个有教养的绅士，肖潇是彻底被他征服了。他轻易地要到了肖潇的手机号，并且加了肖潇微信及 QQ。

这场风波的另一个得利之人就是龙吉伟。风波过后，龙吉伟就陪伴在了宁光的左右。宁光对她客客气气，关怀备至，这是为了弥补刚才对她的拒绝，因为他开始对余先雷说的话，明显地拒绝了进一步交往。哪知整个事情被余先雷误会了，现在他对龙吉伟的好，被龙吉伟理解成了对她示爱，一直令龙吉伟想入非非。于是，他们的误会就越来越多，越来越深。

张波购买的晚会门票是 7 点半，现在已快 6 点，宁光就安排大家吃饭。晚饭时，龙吉伟很自然坐在了宁光的身边，而那个移植人更是紧挨肖潇，俨然一对甜蜜的恋人。他拿起菜单点起来，一边点一边征求肖潇的意见，问肖潇喜欢吃什么；满足肖潇后，又挨个挨个来问这些人，一定要大家点一个自己喜欢吃的菜；最后又给自己和宁光要了几瓶啤酒。他在餐桌上谈笑风生、妙语连连，俨然成了这个集体的实际领导人，而把宁光边缘化了。晚饭又是他自掏腰包，说要感谢大家，因为这一天，大家给了他太多的快乐。这一切很让宁光尴尬，他本来想借今晚吃饭和肖潇好好交流一下，哪知没找到机会，后来又想在晚会上和肖潇沟通，谁知那个移植人把肖潇跟得太紧。晚会上，宁光本来是和余先雷坐在一起的，但龙吉伟上完厕所过来，余先雷却把自己的位子让给了龙吉伟，他到另一把空椅上坐去了。这一晚宁光就没精打采地坐在龙吉伟身边，龙吉伟今晚兴致很高，歌舞看得很投入，时不时地还要和宁光交流一下。宁光真不知道晚会演了什么，唱了什么，大家鼓掌他就像木偶一样跟着拍两下。龙吉伟找他讨论剧情他也只是啊啊地应着，他觉得很对不起龙吉伟，因为他的心思全在肖潇和那个移植人身上，而他们看得那么投入，不时有欢快的笑声从那边传过来。后来龙吉伟见宁光一直在朝肖潇那里望，心里就有点不高兴，心想不和自己讨论，原来心不在这里。宁光见龙吉伟不高兴，就不敢像刚才那样大胆地朝那边观望，只是偶尔朝那边偷偷地瞟一眼，生怕龙吉伟看到。这一晚对宁光来说相当郁闷。

三

夜里，宁光梦见自己参加了一个盛大的婚礼，他问周围的人，今天是谁的大喜之日，客人都说是他和肖潇的。来宾都向他祝贺，向他微笑，他心里像喝了蜜一样。突然，他感觉哪里不对，自己既没戴红花，也没穿礼服，而是穿着裤衩和背心，这些人一个都不认识。吊诡的是刚才向他祝福的人全不见了，自己独自站在这个空空荡荡的餐厅里。突然，无数人簇拥着一对新人朝结婚的典礼台走去。他见那个新娘的背影非常熟悉，当她转过身来时，发现竟然是肖潇，胸前戴着大红花。紧接着新郎也面向了自己，这个人在哪里见过？哦，想起来了，就是和他们来九寨的那个"移友"。宁光大叫一声"不"就醒了，心里一阵刺痛，咚咚咚地狂跳不止。一看表才4点多，这一醒就再不能睡去。心里挂着事，在床上辗转反侧，咋办呢？他决定给肖潇发短信。写短信时，他又犯难了，称呼小肖，有点拗口，称呼美女，有点轻浮，叫小妹又太亲热，还没有走到那一步。想来想去干脆不用称呼，也许是一种更亲密的关系。他于是就认认真真地写道：

　　我诚恳地向你道歉，昨天是我不好，请你一定原谅我，今后再也不会出现这样的事了。

宁光

　　第二天早上，肖潇接到两个短信，第一个短信是宁光写给她的，她看后彻底原谅了他，这些天来，自己对他还是很依恋的，准确地说是爱上了他。她想今天就和他言归于好。但也不能便宜他，于是就回了短信：

　　宁光哥，要原谅，那就给小妹买个礼物。

　　第二个短信是昨天向她示好的那个移植人：

　　小妹：
　　我从红尘的阡陌经过，你从打坐的莲台跌落/你说，你所有的修行就是为了遇见我/如果，能在一场爱里救赎灵魂，又何必，在一场火里涅槃肉身/一道眉弯，就是你皈依的岸/寒山寺的钟声，在千年的光阴里起起落落/断桥上悬着永不熄灭的冷月/几树梅花映着西岭雪/一壶茶里，白云出岫，流水送浮萍/不是红尘，不是化外，我们住在自己的世界/听，风摇竹影，露珠轻轻打了一个嗝/就在一滴眼泪里闭关吧/禅音莫扰，我们是彼此的佛。

李伯乐

肖潇被他这篇美文感动了，文章里流淌着淡淡的忧伤，还有欲说还休的思念，但显得太梦幻，有点不食人间烟火，虚无得如一缕云烟，很快就散了。她笑了笑，没有回他的短信，觉得还是宁光哥真实。也许在十年前，她会跟这个人私奔的。是的，他幽默风趣，浪漫，风流倜傥，而且还是一个钻石王老五。最重要的一点是他能给一个女人想要的那种爱情，这是自己与他相处半日的感觉。只是现在经历太多，想找一个安稳的人的肩膀靠一靠，就像昨天上午那样，靠在宁光哥的肩上。此刻，她只有满怀歉意地向那个"移友"说一声对不起。这个李伯乐，难道真就是个相马的人吗？一个轻易的决断就把他的爱情放逐在了自己的世界之外。

他们此次旅行共十人，六男四女，四位女性住在二楼，其他的住三楼。龙吉伟和肖潇住一间，那两个女"移友"住一间。宁光和余先雷住一间，另四名男"移友"住在另外两间。这天早晨，肖潇接到两个短信，非常高兴，忍不住拿给龙吉伟看。龙吉伟一边看一边说，肖潇你简直成了万人迷。肖潇听后，很是陶醉。龙吉伟心里却酸溜溜的，心想，我这大清早连一个字的问候都没有，你却有两个男人抢着献殷勤，抢着爱。特别是看了肖潇和宁光的短信，她心里更是难受，觉得宁光就是她的。当她看完这两个人的短信后说道："要找爱人还是要找那个'移友'，你看他浪漫、儒雅风流，又懂爱情，哪个女人不喜欢。女人这一生，要的就是个爱情，被男人哄着，捧着，享受一下没有烟熏火燎的日子。我看这个'移友'既可以做爱人，也可以当情人，简直就是个极品男，哪个女人不爱？而宁光木讷，不解风情，他不但给不了你爱情，也许连浪漫都没有。"肖潇并没有被龙吉伟的话迷惑，她认为宁光哥并不是龙姐说的那样，她不明白龙姐为何要这样说，她要去找宁光哥，她心里这时突然很想他，就很高兴地朝三楼走去。后面发生的事就令肖潇傻了眼。

这时楼上的宁光也从三楼下来了，他要找肖潇，他接到肖潇的短信后就想下来，但一看表还不到 6 点，他怕惊扰了龙吉伟。这时他们一个上，一个下，刚好错过了，因为肖潇上楼是坐的电梯，而宁光下楼是走的楼梯。

　　宁光来到肖潇房间，没看到肖潇，也不好问龙吉伟肖潇去哪儿了。龙吉伟很热情地和宁光打着招呼，大大方方地说道："你找肖潇吧，肖潇上楼找你们了，那个'移友'还给她发来了短信。"宁光听后心里很不是滋味，心想，刚才都是好好的，怎么会这样？此时，传来肖潇进房间的脚步声。而不合时宜的是，一只虫子恰恰飞进了龙吉伟的眼里，她不由大叫一声："哎哟！"宁光问她怎么回事。龙吉伟答道："有个虫子钻进了眼里，宁光哥快帮我吹吹，好难受哟。"一边叫着一边揉着眼睛，于是宁光上去捧着她的脑袋，就要帮她吹虫子。这一幕被进门的肖潇全看在眼里：龙吉伟在那轻轻地哼着："哎哟！宁光哥，哎哟！宁光哥……"而宁光却捧着龙吉伟的脑袋，凑得非常近，像是在和她接吻，龙吉伟的叫声在肖潇听来就是很甜蜜的享受。肖潇被眼前的一幕惊呆了，她实在无法接受，只觉天旋地转。当她清醒过来后，很想上去煽宁光两个耳光，问他为何要这样对待她，但她最后哭着跑开了。

　　肖潇在一边哭完了，恨恨地想道，这男人没有一个好东西，都是怀里搂着个女人，眼睛又在不安分地寻找着下一个目标，有的纯粹就是三妻四妾地养着，在女人中玩着他的爱情游戏。这宁光就更可恶，装着道貌岸然的样子，纯粹就是满肚子的男盗女娼。肖潇在心里发着毒誓，这辈子再也不理会这个伪君子，她还在想是不是应该退出"移友之家"。

　　早上 7 点，大家在饭厅集合，宁光见肖潇走了进来，就很热情地迎了上去。肖潇见宁光朝她走来，看都没看他一眼就朝一边走去。宁光赶紧跟了过去，嘴里叫着小妹，这个"小妹"在宁光心里叫了万遍，也没有叫出口，今天肖潇在短信里自称小妹，他才敢大胆地叫，这一叫还真顺口，真痛快。可肖潇却恶狠狠地说道："走开，我不是你小妹，你不要乱叫，我看到你就恶心。"说完还厌恶地剜了他一眼。宁光彻底蒙了，这哪儿跟哪儿，刚才不是好好的吗？这女人还真难伺候，漂亮女人就更难侍候。但他感觉肖潇这次是彻底生他的气了，昨天是肖潇在向他撒娇，今天肖潇是彻底不想和他再有牵挂了。他认真回忆了一遍，自己没干什么呀！这女人怎么说变就变了，这漂亮女人变起来简直就更不得了，叫你摸不着东南西北。但宁光明显感觉到是哪个环节出了问题，因为肖潇哭过，眼睛都肿了。她恨自己的样子是巴不得把自己杀了，但自己就不明白错在那里，她为什么哭，还把眼睛哭肿了，宁光既痛惜又迷茫。这爱情呀！像魔鬼，忽而如美酒，令人飘飘欲仙，忽而似毒药，令人痛彻骨髓。

上午，他们乘游览车进入九寨沟，他们最想看的是诺日朗瀑布。在朝阳照耀下，可见到一道道彩虹横挂山谷，使飞瀑更加迷人，显出一派空灵翠绿、生机勃勃的景象。"移友"们在这里停留的时间最长，美把他们在这里的光阴拉得很长很长，也把他们的苦难放逐到了比远方还远的地方。他们在这里留下的是感动，是真情。因为懂得，因为不舍，"移友"都争着与宁光合影，唯有肖潇独自呆呆地坐在那里，连那个令大家喜欢的"移友"也被肖潇赶到了一边。她就固执地呆望那瀑布，它仿佛是老天的泪，不停地流淌。这时有一个游客从她身边穿过，手机里放着音乐：

吹起我的芦笙/妹妹你唱一首/等到太阳落山/你就跟我走/带上我的米酒/哥哥你尝一口/甜在你的眉梢/醉在我心头……

这首叫《花桥流水》的歌明快飘逸、缠绵悱恻，那天在桃花山的山庄里她还与宁光在练歌房唱过，在那里自己就宿命般地爱上了他。那天的阳光还披照在她身上，歌声仍在耳畔萦绕，这人的怀里却已搂着另一个女人了。自己对他天长地久，他却早已移情别恋。想到这里，肖潇又忍不住哭了起来。这时龙吉伟悄悄地来到肖潇身边。早上的事，龙吉伟觉得实在对不住肖潇，但自己就是舍不得放手，自己太喜欢宁光了。如今见肖潇这般伤心，她也忍不住陪着伤伤心心地哭了一场。

这时大家都围了过来，说在这里待得太久了，还想到其他地方去看看。"移友"趁机都来安慰肖潇。其实大家都不知道怎么安慰，因为压根儿就不知道肖潇为啥伤心。大家簇拥着她，有好事的就把她往宁光的身边推，宁光也有意地朝她挨了过来，她就往一边躲，不知是自己力气太小，还是大家力气太大，就这样半推半就地和宁光照了张合影。照片一发到"移友"群，大家一看就不协调。一个像犯错的男孩小心翼翼地挨过来，一个又不管不顾地往一边躲。其实这天上午，宁光就在离她不远的地方来回徘徊，心里十分纠结，走近了又怕肖潇骂，走远了又不放心，就这样远远地看着肖潇。肖潇见他那个样子又恨又可怜，心里却没有原谅他，认为他这是猫哭耗子。

这个上午，宁光把照顾"移友"的事交给了余先雷和张波。幸亏有那个令人喜欢的"移友"，他就像一头不知疲倦的公牛，帮大家背着东西，和大家一起玩耍，给大家介绍这里的景点及人文风情，大家越来越离不开他了。此时，肖潇又收到李伯乐的一封短信：

谁从谁的青春里走过，留下笑靥，谁曾在谁的花季里停留，温暖了想念，谁又从谁的雨季里消失，泛滥了眼泪。

这天下午，他们来到了五彩池，这是九寨沟湖泊中的精粹，以秀美多彩、纯洁透明闻名天下。它上部呈碧蓝色，下半部呈橙红色，左边呈天蓝色，右边呈橄榄色。相传五彩池是女神色嫫梳洗的地方，男神达戈每天为女神打水留下一百九十八级台阶，女神的梳妆水就变成了五彩池。后来相爱的人们都相信，如果能够顺着台阶下到五彩池边，默默地许个愿，再爬上一百九十八级台阶，就一定能够相爱终生。肖潇就这样走下去，许了愿，又爬上了一百九十八级台阶。虽然很生宁光的气，但在她许的那个愿里，还是希望与他天长地久。看来肖潇对宁光的尊敬稍有减少，对他的爱情还是原封不动。这期间，宁光也远远地跟在肖潇的后面走了一趟。这一圈下来，累得肖潇娇喘吁吁，就坐在一把椅子上歇息。宁光就在那不远处磨磨蹭蹭地不敢过来，她心里又痛又恨，痛他此时的熊样，恨他早上的绝情。这时有歌声袅袅娜娜地随风飘来：

　　你的四周美女有那么多/但是好像只偏偏看中了我/……电话打给你美女又在你怀里/我恨你恨你恨你恨到心如血滴/伤不起真的伤不起/我算来算去算来算去算到放弃/良心有木有你的良心狗叼走……

这首《伤不起》伤感幽怨，肖潇忍不住又要流泪了，此情此景说的不正是现在的自己吗？她真想上去把不远处那个人打一顿。

四

离开五彩池景区时，肖潇的情绪开始稳定，李伯乐幽默风趣的笑话终于把肖潇逗笑了。李伯乐说人活着就要高兴，就要想办法找乐子，人生苦短，未来无解，能够把握的只有今天。接着李伯乐向肖潇倾诉了自己的半世人生，以及痛苦的情感经历。"读大学时，因为误会和年轻气盛，与心爱的女友分开了，后来才知道自己这一生就只有她才适合，待自己醒悟时，已经悔之晚也，她已经有了归宿。有些事，一转身就是一辈子，还想去原地等她，她却已经忘记曾经来过这里。大学毕业后，我草草结婚，因创业的艰辛，加之没有坚实的感情基础，老婆受不了这穷日子，离我而去。我认为这个社会拯救我们的只有自己，于是暗下决心，一定要给自己创造一个美好的未来。凭着十年辛苦，也感谢上苍的垂爱，自己成功了，终于可以过上那种受人尊重和有尊严的日子。十年来，我仍过着茕茕孑立、形单影只的生活，但仍一直关注着大学分手的女友。"

"真是红颜薄命，女友患了肺癌，又被老公抛弃。"肖潇听到这里，觉得自己的命运也像这个女子一样可怜。爱屋及乌，自己不由落泪了。而此时的李伯乐，眼眶也蓄满了泪水。他继续哽咽道："把女友接回家，送到最权威的医院，让她接受最好的治疗，病情终于得到了一定的控制。于是我就放下手中的生意，全心全意地照顾她，只要她精神较好，就带她出去旅行。我要带她走遍天涯海角，走遍世界的每一个地方，直到变成白骨。那段日子，是我们最快乐的日子，也是她最幸福的日子。由于她病入膏肓，回天无力，最后安静地长眠在我的怀中。她是我的天，她的离去，也将我的幸福放逐到了遥远的地方。活着已无意义，不如就此随她而去，在黄泉路上也好与她做伴。然而，死并不容易，我又被朋友救了过来。"李伯乐痛苦得说不下去，不由放声痛哭道："远方的你，此时天边琴声呜咽，你是否也和我一样，思念成疾……"肖潇被感动了，也陪着他一起痛哭，而心里对他充满了无限的同情与怜惜，不由掏出纸巾为他擦泪。此时的李伯乐哭得不省人事，倒在了肖潇身上。后面是怎么抱住肖潇的，肖潇竟然不知道，她只一个劲地安慰他，心想：一个大男人，为一个死去多年的病人，在一个不相干的陌生人面前号啕大哭，也算是一个真男人吧。

接着李伯乐继续抽抽啼啼地哭道："因为懂得，所以悲苦。自己整日郁郁寡欢，悲伤过度，三年前终患肝癌。医生警告我，如果我再忧伤悲戚，会很快离开这个世界的。我听后，不以为悲，反以为喜，真好呀！我又可以和我爱的她团圆了。"肖潇听得柔肠寸断，为了一个曾经的恋人，自己居然忧思成疾，性命不保，肖潇感动了，心中叹道：岁月为何总在它的转角处上演着悲离，令人哀恸不已。

这时李伯乐一下子把肖潇推开，连说对不起，埋怨自己情绪失控，是对肖潇的亵渎，自己怎能无缘无故地去搂抱一个冰清玉洁、认识才两天的女子呢？李伯乐的自责和惊慌，彻底征服了肖潇。这个有情人在她面前变得高大了起来。接着，李伯乐又说了一个令肖潇意想不到的事情。他说，那天上车后自己为什么不管不顾地坐在她身边，因为肖潇长得太像她死去的女友。当时一见到肖潇就惊呆了，他以为上帝又把自己深爱的人送了回来。他当时太高兴了，坐在肖潇身边，感到特别踏实，仿佛又回到从前的日子。谁说时光不能倒流呢？车上他为什么歌声不断，因为他们夫妻都喜欢音乐，最喜欢唱的就是《在那遥远的地方》。接着，李伯乐就很深情地唱了起来，肖潇也情不自禁地跟着他清唱，他们的周围有一种浓得化不开的激情在涌动。突然，李伯乐一下跪在肖潇面前，要肖潇嫁给他，说他会用余下的日子来爱她、宠她、呵护她，他会用天上的一片片云彩擦干她流泪的眼睛，他愿将自己的整个生命当成筹码去换取幸福与快乐再送给肖潇。

李伯乐的求爱令肖潇猝不及防，她心里还想着宁光。昨天还

200

靠在他肩上幸福得想哭，今天就换人了。纵使今天宁光做了对不起自己的事，但要躺在这个叫李伯乐的怀里，她确实做不到。她拒绝了李伯乐，但李伯乐是个倔脾气，说肖潇不答应，他就一直跪在这里，直到自己化成白骨。最后肖潇无奈，说让自己想想，过两天再回答他，李伯乐才高高兴兴地站起来，牵着肖潇的手，去追赶早已望不到踪影的"移友"。中途，肖潇松开了李伯乐的手，她觉得太别扭，觉得有点儿对不住宁光，虽然自己想打他的心都有，但就是不想背叛他。

因今天玩耍时间较长，体力透支大，中午又没有休息，回到宾馆大家比较疲惫，宁光就安排大家晚饭后早点休息，明天继续在九寨沟玩耍。此时离吃饭还有一个小时，他趁大家休息的空隙，来到了街上。肖潇早上回短信说要他买礼物，自己经肖潇一闹，竟忘得影子都没有了。此刻他逛来逛去，不知道该给肖潇买什么。贵重的吧，又怕肖潇说自己想收买她，太便宜又怕肖潇说他舍不得花钱。他想来想去，最后给肖潇买了把小巧精致的犀牛角梳子，心想，在未来的日子，就让自己每天清晨，坐在她的身后替她梳头吧。唯愿在有她的日子，由己一人，把她的青丝梳成白发。

晚饭后，宁光很想找个机会和肖潇好好谈谈，顺便把礼物送给她，但肖潇就是不给机会，不看他，不和他说话，离他远远的。晚饭后，宁光回到房间，在屋里急得打转，不知该咋办，想给肖潇发短信，约她出来单独谈谈，哪知手机掏出来还没写，龙吉伟和李伯乐就过来了，手里提着水果。原来龙吉伟准备给宁光买点水果送上来，在街上碰到李伯乐准备给肖潇买，也不是给肖潇一个人买，他是想给每个房间都买一份，因为昨天宁光给"移友"买的吃完了，而今天宁光因肖潇的事搞忘了。龙吉伟和李伯乐在宁光房间还没有离开，"移友之家"就来电话了。文娟说，有个"移友"近段时间情绪很不稳定，老是在"移友"网上和大家谈论哪种死法最好，引来无数"移友"围观。大家纷纷给他出主意：用氰化钾、安眠药、割动脉……有的说生命是宝贵的，要敬畏生命，有的说好不容易活下来，更应该珍惜。宁光和在座的人商量后，就叫文娟随时关注，如有什么不好的苗头就叫关梓木和高声语去一趟，或制定个方案在网上和他沟通，争取把这件事处理好，同时也欢迎他来"移友之家"。处理完这件事，再把龙吉伟他们送走，已是晚上9点过了。宁光一清静，又想起肖潇，他决定给她写个短信。于是他认认真真地写道：

> 小妹，我有可能伤害了你，但你能告诉我，我到底错在哪里吗？我才有一个纠正错误的方向，才好诚恳地向你检讨，请你给我一个改正自己错误的机会。谢谢！晚安。

宁光久等不到肖潇的回音，就休息了。

肖潇今天有点儿累，头又有点儿痛，晚饭后就早早地睡下了。可怎么也睡不着，今天所发生的一切，简直意想不到，就像做梦一般，一点都不真实。接到宁光的短信，心里有种踏实的感觉，这晚上一直睡不着，原来自己盼的就是这个。心想，他犯了这么大个错误，竟然还不知道自己错在哪里，难道这个对他来说不算一个错误？这时她突然想起，这次旅行人员，龙吉伟是在最后时刻补上的，难道这里面有什么秘密？或是他们两个早就好上了，而自己对宁光的痴情是一厢情愿？肖潇气呼呼地想：别人只把你当一般的"移友"，你却自作多情把他当成了恋人。别人既没有向你承诺什么，也不欠你什么，你这是为哪般发这么大脾气？肖潇的东想西想，不知不觉就迷迷糊糊睡去了。

五

一个人在充满危机感的时刻，往往会成为一个勇敢的斗士。此刻，宁光就是这样。以前，肖潇在自己身边来来去去，对自己充满着敬仰和隐隐约约的爱，他觉得这没有什么不好，日子稍久，就变成理所当然。关梓木虽对肖潇充满爱意，但关梓木是在悄悄行动，所以就没有任何影响。如今来了个李伯乐，他对肖潇虎视眈眈，要让肖潇从宁光的身边永远消失，并且变成自己的爱人。宁光昨夜辗转反侧，一夜都未睡踏实，还在冥思苦想怎么把礼物送给肖潇，怕肖潇不收，对他横眉冷对，于是就用短信来搞火力侦察：

> 小妹，早上好！昨天给你买的礼物还未送给你，今天请你一定给我一个机会，来表达我对你最诚挚的歉意！时刻关注你的宁光。

宁光还在为礼物送不出去而纠结时，李伯乐却开始了他的浪漫。一大早，一个煽情的短信，一大捧香气四溢的茉莉花就送到了肖潇的手中，肖潇闻着花香，读着李伯乐才气横溢的短信：

> 宝贝：
>
> 承诺只怕锦书难托，一念执着，换三生迷离烟火，沉默只因爱恨一朵朵，荡起的涟漪旋转爱情的执着。一生多情愁，来回多紧锁，燃烧的福祸，忘记你我，即使修百世方可同船渡，转读三寸经纶，终究曲终人散，往事落魄。倘若你前世是深山里的海棠，被卷入姑苏城外的客船，远风吹灭沾

霜的渔火，却吹不尽弯月沉没的忧伤。霓虹灯下的幻影，是因为思念的脚步轻轻踏出红尘万丈，菩提树下的轮回，是几世遗留的姻缘，等你来度我。千丝万缕的情意，直到遇见了你，才划过一道忧郁的泪痕。九寨的五花海，等你来过。岁月的蹉跎，让我犯了错，回首前尘，只愿涅槃成佛。

李伯乐

肖潇读得情迷心乱，早已被短信醉倒在床上不知天上人间，龙吉伟叫她起来吃早饭时，她还在那里发呆。

早饭后，他们乘游览车又来到了树正群海。它是九寨秀丽风景的大门，全长 13.8 千米，海子的水在青翠中蹦蹦跳跳，婀娜多姿，婉约变幻，那绿中带蓝的色彩，童话般天真自然。这一天他们游得轻松，中途又去了一趟诺日朗瀑布。他们沉醉其中。这里有他们的笑声，及大自然的美景给他们带来的幸福与快乐，他们要尽情地享受它。听宁光说，明天他们就要离开这里，去若尔盖草原。这里就是他们生命中最美丽的天堂，是他们这一生最快乐最幸福的日子。也许这一走，永远也不会再来，就算再来，还会有这么好的人陪伴其间，关心你、照顾你？还会是一个其乐融融的大家庭吗？他们有些伤感，仿佛这一切会很快消失，离他们远去，这时候大家竟有一种生离死别的情绪，他们多想时间就停留在这里直到永远，永远在这个梦幻的世界里沉醉。下午，"移友"很早就回到了宾馆，因他们是一个特殊的群体，不能太累，要休息好。晚上宁光还为他们安排了篝火晚会和烤全羊。

今天，宁光没有机会把礼物送给肖潇，因为龙吉伟全心全意地陪伴着他、照顾着他，一刻都没有离开，而那个李伯乐简直就是肖潇的影子，因此他和肖潇没有一个独处的时间。有时虽然离肖潇很近，但因人太多，自己只好欲言又止，握在手里的礼物都快捏出水来，也没有勇气送给肖潇。脸不由憋得通红，很痛苦地望着肖潇，只好在心里暗骂自己没出息。

这一天，肖潇一直在等宁光的礼物，终没有等到。她简直弄不懂宁光咋变成了一个口是心非的人呢，今天看他的眼神也怪怪的，面部表情很可笑。难道他在嘲笑自己？肖潇心想，今天收不到他的礼物，自己也就死心了，李伯乐还等着自己的回应呢。至少他这两天带给自己的是快乐和幸福，不像宁光给自己的是痛苦和泪水。

夜晚，篝火晚会很热闹，大家情绪很激动。因明天就要离开这里了，又给这热烈的气氛添上了一层离愁。大家吃着烤全羊，听着优美动听的歌声，喝着酥油茶，十分兴奋。蓝灰色的天空挂着一弯冷月，高耸的山峰披着如银的月光直插天空，氤氲的雾霭在周围升腾，令人如梦如幻。有两个"移友"过来给宁光敬酒，感谢他给了自己一个享受幸福快乐的机会。这原本是他们移植后想都不敢想的事，这次居然实现了，怎不叫他们心存感激？

晚会刚开始，宁光还想着如何向肖潇表达自己的心愿，以及如何击败李伯乐。现在他看到他们那么默契，那么情投意合，而肖潇又笑得那么灿烂，他突然觉得，自己应该放手，应该优雅地转身。是的，与其拼个你死我活，一起痛苦，不如让他们先笑起来。宁光为自己这个聪明的决定感动了，甚至流泪了。他端起酒杯朝肖潇走了过去，给肖潇倒了杯水，并且很大方地掏出了那把还没有来得及送出去的梳子，递给了肖潇，对她说道："小妹，这个礼物昨天我就应该送给你，一直没有找到机会。当时在买它的时候，我想，在未来的日子，无论发生什么事，即使河水倒流、沧海桑田，我也会在每个清晨，站在你的梳妆台前，静静地替你梳头，直到将你的青丝梳成白发，我们都慢慢变老。此刻，看到你和李伯乐这么快乐、幸福，我放心了。我也改主意了，我决定把它交给未来的主人。"他拉着肖潇的手，再抓着李伯乐的手，将他们的手叠在了一起，哽咽道："她是我最疼爱的妹妹，希望你好好爱她，不要让她受委屈，她是值得你深爱一生的。假如你做不到，我是不会答应的。"

肖潇简直想不到，宁光会这样，从他的眼里看得出来，他分明是爱自己的，而为了让自己幸福，他竟然将爱深深地埋在心中。他太善良，太令人心碎了！肖潇泪如泉涌，伏在他的身上大哭起来，觉得他才是自己最爱的人！肖潇呜咽道："哥，你好傻！你今后咋办？你一个人咋过？龙姐，是不是龙姐会照顾你？"一想到要离开自己深爱过的人，不由悲从中来。这以后，什么都变了，他会变成自己真正的哥哥。这以后，就会离开这个令自己魂牵梦绕的人。不久的将来，躺在自己身边的会是另一个男人。想到这里，心像刀在割，哭得就更伤心了，仿佛比昭君出塞还要悲苦。

宁光安慰道："小妹，你放心，我会照顾好自己的。'移友之家'是个集体，你龙姐我们也会照顾的，我们也会想办法帮她找一个爱她的人。我们成立这个家，就是要让我们的兄弟姐妹幸福快乐！"

肖潇一听宁光说这样的话，心想，龙姐和宁光哥应该是没有故事的。那昨天早上，他们搂搂抱抱又怎么解释呢？也许这里面有什么误会。但事已至此，这一切都不重要了，重要的是这个人在今后的日子里即将离她远去。也许，从此以后就是海角天涯，形同陌路。那个曾经的梦想，梦中的那个男人将会被尘封在历史的暗角，直到从自己的生活中彻底消失。

这时又传来《花桥流水》那首自己特别熟悉的歌，此刻这歌听来是那么的悲伤、缠绵，她要请哥哥跳一次舞。用这样的心情，和哥哥跳第一次，也是最后一次，算是给自己留个念想。他们跳得那么好、那么忘情，篝火映着他们的舞姿，是那么柔美、飘逸、潇洒。他们就是这个世界的绝配，不可分割的一部分。他们的舞蹈在众人眼里就是个美，能把广场舞跳得这样梦幻，也只有他们了。曲终舞散，宁光把肖潇交到李伯乐手中，毅然转身。这一转，恐怕真是一辈子了。

宁光回到座位，敬了龙吉伟一杯，谢谢她这两天的照顾。接着又很歉意地对大家说道："这次没把你们照顾好，确实是我的责任。从今以后，我一定加倍努力，把这个家办好。来，为大家的健康幸福干杯！"大家十分激动地与宁光干了一杯。此后，龙吉伟连敬了宁光三杯，因为心里确实不好受，是自己把他们活活拆散了，其实他们才是天生的一对。但现在说这些有什么用呢？这以后，她也不想奢求宁光对自己的爱，只要天天陪在宁光的身边，协助宁光把"移友之家"办好，来弥补自己造的孽。这以后，无论雷雨风雪，龙吉伟都没有一天不去"移友之家"，她为这个家贡献了自己全部的力量，直到自己倒下。而后来肖潇再次回到宁光身边，她也从未表现出有什么不快。

此时，起风了，雾大了，也更冷了，惨白的月光洒在浓雾里，已分不清哪是雾，哪是月光。人在雾里时隐时现，像在梦里。那篝火已燃尽，星火明灭。大家感到彻骨的寒意，都搂紧了自己的身体。宁光决定晚会到此结束，因为肖潇与他跳完舞后，一直在那儿哭，就连那个无事不能的李伯乐也束手无策。于是大家架着已哭成泪人、全身无力的肖潇回到了宾馆。

第十三章　葬礼收留的爱情

那日关梓木奶奶病危，幸好后来转危为安。

关梓木当时以为离婚不是问题，分割的无非就是财产，哪知妻子死活不离，更要命的是过不了奶奶那关。因为妻子为关家立有大功，奶奶看到这两个活泼乱跳的重孙就眉开眼笑，她说关家咋能做这种恩将仇报的事呢？这也许就是老人家眼里的正义。面对这个风烛残年的老人，关梓木只好另想他法，而原本要把这个惊天消息播报给在旅途中的肖潇的这个想法也就流产了。因此肖潇那里没有来自关梓木的任何消息。

这两天，文娟说那个有自戕倾向的"移友"，在做最后的准备，情况万分危急。于是关梓木与高声语赶紧制订了一个拯救他的计划，准备利用 QQ 和微信解决这个问题。关梓木与那个"移友"交流，高声语才发现关梓木很有一套的。没多久，那个"移友"就被关梓木牵着鼻子走了。他们之前做足了功课，文娟对这个"移友"进行了周密细致的了解，加上这几天关梓木与这个"移友"对话，掌握了他的思想动态。该"移友"一是受不了病痛的折磨，二是怕拖累家人，想一走了之，但又有些不舍，毕竟自己还年轻，才三十多岁。他确实放不下爱他的妻儿，自己的离开会让他们伤心难过，仿佛活着就是对家人的贡献，所以十分犹豫。关梓木告诉对方，说自己也想离开这个世界，因为无钱治病，老婆孩子也离开他了，因病疼的折磨自己现在只求一死，很想找人搭个伴，黄泉路上免得孤单寂寞。关梓木劝说这个人与他一起到峨眉山的舍身岩，一是饱览风景，二是死后也会火一把，三是不寂寞，因为那里人来人往，而在这里驾鹤西去的大有人在。关梓木说到时大家可以凑在一起斗斗地主，搓搓麻将，无聊时也可飞上金顶看看日出，这种逍遥自在的日子应该比现在强出许多。

那个"移友"一听，反倒犹豫了，说自己还没想好。关梓木就说他窝囊了一辈子，走了也应痛快一回，不要婆婆妈妈的。一个人可以有一百次的谨小慎微，也要有一次的拍案而起，一个人可以一百次不越雷池一步，但也要潇洒走一回。可不管关梓木如何劝说，他就是下不了死的决心，说自己还没有想好，不想马上去死。这时他反倒过来安慰关梓木，说何必一定要求速死，也许命运会发生转机，出现奇迹。关梓木再三要求要他尽快做出决定，死的时候一定要捎上他，他说他不怕死，就怕孤独、寂寞。那个"移友"很是规劝了关梓木一番。

关梓木和高声语正忙活的时候，宁文琴、黎学兵、宋腊妹先后来到"移友之家"，前者是来"移友之家"值班，宋腊妹是到医院复查，还有看望寄住在"移友之家"的未晗，杨洋也很合时宜地来看妈妈杨娇。在外旅行的除外，大家又聚齐了。高声语中途去了一趟菜市，把午餐弄得很丰盛，得到了杨娇和宋腊妹的夸赞，未晗也吃得津津有味。黎学兵、关梓木他们还喝了点小酒，因为今天那个轻生的病友的事。大家认为，宁光没在家，他们也还算办得漂亮。大家都非常开心，不由贪杯，黎学兵多喝了几盅，惹得宁文琴埋怨了一回。其实也说不上埋怨，就是一个女人在一个深爱的男人面前的唠叨、撒娇。黎学兵也不理这档事，只是笑嘻嘻地贪他的杯。杨娇看到此景，就教训高声语："要多学学我们黎哥！"因为大家从未见黎学兵在宁文琴面前生过气，就是再难堪也会一笑而过，或是自我解嘲一番，而高声语就会生闷气。

在大家的谈笑中，杨娇提到了一个病友，叫宋帆，肾移植患者。杨娇说他的有篇日志写得很好，叫《葬礼收留了他们的爱情》。杨娇读完这篇日志，心里十分难过，有些呆若木鸡，她不仅仅是为日志里的人，也为写日志的人，因为多日来，这个叫宋帆的人的QQ头像就没有亮过。自己试过很多方法，那边就是固执地回一片黑暗，不肯给一点光明。难道这个叫宋帆的"移友"，也随他日志的主人公去那边了？宁文琴、宋腊妹、杨洋、文娟认真地看了起来：

葬礼收留了他们的爱情

躺在病床上，窗外，刚刚还是朝霞满天的苍穹，现在已是斜风细雨了。从进病房的护士口里得知，今天是清明节。这院一住上，就不知天日了，仿佛离正常的生活轨迹愈来愈远，自己犹如从快速的列车上掉下的一袋土豆，我们真的被生活抛弃了吗？清明节？知道这个日子后，我不由在心里喟叹了一声，难怪老天要流泪了！心里不由生起了串念想：在我的记忆里，这清明节是个不好的东西，总是要下雨的。我总是记起"清明时节雨纷纷，路上行人欲断魂"的句子，仿佛几天前家家都死过人，"阖村哀声连一片，传入耳中都是悲"。于是众人悲伤得在祭奠魂魄的路上踉踉跄跄，忘了来去的路，由于无法卸载身上的哀伤而肝肠寸断。

我们这群挣扎在人世间的尿毒症患者，心里却呐喊着我要活，我要活！但是，明年的清明，会不会是无名的野花已在我们头上开满，坟前围着一群哭天抢地的人？那时，我们还能感受到人间的悲伤吗？仿佛以前，清明没有这么断肠，而是稚气少年、花样女子踏青赏春的好日子。那时春光明媚，花开大地，尽是嫣然处的欢笑，惊鸿乱飞，少年春风呀！又仿佛记得，清明与春秋战国的重耳和介子推颇有一些联系……

"大家好，今后多关照！"一声甜美的招呼声，又将我从两千年前的光阴里拉到了病床上。进来的是对男女，男孩英年歧嶷，女孩笑靥如花，都是二十岁的模样，他们快乐地占据了那两张空床。殊不知，有一张病床上昨天还停留过一具冰凉的尸体。

在住院的日子里，我知道了那个男孩的辉煌经历。他是北大的研究生，尿毒症让这个天之骄子折翅坠落，又成了一个农家的穷孩子。当时，我知道他的辉煌时是惊喜的，为什么惊喜呢？在我的潜意识里，患我们这种病的人，都是有大罪的人。要不是前世作恶太多，就是上帝用边角料在无聊的时候，随心所欲把我们捏拿成人，是不配在人世间安享幸福，只配生这样的大病来为自己赎罪的。因此，我总是一路低头认罪，其实自己也不知道犯了什么罪。如今见到这么帅气、才华横溢的人也患上了这种病，我释然了，我的罪恶感消失了，我们只不过是运气太差，不小心撞进了这所不幸的"大学"。这所大学没人报考，但它的学员源源不断，能毕业的，却都成了强者。这个大学生救了我，原来我患尿毒症是无罪的！我偷偷地哭了一场，为了自己，也为了这么优秀的大学生。好好的大学不上，非要转学到这所不幸的"大学"，难道仅仅是想在这里毕业变成强者吗？

在住院的日子里，我才知道他们也是一对穷光蛋。家里人仿佛对他们不闻不问，从来就没有见他们的亲人来过，倒是朋友和同事，有那么屈指可数的两三回。他们的饮食是永远的凉皮凉面，从来就没有看见他们将饮食改成肉菜，就是改过也仿佛是馒头、大饼。难道他们傻到不知人间还有鱼肉吗？但他们快活得很，你喂我一口凉面，我喂你一口凉皮，笑声满屋，仿佛是两个人正在努力对付一桌满汉全席。唉！这么重的病，没有任何营养，他们是怎么活下来的？难道仅仅是因为爱情？唉，伟大的爱情，可怜的爱情！

渐渐熟了，我才知道他们的详细情况。男孩从北大归乡，多年的女友与他告别了。青春就是这么单薄，风一吹都散了，包括辉煌的人生。只有这"有良心"的病，不离不弃地陪伴着他，在人世间苦苦地挣扎。某一天，又该洗肾了，他已熬了一个星期，再不透析，就有生命危险了。身无分文的他满怀希望地给一个朋友打电话借钱，朋友痛快地答应了。然而到了朋友单位，未见到人，打电话，又是忙音。也许朋友心想，一个将死之人，何必白糟蹋钱呢？因此朋友对他就没有那么多礼数，只是敬而远之。读书人哪里明白，弱者是没有朋友的。这次打击，是最后一根稻草，把他彻底压垮了。他走上了自杀的道路。他在桥头徘徊，直到夜里两三点，都没有跳下去。他在等什么？等他的朋友给他送救命钱，还是在等来自人间，来自家人那一声温暖的呼唤呢？但他没有等到一声呼唤。绝望中翻过了栏杆，正准备纵身一跃时，他忽然想起，该给那个温暖过自己的尿毒症QQ群告个别吧，祝这群不幸的人好好活着。发完信息，正准备关机时，QQ提示音响起。原来，一个与自己聊得不错的女病友要自己的电话号码。她要自己的电话号码干吗？他没有任何犹豫就把电话号码给她了，他是在等人间的最后一声呼唤，还是在等他最后的爱情？他还没来得及享受那想象中的爱的告白时，电话响了，就是那个女病友。他听到的不是销魂的情话，而是一顿臭骂，骂他不是个男人，是个胆小鬼……原来这个女病友比他还要悲惨，十九岁就患尿毒症，曾经有三年，每周应透三次的她，因无钱而只能透析一次。痛苦不堪的她不能入睡，只能将一只小凳放在床边，自己坐在小凳上靠在床沿边，整夜整夜苦熬……两个苦命的人，在相隔千里的两个城市，在想象中抱头痛哭。

这对苦命的人，相距千里的两个孤独的灵魂相逢了。为了感谢这个萍水相逢的女子的救命之恩，他要请她吃大餐。她说她要吃汉堡，活了二十五年，还从来没有吃过，梦里见到汉堡都垂涎欲滴，夜里醒来唾液湿巾。听了女子的话，他心痛得不得了，已忘了这个世界还有更好吃的，立即满足了她这个平常而又奢侈的愿望。他心里明白，这个好心的女子在为他省钱呀，她心疼他花去的每一分钱，这个钱于他太不容易了，他是拿命换来的。为了去看她，他认认真真准备了半年，这可不是说走就走的旅行那样任性。

我和他们在医院相见时，是他们相遇半年后。那时他们的爱也像花一样如火如荼，但他的病也越来越严重，他可能实在熬不住，国庆假还未完就住进了医院。听说他父亲愿意为他捐肾，配型也成功，由于他身体太弱，又肺部感染伴有心衰，可真是病入膏肓了。

这年我已做完肾移植手术，身体好了些，仿佛有些健步如飞了。有一天傍晚，秋雨伴着秋风，有一声无一声地敲击着窗户，无聊而又凄凉。我穿过病区的长廊，一拐角处，传来了嘤嘤的哭泣声。望了望窗外，树叶在空中打着旋儿，也许是叶子被风打动，选择了随风漂泊，那为什么它还要哭呢？我朝拐角深处寻觅而去，原来是她，她为什么哭？难道是为他们的爱情哭泣？她说："他的病情加重了，今天心跳骤停达五分钟，我害怕就这样去了，没有陪我走进婚姻的殿堂。我们承诺过，要一起走进婚姻的殿堂，他不怕死，只是很遗憾，不能陪我走那红地毯了。"

这个可不管我的事，但我还是流泪了。为他们苦难的爱情，为他们不能一起走进梦中的婚姻殿堂。后来，我们病友找到婚庆公司，婚庆公司被他们的爱情感动，愿意免费为他们在病房举行婚礼，院方也支持，我们病友出钱为他买了礼品。为了喜气，为了驱赶晦气，头一天下午，我们把他的病房布置得喜气洋洋，为迎接第二天的婚礼做了充分准备。我们都带着满心的喜气，沉睡在秋的梦里。第二天，除了婚礼的主人公，我们大家都醒了，并且见到了阳光，今天是个好日子嘛。后来听她说，他是平静地、带着微笑离开这个世界的。我们听了很高兴，他这样没有遗憾地走，他的下一世一定会幸福快乐的，因为他是带着娶媳妇的梦离开的。

大家看完宋帆的日志都哭了，杨洋伏在妈妈杨娇的怀里，哭得差点晕了过去。唉，这个故事太让人难受了。

第十四章　旅途

一

　　宁光他们从九寨沟出发去若尔盖时，遇到一个麻烦，集合时少了一个人，不是别人，正是那个无所不能而又让大家特别依赖的"移友"李伯乐。与李伯乐同房的"移友"说，自己醒来就没有看到他，昨晚李伯乐仿佛就没有睡过，自己中途曾被他弄醒，他在找什么东西，后来他在写什么。宁光安排大家去找，并要求大家在开车前全部回这里。最后大家都无功而返，有人提议再去房间看看，看留下什么没有，最终在枕头下面找到一封信。看完信，宁光就安排大家出发了，只叫张波和余先雷再等半天。下午他俩就直接去汶川，考察那里的土特产。

　　在去若尔盖途中，宁光叫龙吉伟好好照顾肖潇，李伯乐的不告而别对肖潇打击很大。而大家心里都很疑惑，李伯乐为什么突然离开？到底发生了什么？那封留给宁光的信里又到底说了什么？大家不得而知。开始因赶车时间急，宁光没有细看，只了解了个大概，现在坐在车上，宁光才有心思阅读它。李伯乐的信是这样写的：

　　　　宁光哥，我走了，请你不要找我，在适当的时候我会来找你。谢谢你救了我，给了我一个救赎灵魂的机会。此刻，让我尊敬地叫你一声大哥吧！我想，你是不会拒绝的。以前，我以为你办"移友之家"无非就是沽名钓誉、聚敛钱财。昨晚，当你将小妹的手放在我的手里时，你的放弃在我的眼里变得异常高大，你成了我这个小人眼里的一座丰碑。我想，这就是道德，它是一片天空，它孕育着无数纯洁的心灵。是的，有时候，爱也是一种伤害，残忍的人选择伤害别人，善良的人选择伤害自己。你做到了，你震惊了我，让我看到了这个世界不仅仅只有阴谋、算计、冷漠、残忍和谎言，这里也有爱、善良、温暖和良知。你拯救了我，让我停止了犯罪，你终于让我的灵魂走进了阳光里。我终于明白，这道德像花儿一样，它让人内心无愧、心胸坦荡。它是一种感恩，一种爱心，一种美德，一种财富，更是一种智慧。

其实我是一个有家室的人。十八年前，那时我还是一个很阳光的大四学生，因为爱情的欺骗，我成了一个疯狂报复女性的恶人。我的人生只有一个目标：就是玩骗所有的女性，我要让她们痛不欲生、身败名裂，我要看着她们一个又一个在这张爱情的网里苦苦挣扎，流泪、悲伤、绝望直至枯萎凋零，让一朵朵鲜花变成残枝败叶，最后随风飘散。这期间我开始了我这个庞大计划的第一步，我必须找个富二代，最起码也要找个富婆，才能支撑我的计划。最终我找到了一个富婆，她大我十岁，是第一个受害者。我长相不错，风流潇洒，是名牌学校的大学生。我很会哄女人开心，除了金钱，女人需要的一切我都可以给她们：梦中情人、浪漫、文雅、名士光环，无一不缺。我让她们陶醉，在爱情这张网里不能自拔，在她们离不开我的时候，我再折磨她们，摧残她们，我让她们欲哭无泪、疯疯癫癫、精神失常。我的第一个老婆就是倒在爱情屠场里的傻瓜，她也给了我一笔丰厚的爱情基金。从此以后，我连钱也不缺了，变得更加为所欲为。

我的招数很管用，屡试不爽。她们失身，怀着不共戴天的仇恨离开我时，我会笑，笑得很开心，望着她们那孤单无助的背影，我笑得眼泪都出来了，那个高兴呀！她们在我面前痛哭、流泪、求饶、磕头……让我放过她们的时候，也就是我最开心的日子。女人呀，你为什么不想想，你们是怎么走进这万劫不复的深渊的呢？……这以后，我的心完全被扭曲了，我成了一个毁灭女人爱情的恶魔。三年前，我遭到了报应，我得了肝癌，我又在数不清的诅咒里幸存了下来。但这并没有停止我犯罪的脚步，我要变本加厉，在这来日可数的日子，我要让更多的女人倒在爱情的屠场里。

昨晚，你用圣洁的人性光辉，让我由魔鬼变成了人。现在我终于明白，一个人成长的经历，是一个苦苦挣脱的过程；金蝉为什么要脱壳，那是在等待一个新的轮回。只是我在黑暗的路上游荡得太久，这挣脱的过程就变得异常漫长与艰难。

在这里，请你一定代我向小妹说声对不起，是我的疯狂伤害了她，让她走进了一个精心设置的爱情陷阱。我不会乞求她的谅解，我只祝福她，在未来的日子，找到那份真爱，过快乐幸福的日子。其实你与她就是正在演绎的，这个世界上最动人的一个爱情故事。诚挚地祝福你们！

一个罪孽深重的人

在去若尔盖的中途，大家下车休息，肖潇找到宁光，要求看李伯乐的信。宁光面露难色。肖潇哽咽道："我要知道真相，我不会为难你，我知道龙姐很爱你，我会安静地走开。"宁光心想，这哪儿跟哪儿呀，又扯上了龙姐。宁光是担心肖潇这次经历的事太多，看了这封信会更受不了，此时见肖潇这么悲伤，泪又下来了，就把信给她了，叫她多保重，安慰她一切都会过去，我们都会好起来。

下午1点，他们来到黄河的第一湾。黄河像一个多情的王子，望着若尔盖这个美丽动人的公主，深情款款，一步一回头，犹犹豫豫地怎么也不肯离去，最后受不了执手相看泪眼的离别苦，绕了几个伤心的大弯，快速地含恨东去。宁光害怕肖潇出意外，就准备叫龙吉伟过去陪陪她，这时肖潇送信过来，站立不稳，倒在宁光怀里，凄惨地叫了声"宁光哥"就大哭了起来。肖潇现在谁也不恨，只恨自己有眼无珠，遇人不淑，才吃了大亏。幸亏宁光哥的人格魅力，感化了那个恶魔，才避免了这场更大的不幸，才终止了这个畜生去害更多的人。这次是宁光哥救了自己，这辈子要感谢的就是这个人了。不求同床共枕，但求端茶递水。他笑陪他笑，他哭陪他哭，陪他一起做他喜欢做的事情，帮他一起把"移友之家"办好。因为能厮守到老的，不只是爱情，还有责任和感恩。爱一个人，就是在漫长的时光里和他一起成长，在人生最后的岁月一同凋零。这时，肖潇已看破红尘，心如止水，别无他念。她停止了哭声，她要笑，要高兴，不然宁光哥会不安心，出来旅行的"移友"也不会开心。她抬起头来对宁光笑了笑，笑里藏着凄凉、孤寂和看不见的泪。宁光看见她悲凉的笑，很不放心地安慰道："小妹，你没事吧？这不是你的错，我们忘了他，让我们在这里开开心心快快乐乐地玩两天。"肖潇说道："宁光哥，我没事了，我会高兴的，绝不给你添麻烦。"说完就坚强地站了起来，朝前走去，边走边哼起了《花好月圆》的歌曲：

浮云散明月照人来/团圆美满今朝醉/清浅池塘鸳鸯戏水
/红裳翠盖并蒂莲开/双双对对恩恩爱爱……

三

　　昨日大家到达黄河第一湾后，出现了一个非常奇怪的情况。用完午餐后，龙吉伟去买单时，已经有人替他们付账了。宁光知道后，十分奇怪，这会是谁？在千里之外的黄河边，不可能有相识之人，即使相识，就应相认呀！宁光感到十分困惑，就亲自去问老板是不是搞错了。老板肯定地回答说，确实已有人替他们付账了，请他们尽管放心离开这里。

　　走出饭馆，他们被这个神秘人物吸引了，大家发挥自己的想象力，纷纷参与猜测，这个人会是谁呢？大家都没有亲朋好友在这里。有个"移友"说会不会是李伯乐呢？大家分析后也排除了，因为他今天早上就与大家不辞而别，而且大家根本就没有见到他的影子，他要帮大家给饭钱还用这么偷偷摸摸，费这个闲工夫吗？大家不得其解就归结为：也许有一个行善积德之人，知道了他们的特殊身份，被他们那种与苦难抗争的精神所感动，决定来为他们做一件好事。

　　傍晚，他们来到花湖附近，找了个就近的地方住下来，准备明日漫步若尔盖，枕黄河涛声，观日落牧归。宁光他们在入住旅馆时，又遇到了刚才的情况，那个神秘人物像一个幽灵一样，一直跟随着他们，他无所不能，无所不在，像知道他们会在哪里住宿，哪里用餐。这太可怕了，大家感到了不安、恐怖，仿佛这个神秘人物就在自己身边，或者就藏在哪个黑暗的角落，瞪着如炬的眼眸窥视着他们。宁光让大家不要单独行动，晚上也不要出去，早点休息。

早晨起床，大家一夜无事，胆子就大了起来，认为这次确实是遇上了好人，撞上了好运，心情就特别爽，感觉这若尔盖草原比昨天都还要绚丽夺目。有个"移友"突发奇想，说我们不如提高消费标准，反正行善之人也不会在乎那几个钱。他的奇想立刻遭到宁光的批评，说一个人在为失去月亮落泪时，他还将会失去全部星星。早餐后，大家走进草原，远远望去，茫茫草原与辽阔幽深的蓝天自然地融为了一个和谐整体。他们来得正好，这是草原最美的季节。此刻，天高气爽，日出晨曦，帐篷点点，炊烟缭绕，牧歌悠悠，风情醉人。原野上绿草如茵，野花簇簇，遍地牛羊如散落在草原的颗颗珍珠。

　　肖潇今天也玩得很开心，一扫昨日的阴霾，变得热情开朗，在湖边纵情歌唱《在那遥远的地方》《达坂城的姑娘》《康定情歌》，她的嗓音优美动听，歌声悠扬缠绵，又唱得那么深情、那么投入。歌声在湖面上袅袅娜娜，飘飘洒洒，融入蓝天的悠悠白云，更添了这里的诗情画意。遥想一个飘飘欲仙的美丽女子，站在令人迷醉的花湖栈道，用天籁一般的歌喉演绎着一首首摄人心魄的生命之歌，这是何等的令人心旷神怡！游人在这里流连、驻足、沉醉，久久地不肯离去，几乎要在这动人的美景里睡去了。她美妙的歌声会引来爱神吗？也许爱神正千里迢迢赶来照顾她呢。

　　下午，宁光给几个"移友"圆了儿时挥鞭跃马的梦想，让他们过了一把英雄瘾。令"移友"们感慨道，有这样一个家是多么美好。这次出来，他们感受到的不仅仅是旅行的快乐，还有灵魂的升华。一个人活着不仅仅只是为了自己的那一亩三分地，也要让自己周围的人跟着一起快乐。

　　肖潇看到大家骑马的那种享受感、陶醉感，也跃跃欲试，怎奈一双常握乐器的小手，怎么也不敢去抚摸这个庞然大物。就连龙吉伟都可以在草原上任意驰骋，肖潇却只有羡慕的份。宁光本想与肖潇一同乘骑，让她体验一回，但又说不出口，而肖潇也有此意，又怕龙吉伟及"移友"误会，就只好眼巴巴地看着，在那里笑而不语。这时龙吉伟建议宁光带着肖潇一起骑乘。龙吉伟被自己的决定感动了，仿佛做了一件伟大的事情，同时也减轻了自己对肖潇和宁光的内疚。心想，要不是自己，也许他们正在这个繁花似锦的大草原享受他们美好的爱情哩！宁光和肖潇简直没想到龙吉伟会有这个举动，马上向龙吉伟投来了赞许和感激的目光。龙吉伟见肖潇上马了，也抽了马一鞭，马就像箭一样奔了出去。

　　肖潇骑在马身上，开始有点不适应，像悬在半空中，随时都会被甩下来。宁光叫她抓紧马鬃不要松手。开始宁光骑得很慢，渐渐地就开始加速。不知不觉间，马的速度就快了起来，接着马就开始飞奔。这时肖潇往宁光身上靠了靠，又叫宁光揽住她的腰。她有点害怕，宁光很自然搂住了肖潇的腰。他们被这个广袤的草原吸引了，被这蔚蓝的天空吸引了，已分不清哪儿是蓝天哪是草原，只觉得它们都在快速地朝身后退去。这时他们情不自禁地唱起了《在那遥远的地方》：

　　　　我愿流浪在草原/跟她去放羊/我愿做一只小羊/跟在她身旁/我愿她拿着细细的皮鞭/不断轻轻地打在我身上……

　　歌声同格萨尔王的史诗一起飞越千年的苍茫大地，随风传遍了迷人的花湖、无垠的热尔当坝草原、多情的黄河……

　　下午，宁光利用"移友"欣赏草原美丽风光的间隙，与龙吉伟和肖潇找到了当地政府，他们以"移友之家"的名义，资助了5个因病致贫的困难家庭，让他们每年的最低生活消费得到保障。当工作人员知道他们也是一群并不富裕、至今仍在与病魔斗争的重症病人时，工作人员感动得哭了！他们决定出钱让"移友之家"和当地藏民搞个联欢，但这个建议被宁光坚决拒绝了。他说这个活动一搞，就会让他的这个善举失去所有的意义。最后他们退而求其次，想与所有"移友"一起共进晚餐，哪怕一杯酥油茶、两个糌粑也行。但就是这个最简单的要求，也被宁光拒绝了。当宁光走出当地办事处的大门时，所有的人都出来告别，所有的人都满含热泪，所有的人都心旌摇动，大家频频向他们挥手，久久不肯离去，直到他们的背影消失在如血的残阳里。

此刻，他们的背影，承载了太多的感动，他们用奉献彰显了人性的光辉。这个叫宁光的小人物，终于把他的爱与善良带到了千里之外，与这里的善男信女一起，放牧在这美丽无垠的若尔盖大草原上。

三

在去康定的路上，有"移友"还在念念不忘这里的好处。认为在这里有人免费提供吃喝，不如就多玩两天，没必要去康定白花钱。宁光说道："天上是不会掉馅饼的，凡事总有个因果，是你的永远跑不了，不是你的莫强求。红尘的鸡鸣狗叫太诱人，一朝为俗客，就朝朝暮暮相依相拥，从此种下悲凉的种子，你就再也无法回到来时的路了。"

他们到康定不久，张波和余先雷就从汶川赶了过来。他们的汶川之行收获不小，那里的土特产非常丰富：汶川甜樱桃、汶川羌绣、三江黄牛、汶川铜羊、三江土腊肉、大红袍花椒、野生猕猴桃……更奇的是那里的土鸡、土鸡蛋，张波说，那里的农户一年里都会遇上几次，自家的母鸡从山里带回一大窝鸡仔。

更重要的是，他们已和张波的叔叔及那个曾经给张波放高利贷的人谈妥，他们愿意出资合办公司，他们两人的出资额希望占总股本的三分之一，同时负责收购、储运、质量把关。但他们希望能占公司利润的四成，现在就请宁光他们定夺。宁光他们经过商量，再和家里的担职人员作了进一步沟通，大家都觉得可行，就同意了这个方案。由于张波尚欠高利贷者七万元人民币，合资人想将这七万元收回，作为股金注入公司。宁光上次已将自己的现金全部捐给"移友之家"，如今要在"移友之家"动用大笔现金，需征得全体"移友之家"担职人员的一致同意，才可将款从捐赠账户上转走，这样就非常麻烦。余先雷愿意借钱给张波还账，于是这件事就圆满解决，他们出来的第一件大事也算尘埃落地，大家明日就可以安安心心游玩最后一个风景名胜——康定。

一直困扰大家两天的那个神秘人物，今天又与他们一同来到了康定，因为他们的住宿、晚餐均有人预先付账。大家现在已不再害怕，更多的是好奇。这个人到底是谁呢？他为什么要这么做？有何目的？他到底想干什么？这样没完没了地跟着，既不闻声，又不见人，大家猜了一个晚上，都无法破解。宁光劝大家放弃，不要再猜了，今天赶了十多个小时的车，够累的，早点休息，明天才有精神欣赏康定的旖旎风光。这个不解之谜就交给未来，总有一天会水落石出的。

一夜无梦，大家起了个大早，在讨论去什么景点游玩时产生了分歧，最后大家统一了思想，身强力壮的、愿意去木格措的一组；身体较弱、去较近的跑马山的一组。张波、余先雷加另外三个"移友"去了木格措，余先雷带队，余下四人由宁光带队去了跑马山。在出发前，宁光再次重申了纪律，一定要尊重藏区的民族风俗习惯及忌讳。

肖潇他们以为跑马山就是跑马的地方，到了才知道，跑马山藏语意即仙女山。他们彻底被跑马山公园的风光迷住了，这里处处美景，恍如仙界，是亘古以来大自然灵气独钟的美妙地方。山上的空气真新鲜，刚还在下雨，此刻又是晴空万里。他们走走停停，在山上玩了近三个小时，最后在大名鼎鼎的跑马坪照了几张照片就坐索道下山了。回到旅馆才上午 11 点，他们早早地用了午餐，准备中午睡一觉，下午去南无寺和金刚寺看看，再去二道桥泡个温泉就准备打道回府了。

余先雷他们从木格措回来时已是下午 5 点，个个累得鼻塌嘴歪、衣衫不整。而宁光他们已游完南无寺、金刚寺，还泡了温泉，耍得舒舒服服。现在只等晚上去城中心的情歌广场，听说今晚有文艺活动。而余先雷他们也想泡泡温泉，来消除今天的疲劳，于是草草用过晚餐直奔二道桥温泉而去，同时约好在情歌广场碰头。

来到情歌广场，人群已开始聚集，一会儿大家就跳起了全民锅庄舞。肖潇站在那里一边揣摩，一边舞蹈，学音乐的她领悟力极强，不久就可跳跃自如了。跳吧，尽情地跳吧，忘记那心底淡淡的忧伤……此刻，大家唱起了《康定情歌》：

跑马溜溜的山上／一朵溜溜的云哟／端端溜溜地照在／康定溜溜的城哟／李家溜溜的大姐／人才溜溜地好哟……

歌曲优美动听，是一首扣人心弦的经典爱情歌曲。听说这歌里的人物原型是一个叫朵洛的卖松光的藏族姑娘，她长得美丽无比，人称松光西施。她上街卖松光，只要听到她的声音，人们都会打开门窗探出头来，一睹松光西施的芳容。于是就有了后来举世传唱、经久不衰的《康定情歌》。

这时，泡温泉回来的余先雷找到他们，催他们回宾馆了，因为现在风大天寒，身穿薄衣，冷得发抖。于是大家就缩着身子快快地往回走，真冷！刚刚还艳阳高照，一转身就冷风彻骨，这变化也太大了吧！突然，宁光停住了脚步，他看到一个跪地求助的老大娘。原来她不到二十岁的孩子，在成都理工读书，前不久被查出白血病，现正在华西医院抢救。因无钱治疗，医院准备停药，才出此下策。宁光要了老人家的联系电话，叫她一会儿到他们住的贡嘎山酒店。大家给了些零钱就快速回到了宾馆。

宁光一到宾馆就急切地找大家商量，他想以"移友之家"的名义给那位老人捐赠十万元人民币，他这个建议遭到了大家的反对。第一，"移友"基金的资金应全部用于移植人，因为需要救助的贫困"移友"还很多；第二，中国太大，如果遍地撒网，"移友"基金的那点家底很快就会掏空，今后救助贫困"移友"就会陷入无米下锅的窘境，"移友之家"就会成为一个毫无用处的空壳。在这里，大家建议：像在若尔盖那里帮助贫病家庭的即兴之作，应是"移友之家"的第一次，也是最后一次。因为这次捐助是违反"移友之家"财务纪律的。当然，个人捐赠是自由的。

宁光怎么也没有想到，急匆匆地回来找大家商量得到的是这样的结果。但他很快就冷静了，他确实有些冲动，大家的意见是对的，是非常客观的，也是为了"移友之家"，为了自己的事业。这样胡乱地捐赠一气，确实是非常愚蠢的。但一想到那个不到二十岁的年轻人还等着钱救命，难道自己就眼睁睁地看着这个像花一样的生命，就这样凋零？他无助地在屋子里来回地踱着步子，大家看他那个难受的样子，心软了、难过了。最后，余先雷捐了五万元、龙吉伟捐了两万元、肖潇捐了三万元，总算圆了宁光的救助梦。宁光被自己这群披肝沥胆、两肋插刀的战友深深地感动了。当时，在场的所有"移友"都要求捐款，但被宁光坚决拒绝了。因为他们也是一群朝不保夕的病人，他们也需要大家的帮助。也许这以后他们再也无缘重逢了。这次洗涤心灵的旅行，使"移友"的灵魂得以升华，他们也从悲观消极、狭隘自私的平常之人，变成一群个乐观向上、愿意奉献、有爱心的有识之士了。这趟旅行他们没有白来，这样的活动还将继续。因为这是生命之旅，这是善良与爱心之旅！

令宁光没有想到的是，那个老太婆并没有来，宁光等到夜里12点，都未见老人的踪影，打她的电话，忙音！宁光不放心，害怕老太婆找不到这里，就来到街上。大街已空寂无人，老太婆也不知去向，只能听到气势磅礴的大渡河那穿城而过的惊涛拍岸之声，还有这无精打采、昏黄而又浑浊的街灯，以及看去像要倒下来的黑黢黢的直插夜空的高山。宁光心中十分牵挂，这个老人现在何处？那个孩子病情是否缓解？唯愿他们一切安好，不要让人遗憾。这样想着，竟一夜无眠。

四

他们离开康定的那个早晨，很意外地遇到了天尚仁。他们感到非常惊讶，在千里之外，竟然能碰到自己最熟悉的人！原来他是陪领导的朋友来这里玩。这两个朋友来自悉尼，领导的公子在悉尼自费读博，承蒙他们照顾。这次来中国，想到四川的跑马山看看，因为他们听了《康定情歌》，对这里非常向往。领导本想好好答谢他们，哪知工作脱不开身，就叫天尚仁帮忙陪一下。曾经就听领导说过，他家公子崇尚自由，喜欢独立思考，不喜中国这种浓得化不开的宗族关系、人际圈子。这天尚仁话匣子一打开，就像滚滚长江东逝水，滔滔不绝，没完没了。宁光最害怕听天尚仁说话，他会把上帝该说的话都说了，假如上帝知道了，他会吃不了兜着走，苦日子就开始了。宁光他们今天要赶时间，可天尚仁还没有收口的意思，大家的心思已没在他的话上，全在回家的路上了。因此，后来天尚仁到底在说什么，大家已不甚了解，只看到天尚仁的嘴在一张一合、一张一合。这宁光从来不会说拒绝，再忙再急的事，只要有人在面前，他是不会先行告退与人说再见。这两哥们儿真是绝配了，大家着急得不行，他俩却无动于衷。幸亏那两个外国人很及时地赶了过来，否则他们就会误车，还要在这里再待一天。果不其然，后来他们的车在中途就耽搁了好几个小时。离开康定，这次旅行就算圆满结束。此次行程，历时八天，驱车近三千公里，一路有太多的不舍。那神奇的九寨、那黄河的涛声、那美丽无边的草原、醉人的花湖、深邃得令人心慌的野人海、神秘得令人恐惧的雪山、美丽得令人掉泪的杜鹃峡……从此以后，也许他们无缘再见，也许他们还会再来，但在他们的梦里，这些一定会再现。

在回 S 市的途中，因大雨，他们的车无法通行。据他们了解，到 S 市还有两百公里，道路还需三至五个小时才能抢通，现在正好下午两点，也就是说要 6 点左右才能继续前行。据当地人介绍，离这里三公里有个小镇，豆腐做得很有特色，有二十多种做法，煎、炖、焖、炸……味道鲜美，过往食客赞不绝口。宁光一行在征得司机同意后，就前往小镇去品尝这个神奇的豆腐宴。因时间充裕，宁光就与文娟联系，叫她查查这附近有无"移友"。几分钟后，文娟来电，就在他们去的这个镇，还真有一个叫孟侠的肝移植女病人，随之发来了 QQ 号和电话号码。宁光一拨就通了，更奇的是这个"移友"就在他们前面五十米左右的地方接听电话。真是太有缘了！

小姑娘今年二十三岁，大四那年肝衰，父亲割肝救了她。父亲常年在外打工，她和母亲在家养鱼、植果。她听说这么多人来看她，激动得手足无措，脸红得像一朵盛开的桃花。她用手指了指她住的地方，大约五百米远的地方的一座小木屋，木屋的前后全是树木，鱼塘就在木屋的前面，大约有五亩左右。这时阳光普照，气候炎热，酷热难当，大家汗流浃背，一到小姑娘的木屋就凉风习习、暑热顿消。幸亏宁光给文娟打了一个电话，不然在那个车里早就被烤化了。木屋虽又小又破旧，但被小姑娘收拾得很整洁，庭院也十分干净。原来之前看到的树木是果树，他们就顺势坐在树下。从鱼塘望出去，是苍翠欲滴、连绵起伏的群山。天空很蓝，有浮云从他们的头顶无声地流过，飘过了山涧，消失在远方。他们被这里的美感动了、迷醉了。这时小姑娘端来了刚从树上摘下的李子、梨子，招呼大家尝尝。她这一提醒，大家还真有些口渴。于是一尝，这味道还真不错，清脆香甜，可口多汁，是真正的绿色食品。在吃水果时，大家认真打量了这个小姑娘，一米六的个儿，脸蛋红扑扑的，笑起来很甜，身体很健康，看不到被大病折磨过的痕迹。也许是山里的空气好，还有每日的劳作，增强了她的体质。

小姑娘的母亲到镇上去了，一时还回不来，她就自作主张，在塘里捞上了两条鱼，要给大家煮鱼吃。宁光说什么都不干，小姑娘就急了，眼泪无声地朝下掉。宁光一见，心一下就软了，立马答应了。小姑娘破涕为笑，高高兴兴就去忙活了。这时大家特别怀念高声语，要是他在该多好，就可以上灶掌勺。有一个"移友"自告奋勇去帮厨，肖潇和龙吉伟也跟着帮忙去了，而张波更是不甘落后，这时的厨房成了一个热火朝天的劳动场所。

大山里的农民一部分仍在用柴火做饭，小姑娘一家也不例外。肖潇从未用柴火做过饭，今天一见，特别新奇，兴趣非常高，一定要亲自来操作一番。由于她没有经验，火一会儿熄一会儿燃，搞得浓烟滚滚，自己也被烟熏得眼泪鼻涕齐流。大家再一细看，她早已是个大花脸，真正的鬼画桃符。大家笑得前仰后合，肖潇不知道大家在笑什么，还在那一个劲儿地问。那个茫然的可爱样子，更是笑得大家岔了气。有的笑弯了腰，有的笑得蹲在地下起不来，有的直叫肚子痛，就连宰鱼的小姑娘也笑得不行，案板上的鱼掉到了地上。肖潇被弄得莫名其妙，大家一看她就笑，又不知道为什么，她还在问："你们笑啥子？你们笑啥子？"宁光他们听到厨房的开怀大笑，也走了进来，一见肖潇这个怪模样，也忍不住笑了，笑过了，才叫肖潇去洗脸。肖潇出来用镜子一照，才晓得他们是在笑自己，也不由笑了起来。

　　一会儿，小姑娘就将一大盆香气浓郁的鱼端上了桌。大家一尝，鲜嫩无比，色香味俱佳，直吃得满头大汗、心旷神怡，一边吃一边赞不绝口。接着小姑娘又给他们上了两道小菜，一钵水煮玉米，一盘炒青菜。这一顿，直吃得大家满口生津、欢乐无比，其心情绝不亚于想象中的满汉全席，也早已将要去镇上品尝豆腐宴的事忘到了九霄云外。还没有吃完，司机就来电话了，叫他们快回去，道路快通了。小女孩一听他们要走，立马就去给他们摘水果，待她把水果摘来时，宁光他们留下了五千元钱就快速地离开了。小姑娘这一急，又哭了，一边追一边喊，叫他们等等，宁光他们走得更快了。小姑娘一手提着一筐土鸡蛋，一手提着一大篮水果，吃力地跟了上来，但她终没赶上空手的宁光他们，被远远地甩在了后面。宁光他们爬上车，迅速地躲了起来，在这长如流水的车队里，这个小姑娘一时半会儿也找不到他们。

　　不多久，他们就听到了小姑娘的哭声："你们在哪儿嘛？你们在哪儿嘛？"宁光请求司机关一下车门，这时小姑娘从车旁走过，见车门关着，犹豫了一下，就吃力地朝前面的车子走去。宁光透过车窗，看到了小姑娘远去的背影，汗湿了一身，人像是从水里捞上来一般。衣服裹着整个身子，显得那么孤单、那么无助、那么凄凉，最后就那么无声地消失在如血的夕照里。宁光的眼泪唰唰地就下来了，心里不由轻轻地默念道：善良而又大方的小姑娘，我们永远都不会忘记你，因为你的名字叫感动。

第十五章　隐忍

一

　　昨夜，宁光他们 9 点就到了。宁光回家后，文娟已为他们安排好了一切。几天没见到妈妈的未晗非常高兴，一个劲儿地问妈妈好不好玩。除余先雷顺道下车回家外，龙吉伟也带着未晗回去了，余下人员就在"移友之家"休息。

　　第二天，宁光醒来发现多了几个未接来电，全是移植中心的刘主任和林凤鸣的。昨夜睡觉时将手机调成了静音，想好好休息，这几天确实太累，精神压力大，生怕"移友"出事，一是安全，二是感冒，就没睡过好觉。哪知这次真是顺利，一切安好，甚至比想象中的还要好，仿佛冥冥中就有人在照顾着他们，只是李伯乐那里出了个小插曲。总之，一切皆如人愿。宁光心里特别高兴，这一晚就睡得踏实，一觉醒来已是早上 9 点，因此就误了刘主任他们的电话。赶到刘主任办公室，刘主任和林凤鸣均不在，一打听，去了手术室，昨夜有手术，刚刚才做完。宁光正在纠结是走是留时，刘主任他们就从手术室回来了。

　　刘主任一见宁光来了，很高兴，马上就给他安排了工作。因中心的工作较忙，就把省院第九届"移友"联谊会的筹备、组织工作全部委托给了"移友之家"，请他们搞几个像样的节目，让

"移友"高兴高兴、快乐快乐，并且今后的联谊会也将全权交给"移友之家"筹备。活动时间安排在9月上旬，还有一个多月时间，好让他们精心准备，认真安排，节目的排练、预演在省院的小会议室或"移友之家"均可。林凤鸣就带宁光去了小会议室，同时交了一张饭卡给宁光，参与活动的人员均可在省院的营养食堂就餐，里面有足够的钱，另外给了两万元活动经费。林凤鸣详细交代完情况后，叫宁光回去好好琢磨，有什么问题就来找她，电话里也行。宁光捧着这个大任务无精打采地回到了"移友之家"。这么大个活动，自己从未经历过，也没有蓝本，全靠自己"白手起家"，难啊！几天后，宁光召开了"移友之家"的第二次重要会议。天尚仁因工作无法前来，其余人员均参加了会议。根据刘主任的指示，他们成立了省院第九届"移友"联谊会的文艺筹备组：

　　　　组长：杨娇，负责演职人员的确定、协调、化妆、戏服、灯光、音响等工作。
　　　　副组长：肖潇，负责全部文艺节目。
　　　　组成人员：宁文琴、宋腊妹、龙吉伟、杨洋、高声语、文娟。

　　其余人员负责接待、联络等杂务，必要时还要参与节目的制作、演出任务。这次"移友之家"倾巢而出，连未晗都参与了进来。还有前几天的养鱼姑娘孟侠也助"移友之家"一臂之力。会议中途，又商议了几件事。一是张波、余先雷尽快将土特产的样品上传到网上，尽快让公司投入运转。在去四川的汶川时，顺道去看看那个患白血病的成都理工大学的学生，因善款已到位，要尽快交到患者手里，不能延误了治疗。因老太婆的电话已停机，无法联系，只知道她的孩子是大一学生、在四川华西医院治疗。二是尽快成立一个音乐教学班，宁光任音乐教师，用以补充"移友之家"的生活开支。宣传工作和招募工作就由张波和关梓木、文娟负责。后来肖潇主动要求协助宁光教学。现在孩子已放假，她准备辞去当地的工作，到S市定居，在未找到合适的房源前暂时居住在"移友之家"。因活动需要，宋腊妹也暂住"移友之家"。后来到"移友之家"居住的"移友"越来越多，宋腊妹就住在了龙吉伟处，肖潇又去了杨娇那里，而宁光竟挤到了琴房，晚上睡在折叠的钢丝床上。

三天后，余先雷和张波到了汶川，公司正式成立了，取名四川省汶川原生态农产品有限责任公司。他们把产品拍照，上传到网上，公司也就正式开张了。张波他们离开时对他叔叔一再叮嘱：产品质量是公司的生命，一定不要在这个问题上犯错，那样会让公司破产倒闭的。

在汶川办完事，他们就马不停蹄地来到了成都理工大学，颇费了一番周折，才打听到那个叫骆琳的患白血病的女孩。他们在华西血液科见到骆琳本人时，已是晚上10点了。老人家见他们这么晚还来看自己的女儿，非常感激，忙给他们让座。当听说他们是在康定市区遇到老人的，叫老人去某宾馆，而老人没去，就这样一路找过来了时，老人还真想起来了。但她没有感动，还很警惕地问他们要干什么，余先雷说是来给这个孩子捐款的，老人不信。最后张波把十万元的支票交到她女儿手里确认后，她才半信半疑。余先雷问老人家那晚为什么没去找他们，而且电话也打不通，到后来就直接停机了，害得他们心生挂念，一通好找。老太婆听完后心里很愧疚，就对他们讲了那晚的奇遇："就在宁光他们离开不久，有一个中年人就过来了，问我刚才那拨人说了什么，我就告诉他，他们想捐款救我女儿，叫我待会儿到他们宾

232

馆，还要去了我的电话号码。他听后，叫我不要乱相信，现在骗人的事太多。他叫我把电话关了，明天重换一张卡，以免上当受骗。他说他愿意帮助我。第二天他就陪我来到成都，到医院看望了我女儿，给我们在医院的账户里存了三十万元，说钱的事他负责。过几天就可以做骨髓移植了，因上个月我就和女儿配型成功，只是现在有些指标还达不到移植要求，等到指标符合才行。"说着又大大地赞扬了女儿的救命恩人，又是一阵阵的眼泪，还说现在连恩人的名字都不知道。

又是一个神秘人物。余先雷想，会不会与他们遇到的那个神秘人物是同一个人？这里面有联系吗？他为什么要这么做？从老人家的叙述里可以看出，这个人不想让宁光他们与老太婆有过多的瓜葛，否则不会叫老太婆关机换卡。难道真的是李伯乐吗？他确实弄不明白。他们觉得没必要再待在这里了，第一是已有人参与了救助，第二是夜已经很深了，病人也需要休息。他们决定把这笔钱留下，因为这笔钱是捐给这个小姑娘的，既然她有钱治病，那么就把这笔钱留下作小姑娘以后念大学的费用吧。老人家千恩万谢，可就是拒绝收捐款，小姑娘也说那个叔叔会帮助她，这个钱就拿去帮助还没有钱治病的人吧。小姑娘看上去很乐观，已从大病的阴影里走出来了，又重燃起了对生命的渴望。或许是配型成功，又遇到了好人，就更加热爱生命了吧。这个小姑娘还笑着对他们说，不要叫她妈妈老大娘，她妈妈还没那么老，今年才四十二岁。余先雷仔细一看，还真不老，比自己还小二十多岁。也许那晚灯光昏暗，她妈妈又悲伤又焦虑，更多的是疲惫与绝望，所以就瞬间衰老了，这就是古人说的一夜白头。余先雷拿着那张送不出去的支票，心情复杂地离开了医院。小姑娘的妈妈将他们送出了好远、好远，嘴里不停地念道：好人、好人啦……

二

　　在杨娇、肖潇及大家的共同努力下，联谊会的文艺节目有了
一个雏形。联谊会时长约一个半小时，文艺节目为一小时，主要
考虑到"移友"的特殊性，这种大型聚会时间不宜过长。节目由
歌、舞、小品、独幕话剧等文艺形式组成。参演人数暂定十二
名，已基本到位。节目有歌曲十首、舞蹈两个《感恩的心》《花
桥流水》，小品一个《我们都是移植人》，独幕话剧一个《一个移
植人的命运》。贯穿整个节目的是爱与善良、感恩和生命在苦难
中绽放出的万丈光芒，内容健康、积极向上、振奋人心、催人奋
进。宁光将他们的进展详细地向刘主任和林凤鸣做了汇报，得到
了刘主任他们的肯定和鼓励，同时宁光也带回了中心对"移友"
的辛苦付出和高风亮节的感谢，节目组的全体演职人员干劲儿更
大了、信心更足了！节目组排练就在"移友之家"的楼顶花园。
这里环境优美，空气新鲜，音响、乐器各种设施齐全，演职人员
累了，创作卡壳了，就看看风景，看看花草，在宁光开垦的菜地
转转，一是休息，二是获取灵感。几天后，关梓木突发奇想，竟
把他家的机麻、茶具搬上了楼。于是大家忙里偷闲，不时地玩上
几把，这时受伤的输钱的永远是余先雷、关梓木，他们的痛苦就
变成了龙吉伟、杨娇、肖潇、宋腊妹她们欢乐的盛宴。在这里，
空气中不时会飘来茶香，香彻肺腑，令人迷醉。这个日子太美
了，大家能够感到岁月的静好，现世的幸福，仿佛能听到光阴在
她们身边悄悄流淌的声音。仿佛自己已远离红尘，走进梦境，来
到了一个真正的桃花源。

　　她们穿着杨娇借来的演出服，在如梦如幻的音乐里，飘飘欲
仙。此情此景，还真有点不知今夕是何年。在幻梦里，有时关梓

木也会搅了她们的清梦。他会时不时地给大家献一杯香茶，令美女们心生感动。这时杨娇就会开他的玩笑：你这不是添乱吗？弄得我们每天厕所都要多跑好几趟，耽误我们排练，你这是居心何在？杨娇的话，逗得大家笑声连连。关梓木对她们的取笑无动于衷，我行我素。有时美女们排练舞蹈，关梓木一待就是一个上午。不知道他是在品茶呢还是在欣赏音乐，抑或是在想他心爱的肖潇？往往这时，关梓木总会产生幻觉，仿佛有一个来自隔世离空的美妙声音，在自己的耳畔轻轻诉说：若你许我一个未来，我定会为你长袖翩翩，舞尽锦瑟年华。一世欢颜，只为你一人绽放，辗转红尘，愿与你同唱一曲天长地久……每每这时，关梓木总会双眼迷离、心痛阵阵。这一辈子关梓木最对不起的就是自己的心，让它痛了一次又一次。这个曾经的江湖大佬，如今竟成了柔情似水的痴男怨女。

有时候，"移友之家"来客不多，大家累了，肖潇、杨娇、宋腊妹她们就会在这里住下来。傍晚，大家就会安静地坐在观景台前，品着关梓木的香茶，望着滨海公园的美景，看那白鹭在夕阳里、暮色中忽上忽下、来来去去。有时还能听到那若隐若现、袅袅娜娜、悠扬柔美的歌声，大家也会被一种情愫感染，陶醉在那种生离死别的爱情里。这段日子，大家比平时过得累，但无怨无悔，总是笑声不断、歌声悠扬。而关梓木更是乐此不疲，开着他的香车去杨娇那儿接肖潇她们，本来她们可以坐黎学兵和宁文琴他们的便车，但关梓木就愿意接送她们。无论朝霞满天的清晨，还是残阳如血的暮色中，他都与她们同去同来，有时就在杨娇的沙发上蜷一晚。夜，深邃得犹如婴儿的梦，静谧、安详、能听到花开的声音、能听到月光从窗外流进来的声音，甚至也能听到肖潇均匀甜美的呼吸声。是的，和自己心爱的人在一起，哪怕就坐在她的身边，听她的呼吸，听她微弱的鼾声，就这样，一直一直的，直到天尽头，也是幸福的。每每这样的夜晚，就是关梓木一个又一个的不眠之夜。有时候，杨娇也会开他的玩笑，说他会为爱成佛，说诺贝尔该设一个爱情奖，这个奖品要用一吨黄金铸造，让他到斯德哥尔摩的授奖大厅去领取，并且要挂在脖子上，周游列国，向世界诉说这个最痴情、最美丽动人的爱情故事。每每这时，"移友"都会大笑不止，但关梓木忍住了，肖潇则笑而不语。关梓木看到肖潇的表情：恬美、高贵、迷人，她就是自己心中的圣母。是的，就是圣母，心中的圣母。这时，他又会开始他的下一个疯狂行动。是的，为了爱疯狂，有些事，明知道是错的，也不愿放弃，因为不甘心。

一天中午，天尚仁又来"移友之家"蹭饭。准确地说，不叫蹭饭，是来买饭，经常一顿饭吃下来，他会留下一百元钱，但杨娇就爱和他开玩笑，说他来蹭饭。他也笑嘻嘻地和大家打成一片，他喜欢这个集体，把这里当成了自己真正的家。他总是忙里偷闲，到这里来上班。这不，一会儿他就要去接一个"移友"。因舞蹈节目《感恩的心》缺演员，这个节目需要十名演员，还差一名，弄得杨娇心急火燎。肖潇突然想起那天从康定回来，遇到的那个养鱼姑娘孟侠，于是就给杨娇推荐，杨娇顿时喜上眉梢，立马和孟侠联系，向她说明情况。孟侠一听，答应得非常爽快，但她说要把家里的事安排好，过几天才能来。这不，都快一周了，今天下午才到。孟侠到"移友之家"已是日落时分，为了等她，大家的晚饭比平时晚开了一个小时，弄得高声语这个厨师还有点不适应。孟侠一到，就给大家带来了感动，土鸭、土鸡、土鸡蛋、水果……简直像搬家似的，背着几十斤东西，真是难为了她。她一来，带来了山里的质朴、清新，大家很快就喜欢上了这个坚强可爱的姑娘。

这时，宁光看到孟侠，突然想起了什么，大叫一声：有了！

原来，有个事情一直困扰着宁光，余先雷从成都带回的那张十万元的支票，至今仍在他这里。那个骆琳拒收，龙吉伟她们也不接手，说捐出来了咋个又拿回去呢，这下正好派上了用场，宁光于是向在座的说了自己的想法。他准备把这笔钱投到孟侠那里，紧挨她那里再建几间木屋，周围多植果木、再建一个葡萄长廊，剩下的钱就扩大养鱼规模。她那里风景秀丽，空气新鲜，明年高速一通，到她那里也就两小时。可将她那里建成一个基地，既可增加收入，又可以组织"移友"去游玩、品果、垂钓、散心。大家被这个设想弄得浮想联翩。孟侠满口答应，她已被这个充满爱与温暖的大家庭迷住了，她就想和这群善良的叔叔阿姨兄弟姐妹在一起，因为她一来，就喜欢上这里了。而文娟因遇上了这么个好姐姐而激动不已。孟侠的到来，让这个家更加完美。

三

宁光的音乐班终于又开班了，离上次的停班，不知不觉就是一年多了。一年来，经历的事太多，真是恍若隔世，无法想象。这次共招学员二十二名。星期一至星期五授课时间：下午6点半至8点半；星期六、星期天是上午9点至11点，下午3点至5点，下午6点至8点。授课费每小时八十元。每月能为"移友之家"创收两万元，宁光心里踏实了，终于觉得自己不是一个吃闲饭的人了。由于宁光授课有方，亲和力强，孩子们喜欢，学得又快。肖潇时而也会来代班，孩子们也被这个美女老师吸引了，很喜欢到这里来学音乐。以前孩子在其他地方学习，是家长陪着去，孩子像上杀场，磨磨蹭蹭就是不想去，如今在宁光这里，不用家长陪，反而高高兴兴就来了，而且学得扎实，进步又快，家长满心欢喜。有知道宁光经历的家长，到处帮他做免费广告，不久宁光的学员就急增到四十余名，肖潇不得不把大部分精力放在这里，那边的排练工作就显得很吃力。现在需要招聘一个音乐教师，宁光叫文娟在网上招聘一位，要是有"移友"愿意工作，符合条件的，就优先录用。

这天下午，宁光又被林凤鸣叫到移植中心询问节目的进展情况，宁光把节目组的情况向林凤鸣做了详细的汇报，林凤鸣又说了自己的两点意见。宁光回到"移友之家"，想找肖潇尽快落实，因为离联谊会只有半个多月了。哪知回到家已是孩子的授课时间，这事一多就会忘，差点误了孩子们的课。幸亏今天是星期天，8点钟就可以结束。最后肖潇提议到滨海公园去谈，因为自己很想到这个公园去看看，在这里大半年了，一抬眼就能看到，可从来就没有进去过，趁今晚谈事情，不如就去玩玩。宁光就同意了肖潇的意见。

傍晚，宁光和肖潇出"移友之家"，顺着河岸走五分钟就是滨海公园的北大门。此时，暑气渐消，凉风习习，游人如织，甚为热闹。宁光与肖潇从家里出来，就很不自在。因为今天肖潇略施粉黛，面若桃花，脚着高跟鞋，身穿关梓木上次送她的高档套裙，显得风情万种。那种勾人心魄的风流，令游人纷纷侧目、驻足观望。从家出来，宁光就没敢正眼看过肖潇，余光扫一眼就迅速地收回，仿佛小偷行窃的手，被人发现后就惊恐快速地抽回，如今见游客注目，便有意拉开与肖潇的距离，仿佛在对游人说，她与我无关。宁光的做法，弄得肖潇一路小跑，与他谈话异常吃力，累得自己娇喘吁吁。此刻，宁光走得更快了。肖潇心想你怕啥子嘛，不由生了气，站在那里不走了，任游人频频注目。宁光边走边说，见肖潇一直不接他的话，掉头一看，肖潇站在那里根本就没有过来。她孤零零地伫立在晚风里，微风拖着她的裙边，竟让人有种飘飘欲仙的感觉。宁光觉得与一个漂亮女子边走边聊，关系有些暧昧，会引起路人的联想。此刻，他见肖潇杵在那根本就没有过来的意思，猜想她是真的生气了，自己做得确实有点过分，就很内疚地走了过去。一看肖潇满脸泪痕，一双无助的双眸，迷茫地望向远方，宁光的心一下就软了，顿生万种柔情，怜爱地望着肖潇，像是个犯了错的孩子。他的思绪一下回到九寨沟那个熟悉的场景，一个美丽无助的女子，站在诺日朗瀑布前泪流满面、伤心不已。宁光不由一阵心痛，惴惴不安地问道："累了，我们找个地方歇歇？"肖潇见他主动过来，气就消了不少，虽然没有搭理他，但也就默默地跟着他朝前走去。宁光又接着刚才的话题往下谈，待谈完有关节目的事情，抬头一看，他们正好进入庄严肃穆的诗歌大道。映入肖潇眼帘的是现代诗人徐志摩的《再别康桥》：

　　轻轻的我走了/正如我轻轻的来/我轻轻的招手/作别西天的云彩……

　　就这四句，牢牢地抓住了肖潇的心。以前也读过这首诗，但今天一读，那淡淡的离愁让自己变得特别忧伤与多情，仿佛有什么东西正在悄悄地向自己告别，并且渐渐远去，仿佛就是永远；心里又有什么东西在潜滋暗长，慢慢地变得越来越清晰。是了，就是身边的这个男人，但自己已说过不爱呀，怎么又绕回来了呢？肖潇强按住这种情绪，不让它复活，但它却像溃堤的洪水，以一泻千里的气势而来。情这个东西，还真不好控制，它就是一瞬间的礼物，有就有，没有就没有。今天约宁光到这里来是不是自己潜意识早有预谋，是不是早就计划好的？她不清楚身边的这个男人在想啥，他会想我吗？他是不是也盼望着今天这个单独相处的时刻？反正自己一想到要单独与他来这里，就特别地期待、特别激动。她突然想起了泰戈尔的诗：眼睛为她下着雨，心却为她打着伞，这就是爱情。他读过这首诗吗？肖潇不由偷偷地望了望宁光，见他神思恍惚、眼神迷离，有一种被情所困的迷茫与梦幻。但他仍装得无动于衷，仿佛身边这个人与他无关。肖潇的气又上来了，明明相爱，又假装不爱，让自己心受折磨，见前面的塑像前有一排椅子，就气冲冲地说道："我累了，我想坐一会儿！"说完也不管宁光是否同意，一屁股就坐在那儿生闷气。宁光见她语气不对，不晓得是不是自己在什么地方惹她生气了，就心虚地答道："行，休息一会儿，走了这么久了。"说完，就准备挨着肖潇坐下来。屁股悬在半空的时候，他感觉哪里不对，就又往前移了一把椅子才坐下去。他的这个动作被肖潇收在眼里，两个人一时都沉默着没有再说话。肖潇心里更来气了，就不管不顾地站起来，挨着宁光并排坐着。宁光讪讪地望着她，一脸苦笑，笑里藏着不尽的无奈与苍凉。肖潇心痛了，觉得这个男人有什么难处，想爱又不敢爱，更加怜惜身边这个男人，实在控制不了自己的情绪，靠在宁光的肩膀上，伤心地哭了起来。很委屈地说道："宁光哥，我们明明是爱着的，你为什么经常装着像不认识，对我那么冷、那么狠心！这到底是为什么、为什么、为什么……"宁光被肖潇的突然哭泣弄得手足无措，哭声虽然不大，但压抑后的那种哭声是摧人心肝的，令人柔肠寸断、万箭穿心。她一定是在心里憋得太久，今天彻底爆发了。宁光心痛了，也放开了，搂住肖潇，轻轻地抚摸，不由深深地叹了口气。肖潇哭了会儿，抬起头，看着这个很为难的男人，生怕把他憋死了，就说道："宁光哥，你是不是因为龙姐？我会对她好的，我明天就去找她说，让她放过我们，成全我们。"这时的肖潇，躺在宁光的怀里，攥着他的手，接受着他的爱抚，感到特别满足、特别幸福，闭着自己的双眼，只想就这样躺着，直到生命的尽头。宁光见肖潇知道了，就把他与龙吉伟的情况告诉了肖潇。当肖潇知道龙姐这么惨痛的身世，也犯难了。龙姐整天看上去幸福快乐，原来是把最痛的那面埋在了心底。龙姐做到了，心里不由崇拜着龙姐的伟大。要是龙姐知道今晚的事，一定会要了龙姐的命。原来宁光哥真的难呀！于是两个人就这样依偎着，愁得不得了，不知明天如何向她交代。

四

一个人在爱情面前往往是个傻子，而此刻的肖潇为了爱变成了傻子。为了龙姐不伤心、为了宁光不难过，她愿暂时把他们两个人的爱情悄悄隐藏，等龙姐找到真爱后再公开自己的恋情。她的这个想法算是权宜之计，宁光在无奈中也默认了这个建议，但宁光觉得让肖潇身陷如此窘境，对肖潇是不公平的。此刻，夜凉如水、月光若雾、如梦如幻。那被微风带过来的时有时无的歌声，悠扬而又缠绵，袅袅娜娜，在他们的耳畔盘旋、盘旋……他们幸福得不能自拔，真想身长双翼，随风而起，带着他们的爱，翱翔在这九天之上。宁光拍了拍肖潇，说很晚了，我们回去吧，肖潇却沉醉不起，就想这样过完一生。宁光再三催促，肖潇为了延长这种幸福的时刻，转移宁光的注意力，就随口问他面前的像为谁而塑，宁光果然中计，答道：薛涛，唐朝女诗人。又问肖潇知不知道，肖潇说不知道，又问为什么给她塑像。不知宁光是不是计，还是也想将这种幸福继续下去，竟然很有兴趣地说起了这个叫薛涛的女诗人：

薛涛姿容美艳，八岁能诗。某日，父亲在树下歇凉，忽有所悟，便吟道：庭除一古桐，耸干入云中。薛涛头都未抬，接道：枝迎南北鸟，叶送往来风。父听后除了被她的才华震惊，更觉得是不祥之兆。女儿今后恐怕会沦为一个迎来送往的风尘女子。后父死家贫，母女相依为命。因薛涛通晓音律，多才艺，声名倾动一时。韦皋任剑南西川节度使那年，十六岁的她入了乐籍，成了一名营伎，每日赋诗侑酒，以歌伎兼清客的身份出入幕府。

为报韦皋知遇之恩，薛涛陪伴其左右，度过了她的第一段情感经历。那年她及笄，韦皋四十出头。后因年少轻狂，被名士、商贾的香车宝马捧得忘了是谁，被韦皋发配边防慰问戍边将士，在途中写下著名的《十离诗》。韦皋读诗心软，又将其召回。后与白居易、张籍、刘禹锡、杜牧等诗坛领袖多有唱和，作诗五百余首，传世九十多首。

后来，她迎来了自己人生中一段销魂的恋情。那年，四十岁出头的她，被慕名而来的三十一岁诗人元稹吸引，为他俊朗的外貌和出色的才情打动，爱情之火燃烧得极为灿烂。尽管已入中年，但那种前所未有的震撼与激情告诉她，这个男人就是她梦寐以求的人。于是她不顾一切，如同飞蛾扑火般将自己投身于爱的烈焰中。第二天，她满怀真情写下了《池上双鸟》，完全一副柔情万种的小女子神态。这是她一生中最幸福快乐的日子。这世间，真是红颜薄命、姻缘易老，仅仅三个月，多情而又花心的元稹就离她而去。而她对元稹充满了刻骨铭心的思念，她的朝思暮想、满怀的幽怨与渴盼，汇聚成了流传千古的名篇《春望词》。

从此，她脱下了一生钟爱的红装，换上了一袭灰色的道袍。人生垂暮，厌倦了红尘的万千繁华与喧嚣，在晨钟暮鼓、青灯木鱼中度过了自己的最后岁月。大和六年，六十三岁的她，安详地闭上了她的双眼，这个被文人视为红颜知己的一代明星，划破了那个男尊女卑的、漆黑了千年的寂寞夜空，悄然远去了。

肖潇被这个风尘女子兼大诗人的坎坷命运感动得落泪了。此刻已是夜阑人寂，无端的夜风从这里穿过，仿佛是女诗人在向他们诉说着自己的绝世风雅与万千柔情。

第二天，肖潇见到龙吉伟时，面露愧色，仿佛像偷了她什么东西似的。宁光更是惴惴不安，对她笑得小心翼翼，对在这里绘画的未晗，变得亲近而又热情。龙吉伟看在眼中，喜在心里，对"移友之家"的工作更卖力了，对宁光的生活更关心了。无论在"移友之家"工作到多晚，第二天都会给宁光煨一钵汤来。她看宁光喝汤的表情，充满甜蜜、爱怜、幸福，有时肖潇撞见了，心里酸酸的，不知道是自己在与宁光恋爱呢，还是这个龙姐与宁光是一对。后来，肖潇更加受不了了。龙吉伟"得寸进尺"，宁光的被褥衣物都归了她管理，有时宁光的穿戴都在她的照顾之列，今天穿什么衣服，怎么搭配，都很细心周到，把宁光打扮得风度翩翩、神采奕奕。而她也把这里当成了自己的家，把张波、文娟也当成了自己的孩子，给他们买衣物、食品。龙姨对他们的照顾，令这两个曾经的孤儿心存感激，经常是龙姨前、龙姨后的甜甜叫着，仿佛他们成了幸福的一家人。

某天晚饭，肖潇教授孩子音乐晚了几分钟，宁光他们就坐在餐桌边等肖潇下来吃饭。这天也碰巧，没有"移友"来，杨娇她们也走了，"移友之家"就剩他们几个人。他们几个在餐厅亲切地交谈着，气氛温馨、欢快，真是幸福的一家子。龙吉伟紧挨宁光坐着，一脸的幸福，藏都藏不住。未晗也在宁光身边高兴地说着什么，非常快乐。这个全家福被从楼上下来吃饭的肖潇看在了眼里，肖潇忽然觉得自己是一个外人，一个多余的人，一个与这里毫不相干的人。未晗叫肖姨吃饭她都没有听到，坐在餐桌边，心情异常悲伤，只是闷头吃饭，没有了往日的兴奋。她觉得眼睛越来越湿，泪很快就流了下来。她轻轻地放下碗筷，低头无声地离开了餐桌，回到自己的卧室，砰的一声关上了卧室的门。大家面面相觑，不知肖姨为什么不高兴。龙吉伟问宁光，是不是有学生不听话惹肖潇生气了。宁光含糊应答，犹如秦桧回答岳飞的罪名时说的话：莫须有。龙吉伟说肖潇这段时间很累，既有繁重的教学任务，又要为节目操心，刚刚大病初愈，她单薄的身体确实有些吃不消，于是吩咐宁光平时多关心她。宁光喏喏地答应着，无话。趁龙吉伟洗碗的间隙，宁光像贼一样闪进肖潇的卧室。见肖潇缩在床上哭得梨花带雨，觉得十分对不住她，只好忐忑不安地安慰着肖潇，说自己正在想法子，叫肖潇再等等。肖潇一听，哭得更伤心了，说了好多次的再等等，这个法子是那么好想的吗？一个大活人，要是有办法，早就想好了，还用得着整天担惊受怕，想爱却不敢爱，连个温存的机会都没有。而且还偷偷摸摸，像个贼似的，这是谈的哪门子的恋爱？想想自己受的委屈，自己真是打落牙齿和血吞。周围的人都赞叹着他和龙姐的郎才女貌，自己还得在一旁含笑附和，这日子让人咋过？肖潇抬起头来可怜巴巴地问道："宁光哥，我们怎么办？"悲伤得哭不下去了。宁光一边哄着，一边轻轻地拍着肖潇，自己也没有把握地应承道："小妹，请你一定相信我，快了、快了，一定会有办法的。"这时宁光听到门外的脚步声，忙站了起来，他怕龙吉伟碰见，就更不好收拾了。可肖潇抓住他的手，攥着就是不松开，吓得宁光魂飞魄散。这时门打开了，果然是龙吉伟，肖潇才极不情愿地松开了宁光的手。宁光对进屋的龙吉伟撒谎道："肖潇有些不舒服。"说完，不敢看龙吉伟的眼睛，讪讪地离开了房间。

宁光刚走到客厅，电话就响了，原来是宋腊妹打来的。宋腊妹在电话里向宁光报告，一笔三十万元的神秘巨款就在半个小时前汇到了"移友之家"的对外基金账户上。当时她还以为是别人汇错了，但与基金账户相连的移动电话卡随后就收到了短信，明确表示是捐给"移友之家"的，并说可用于这次的"移友"联谊会和资助生活贫困的"移友"。宋腊妹按这个发短信的号码打过去，电话那边已是忙音。宋腊妹查了一下号码，这个号码段是北京的，虽然汇款有名字，但可以肯定，这是一个假名字。宋腊妹问这笔钱咋弄，入不入账？宁光想了一会儿，告诉宋腊妹，账还是要入，单独记笔收入账，暂时摆在账上。宁光又被这个事搅得心神不宁，自从若尔盖以来，接连出现这种情况，一定是这个人对他们"移友之家"的情况很了解。这是一个要全心全意帮助"移友之家"的人，他是经过深思熟虑的，他不是偶然为之，那他为什么要以这种方式出现呢？这个人会是谁呢？宁光陷入了迷茫中。

第十六章　联谊会

一

2014年9月9日上午9时9分，H省人民医院移植中心第9届"移友"联谊会开幕了。而这五个"9"字，取长寿、天长地久、久久归一的意思，代表生命的奔流不息和人们美好的愿望。联谊会在省医院的小会议室隆重举行，隆重是因为三百多人的大厅已座无虚席，还有满含热情立地以待的"移友"，人数是历届之最。张波和文娟又去找来了不少的胶凳。联谊会在"移友"的无限期待中开幕了。刘主任代表中心，首先感谢了那些为本届联谊会付出了艰辛努力的"移友"，特别是"移友之家"这个伟大集体。他说："他们是本届联谊会的灵魂，他们的敬业、无私奉献与顽强拼搏，让我们这届联谊得以顺利召开。我想，'移友'们会感谢他们、中心会感谢他们、关注我们'移友'事业的人们会感谢他们！在这里，我代表中心向他们表示衷心的感谢并致以崇高的敬意！"台下顿时传来如雷的掌声。接着刘主任回忆了九年来移植工作走过的艰辛而又曲折的路："这里有我们医务工作者的努力，也有'移友'无私的奉献。"同时也内疚地向"移友"表达了中心的歉意，中心重移植轻术后的思想："当然这里有技术、精力的限制，更重要的是我们没有全心全意地为大家服好务。"最后刘主任展望了移植人的美好未来："在不久的将来，在医学和我们大批医学界人士的努力下，移植人将会和我们正常人一样生活、工作，连免疫抑制剂也将会离我们远去。"这个激动人心的消息又一次迎来了"移友"们热烈的掌声。刘主任讲话结束后，省红十字会的代表也作了热情洋溢的发言，同时告诉"移友"们，红会就是他们的依靠、他们的朋友和亲人。红会会与"移友"们一起，在通往生的路上携手前进，共创辉煌。最后，林凤鸣拒绝了宁光的邀请发言，宁光就大声宣布：第九届联谊会文艺节目正式开始！

第一个节目是未晗的个人独唱《世上只有妈妈好》，她用自己稚嫩的童音、婉转迷人的歌喉将这首歌曲演绎得淋漓尽致，令在场的妈妈哭了，令不是妈妈的"移友"们感动了、流泪了。……第五个节目是张波的独幕话剧《一个移植人的命运》。他以个人的经历为蓝本，向大家讲述了一个从小失去父母、遭遇汶川大地震，最后成为一名大学生，再到身患绝症、成为移植人，最终成为一个能自食其力的创业者的故事。整个剧情流动着的是爱、感恩、奋斗、拼搏，他不自觉地奏响了一支动人心魄的命运交响曲。最后一个节目，手舞《感恩的心》。演员阵容强大，气势撼人，清一色的美丽女子，身着统一的绛紫色戏服，画着淡妆，一个比一个娇媚、一个比一个空灵。她们用自己的纤纤兰花指，娴熟、潇洒的动作，一丝不苟地讲述了一个凄婉动人的故事：

　　多年以前，一对贫穷的夫妻相依为命，在一个风雨如晦的清晨，拾回了一个被人遗弃的聋哑女孩。他们含辛茹苦地把她养大了。女孩上高中那年，丈夫因贫病交加离开了她们，但给妻子留下一句话，再难也要让这个被人遗弃的聋哑孩子有一门赖以生活的技艺。妻子记住了丈夫临终遗言，她咬牙坚持，不惜卖血，终于将这个孩子送进了大学。为了省钱，这个孩子四年没有回家。当她学成归来，却是子欲养而亲不待，院子一片沉寂凄凉、荒草遍地。原来母亲在三年前已离她而去，母亲为了她的学业，把有用的器官全部捐给了医院，条件是供她孩子完成学业。一个护士被她的经历打动，主动来为这个母亲传递爱心。这位母亲怕孩子承受不了失去唯一亲人的痛苦，在临终前写下了足够的家书，让那个护士代她寄给这个无依无靠的孩子。这个孩子听后，悲痛欲绝，写下了这些凄婉动人的歌词："感恩的心，感谢有你，伴我一生，让我有勇气做回我自己。感恩的心，感谢命运，花开花落，我一样会珍惜。"后来，一位台湾作曲家听了这个感人至深的故事后，为这首歌谱上了优美的乐曲，此歌从此唱响祖国的大江南北。

手舞表演，杨洋表演最到位。这个舞蹈的主人公仿佛就是杨洋，只要将这个聋哑女改成脑瘫儿即可。她用实际行动向"移友"们传达了自己对这个世界的感恩情结。陶醉在手舞的表演中，"移友"的心灵得到净化，他们感动了、落泪了。所有"移友"再次全体起立，以雷动的掌声表达了"移友"们的感恩之心，将联谊会再次推向高潮。这时，不知从哪里跑来了一群孩子，手捧鲜花，向刘主任、宁光及所有演职人员献上了一束美丽的鲜花，用稚嫩的童音向他们大声说道："祝叔叔阿姨幸福快乐！"同时又转向在座的"移友"们："也祝下面的叔叔阿姨健康长寿！"说完向大家敬了个少先队员的队礼，就快速地消失了。

这意外的一幕，令大家非常激动，一致要求延长节目的演出时间。宁光在请示刘主任后，同意延长三十分钟演出时间，大家可以自由组合，自娱自乐，台下的也可一展歌喉，也可展示自己的文艺才华。这一人性化提议，得到了"移友"的热烈响应，关梓木来了一个近水楼台先得月，抓过话筒就要和肖潇表演一个合唱节目。肖潇没想到关梓木会请她合演节目，就忸怩地接过话筒。这时关梓木示意台下安静，同时大声地问下面的"移友"，他要和台上的这位大美女合唱一曲《夫妻双双把家还》，问大家同意不同意。台下"移友"激动坏了，大家异口同声地回答"同意"，声如洪钟，声震屋顶，可见对这个搞笑节目的期待。肖潇没想到这个家伙会来这一手，不唱吧，台下肯定不答应，唱吧，又感觉和关梓木太暧昧。这时关梓木向乐队示意，音乐响起，肖潇只好硬着头皮唱下去。开始有点不适应，后来就进入了角色。别看关梓木平时不K歌，这一唱还真像那么回事，音乐就这样神奇，动人魂魄。不一会儿，两个人就十分投入，关梓木更是声情并茂。他们两个把这首歌演绎得淋漓尽致，包括歌声背后那甜蜜夫妻情，都表达得恰到好处。他们的表演获得了满堂彩，有的"移友"兴奋得吹起了口哨，大家情绪之高涨、气氛之热烈，是所有人都没有想到的。

后来表演时间是一延再延，超过了节目的时长。刘主任都感动了，说这是办得最好的一次，也是最成功的一次，说"移友之家"这次功不可没，这群节目演出人员的个人才华，使"移友"的整体素质得以提升；同时，也把他们的精神状态提升到了一个前所未有的高度。但谁也没有想到，一个意想不到的事情，让肖潇与宁光的感情再起波澜。

二

肖潇他们从演出现场出来，还沉浸在节目获得巨大成功的喜悦里。这时肖潇很神秘地说道："我刚才把演出片段发了些在微信上，我有个同事看上了其中某位，大家猜猜，会是谁？"大家有猜龙吉伟、宋腊妹，也有猜其他人的，但猜得最多的是杨娇。最后肖潇告诉大家，就是杨娇。她那个同事才二十六岁，挺帅的，要她马上就帮他介绍。这时大家围着杨娇仔细看了起来，平时不穿高跟鞋、不着戏装、不施粉黛的杨娇，本来就是个美人，如今这一打扮，真是面若桃花、温婉柔美，岁月的刀剑不忍在她的脸上留下痕迹，只好不情愿地绕她而去。此刻，她穿着戏装从微风中走来，风情万种，真是说不尽的风流。宁文琴赞道："这么好的形象，不用可惜了，就做我们'移友之家'的形象大使吧，叫外人也知道，我们移植人不都是病成了丑八怪，也有模特儿一样漂亮的美女。"宋腊妹对高声语说道："高大哥，有危机感没有？看紧点哟！莫让凤凰飞走了哟。"高声语不好意思谈论这些，只是朝大家无声地笑笑，算是告诉大家，晓得了。而此刻的杨娇，幸福无比，也觉得自己的青春不曾远去，还在与她痴情地共度风花雪月。大家在路上说说笑笑，嘻嘻哈哈，一段几分钟的路，竟然走了二十多分钟。他们只顾高兴，哪知道一场风波正在等着他们。

此时的宁光，已在"移友之家"按捺不住，他对今天这个联谊会太满意了，正因为太满意了，所以任何瑕疵都不可原谅。那今天他对什么不满意呢？是的，他对有一件事确实不满意。他平时最厌恶别人装腔作势，做一些浪费他人时间的无用功。宁光曾在某卫生局工作，有领导要来该局视察工作，单位竟然在全县卫生系统遴选了六十名俊男靓女，身着统一制服，前往二十千米外的地点列队迎接。那日大雨滂沱，又遇领导行程改变，大家活生生在大雨里淋了两个多小时，后来竟有二十多人生病感冒，那次宁光愤而辞职。

今天叫孩子来献花，又不是什么丰功伟业，是谁给的权力把孩子如花的岁月塞满这些无聊的东西？他想，这个事一定是肖潇干的，因为这些孩子都是音乐班的学生，而且只有肖潇一个人现场接受了孩子的三次献花。宁光正在气头上，肖潇就快乐地冲了进来。她微笑地看着宁光，想得到来自心爱的人的赞美。这两个月以来，自己熬更守夜，把全部精力都花在节目上，最大的期待就是获得心爱的人的欣赏，一是对自己辛苦的肯定，二是对自己能力的认可。哪知自己得到的不是表扬，而是劈头盖脸的质问："今天献花这件事是你干的吧！谁给你的权力？谁让你去干的这个庸俗的事？"肖潇有无数的设想：宁光会给她一个热烈的拥抱，抱着她旋转、旋转，还向她说着销魂的悄悄话，她幸福得要死；就算这个没有，但一个甜蜜的吻，再加上一句：亲爱的，你辛苦了，你太棒了！这个一定会有的。哪知就连这个也没有，等来的却是一顿训斥。肖潇开始是蒙了，接着就明白了，再接着就委屈得哭了。还没等宁光说完，就大声地哭诉道："不是我，我哪晓得是哪个鬼大头！"说完就奔回了自己的卧室，砰的一声就关上了门。

其实今天这个事还真不是肖潇干的，要怪只能怪这些学生、这些家长，还有后来参与进来的关梓木。当时这些学生听说肖老师要表演节目就突发奇想，要给他们献花。回去给家长一说，家长觉得肖潇他们对孩子们好，教学尽心尽力，而他们也太不容易了，身患绝症，工作比正常人干得还要好，早就被感动了，想找个机会表示一下，立马答应了，而且还和孩子们一起"谋划"，于是就出现了节目演出中的献花插曲。而这关梓木早就有预谋了，早就想好了这一出，这就是所谓的士为知己者死，女为悦己者容。今天关梓木还算理智，没有怀抱鲜花、敲锣打鼓地把鲜花献给自己心目中的女神，看来关梓木也开始成熟了。

当时"移友之家"的所有美女都被宁光的责怪弄得不知所

措，以为宁光对她们的演出不满意。于是大家就把脸上的笑容收了起来，也把满含期待的目光再次塞进了自己的眼眶，一个个蔫头耷脑地走到一边去。幸亏龙吉伟反应快，说这个事哪用得着发这么大脾气，大家辛辛苦苦地干了两个月，这节目这么成功，大家还不是为"移友之家"争光，为得到这个社会的承认支持。此时，不说感谢大家，也应该好言一句。这龙吉伟现在是以宁光家女主人的身份说的这番话了。宁文琴也借此说了几句宁光的糊涂。大家的这一提醒，宁光犹如醍醐灌顶，马上明白了自己的错误，现场就给全体美女道歉，承认自己的不对，同时也感谢大家的倾情付出，称赞她们用自己的聪明才智和精湛表演，为"移友之家"赢得了极高的名誉。为感谢大家团结拼搏的精神，他准备自己出钱，在"移友之家"的楼顶花园举行一个烛光晚会。美女们被这个意想不到的决定弄得激动了，高兴得跳起来，穿着还没有脱掉的戏服，就跳起了欢快的舞蹈。这是一群多么容易得到满足的天使啊，她们其实没有多少要求，只希望自己的艰辛付出能得到社会的承认，她们也是一群需要温暖关爱的小女人。

于是大家急忙把这个好消息告诉还在悲伤中的肖潇。大家进来一看，肖潇正卧在床上伤心地哭泣。这个好消息没有改变肖潇的悲伤情绪，反倒使她想起了所受的委屈，于是哭得更伤心欲绝。大家劝了一会儿，觉得只有宁光来才能改变这个局面。

宁光被大家怂恿去安慰肖潇，趁大家不注意的空档，他悄悄用力地握了握肖潇的玉手，又在肖潇的脸上亲了一口。肖潇用力地在宁光的背上敲了一拳，并且恨恨地大叫一声："你滚，我不想再见到你了！"宁光听到这一声滚，如遇大赦一般地"滚"了出来。宁光要的就是这个效果，只要女人对你有强烈的反应，那么就是对你还很在乎，而她说不想见到你，那一般都是反话，你千万不要计较。至于她打你的那一拳，就更是原谅你的信号，假如打得很重，那你确实把别人伤得太深，你要反思，要查找问题的源头，尽快弥补，以免形势朝对你不利的方向迅速蔓延，那时这场火就很难扑灭了。有的女人向你泄露的信息很含蓄，有的就直接给你说反话。而对你很冷淡，没有任何反应，你就更应该小心了，因为这是在向你发出强烈信号，她已对你不在乎了，甚至是不把你放在眼里了。那时，你后悔就来不及了，只能留下个："问君能有几多愁，恰似一江春水向东流。"

这时，宁光满心欢喜地从肖潇的屋里出来了。大家一看宁光的表情，就知道事情搞定了，也就放心了。是的，他们已经成了一个难已分割的整体，他们快乐，就要大家一齐快乐，哪一个都不能落下，包括未晗在内。他们已经全部融入了"移友之家"这个大家庭，何况今天是一个令大家高兴的日子呢。确实，刚才的不愉快只是一片小小的乌云，一阵秋风，就把它们吹得无影无踪。大家的天空又是阳光普照，兴致又上来了，再一次谈起了刚才的节目。大家说宁文琴的保留节目《空中有朵雨做的云》，已经越唱越好了，文娟表演的《小背篓》也很感人……这时，那些陪"移友"午餐的男人们也回来了，美女们这才想起自己还没有吃饭，忽然觉得肚子真的饿了。原来她们忙完节目，是准备换了衣服再回医院的营养食堂吃饭的，因为刚刚下过一阵子雨，又过来了一阵阵瑟瑟秋风，确实感到了秋的清凉了。回来经宁光一搅和，就把吃饭的事忘了。正说怎么解决这个问题时，突然看见黎学兵和高声语他们手里提着饭菜，美女们就高兴得跳了起来。原来天尚仁见她们没有过来，就替她们带回来了。美女们感谢他们想得周到，同时也赞美了天尚仁和黎学兵的小品演得好，余先雷的《少年壮志不言愁》更是唱出了另一个味道。只有高声语没有上台露脸，成了无名英雄。其实他们表演的小品和话剧，高声语在文字上是下了一番功夫的，幸亏夫人杨娇在台上很是吸引大家的眼球，一定程度上弥补了这个遗憾。

　　此刻，龙吉伟把肖潇叫了出来与大家一起吃饭，肖潇看到宁光时，狠狠地瞪了他一眼。关梓木突然提着水果进来了，肖潇一看都是自己喜欢吃的。关梓木将水果往桌上一放，说今天来个蚂蚁打哈欠，总动员，全体打麻将。大家马上响应，说要好好耍两天，这两个月确实太累了。宁光也很支持，同时讨好地对肖潇说："今天下午你和大家好好玩，耍高兴，音乐课下午就不上了。"肖潇没有回答，只是用鼻子哼了一声，明显是气已消了大半。宁光很知趣地离开了这里，去安排文娟和张波准备今晚烛光晚会的东西。

第十七章　烛光晚会

一

"移友之家"的成员都比较喜欢打麻将，今天关梓木一声吆喝，就凑齐了两桌麻将，本来是男女各一桌，由于只有一桌机麻，龙吉伟就去楼下拿那副手搓的，关梓木趁机就占了龙吉伟的座，待龙吉伟重新出现时，他们已经开麻了。龙吉伟只好和余先雷、黎学兵、天尚仁一桌，这就是三男一女的众星捧月。而关梓木那桌是肖潇、杨娇、宋腊妹，是典型的三娘教子，这样的格局，一眼便知输赢。因为只要是这个搭配，一般都是女性赢钱，输的概率极低。果不其然，关梓木输得惨不忍睹，他和肖潇一桌，心思全在美女身上，怎能不输？看来这家伙只要有肖潇在，脑袋在不在都不是他考虑的范畴，何况输的是几个钱呢？而龙吉伟呢，赢得更是一塌糊涂。她与他们玩牌以来就没有输过，今天更是再铸辉煌，不是天和就是暗七对，不是清一色就是杠上花。这种手气简直就是人生的极致！

下午，张波去送孟侠，心里竟有些不舍，相处了近二十天，他觉得孟侠热情大方，心灵手巧，秀外慧中。她来家的第二天，忙完节目，就把家收拾得一尘不染，买菜做饭更是当成自己的事，她就像一个不知疲劳的陀螺，在家这条爱与善良组成的鞭子

255

的抽打下，在生命的舞台不停地旋转、旋转。她一边工作、一边歌唱，不知道她的快乐来自何方。

坐在候车室等车，张波望着南来北往的人流，心想，这些来去匆匆的天涯过客，他们来自何方？又要去往何处？在生命里，每每经过这些地方，张波都会心生感慨，自己就像那水上浮萍，命运就像风儿一样，把自己带到一个又一个恐怖而又陌生的天涯海角，不晓得像谜一样的下一个人生故事又是以何种面孔出现？又是以怎样的方式来叙述？有些时候，疲惫的自己，总以为走到了路的尽头，其实这是心走到了尽头。今天，看着这么好的女子，与自己同甘共苦的女子，命运又将他们蛮横地分开，而自己就这样无能，无法把她留在身边共度似水流年。此刻，岁月犹如生命的过客，自己正在站台上为岁月送行。突然，孟侠站了起来，原来车站开始检票了，她微笑着向张波告别。张波看到了她微笑里藏着的不舍与无奈，心里更是难舍难分。望着她离去的背影，张波又想起了柳永的《雨霖铃》：多情自古伤离别，更那堪冷落清秋节……孟侠已进了那个铁皮做的大箱子，命运再一次把这个女子送到那个深山的小木屋，与清凉的野风为伴，与她池塘的鱼儿为伴。鱼儿离不开水，他怎么离得开孟侠呢？此刻，张波有些泪湿，远远望去，那个装孟侠的大铁箱子已看不见了。张波在街上百无聊赖地往回走，到家已是晚餐时分，餐桌上已摆放着高声语做好的丰盛晚餐，散发着诱人的香味。

端菜出来的文娟看见张波回来，很兴奋。是的，自从她来到这个家，她就把他当自己的哥哥，亲哥哥。在相聚的这段日子，感情越来越深，哥哥去九寨沟的几天，她心里竟有些空落落的。不知道自己何时对哥哥开始有了牵挂，只要他离开自己的视线，就有些想念，而在自己身边，就觉得特别踏实。这种感觉近来特别强烈，她不知道这到底是什么原因，有时候也会朝那个令人销魂的方向想，但一想到自己的身世，一个初中都未念完的农村女孩，和这个英俊的大学生哥哥怎么会有未来？有时候这个念头只是一闪而过，有时候又挥之不去，它像要长期住下来似的，这时自己就会狠心地将它掐灭，虽然掐得很痛，但她还是很高兴，她要把这份情愫永远地埋在心底。她只想哥哥快乐，去找一个心仪的漂亮的姑娘，自己只要天天在哥哥身边，好好地照顾着他就心满意足了。因为这么有才华的哥哥，吃过这么多苦的哥哥，她舍不得他在自己的世界里受任何委屈，她要让他快乐幸福。她不知道自己的哥哥，此时的心，已飞到了另一个女孩的身上，这个事情她还真没有想过，在她的心里，这仿佛还是一个很遥远的事情，它不会来得这样快，她的心还在哥哥的身边沉睡，她还没有做好迎接的准备，仿佛这只是一个遥远的梦，一切都不可能发生。此刻，见哥哥无精打采、满脸愁容地走进来，她关切地问道："哥，你怎么了？我正准备给你打电话哩，你就回来了。"张波没有回答文娟的问候，只是笑了笑，很亲昵地拍了拍她的脑袋。这里无关风月，只是一个哥哥对自己妹妹的怜爱之情。文娟接着问道："哥，孟侠姐姐走了吗？"张波答道："走了。"文娟没有再问，欢快地回到了厨房忙活去了。刚才哥哥拍自己脑袋的亲昵之举，文娟觉得特别受用，哥哥是疼爱自己的。

这时，张波看见阿姨们一个个有说有笑、兴高采烈地从楼上下来了，而跟在她们身后的男人，一个个像霜打了似的。张波心想，今天的男人怎么了？难道今天是女人的天堂，男人的受难日？而眼前的这一桌大菜，把还沉醉在牌局里的他们和思索中的张波迅速地拉到了桌前。美女们惊叹着高声语这个好男人的手艺，都情不自禁地围上了餐桌。关梓木又从自己的家里拿来了两瓶好酒，黎学兵和天尚仁一看到酒，像看到了多年不见的亲爹，脸都笑烂了，忙从关梓木的手中接过来。龙吉伟也是半个酒仙，说自己今晚也要陪大家好好整两口。开始还有点沉闷的空气，碰上酒这个有情人，就变得兴高采烈、情意绵绵了。上完菜的文娟，很依恋地坐在干妈宋腊妹的身边，问妈妈今天的手气如何，听到妈妈赢了钱就显得特别的兴奋。而大家也空出座位，让这对特殊的母女坐在一起，拉拉家常。

这时，忙完的高声语从厨房走了出来，大家很热情地把他请上了座位，给他斟上酒，说着辛苦，狠狠地敬了他一杯。这个家，还真不能少了这个人，不然大家都会变成不食人间烟火的天外来客。高声语在心里默数着桌上的人数，心里叹息着就少了一个孟侠，他在心里对这个女孩充满好感。近段时间，每次自己在厨房里忙得晕头转向的时候，练完节目的孟侠就会出现在厨房，一阵风卷残云，厨房就被她收拾得清爽整洁，真是一个干净利落的姑娘。此时，正在默数人数的高声语心里不由一沉，13个人！晚餐！耶稣最后的晚餐，一个不祥之兆。这高声语有个习惯，自己只要心中有事，或外出办事，只要有一个与自己有联系的吉利数字，比如买东西付钱时是58、168，就很是欢喜，觉得吉利、祥和，假如是13、51就会脸色骤变，仿佛末日已经来临，噩梦即将开始。后来，在移植中心上班的杨洋姗姗而来，将人数凑成14人，才破了高声语那不吉利的晚餐。女儿的到来，令高声语两夫妻笑得合不拢嘴。

这时天尚仁见高声语坐在那里发愣，就催促着他快喝酒，说大家都喝了好几杯了。当高声语将喝在嘴里的酒包在口中不吞反而去喝开水时，天尚仁就会警惕地看着他，生怕他喝在嘴里的酒吐在了水杯里。每每这时，高声语都会解释，说自己有慢性胃炎，喝点水稀释一下，保护自己的胃黏膜。但天尚仁总是半信半疑，生怕他偷奸耍滑。晚餐的气氛真不错，黎学兵已经喝高了，闹着要划拳助兴，而醉眼蒙眬的龙吉伟立马就和他干上了。几拳下来，黎学兵连喝了三杯。这龙吉伟拳慢反应快，而黎学兵拳快反应慢，经常被龙吉伟捉弄，就成了龙吉伟灌酒的酒壶。大家见他们两个这么热闹，也来了兴趣。天尚仁就和余先雷较上了劲，而不胜酒力的高声语就躲到了一边，关梓木也离开了酒桌，在和张波说着什么。他们刚离开，又被喝得东倒西歪的黎学兵拉了回来，要他们和大家一起乐。而高声语又不会划拳，更不喜在大庭广众面前大呼小叫，最后只好由关梓木陪着玩了一会儿，用那种有气无力、毫无激情的表演来应付大家。这时几个酒仙已经喝多了，就没有精力来监督他们，只好随他们去了。于是两人就悄悄地上了楼，看美女们布置的烛光晚会。

二

经过心灵手巧的美女们一番忙活，当秋天的夜色沉醉在 S 市的万千繁华中时，用蜡烛拼成的"爱心"图案终于梦幻般地呈现在"移友之家"的楼顶花园上。在《春江花月夜》悠扬而又哀伤的古筝曲里，蜡光晚会带着大家的期许与梦想开始了。这是"移友之家"的第一场晚会，也是最动人最盛大的一场晚会。这以后，有人再也无缘登临此处，她将以另一个身份——归人来此客访了。此是后话，不提。

文娟被晚会的绚丽感动得泪流满面，她迅速地跑下楼，叫那些还沉醉在酒精里的叔叔阿姨快去楼上看，这个烛光晚会太美了。文娟拉着杨洋的手要一起上楼，杨洋含笑拒绝了，因为杨洋要值夜班。而这几个酒仙歪歪倒倒地来到晚会现场时，呈现在他们眼前的是：蜡烛那一根根洁白圆直的身体，宛如一个个银装素裹的少女雕像，在夜风这个指挥家的指挥下，正在演奏一支气势磅礴的被称为《爱心》的命运交响曲。它那微微闪烁的星光，朦胧了人们的视线，赶走了黑暗，照亮了他们的梦想。它那鲜明光耀的火焰，又给他们以光明、温暖、欢乐。

大家正沉醉在这如梦如幻的烛光晚会时，张波带着一群人搬来了一大堆东西。大家一看高兴坏了：烟花！关梓木叫来人把这些烟花一字排开，正准备叫肖潇她们来放烟花时，电话就不合时宜地响了起来，一接听原来是奶奶病危，叫他赶快过去。关梓木深情地望了肖潇一眼，说道："小妹，祝你玩得开心，今晚的一切都是为你准备的，我有事，先离开一会儿。"说完就匆匆地走了。而不胜酒力的龙吉伟，在一旁呕吐，文娟和张波忙将她扶下楼去，余先雷也跟着下去了，帮她熬醒酒汤。而此时的宁光，因联谊会影响了教学，直到现在才忙完孩子的课程，兴致勃勃地来到烛光晚会，他立马就被这里的美景惊呆了。宁光的到来，令玩得开心的美女们更加兴奋，急忙邀请他来燃放烟花。这烟花有握在手里向空中燃放的，有摆放在地上，点燃它就接连不断地燃放的，这种威力最大，在天空盛开得更美丽、更壮观也更迷人。宁光来到肖潇的身旁时，大家就互相使了个眼色，拿着烟花悄然四散了。

宁光走过去悄悄地握了握肖潇的手。肖潇在他的手心里狠狠地掐了一下，用力甩开了他的手，恨恨地说道："滚开，莫来烦我。"看来肖潇的气还没完全消，但也没什么大问题了，因为她这已不像是气话，而像是在心爱的人面前撒娇。宁光没想到肖潇会用力地在他的手心掐一把，就条件反射地"哎哟"了一声。肖潇听到他这一声叫，以为真把他掐痛了，忙抓住他的手，放在自己的嘴边，轻轻地吮吸着，温柔地问道："哥，痛吗？"宁光的心被肖潇的似水柔情融化了，心里一阵痛，涌出万般温情，把肖潇拥进怀里，轻轻地在耳边说道："小妹，我爱你！"肖潇听到这句话，感动得哭了，等这句话，她等得太久了，也等得太辛苦了。

曾经自己在梦中千呼万唤也没有等来一个爱字，如今，在这烛光里，在烟花满天的这个璀璨世界里，这个心仪已久的男人完完整整地送给了她。她幸福得哭了起来，全身战栗，酥软无力，一下倒在宁光的怀里，喃喃地说道："哥，你刚才说什么？再说一遍给妹听。"宁光又温情脉脉地在她耳畔说了一遍，肖潇幸福得差点窒息了，几乎就要死在他的怀中了。她忘情地说道："哥，我真想在你怀里，就这样被你搂着，直到生命的尽头。"她此刻想起了几个月前，和关梓木在杨玉环雕塑前的情景。导游朗诵的《长恨歌》至今仍在耳畔回响：

临别殷勤重寄词/词中有誓两心知/七月七月长生殿/夜半无人私语时/在天愿作比翼鸟/在地愿为连理枝/天长地久有时尽/此恨绵绵无绝期

他们此时已爱得死去活来，幸福得不真实，仿佛在做梦，又仿佛在做最后告别。他们害怕彼此会瞬间消失，两个人不由同时更紧地拥住了对方。这时，肖潇一下又回到了现实，对宁光说道："哥，今后龙姐怎么办？我们怎么办？每次看到龙姐在你身边，我的心就很痛，像在滴血，我真的受不了了！哥，每天夜半醒来，我总是泪湿衣衫，我会在梦中和龙姐吵架，我就像走进一个没有尽头的黑洞，那里恐怖阴森、狂风呜咽、哭声震天。我怎么也无法睡去，睁着眼睛一直到天明……"

这时传来了上楼的脚步声，他们不情愿地松开了对方，果然是龙吉伟他们上来了。她下去休息了一会儿，喝了醒酒汤，现在精神好多了，又变得喜笑颜开了。她见肖潇眼睛红肿，面有泪痕，就望着宁光，责备道："你是不是又欺负我们的小美女了？"说完就拉着肖潇道："走，我们放烟花去，不理他，男人就那个德行。"肖潇深情地望了一眼宁光，和他们玩烟花去了。肖潇点燃了摆放在地上的大烟花，只听"嘭"的一声，烟花就像一条条巨龙，飞上天空，接着在天空绽放。它好似天上的仙女不小心撒下的花瓣，又像一朵朵秋月的金丝菊，花瓣美丽妖娆，在夜空中尽情地绽放它那稍纵即逝的美丽。也许烟花就是天堂泻下的瀑布，它能将我们的心推向美好的幻境，虽然我们的眼睛无法真实地看到仙境，但我们的内心却感受到了它的璀璨，它的迷离。肖潇想，一生如能像烟花一样，飞上广袤的苍穹，倾尽生命绽放一次，一次便可以成为永恒。

接着又是一连串的近似闷雷的声音，一条条银蛇随即升空，在天幕中炸开，像一朵朵盛开的花儿，含羞似的望了人们一眼，在夜幕中一点点隐去。下面的其他烟花看见花朵这么受宠，简直成了"天之骄子"，便不服气地一拥而上，示威似的在天空中展示着自己最美丽的身姿，似乎对遗留在天上的花朵进行讥讽。璀璨无比的烟花，引来了周围人的阵阵惊叫声、呼喊声、赞叹声，也映红了放烟花的美女的笑脸，她们也像烟花一样，在自己心灵的天空绽放，璀璨、绚丽、多情……

夜，很深了，人潮渐渐退去，夜空深邃而又高远。起风了，夜凉如水，大家不由自主地紧了紧身子。这时，风越来越大，一阵紧似一阵，仿佛是一阵狂风，从他们身边呼啸而过，烛光纷纷熄灭，"心"字不见了，"爱"字还隐隐约约地立在那里，凄凉而孤独，蜡泪寂然而哀婉地流着、流着……大家不由自主地打了个寒噤，心里不由一沉。高声语在心里暗暗地惊叹，这难道是什么不祥之兆吗，便拉着杨娇离那残存的烛光远远的。而肖潇更是吓得心惊胆战，见那"心"已去，"爱"又孤寂无援，心想这爱才开了头，就要随风而去吗？于是抬眼不安地望着宁光，宁光用关切的目光安慰她，意思好像是，小妹不要怕，有我。肖潇心里踏实了。这时宁光回过神来，看了一下时间，12点过了，今晚确实玩得太晚了，就宣布烛光晚会结束，大家早点回去休息。

大家离开后，张波和文娟就忙着收拾楼顶花园，宁光也帮着他们一起收拾。张波顺便把汶川公司的经营情况向宁光做了汇报。昨天晚上才把账做好，因今天忙就没找着机会向宁光说。公司旗开得胜，第一个月营业额达十一万余元，除去费用净赚了四万元。而张波自己第一个月就领了四千多元工资，非常高兴，照这样下去，两年就可以把余先雷七万元的欠款还清。

宁光听到这个消息也很兴奋，就嘱咐张波一定要把好质量关，最近再去汶川好好调研调研，并顺路到孟侠那里去一趟，把上次"移友之家"的计划落实下来。如有可能，就趁山里农闲的时候，把木屋修好，葡萄架搭起，鱼塘也要一起整，若这笔钱不够，就等和大家研究后增加投入。张波一听要他去孟侠那里全权负责这个投资项目时，高兴得快要跳起来。当听到叫他收拾好尽快启程时，他的心仿佛已飞到了孟侠身边。

第十八章 好事成双

一

　　2014 年 9 月 29 日，对 H 省的"移友"来说，是一个值得铭记的日子。这一天，经过以杨洋为首的九名公益人士的努力，同时在刘灏主任的支持下，移植中心住院部专门为"移友"设立了两个爱心窗口。从此以后，"移友"们可以在这里抽血检测。移植人将节省太多的时间，告别在医院检验科一排队就是一上午的非人日子，也告别了东奔西跑像一头耕田的老牛那样气喘吁吁的悲催。也就是说，在这里，"移友"过上了人的日子，得到了人间最温暖的爱和最人性的关怀。这一切美好，是以杨洋为首的九名医护工作者牺牲休息时间换来的。也就是说，他们在忙完繁重的工作后，每天志愿为"移友"义务工作三小时，这宝贵的三小时，也许是他们与亲人团聚的时刻，也许是与情人喁喁情话的美好时光，也许是与儿女共享天伦之乐的快乐光阴。但他们毅然放弃了，微笑着面向了这群多灾多难的器官移植者。

　　不幸的是，因为太过努力，杨洋倒在了她的工作岗位上。那天早上，为"移友"义务抽血后，杨洋急急朝医生办公室走去，不觉一阵眩晕，眼睛一黑，就倒了下去，前额磕出了一条口子，就人事不知了。杨娇赶到医院时，女儿杨洋正在沉睡。看着女儿那张瘦削憔悴的脸，杨娇心痛了，流泪了。

此刻，沉睡的杨洋醒了，见妈妈正在为自己伤心，就满含歉意地对妈妈说道："对不起妈妈，女儿不懂事，为了减肥，饿成了营养不良，女儿下次再也不敢了。"

在一旁照顾杨洋的好友向杨娇控诉道："阿姨，你不要听她的，她在骗你，她是因无钱买饭才饿成这样的。她在'移友之家'工作的同时，又承担了为'移友'义务挂号的工作，她无私地为众多困难'移友'支付挂号费，经常就用馒头、菜汤充饥，才成了营养不良。来移植中心的几个月，她没有看过一场电影，没有逛过一次服装店，也没有下过一次饭馆，她把自己所有的时间和金钱全部奉献给了器官移植和需要帮助的病人。"好友说不下去了，抹着眼泪，难过地哭了起来。

杨娇听到这里，犹如万箭穿心。她拉着女儿的手，痛惜地说道："傻孩子，帮助别人难道连自己的命都不要了？自己没有命了，今后你还怎么帮助他们？你二娘把你养大容易吗？二娘养你一个，比别人带十个孩子还要苦，你要有个什么闪失，今后我到了那边怎么向你的二娘交代？"接着，杨娇告诉了杨洋一个秘密，一个被二娘隐瞒了二十多年的秘密。

"孩子呀！二娘因为你，她受的磨难太多了，你一定要为她好好地活着。如今你大了，也懂事了，有些事情应该让你知道，有些真相也该向你澄清。"

"杨洋，你知道你是谁的孩子吗？"杨娇问道。

杨洋困惑地对杨娇说道："我不是二娘的孩子吗？"杨娇回答道："你是一个弃婴，是好心的二娘把你捡回家的。"

杨洋的头摇得像个拨浪鼓，说道："妈妈，你不要骗我，我肯定是二娘的孩子，二娘对我这么好，谁愿意对捡来的病孩这么好。"

杨娇答道："因为你的二娘太善良。那年她还不满十九岁，为了你，二娘吃尽了苦头，那些恶毒的语言，犹如大粪一样倾泻而下，将你的二娘兜头淹没了，又像巨石一样压弯了你二娘的腰。但她咬紧牙关，不吭一声，为了你，她没有能力再养活自己的孩子。她自己剥夺了自己做母亲的权利，世人说她的心比蝎子还毒，连自己的孩子都不要。为了你，她还是一声不吭。

"为了躲避那些射向你们的毒箭，为了你的健康成长，为了不让你知道自己是被捡来的，二娘丢下刚有起色的橱柜生意，来到了离自己故乡两百余公里的Ｃ城，从头来过。那一年，我认识了你的二娘，由于你的多灾多难，二娘为了你能活下来，迷信了一回又一回，我就成了你的妈妈，而那个疼你如亲生的、为了你连命都愿意付出的可怜的女人却成了你的二娘。也许二娘的虔诚感动了上帝，这以后，你变得愈来愈好，而二娘的日子看上去也好了许多。而这一切仅仅只是一个假象，二娘的命太苦，一场又一场苦难……唉！这上帝是别人的上帝，不是你二娘的上帝呀。孩子，为了二娘，你一定要好好地活。"

杨洋被这个残忍的真相击垮了。谁能知道，在人间，还有这么凄美的故事？杨娇陪着杨洋痛痛快快地哭了一回，向那个苦难的二娘送去了人间的哀思。从此以后，无论天堂的二娘，还是人间的他们，都要好好活。因为苦难已经远离，照耀人间的太阳已冉冉升起。杨洋的目光告诉我们，告诉她的妈妈，她要好好活，这样才能更好更多地帮助像二娘一样善良和需要帮助的人。

在杨洋休养期间，来看望杨洋的"移友"络绎不绝。有的"移友"知道杨洋住院不是因为生病，而是由于帮助和支持"移友"造成的营养不良，他们感动了，有的往返几百公里专门来看望这个美丽而有爱心的姑娘。他们带来了连自己都舍不得吃的土鸡、野生鱼、土鸡蛋，给这个孩子补身子，让她快一点强壮起来。他们只有一个心愿，不能让这个时代的英雄倒下，更不能让英雄的家人流泪，他们要让英雄活着，享受生活。来这里看望杨洋的不仅仅是她帮助过的人。宁光他们也来了，他们以娘家人的身份来看望她了，他们因"移友之家"走出这样的英雄而自豪；医院的领导来了，为单位有这样一位一心扑在病人身上的职工而骄傲；不认识的市民来了，他们带来了鲜花、营养品……他们因感动而来，他们没有想到，在自己生活的城市，就在自己身边，还有这么一位善良的姑娘，默默地奉献着自己的爱与青春。

有一个来看望杨洋的器官移植者，抓住她的手怎么也不肯放下，而泪水就像一个撒娇的情人一样，任性而又快乐地流淌着。原来，这个做过器官移植的病人因不熟悉流程，一个门特资料在医院跑了三天都没有办好，竟无助地斜靠在椅子上，伤心地哭了起来。她那么悲伤、那么绝望，被从那里路过的杨洋发现了，杨洋帮助了她，安抚了这个无告的灵魂，让她知道，这个世界还有阳光照耀，只不过她，此时此刻，刚刚走在一片遮天蔽日的森林里。

在杨洋那间小小的病房，汇聚了世间太多的爱。这里泪水满眶，这里善念滔滔，这里有世人无法企及的温柔与感动，这里有一颗为了病人、为了穷人而战斗不止的、平凡而又伟大的心脏在强劲地搏动。

二

张波出现在孟侠的小木屋时，正是晚霞满天的傍晚。乳白色的薄雾在山涧慢慢升腾，渐渐地由薄变浓。山峦被雾海吞噬，只剩山峰在雾海里游弋，周围显得迷离而又梦幻。

他远远地就看到孟侠在池塘边忙活，心跳突然加快，来时还期待尽快见到孟侠，现在脚步竟有些慌乱，身体像遭遇了强气流的飞机，在蓝天白云中身不由己地抖动了起来。真是"近乡情更怯，不敢问来人"。只见孟侠手中攥着一条鱼，心无旁骛地往木屋而去。张波悄悄地靠了上去，有些胆怯地在她的肩膀上轻轻地拍了一下，用有点颤抖的声音说道："嘿！晓得要来客，这鱼都准备好了。"

孟侠被吓了一跳，提在手里的鱼差点掉在地上。回头一看，见是张波，又惊喜又兴奋，说道："张波，你咋来了？"

张波欣赏地看着这个一脸红霞，长得越来越好看的姑娘，回答道："想不到吧，听你这口气，像是不欢迎？我就只好打道回府哟。"说完就做转身的动作。

孟侠赶紧说道："欢迎，欢迎！盼还盼不来呢，这不，鱼都有了。"说完就提了提手中的鱼，脸不由变得更红了，也更娇美了。她刚才盼还盼不来的话，仿佛泄露了自己想他的信息，又觉得张波窥破了自己的心思，所以就红了脸。

张波看到孟侠因娇羞而嫣然的脸，十分惹人怜爱，心里升腾起万种柔情，暗暗发誓此生要好好地保护她、好好地爱她，就情不自禁地伸手帮她提鱼。谁知竟抓到了孟侠的手，温温的、柔柔的，很想就这样一直握下去，但自己又像一头惊鹿，迅速地放开手，仿佛触电一般，全身发麻、一阵痉挛，接着假装镇静而又大方地把手伸出去，说道："我来帮你提。"

孟侠深情地望了张波一眼，被眼前这个慌乱的男生感动了，心中溢满了幸福，温柔而又痛惜地说道："你看你，背这么重的包，都满头大汗。我又不是娇小姐，一条鱼都不能提，今后还说我这个当姐姐的不心疼你这个弟弟。"说完，就掏出身上的纸巾，递给张波，睁着一双扑闪扑闪的大眼睛，含情脉脉地望着他擦汗。

"侠侠，你在和谁说话?"木屋里传来了一个女人的声音。

"妈，来客人了。"孟侠兴奋地说道，欢快地跑进了屋里，又对她妈妈补充道，"是'移友之家'的客人。"她妈妈一听是"移友之家"来的客人，忙站了起来。这时张波已进了屋，孟侠妈妈忙去接张波身上的大包，嘴里说着感谢话，谢谢他们对孟侠的照顾和对她们家的帮助。

孟侠幸福地看着张波和妈妈客套完，就指着一个三十岁左右的男人介绍道："他是我幺叔。"张波朝他点点头，叫了一声幺叔好。他看着这个男人，不由一惊，好面熟!像在哪里见过，尖嘴猴腮，瘦不拉叽，但又想不起来。那男人见张波打量他，眼光游离、躲闪，一脸的不自在。此时，那男人要走，孟侠妈妈强力挽留，说道："不是说好在这里吃饭吗，侠侠鱼都准备好了。"但这个男人去意已决，很快就从他们的视线里消失了。就在那个男人转身的瞬间，张波不经意的一眼，发现那个男人的右手食指不在了。哦，对了，瘦猴儿!难怪这么眼熟，几个月前，"移友之家"夜里进来的那个贼。

孟侠见张波在那发呆，就问他怎么了，张波说没什么，但孟侠知道张波心里肯定有事，因为孟侠妈妈叫他坐下休息他都没有听见。这时孟侠母女进了厨房，张波也跟了进去。这个地方两个月前才来过，算是熟门熟路。张波坚持要帮孟侠煮饭打下手。孟侠妈妈望了望他们，见女儿一边剖鱼，一边快乐地哼着歌，而张波又目不转睛地看着女儿，像明白了什么似的，悄无声息地离开了厨房。张波问孟侠她幺叔是干什么的，孟侠叹了口气，说起了这个令她们家蒙羞的幺叔。

他幺叔叫孟先河，十多年前，曾有一个幸福的家。幺叔初中毕业后，就在家帮他父亲养鱼。有一年，他父亲得罪了来他鱼塘钓鱼的一些人，他们就寻了一个理由，把他父亲狠狠地揍了一顿。他父亲回来在家躺了半个多月，走路都要拄拐杖。令人不可思议的是，一个月后，一塘鱼就在一夜之间莫名其妙地全死了，去派出所报案后也不了了之，后来他父亲想不通，就跳塘自杀了。他父亲一死，闲得无聊的幺叔就跟一些不三不四的人混在一起，整日游手好闲，专干一些偷鸡摸狗的事。在乡邻混不下去了，就跑到了外面，听说在外面也是干这个的，出去没多久就被别人砍掉一根手指头。这一混就是十多年，不久前又被别人打折了腿，走投无路，上个月就回来了。孟侠说三婆身体不好，又有病，如今十多年不见的儿子变成了这样，连病带气，不久前就离开了人世。三婆辞世连办丧事的钱都没有，还是大家凑钱把她送上山的。如今幺叔就成了一个孤苦伶仃的废人了。

张波刚才见孟先河走路有点瘸，原来是这么回事，看来她的这个幺叔确实是个又可怜又可恨的角色。听了孟侠的讲述，张波的心情变得非常复杂，非常迷茫，不知身在何处，仿佛世事如烟似雾，令自己变得迷迷糊糊、如梦如幻。

孟侠的妈妈是个忠厚朴实的中年人，今年四十七岁，略显苍老，但身体结实、为人和善、不多言多语，她晚饭后就再没有出现。张波冲完凉，就被孟侠领进了她的闺房。这是一间干净温馨的小房间，非常整齐，张波一进来就被一种好闻的气味包围了，他猜不出是什么味道，又不好问她。孟侠今晚很快乐，一直都在哼歌。这时，房间就他们两人，张波坐在靠床的一个小沙发上，孟侠就坐在床边，微笑地看着张波，显得幸福而又甜蜜，仿佛这个世界没有悲伤、不幸、磨难。张波定了定神，告诉孟侠他来这里的目的。

孟侠一猜就知道张波为什么而来，上次在"移友之家"，大家就议过这件事，要在这里造房、养鱼、建一个移植人的休养基地，但她不知道会这么快，更没想到来的是张波。其实她不知道张波这次来还有另一个目的。他都计划好了，一定要把孟侠带回去，放在身边，自己才安心。因为自见到孟侠的第一眼后，自己就放不下了。今天，他见到孟侠的幺叔，这个计划有可能很快就要实现了。因为孟侠是音乐学院乐器专业的大学生，今年才拿到文凭（因病休学一年，所以就延迟了一年）。现在"移友之家"正缺一个音乐教师，张波早就想把她聘过来，怎奈孟侠要管理鱼塘，无法脱身。而"移友之家"至今都未聘到老师，是自己一直把这个位子给心爱的人预留着。自己的执着，终于等到了花开。张波准备让孟侠的幺爸来经营鱼塘，他以前不是养过鱼吗？而且他现在因脚疾不能远行，叫他来做这个事情应该不成问题。明天就去找他谈，这几天就抓紧点，把事情先落实下去，尽快动起来。另外还要给文娟说一声，音乐老师找到了。

　　张波一口气把自己的想法、计划全部告诉了孟侠，孟侠被感动得泪流满面，在自己身边也会出现这么痴情的男孩子，也有这么动人、这么赏心悦目的爱情。她觉得自己像在做梦，这一切来得太突然，她还没有做好心理准备来迎接这爱情。孟侠幸福得头有些晕眩，当她站起来替张波续水时，差点倒下去。张波忙把她扶住，紧紧地抓住了她的双手，孟侠用力抽了一下自己的手，没有抽出来，就任凭他抚摸着。突然，张波又闻到了那种好闻的味道，这是什么味道呢？这么好闻、这么令人酥软，那种触电发麻的感觉又来了，一时把持不住，就把孟侠紧紧地搂在了怀里。这时，那股好闻的味道越来越浓，越来越醉人。此时，张波终于恍然大悟，这好闻的味道来自哪里了，它是孟侠身上散发出来的，是孟侠的体香。张波也就近闻过很多异性身上散发出来的味道，但从来没有感觉到这么浓、这么香，仿佛人们说的麝香的味道，又比想象中的麝香的味道还要醉人，还要沁人心脾。自己像喝醉了酒一样，脚一软，两个人都跌到沙发上，因沙发太小，张波顺势就把孟娇搂到了怀里，嘴里喃喃地说道："孟侠，我爱你！"孟侠呢语道："我比你大。"张波说道："我会让你幸福的，永远！过几天我就带你走。"他在心里暗暗告诫自己，这就是自己一生要找的人，明天好好给她幺叔谈，请他来养鱼。他要带着自己心爱的人，去过自己喜欢的生活，而不仅仅是为了活命，让自己的青春与才华，落进鱼塘，苦苦挣扎、终至无声地消亡。

三

秋，一天凉似一天，总是暮气沉沉，烟笼雾锁。还好，走出S市城区不久，空气逐渐变好，不觉人间又是秋高气爽阳光普照了。这次轮到宁文琴、杨娇、宋腊妹去慰问贫困"移友"。陪她们同去的还有黎学兵、高声语，这两对是从不分离的。今天她们要去的地方是一百五十千米外的A镇，而要看望的三个"移友"都住在附近，当天他们就可返回S市。

黎学兵把车开得顺溜，窗外风景还没入眼就一晃而过。车里除高声语是徐庶进曹营——一言不发外，三个女人一路都叽叽喳喳。从身边的宁光、肖潇、龙吉伟、关梓木他们的悲欢爱恨到自己的经年过往，这三口相声就没有停过。三个女人一台戏真是不假。

宁文琴说到那不堪回首的透析路时，感慨万千，真是岁月易老、流年易逝，这一晃就是十年。"十年生死两茫茫，不思量，自难忘，千里孤坟无处话凄凉。"记得有一次到一百多千米外的医院透析，途中碰到一个十八岁的阳光少年，他也去那儿透析。从此，这段寂寞孤单之路就有了欢声笑语。旅客见他们这么快活，就问他们是做什么工作的，这么高兴。宁文琴他们就告诉身边的旅客，他们在医院上班，每周工作两天，而且还是两个半天，月工资却有五六千元。旅客听后，羡慕不已，难怪两个人这么兴奋，原来是出力少拿钱多的主儿，当然高兴哟。谁能知道，他们是两个时刻在陪死神跳舞的人。他们每月要花五六千元治疗费，每周要透析三次。他们看着旅客艳羡的目光，听着啧啧称赞的话语，笑得眼泪都出来了。见旅客如此崇拜，他们仿佛自己真的就是两个拿高工资的人。在旅客羡慕的背后，谁能知道他们是离死亡最近的人呢？那病痛背后的绝望、孤苦、恐怖，常人又怎能体味？透析导管，如是反复，那个痛呀，全身颤抖，简直是生不如死。当护士导管失败，又无法减轻病人的苦痛，也会抱着病人流下辛酸的泪水。

那次，在去透析的路上，刚下火车，自己就头晕眼花，心中翻江倒海，满嘴腥味，随即就大口吐血，不省人事。幸亏这个少年与自己同行，因为当时自己已停止心跳，幸亏少年懂急救，自己才又捡回了一条命。而自己总是这样幸运，一次又一次地成功躲过了死神凌厉的追杀，含笑将不堪回首的往事埋在岁月的深处，独自品味自己劫后余生的悠悠岁月。相对而言，那些病友就没有自己幸运了。那些情况比她好很多，经常用目光频送同情与怜恤的病友，他们却经不起折腾，先后在自己的面前挥手告别了，一个又一个地掉进经年过往。而那救过自己的阳光少年，也不幸远去，飘浮在尘封的岁月里。

杨娇和宋腊妹也想起了在一家中医院治病的日子。那次，杨娇与宋腊妹又住一间病房。正在病房里有说有笑、畅想未来时，医生和护士匆匆来到病房，如临大敌般要给杨娇紧急抽血，同时还带来一张病危通知书，要家属签字。这晴空霹雳，令杨娇她们瞬间石化了。当时窗外，晴空万里，蓝天白云，飞鸟翔集，歌声悠扬……这一切、这美好的一切，从此以后，就与杨娇彻底无缘了，她就是别人眼里的故人了。

还好，这只是一场虚惊。不负责任的护工没能及时将抽好的血液送到检验科，造成检查标的在途中滞留一夜。当第二天检查报告出来时，所有指标出奇的高，血液含钾超过8点多，这种高指标随时都会将病人送进坟场。而与她们同一间病房的小姑娘就没有这么幸运了。她因尿毒症引发的高尿酸血症，导致双下肢瘫痪，又因肺部积水引起肺部感染，一直无缘做肾移植手术。她的父亲与她配型成功，在H省人民医院器官移植中心，等待了五十多天，终因小姑娘肺部感染无法有效控制，达不到移植条件，只好遗憾地离开移植中心。后来，病人不愿回家等死，就住进了这家中医院。到这里不久因感冒引起心衰，病情越来越严重。那天上午看上去都还好好的，她还特意叫妈妈买了只自己最喜欢吃的甜皮鸭。中午，她的心脏就停止了跳动，医生的奋力抢救也无济于事，家人呼天抢地的号哭和千呼万唤也未能留住小姑娘脱壳的灵魂。

　　那段日子，杨娇、宋腊妹的情绪都处于一种游离状态，仿佛自己死了，又仿佛自己仍活着。她们经过小姑娘睡过的那张病床，都会绕行，生怕碰上那张床。有时忘了或不小心碰上了，就会心中一惊，仿佛碰到了小姑娘冰冷的尸体，会无端地被小姑娘带走……

　　突然，车里好一阵寂静。原来，三个女人倾诉完毕，思绪仍徘徊在那迷离而又空幻的曾经过往中，一时还没来得及回归这滚滚红尘，就与现实脱了节。下午，她们慰问完"移友"回归时，已是晚霞满天，夕阳西下了。她们非常感慨，这三位备受煎熬的"移友"，生活困苦，衣食无靠，病情不稳，苦不堪言。看来"移友之家"任重道远！而想想她们如今：衣食无忧、病情稳定、岁月静好、现世安稳，简直是说不尽的幸福美满。看来只有好好活着才是硬道理。这世间，除了生死，一切都是浮云，一切都不足挂齿……

四

一对情侣含情脉脉地走来，后面跟着一个天真可爱的小姑娘。天空深邃高远，身旁繁花似锦，脚下落英满地，一对情意绵绵的鸳鸯，在池中游玩。宁光和龙吉伟的眼睛掉进了未晗的这幅画里，始终没有移开。他们被画中的春花秋月吸引，一时难以自拔。未晗在那里一个劲地问他们，画中这两个人是谁，他们都笑而不答，但他们都被画里的美好愿景感动了。未晗在得不到回答后，一是怨这两个大人太笨，二是自己失去耐心，就向他们暗示，画中的三个人像不像他们三个。

宁光表情尴尬，但孩子希望有个美满幸福的家的愿望深深地打动了他。想起自己与龙吉伟貌合神离，他心中万分惭愧。坐在龙吉伟身边，心思却全在肖潇身上，他觉得自己太对不起龙吉伟了，但确实不曾爱过。因为同情、因为不忍拒绝，把三个人都拉进痛苦的深渊，这种日子，不知何时是个头？

龙吉伟也被孩子的画感动了。这个善良的孩子，从小就晓得感恩父母，希望妈妈幸福、希望妈妈找到依靠，殊不知自己已病入膏肓。她对孩子充满了愧疚之情，没有给孩子一个完整的家，令孩子没有安全感，人生充满遗憾，她那灿烂而又天真的笑里，难掩对他人的谄媚与讨好，这么小的孩子就读懂了红尘的冷暖际遇，在沉默中做着最艰难的选择。自己虽然对宁光情有独钟，也做了种种努力，怎奈宁光的心思又不在自己身上。也曾想过放弃，可陷得太深，已无力自拔。总觉得这样也好，在心爱人的身边，无缘爱情，但与他共度红尘岁月，也不失为人生乐事。此时，龙吉伟顿觉身心俱疲，头重脚轻，就无力地靠在了宁光的肩膀上，她觉得自己好累、好累。

然而，这个"移友之家"楼顶花园观景台的家庭温馨图，落进了一双哀怨的眼里。是的，这个一家亲，被兴冲冲跑上楼来的肖潇尽收眼底：多么幸福美满的一家子，夕阳西下，晚霞满天，一家三口尽看那"落霞与孤鹜齐飞，秋水共长天一色"。肖潇本来是上楼找宁光，告诉他，学生家长为了感谢他们对孩子的倾力付出，特意在恺撒酒店的旋转餐厅置办了酒席，邀请"移友之家"的全体工作人员与他们共进晚餐，不想这幅甜蜜的爱情图将肖潇彻底击垮了。

　　她流着泪，心如死灰，悄悄地走下楼来。她像个喝了酒的醉汉，歪歪倒倒地走出了"移友之家"，她感到天地失色、人神同悲。来到大街上，已是华灯初上，但这一切似乎也与自己无关。她不知不觉地来到了滨河路，望着那滔滔不绝的江水，仿佛是老天的泪，又像是来度她的高僧。她静静地朝河岸靠过去，她要死给他看，她要让他后悔一辈子，她要让他痛苦一辈子。想到这里，她心里发出了一声冷笑，她不想再为他流泪。她仿佛看到宁光因自己的离去，在那里捶胸顿足、呼天抢地，她不由笑了，笑得非常开心。是的，怄死他，她一阵快意，脚步就缓缓地移了过去。她翻过栏杆，迈过草地，脚下就是惊涛拍岸的江水。突然，她停住了跨出的脚步，觉得自己不能这样死。如果宁光看见自己的遗体是个披头散发、全身浮肿、满脸被鱼啄得千疮百孔、丑陋无比的女人，除了会做噩梦，还会记得自己身前的花容月貌与万种风情吗？说不定还会暗自高兴，幸亏没有娶这个丑八怪。既然要死给他看，就要让他遗憾。她要把自己打扮成天下最美丽的女人，画上最动人的妆，穿上最漂亮的衣服，面含微笑、安静而幸福地躺在那里。如此，才能让宁光终日抱着自己的遗体，茶饭不思，日夜恸哭，痛得柔肠一寸一寸地断，血一滴一滴地流，直到流干他身上的最后一滴血。想到这里，她被自己策划的爱情悲剧感动了，流泪了。她又折回栏杆，不知道现在该怎么办，这时有歌从滨海花园里悠悠扬扬地过来了：

　　浮云散明月照人来/团圆美满今朝醉/红裳翠盖，并蒂莲开/双双对对，恩恩爱爱……

　　她的泪又下来了。哭吧，流泪是对自己的同情，是对自己不幸的慰藉。不知不觉，她又来到了诗歌大道，又看到了徐志摩的诗：

　　轻轻的我走了/正如我轻轻的来/我轻轻的挥手/作别西天的云彩……

　　就在不久前，两个情深似海的人，还在这里倾诉衷肠，如今，爱情的誓言仍在耳畔回响，那晚的月光仍披照在自己身上，而与自己山盟海誓的那个男人，又在和另外一个女人，诉说着爱情的悲欢离合与天长地久。肖潇的泪又下来了，她恨自己这样没出息，竟然又来到了这个令人心痛的地方。那个给自己带来了不尽痛苦与哀伤的可恨男人，竟狠心地让自己在此独自饮泣。虽然在心里责骂着自己，可人就是这样贱，她又坐在了薛涛的塑像前，那个曾经与宁光相依相拥令自己魂牵梦绕的地方。
　　此时，家里的宁光，已是心急如焚，打肖潇的电话，无人接听，再打，忙音，最后，关机了。他到处寻找，终不得果。看望"移友"归来的杨娇他们见宁光到处乱走，才知道肖潇不见了。大家深感势态严重，也明白了是怎么回事：一定是那个在世间处处上演而又经久不衰的三角恋穿帮了。他们已无心取笑宁光，都四下散开去寻找。是的，人就怕想不通，一不通，就有可能做出傻事，后果就不堪设想。

宁光他们找遍附近所有地方，都没有肖潇踪影。无计可施时，灵光一闪，突然想到一个地方。是的，一定去了那里。宁光以最快的速度赶到这里，见肖潇果然坐在薛涛塑像前，孤单而无助。宁光心痛极了，跑上去就紧紧地把肖潇抱在怀里，如释重负地说道："小妹，我终于找到你了。"那个高兴，像丢失的宝物，在自己的日思夜想中，又意外地归来了。

肖潇万没想到宁光会找到这里，先是一愣，待自己反应过来后，就奋力地挣开了宁光的怀抱，站起来就是唰唰唰的几个耳光，甩在宁光的脸上，那才叫一个痛快，一个醋畅淋漓。打完之后，就无力地倒在宁光身上，放声痛哭。几个耳光，把宁光打蒙了，他不知道哪里出了问题，她反应竟如此强烈。宁光苦苦思索，不得其解，紧紧地抱着肖潇安慰道："小妹，你有什么委屈就告诉哥，你这样悲伤哥会心痛的。"

肖潇哭累了，也倦了，心也静了。她对宁光说道："让我去死吧，我不想活了。"

宁光说道："我会想办法的，我会为你守望一生的。永远！"

肖潇说道："你走吧，让我静一静，你还是回去陪龙姐吧。"

宁光此时才恍然大悟，原来是肖潇误会了，忙把今天下午的事情做了解释。未晗邀请他们看画，龙吉伟感到疲倦，就在他身上靠了靠。

肖潇抬起头，睁着红肿的眼睛怀疑地看着他，分辨着他话的真伪。她见宁光的脸全是红肿的手印，自己也感到手在隐隐作痛，看来刚才下手实在太重，不由一阵心痛，又伏在宁光身上痛哭起来，边哭边用手摸宁光的脸，内疚地问道："哥，还痛吗？哥，我太难受了。"宁光答道："小妹，我不痛，只要你高兴，我就高兴。"肖潇呢喃道："哥，你是怎么找到这里的？"宁光说道：

"因为我爱你，循着爱的踪迹……"

这时，宁光的电话响了，原来是学生的家长打来的，告诉宁光，他们在酒店等候多时了。于是宁光搂着肖潇，慢慢地离开了这里。从此以后，再没有人来打扰他们的爱情。因为，这以后，龙吉伟就住进了医院。

那天，在"移友之家"值班的杨洋碰到了一个腼腆的男孩，他想到这里为器官移植者服务。这个看似有些单薄叫李果的男孩并没有引起杨洋的注意，接下来才发现，这是一个透明而又认真的男孩。让杨洋更没有想到的是，这个男孩竟然与自己的爱情有关。这么腼腆的男孩，也有这么固执的冲动，竟然不管不顾地爱上了杨洋。

他被杨洋一次又一次地拒绝，但就是一根筋，你拒绝你的，我爱我的，弄得杨洋很受伤，甚至是哭笑不得。杨洋为什么不看好这段爱情呢？不仅仅是因为自己口吃、脚跛，还因为自己的年龄比他大五岁。

但是，杨洋不知道，爱情与年龄无关。年龄，在绝对强权而又圣洁无私的爱情面前，是那样的不堪一击，犹如在有些肃杀的秋风面前，它不过是一片枯黄的落叶。终于，勇往直前的爱情，信心满满地跨过口吃、脚跛、年龄，缠绵而又痴情地飘然而至。果然，他们相爱了。

第十九章　彩云之南

一

"移友之家"的第二次旅行，排在了国庆之后，一是错过了旅游高峰，二是这种温和的气候很适合"移友"。这次人数是"移友之家"历次旅行人数最多的一次，共计十二人，服员人员有杨娇、肖潇、宋腊妹、关梓木、高声语，由余先雷带队，贫困"移友"四男二女，目的地是大理、洱海、丽江。

命运有时是很捉弄人的，怕什么它就来什么。这不，乘机时，肖潇就没想到与关梓木的座位会紧挨着。在网上购票时，她还特意让张波把自己的名字与关梓木的距离拉开，以免坐在一起。前次与宁光同坐那是天意，这次与关梓木齐飞就是人为了。她特别郁闷、特别悲催，当关梓木意味深长、坏笑坏笑地看着她时，自己就像一只无助的小鸡，傻傻地望着俯冲而下的老鹰，成了老鹰的果腹之物。看那关梓木的表情，分明是：你是逃不出我的手掌心的，你就别花心思白折腾了。

余先雷他们进入机舱后，才知道肖潇与关梓木同座，而且关梓木很礼貌很优雅地将自己靠窗的位子让给了肖潇，同时很谦卑地将肖潇的拉杆箱塞进了行李架。手无缚鸡之力的肖潇只有任凭摆布，谁叫自己是女人呢。但肖潇还是对自己的境遇暗生怨气，当看到关梓木得意地将她的行李箱提起，潇洒地往上一送时，她狠狠地用脚踢了一下座椅的腿，自己的脚反被弄得生疼，只好无奈地叹了一口气，接受着关梓木无微不至的照顾。而坐在肖潇前面的杨娇、宋腊妹她们，转过身来，朝肖潇挤眉弄眼，幸灾乐祸地微笑，意思是说，这对小冤家搅在一起，后头旅途的日子就有好戏看了。她们正在期待一场惊心动魄、缠绵悱恻的爱情剧。肖潇更是气上加气，掉头朝关梓木狠狠地瞪了一眼，仿佛在说，就是你，让我出丑，不让别人过一点安生日子。关梓木看到肖潇在恨他，简直心花怒放了。他快乐得每一寸肌肉都在颤抖，身体就像正在演奏交响曲。那肖潇恨人，只能让她的美丽变得俏皮、生动、迷人。她这哪是恨人，在他的眼里，就是勾人的挑逗。

　　肖潇看到关梓木这种表情，泄气了，没辙了，就低下头来，陷入了沉思。她的心思又飞回了"移友之家"。龙姐会不会像蛇一样缠在心爱人的身边？他们现在在做什么？他会不会经不起诱惑，入了龙姐的圈套，让生米煮出熟饭？听人说，一个男人多见识一个女人，就算是多活了一辈子，谁不想多活一辈子？而有的男人，把征服世间女人当成毕生的事业，让自己的生命繁花似锦，花儿朵朵。在脂粉世界征伐的他们，可以在无聊的日子，把自己的成果拿出来欣赏、品味、比对；在不久于人世时，躺在病榻上，可以将头偏过来数一遍与自己同床共枕的女人，也可以将头转过去再想一遍，再将那些绚丽了或装饰了自己生命、让自己的人生变得多姿多彩的女人，整体打包，塞进自己装满经年过往的集装箱，静候上帝的那声召唤，便带着自己一生的成就，心满意足地上路了。

　　这时飞机升空了，往上一冲、又朝下再一沉，让机上的人很不安。此刻的高声语，尽想一些可怕的事情。觉得坐头等舱就是好，一旦有什么不测，最先逃生的是他们，他们可以在最短的时间，迅速撤离危险地带。而靠近中部舱位的自己这些人，就只有在相互推搡、踩踏的拥挤中，恐惧地哭喊着、尖叫着，还没来得及跑出去，就轰的一声，糊里糊涂地离开了这个世界，连一个全尸都不曾留下……坐在高声语身边的杨娇，轻轻地敲了敲他，把胡思乱想的高声语吓了一跳。杨娇用眼神示意高声语看肖潇，高声语掉头一看，见关梓木像个无所不能的魔术师，变戏法一样，从他的魔袋里掏出众多的食物，堆满了肖潇面前的小桌，肖潇被关梓木的举动弄得面红耳赤，将自己的头扭向一边，不去看他。

周围的人很是羡慕这对"恩爱夫妻"，特别是女客，更是叽叽喳喳，好像在埋怨自己不曾享受过这种待遇。那些夫妻同机的，用不屑的眼光去剜自己的男人，意思是说，你看别人，学着点，对老婆好一点，不要像那个吝啬的葛朗台，也不要像薄情寡义的陈世美，这里有一个现成的榜样。

关梓木见肖潇不买她的账，就在她耳边说了点什么，不一会儿，肖潇就拿起桌上的食品极委屈地吃了起来，像是在吃别人下了毒的食物。用那纤纤兰花指，将食品一点一点地塞进自己的樱桃小口。那个表情，可怜巴巴的，让人又是心痛又是怜爱，弄得关梓木心里奇痒无比，简直爱得不行。

六位贫困"移友"第一次坐上飞机，既新奇又兴奋，一上飞机就笑得合不拢嘴。中途又有靓丽的空姐给他们送来免费的饮料和面包，他们就一路赞叹这神仙日子真是好。那蓝蓝的天、悠悠的白云，与地下看到的那个没法比。这给了钱站在天上往下看，看什么都舒服，难怪大家对神仙日子这么向往。他们的土气，令带队的余先雷很难堪，后来也就释然了。是的，他们都是山里来的穷人，因为机缘，因为社会和政府的关怀，还有那说不尽的爱心接力，他们才做了移植手术，可也就一夜返贫，穷的更穷，有的吃排异药都成为家庭的沉重负担，而"移友之家"给"移友"

赠寄药品也成了常态。他们生活的艰难令去看望的余先雷既心酸又痛苦。飞机开始降落大理机场，"移友"们心里有点失落，一个多小时六百多元就不见了。犹如送了礼，还没有等到开席，就被主人不明不白地撵了出来。但不管愿不愿意，都得从飞机上下来。

二

余先雷他们从机场出来，分乘三辆快车，于上午 11 时抵达古城大理。因多数人没有用早餐，大家便就近找了家餐馆与午餐同吃，同时将行李暂存该餐馆，准备在下午游览时找一家有情调的旅馆，再来取行李。下午 1 时，他们就登上了大理的古城墙，开始在城墙上踱步，探寻这千年城墙布满的历史风霜，寻觅那被历史掩埋的岁月里说不尽的人间秘密。那些远去的过往，当年依稀的旧梦，早已化作落红无数，任由这群来世之人静默深情地凭吊。大理城区仍保持明、清以来棋盘式方状网格局。两座城楼南北对峙，深情款款。城内通衢幽巷，清一色青瓦屋面，鹅卵石堆砌的墙壁显示出大理的古朴、别致、优雅以及历史文化的厚重。走进古城，才知户户养花、家家流水的传统名副其实。大街小巷繁花争奇斗艳，花香四溢；叮咚的泉水不绝于耳，如弹奏的三弦，清亮、悠扬、余音袅袅。这一玩，就是下午 4 点多，大家感觉很累，就在深巷找了户"流水人家"吃茶。这里垂柳依依、泉水淙淙，花香随泉水流淌，音乐与垂柳共舞。他们被这里的美景迷住，再也迈不开脚步。

老板很快泡来了一壶他们需要的菊花茶。关梓木在一旁邀请肖潇去蝴蝶泉玩，被斟茶的老板听到，便朝关梓木笑了笑，诚恳地说道："这里离蝴蝶泉还有几十分钟车程，此去也无甚看头，要是不嫌我多嘴，我就给大家做个介绍，也许会有一些收获。因为现在是看不到一只蝴蝶的，今后可能再也见不到万千蝴蝶共舞的奇观了。"关梓木对这个坏自己好事的老板很不以为意，要在以前，这种多管闲事的，关梓木早就一顿训斥。但他如今已不好斗，有时还有大彻大悟的感慨，便也没有回嘴。而老板的话对肖潇来说，如遇大赦，一是救了自己，二是断了关梓木的念想，她便立即邀请老板给大家讲讲。老板三十多岁，中等个儿，国字脸，目光炯炯有神，眉宇间灵气缠绕，看去颇有些仙气。老板自称段玉，蝴蝶泉的故事就由他娓娓道来：

  蝴蝶泉坐落在大理苍山云弄峰下，它像一颗透明的宝石镶嵌在绿荫丛中，以它特有的奇观，吸引着天下游客。泉池约50平方米，清澈见底，一串串银色水泡，自沙石中徐徐涌出，汩汩冒出水面，泛起片片水花，泉水得苍山化雪之功，日夜流淌，永不枯竭。

  这里流传着一个动人的神话故事。蝴蝶泉以前叫无底潭，从前在云弄峰下的小村，住着一位如花似玉、心灵手巧的姑娘雯姑，她的勤劳和美丽，令小伙做梦都想得到她纯真的爱情。而这里有个英俊的白族樵夫霞郎，武艺高强，为人善良。某年，他们在三月三朝山会相遇，一见钟情，互定终身。而苍山下住着凶恶残暴的俞王，得知雯姑美貌如花，就将其抢回，霞郎冒着生命危险潜入宫中将其救出。他俩跑到无底潭，精疲力竭，而追兵也至眼前，危急中他们双双绝望地投入深潭。第二天，伤心的村民来到潭旁，看到潭中翻起巨浪，飞出一对色彩斑斓、鲜艳美丽的蝴蝶。彩蝶在水面形影不离，蹁跹起舞，引来万千蝴蝶在水潭上空嬉戏盘旋。从此以后，无底潭又叫蝴蝶泉。

那天是农历四月十五，后来就成了白族的蝴蝶会。每年这天，万千蝴蝶云聚，讲述这个动人的爱情故事。在白族人心中，蝴蝶泉是一个象征爱情忠贞的泉，每年这里都有来自四面八方的青年男女用自己的歌声来寻找意中人。每年的农历四月十五，这里奇花竞开，泉边的合欢树散发出淡雅的清香，诱使万千蝴蝶前来聚会。它们大的如掌，小的如蜂，在游人的头上嬉戏。连须钩足，结成长串，一直垂到水面。阳光下，五彩焕然，壮观绮丽，汇成一个蝴蝶的海洋。苍劲的夜合欢树，叶似蝴蝶，被称为静止的蝴蝶、会飞的花。

大家被这个美丽动人的爱情故事感动了，静静地坐在那里，久久无言，肖潇和关梓木的表情更是梦幻迷离。这时有个病友突然小声惊叫了一声："糟了！今天忘了吃排异药。"这话引起了老板段玉的注意，忙问他们是什么病，余先雷告诉他，这里除了高声语，都是肝肾移植病人，此次是领几个"移友"出来游玩的。段玉突然来了兴趣，对他们非常热情，忙大声朝屋里喊道："妮妮，妮妮！快出来，来贵客了，把我们家的三道茶拿出来。"

不一会儿，就出来了一位靓丽的美女。大家一看，还以为是肖潇出来了，她高矮胖瘦都与肖潇相仿，却比肖潇多了仙气与空灵，也许这里是佛教乐土的缘故吧，而肖潇比她多一些妖冶与娇媚，还有那藏不住的风流，就比这个妮妮更勾人。只见她端着三道茶茶具，面含微笑，徐徐踱来。大家听段玉介绍，她叫雯妮，年岁与肖潇相仿，也是一名肝移植病人，已经三年了。大家这才明白，为什么段玉变得这样热情，要拿白族招待贵宾的三道茶让远道而来的他们品尝，看来，天下"移友"真是一家亲呀！

这大理乃佛教圣地，饮茶之风盛行，茶成为寺庙招待香客和善男信女的必需品，民间也蔚然成风，而三道茶就成了招待贵客的首选。

这第一道茶，先将本地产的绿茶放入特制小砂罐里在火上焙烤，待罐中茶叶烤脆烤香，变黄，将少许沸水冲入罐中，等水中泡沫消失，再将沸水冲满，文火稍煨片刻，茶水呈琥珀色，香味浓郁，有烤茶的特殊馥郁，斟入小茶盅内，此为头道苦茶，有清苦之味，寓"要立业，先吃苦"。而白族讲究"酒满敬人，茶满欺客"，所以这道茶只有小半杯，以小口品饮，在舌尖上回味茶的苦凉清香为趣，寓清苦之意，代表人的苦境。人生之旅，举步维艰，创业之始，苦字当头。孟子曰："天将降大任于斯人也，必先苦其心志，劳其筋骨，饿其体肤。"

第二道茶，甜茶，用乳品、核桃仁、红糖佐料，冲入清淡的大理名茶感通茶制作而成。此道茶甜而不腻，茶杯若小碗，客人可痛快牛饮，寓苦去甜来，人生渐入佳境，经过困苦煎熬，岁月浸泡，奋斗时埋下的种子终于发芽、成长、硕果累累，在鸟语花香明月清辉下品尝甜美果实。

第三道茶，要在茶水中放入烘香的乳扇、红糖、蜂蜜、桂皮、生姜、几粒花椒，冲苍山雪绿茶。此道茶甜蜜中带麻辣味，喝后回味无穷。姜在白语中有贵人之意，所以此道茶表达了宾主之间亲密无比和主人对客人的祝福。因集中了甜、苦、辣，又称回味茶，代表人生淡境。一个人的一生，要经历的事太多，要做到顺境不足喜、逆境不足忧，就需要淡泊的心胸。不要让生命承受那些完全可以抛弃的重负，才能宠辱不惊，胜似庭前看那花开花落、云卷云舒。

这"一苦二甜三回味"的茶道，不妨让这饱含智慧的茶香慢慢沁入生命之中。让人生如茶，芳香宜人，淡若泉水，如山洞汩汩而来，藏味清风净石。想那松涛阵阵，月光朗朗，无色无味，自有清韵其中，乃是一花一世界的大悟：虚幻为真，梦虚为实，终是明了、明了，看山是山，看水是水，风亦风，雨亦雨⋯⋯这三道茶一喝下来，连关梓木都噤若寒蝉。自己的生活才是真正的粗茶淡饭，即使自己喝的茶贵如黄金，也不过是红尘的俗人莽汉，而别人段玉品的是心情、是人生、是大格局。

肖潇和雯妮很谈得来，很快就拜了姊妹，肖潇比她小一岁，就叫她雯姐。此刻，已近下午 6 时，他们还未找到旅馆，余先雷就询问段玉这里有无清静雅致的旅馆。段玉笑道："要是不嫌弃，就在我们'月上云间'住吧，就在茶馆的隔壁。"余先雷连连说好，这个地方就是一个桃花源。高声语立马带着三个"移友"去餐馆取行李。其实在他们品茶的时候，雯妮就叫旅馆服务员准备了一桌极富大理特色的丰盛晚餐，他们一家与远道而来的客人直吃得满口生津、心花怒放。真是有朋自远方来，不亦乐乎！"移友"们仿佛是在遥远的大理古城，过了一个快乐而又盛大的节日。看来这个世界没有陌生人，只有还没有来得及认识的朋友。

餐毕，雯妮和段玉他们为远方的朋友演唱了一首又一首白族优美动听、奔放多情的民族歌曲。他们夫妻配合默契，一个鼓瑟、一个用天籁的声音深情歌唱。原来他们是在蝴蝶会上一见钟情的。他们今晚的表演被"移友"叹为天人。是夜，他们头枕苍山、身卧洱海，在雯妮和段玉两人那如泣如诉的、风情浓郁的民歌声中睡去了。陪伴在"移友"梦中的，还有那潺潺流水，阵阵花香。

三

一夜无梦，"移友"们早晨醒来，神清气爽，脚底生风，仿若羽化而登仙。这该是得益于昨夜的花香、流水之功。不知雯妮他们是何时睡去的，反正"移友"们是在他们不绝于耳的音乐声中进入梦乡的。肖潇她们从楼上下来，闻着醉人的花香，又隐隐约约地听到了摄人心魄的音乐。原来雯妮已经早起，见到肖潇她们微笑道："昨夜吵着你们了吧。"雯妮遇到肖潇，激动得一夜无眠，只能用音乐来表达自己的深情厚谊，而肖潇她们在雯妮演奏的醉人的音乐中更是沉醉不起。余先雷和高声语在汽车站没有买到去大理火车站的票就空手而归，雯妮听后笑笑，叫他们不着急，她会为"移友"安排好的。于是余先雷就叫家里的文娟在网上购买大理去丽江的火车票，后来由于有"移友"的身份需要验证，无法在网上购票，就只好去车站的售票处购买。

来到丽江，已近中午，"移友"用过午餐，稍作休息，就像一个个醉汉，游走在古城丽江的深街幽巷里。那头上的蓝天，悠悠的白云，还有那从玉龙雪山吹来的雪风，令他们沉醉。丽江古镇依山傍水，历史悠久，它是以整座古城申报世界文化遗产而获得成功的两座古城之一，另一座是山西平遥。这里是茶马古道上最重要的枢纽站，明清以来各方商贾云集，各民族文化在这里交汇生息，而四方街就成了丽江古城经济文化的中心。

坐落于云贵高原玉龙雪山下的丽江古城，可谓风云变幻，出门还是风和日丽、秋色悠悠，"移友"们刚走到游人如织的四方街，就大雨滂沱。游人瞬间就消失得无影无踪，仿佛人间蒸发了。而"移友"们虽然备有雨具，怎奈这雨太大，根本就没把那雨具放在眼里，于是他们就近躲进了一家乐器行，小屋一下子拥进十多人，就被塞得满满的。在这寸土寸金的四方街，耽误老板生意，余先雷充满歉意，但老板并不介意，示意他们尽管在此滞留、驻足。一场大雨，让"移友"在这个小小乐器行，在这个美女老板的不停演奏和放歌声里，狠狠地感受了一把纳西族的古朴、纯厚。他们整个下午都沉醉在丽江古乐和东巴音乐那厚重富丽、悠扬而又缠绵的音乐里，他们不安的灵魂得到了来自上天的深情抚慰，变得宁静而又安谧。

　　雨停了，辞别好心的琴行老板，他们又来到了一条一尘不染的小巷，那被人间蒸发了的游人又都冒出头来，瞬间拥进了这幽径，把小街塞得满满的。这些来自世界各地的过客，在这个犹如桃花源的古镇，虔诚而执着地寻觅他们的梦想。

　　"移友"们在街上的商铺，用自己平时精打细算节约下来的钱，精心地为自己的家人、朋友挑选着礼物。有的他们爱不释手，有的他们拿起又放下，流露出惋惜的神情。是的，他们还要为自己活命而艰难地积攒药钱。余先雷看在眼里，痛在心中，他叫来高声语和宋腊妹他们。经商量，关梓木暗中记下他们因为囊中羞涩，想买而最终又不得不痛苦放弃的物品，回头再将其买回。最令高声语心痛的是，那个文静而又羸弱的女"移友"因五元钱，竟放弃了她看中的物品。也许这是她积攒了好久的梦想，就这样无声而又恋恋不舍地放弃了。她拿起又放下，放下又拿起，即使走出商铺的大门，还忍不住频频回望，但也只是无赖地投去自己那最深情的一瞥。此情此景，像有无数条鞭子抽打在高声语身上，令他心痛不已。而令高声语更加心痛的是，当他们买回那六位"移友"想买而又没买的礼物时，发现整个礼品的价值不足六百元，也就是说，摊在他们身上，人均不到一百元。在正常人眼里，就是吃一餐饭、打一场麻将的钱，而对这六位"移友"来说，就是过不去的火焰山。面对"移友"的困难，余先雷他们震撼了、流泪了。他们想过"移友"困窘，但他们没有想到"移友"会这么困窘。几天后，在归途中，高声语他们拿出了私下购买的礼物，这六个"移友"都哭了。这一次，他们不是为自己悲惨的命运哭泣，而是因为感动。这些不期而遇的温暖，正在悄然改变着那些惨淡的人生。此是后话，暂且不表。

　　当天下午，"移友"们将买好的东西放回旅馆，出来晚餐时，已是傍晚7时。关梓木提议去酒吧一条街玩玩，他的建议"移友"们全票通过。他想，有的"移友"可能一生都未去过酒吧，也让他们去感受一下。哪知天公不作美，"移友"们刚到四方街的小吃一条街，瓢泼大雨就从天而降，阻断了他们去酒吧的路。晚8点，天黑如漆，大雨如注，没有一点要停下来的意思。他们在小吃一条街滞留了近一个小时，无奈，只好走进了旁边那间还算豪华的餐厅。

此刻，餐厅灯火通明，食客人头攒动。台上的歌舞正在进行，温馨而又激情不断的舞台效果，令食客如梦如幻。他们选了张靠窗而又能欣赏歌舞的餐桌坐下，服务员很快就微笑着跑了过来。看那服务员香汗涔涔，想毕今晚生意一定火爆。也许这群吃货与"移友"们一样，被大雨困住，别无选择，就不约而同地走进了这家餐厅。

刚点好菜，就有歌手过来请他们点歌，关梓木接过歌单，一口气就为肖潇点了十多首，并在歌手的耳边说了什么。歌手上台，站在麦克风前，叫大家静静，接着就很煽情地说道："女士们，先生们，晚上好！有位高贵的先生，要为在这里就餐的美女——肖潇女士，献上他最深情的祝愿。也许大家认为这是多此一举，但许多人为了一段情缘，甘愿往返在轮回道上，哪怕历尽数千年的等待，换来的只是一个仓促的回首，都无怨无悔，我们的关先生就是最痴情的一位。接下来，就让我们的歌声，为那些信守爱情誓言而终身不悔的痴男怨女，送去我们最虔诚的祝福。祝他们爱情甜蜜，世世恩爱！"

歌手说完，就全心全意地演唱着一首又一首缠绵悱恻的歌曲。最后歌手又下台来邀请关梓木上台一展歌喉，关梓木就邀请肖潇一起上台表演，但肖潇推说头痛不愿上台。肖潇虽然对关梓木的倾心付出感动不已，但还没有到让关梓木随心所欲的地步。

关梓木又在肖潇耳边说了什么，肖潇只好无奈地答应了，与他合唱了一首《花儿与少年》：

> 春季里那么到了这/水仙花儿开水仙花儿开/绣呀阁里的女儿呀/踩呀踩青来哎呀啊/小呀啊哥哥呀小呀啊哥哥小呀啊哥哥呀挽我一把来……

歌曲清脆、俏皮，被关梓木的深情演唱和肖潇的天籁之音配合成了绝唱，赢得了就餐客人经久不息的掌声。有人给肖潇送来了一大抱鲜花，弄得肖潇感动不已，关梓木笑得也很开心。

大雨直到晚 10 时才停住，但细雨仍在横飞，有的"移友"已过了吃排异药的时间，于是大家冒雨返回。有一段路积水太深，高声语就背着杨娇小心翼翼地涉水而过。深受启发的关梓木趁肖潇不注意把她背在身上就走，待肖潇反应过来，已在关梓木身上了，她挣扎了一会儿就不动了。一是挣扎得越凶，摩擦就越厉害，想这薄薄的一层夏装，不是找刺激吗？这不是关梓木所希望的吗？心里说不定还在窃笑这个女人的傻气；二是这积水实在太深，不知深浅，说不定很危险。"移友"们纷纷效仿，真实地过了一把猪八戒背媳妇的瘾。

回到旅馆，余先雷叫大家换掉湿衣服，洗个热水澡，又和高声语在老板那用生姜和红糖熬了水让大家服下。"移友"们想好好睡一觉，明天还要和玉龙雪山相会，而高声语已对玉龙雪山神往久矣。

第二十章　彩云之南续章

一

　　一夜沉睡，"移友"们醒来已是日上三竿，昨夜沉寂的小镇又闹腾了起来。那门锁紧闭的商铺，却怎么也锁不住东巴的歌声，达坡玛吉的《三步踩》又在古城的天空荡漾了，那断肠的旋律是要命的，令"移友"迈不开脚步。"移友"们用早餐时，才深刻体味这座古城铜钱味的浓郁厚重，心中感慨万千，它怎么容得下那么干净、优美、缠绵的东巴音乐？他们沉思的瞬间，开始还是蓝天白云霞光万丈的天空，倏忽大雨倾泻，难道老天爷也在为即将远去的纯净而醉人的东巴音乐哭泣吗？也许是"移友"多虑了，纯朴而又多情的纳西族儿女，一定会漠视红尘的万千繁华，他们会与摄人魂魄的东巴歌声一起捍卫这块迷人、宁静的净土。

　　杨娇他们顶着大雨跑回旅馆，已成落汤鸡，一阵忙乱，就坐在窗前望那云来雾去的天空。那神秘的玉龙雪山显得静穆而又缥缈，怎么也停不下来的雨声与不落的东巴音乐在他们耳畔萦绕。他们一边聆听一边静等大雨远去，心里无限期待与玉龙雪山的美好相会。但古城的雨却与他们较上了劲，就那么固执地下着。时间就在"移友"的身边一分一秒地溜走，他们能听到时间远去的脚步声，仿佛已被时间抛弃，到了一个没有时间的空间。一个上午眼看就要过去，大雨是停了，斜风细雨根本就没有歇下来的意思。

余先雷找大家商量是去是留，最后都同意放弃攀登玉龙雪山的美好愿望，准备午饭后启程，前往下一个旅游胜地，洱海双廊。饭后，"移友"们迎着蒙蒙细雨，前往汽车站等待发往双廊的班车。而对玉龙雪山神往已久的高声语，心情沮丧，异常失望，千里迢迢来这里，已经站在了玉龙雪山的脚下，却无缘一见。

汽车一出丽江古城，竟是雨过天晴、风轻云淡，天蓝得令人落泪，云白得让人心慌。这一群被丽江不尽的秋雨打湿了灵魂的人，已开始心向阳光绽放微笑了。此时，车里传来达坡玛吉——一个犹似邓丽君的歌手的歌曲《纳西情歌》。她清新美妙的天籁之音，就像天上的彩云、雪山的阳光、山坡的鲜花、丽江的清泉……又把"移友"们带到了丽江那个令他们如梦如醉的午后。汽车欢快地向前奔去，穿过深沟，翻过眼前的大山，风情万种的苍山洱海，携着迷人的蓝天白云，向"移友"们含情脉脉地点头致意了。久违的大海，就这样情深似海地呈现在"移友"的面前，它的美仍令早有心理准备的"移友"思绪难平。这个世界的洱海，永远的双廊，你到底要迷倒多少来自天涯海角的游人？让他们的梦想飞扬，又让他们的想象失去功能，他们就像一个个呆傻的脑残患者，流着口水，在你的万种风情里无知地痴笑，让他们幸福得忘记归途。你美得如此残忍，在他们离开这个令他们在梦里醒来，又在梦里睡去的地方。他们的灵魂还愿意追随他们一起归去吗？一个回到他们的故乡，没有灵魂的躯壳，还能快乐地活下去吗？那在梦里声声呼唤灵魂归来的哀婉凄惨的声音，难道不能令人万箭穿心、柔肠寸断吗？

下午4点，他们的双脚已踩在双廊的土地上。双廊，这个遗落在洱海边的世外桃源，比丽江安静，比大理多情。去过的人没有一个不爱它，它背负苍山，面朝大海，令人迷醉而不知归途。在余先雷和高声语他们精心挑选、认真观察后，"移友"们住进了一家离洱海最近、每个房间面朝大海、干净而又鲜花满屋的宾馆。他们躺在床上，可以透过明亮的落地窗，欣赏到洱海的潮起潮落、苍山的云卷云舒。"移友"们在这里度过了几天他们生命中最美好的岁月。这里眼中看不到争斗，耳里听不到是非。算计在这里找不到出路，冷漠与残忍在这里不幸夭亡。这里只有欢快的音乐在鲜花中甜蜜地婉转，蓝天白云在大海里任性地沉浮，爱与善良在身边忘情地游走。

傍晚，"移友"们在美得令人窒息的洱海落日中开始了美妙的晚餐。那个大家公认的吃货关梓木，搞来了一大桌美食。"移友"们见了美景美食，大快朵颐，老板又在平台上给大家播放着歌曲《苍山洱海迎嘉宾》，歌曲旋律优美、喜气、欢快，"移友"一扫丽江的郁闷遗憾，心情变得美好。关梓木和高声语为了不辜负这良辰美景，叫老板开了瓶老酒，狠狠地痛饮了几杯。一旁的余先雷也来了兴致，陪着关梓木他们痛快地干了两大杯。有的"移友"忍不住以茶代酒，感谢"移友之家"和余先雷他们给"移友"带来的快乐与美好，有的甚至倒上了酒，与他们干了一杯又一杯，很动情地说道："也许我们这一生都没有这么快乐过、这么幸福过！"他们表示，未来的日子，无论命运以怎样残忍的面孔出现，他们都会坦然面对，因为他们来过、痛过，也爱过、幸福过。

肖潇和杨娇、宋腊妹她们也十分快乐，嘴里品尝着双廊独具特色的美食，眼睛也没有闲着，可以尽赏"落霞与孤鹜齐飞，秋水共长天一色"。此处，她们过的就是神仙日子。听老板讲，曾经神仙就在这里过日子。善良的神仙为了让渔民多打鱼，将心爱的宝镜丢进海里，让渔民看得更清楚。老板接着还讲了一个凄婉的爱情故事：有个美丽公主刚结婚，丈夫就去异乡征战，这一去就是多年。与他同去的人归来告诉公主，她的丈夫已阵亡。公主悲伤得日夜啼哭，最终泪流成河洱海出现。此时公主因哀伤过度，命丧黄泉，她丈夫在她咽气的最后时刻回到了她身边。相见之日就是生离死别之日，丈夫痛不欲生，竟发誓要化山守海，希望二人生生世世山水相伴，由此便有了洱海苍山。他们守望至今，从不放弃。每当渔民打鱼看到苍山上方两股云来回缠绕，就赶紧上岸回家，因为这是公主和丈夫相聚，他们因短暂相拥喜极而泣。

二

　　第二天，晨曦微露，"移友"们不约而同地起了个大早。苍山，风起云涌，洱海，波涛拍岸，天高地远，四周寂然无声，只有浓郁的花香在这微暗的天光里飘浮。

　　听老板说，清晨在玉几岛可以看到美丽的日出，早晨玉几岛是不收门票的，上午就要收取每位游客十元的门票。而值得一看的是那里的千年岛礁和苍洱的旖旎风光，还有著名民族舞蹈家杨丽萍的月亮宫和太阳宫，月亮宫是杨丽萍的私邸，太阳宫是她的艺术酒店。"移友"们的驻地对面是著名的南诏风情岛，到杨丽萍的月亮宫，向右走三分钟后左转，五分钟就到了。杨丽萍因《雀之灵》家喻户晓，一曲孔雀舞，令她成了孔雀的化身，红遍大江南北。

　　此刻，天已破晓，万道霞光由暗转亮，"移友"们迎着沁人心脾的清凉海风，从摆满鲜花的观景大平台下来，来到岸边。这时已有游人扛着长枪短炮似的摄影机，等待苍山洱海给他们送来最美丽的晨景，再将美景变成永恒，带回自己的家乡，在未来的岁月与自己的家人一起品味、陶醉。此时，岸边有个渔民捞上来了许多活蹦乱跳的小鱼虾，关梓木和高声语商量后就买了点儿，才五元一斤，用油炸酥早晨下饭很开胃的。高声语将鱼虾送回宾馆叫老板帮忙加工，再出来时，就听到了游人的惊呼声。正在惊疑的高声语还没明白是怎么回事，游人已将手中的"长枪短炮"对着天空一阵"扫射"，周围传来"啧啧啧"的惊叹声，原来是神秘的丁达尔效应出现了，当地人称手电光。此刻，只见无数光柱从云层中打了下来，仿佛是上帝的手在云层后面操控，随意地将光柱倾泻在碧波荡漾的洱海，这大自然的美，简直让人顿生敬畏。发呆的高声语听到带队的余先雷在催促大家快点走，说是不然待会儿去玉几岛就要收门票了。杨娇和肖潇、宋腊妹她们正摆着各种造型，喜笑颜开地在那里让关梓木一通乱拍。见"移友"们已经走远，性急的高声语也在前面大声地叫她们快一点，可她们就是慢腾腾地陶醉在拍照的乐趣里。

来到杨丽萍的月亮宫，"移友"们又在这里流连、拍照，连杨丽萍这三个字都被"移友"拍进了照片里。而"好人"高声语又给这十一个"坏人"拍了合影，算是"坏人"来洱海的"违法证据"。"移友"们被玉几岛的美景震撼了，他们喜在眉梢、醉在心里。千年岛礁，残崖峭壁，"移友"们上爬下跳，累得气喘吁吁。在大家的忘情游玩中，竟然走丢了一个人，大家整队回宾馆时，才发现关梓木不见了。余先雷打他电话，他说叫大家先走，自己马上就回去。

大家用早餐时，对高声语他们买的鱼虾赞不绝口，清香酥脆，下稀饭确实不错。用完早餐，他们一边等关梓木一边商量今天的旅游路线，最后大家决定租电瓶车环游洱海。正在大家焦虑的时候，关梓木满头大汗地赶了回来。余先雷问他去了哪儿，他笑而不答，却挥动着手里千里走单骑的牌牌朝肖潇神秘而又高深莫测地微笑，令肖潇一头雾水。

余先雷和高声语提前下楼了，他们去车行租电瓶车，叫他们收拾好就过去。大家下楼时，关梓木又磨磨蹭蹭的，当"移友"走出宾馆时，他迅速地来到吧台，把他和肖潇及杨娇他俩的房间退掉了，让在此地等候多时的两个妹子拎走了他们四个人的行李。而鬼鬼祟祟的关梓木根本就没有想到，他这一整，弄得宋腊妹今晚只好和余先雷同房了，不晓得宋腊妹愿不愿意。在租车行的余先雷等得有些发急，关梓木才姗姗来迟。他们一共租了六辆电瓶车，这样就可以近距离地感受洱海的美丽与多情。

余先雷和宋腊妹一辆，杨娇与高声语一辆，其他"移友"也各有搭配，看来今天这是天注定，关梓木要和肖潇双双骑乘环游洱海了。他心里不由一阵窃喜，开心地朝肖潇笑着，仿佛在说：小妹，这次我会让你玩高兴的，我会让你过上好日子，你会幸福得流泪的。

坐上电瓶车时，关梓木傻眼了，他从没有骑过这个玩意儿。是的，一上路他就开大奔，哪把这个玩意儿放在眼里，现在才知道这玩意儿的重要。肖潇坐在他身后，见他不走，就催道："你咋不走？他们都走了。"高声语骑到快转弯的时候，回头望了一眼关梓木他们没来，就停在拐弯处等他们。关梓木答应着肖潇说马上就走，又大声把老板叫了过来，问这个东西咋操作。老板惊奇地看了看他，以为碰上了天外来客，心想这个都不会。但还是详细地给他解说了一遍：右手油门，左手刹车，右手一动车就走了。关梓木一听，心想这么简单，于是就按老板的指导操作了起来。谁知他是个新手，不知道轻重，这油门一轰，车就跑了出去，自己还没反应过来，车子失去平衡，他和肖潇双双都摔在了地上。他想，糟了，忙松开车，爬起来去扶肖潇，一边拉一边赔着小心道："对不起！小妹，摔着没有？"他见肖潇的左手擦了点皮，并没有出血，只是摔在地上把衣服弄脏了，灰头土脸的，很不好意思。但关梓木还是心痛得不得了，拿着肖潇的手痛惜地抚摸着，还想拿着她的左手在自己的嘴上吹一吹、亲一亲。

当时肖潇摔下去就蒙了，爬起来刚要责备关梓木时，见他的左手背上汩汩地冒着血，吓得惊叫了一声，责备的话也忘了说，忙从身上去找东西给他止血。一时又找不到，急得不得了，慌乱中看到不远处有个药店，就赶紧去买消毒液、创可贴及云南白药，最后又在药店买了纱布和胶布，好一阵忙乱，才算包扎好。虽然包扎得不好看，但关梓木非常快乐。他见肖潇包扎那么认真，眼里露着痛惜，还问他痛不痛，心里乐欢了，觉得这一跤摔得值。肖潇在包扎的时候，离他那么近，呼出的气息吹在他手上都能感觉得到，他从没有看见肖潇做事时的神情，今天看到了，她又有了另一种致命的吸引力。这美人就是美人，很随便的一个动作，都流露出万种风情。他真想把她搂在怀里，直到永远。肖潇包扎完了，抬起头来，见关梓木目不转睛地看着她，就问道："痛吗？"关梓木忙收回思绪，笑答道："不痛，小妹这一摸一包扎，啥都好了。"说完又深情地看了肖潇一眼，这几天的思念之情和要说的话，一起涌上心头，鼻子竟有些发酸。肖潇刚要说他贫嘴时，高声语他们过来了。

高声语等了一会儿，发现他们还没来，掉头再去看时，车子已倒在了地上，人却不见了，才知道他们摔倒了。如今见无大碍，就催他们快走，余先雷在前面催了好几次。但不管关梓木怎么向肖潇保证他不会出事了，也不会再摔倒，可肖潇就是不上他的车，刚才虽然没有摔着，但是却摔怕了。最后杨娇搭上了肖潇，关梓木和高声语骑一辆，去追赶余先雷他们了。关梓木看见高声语操作这么熟练，骑得这么潇洒，不由升起再试一下的念头。他给高声语一说，立马就遭到了反对。高声语借口说余先雷他们在前面等，要骑快点好赶上他们。其实高声语是一个胆小鬼，有时搭杨娇骑的车，只要杨娇骑快了，他都会叫杨娇骑慢点。如今叫一个没骑过电瓶车的人来搭他，打死他也不会干。

还好，余先雷并没有走远。杨娇他们骑了十分钟就追了上来。原来他们边走边等，只要见到美景就一路疯拍，所以杨娇他们很快就赶上了。从双廊到挖色，这一路美景太多，风光太好，骑车环游洱海的游客络绎不绝，有的地方因游客取景拍照，还得排队。"移友"们一路骑乘，一路拍摄，一路赞叹，一路沉醉，被大自然的绝世佳作弄得晕晕乎乎，半小时的路程竟走了两个多小时。到了挖色，杨娇他们不想再往前走，肖潇和关梓木也没有再游的兴致，但有的"移友"还想再骑一段，于是余先雷就陪"移友"们往前骑。高声语不放心，坚持要陪他们，就和宋腊妹换了车。幸亏宋腊妹会骑电瓶车，不然就只有高声语陪肖潇她们回去了。于是关梓木陪着三位美女回了双廊。他们的选择是正确的，因为余先雷他们在途中出现了意外，直到下午 6 时才赶了回来。

三

三个美女带着一个大男人一路回撤，而归心似箭的关梓木已无心周边的迷人风景，无论是那怒放得风情万种艳丽无比的野花，还是那在海中静卧千年至今仍屹立不倒的古树。此时，他要把今天积压在心中几个小时的秘密，尽快地告诉心爱的小妹。今天早上关梓木失踪，就是为了这个秘密。他在杨丽萍的艺术酒店太阳宫为肖潇订了房间，幸亏是国庆过后，也是自己运气太好，终于订了个庭院式套房，共三个卧室，两晚一万多元，其他六个房间是断然订不到的，只有这个大房间偶尔有空，前提是必须连续住上两晚，而关梓木还要等到客人上午 11 点退房后方可入住。拿到房卡时，关梓木热血沸腾，心里时刻都在预演，心爱的小妹见到这个迷人宫殿的惊喜、幸福、快乐。

"关老弟，下车，到了。"到了租车行，宋腊妹见关梓木坐在车上不下来，就催促道。

关梓木一看，真的到了，这个令游人来了就不想走的地方。

回到宾馆，肖潇她们的房间已经易主，东西也不翼而飞，为宁光买的胡琴也不见踪迹，肖潇和杨娇急得要哭。关梓木见肖潇急得哭了起来，心痛得不行，觉得自己做得太过分。他万般柔情地安慰着肖潇，说为她们找了个更好的去处，只有她们才配住那个迷人的房子，同时掏出杨丽萍艺术酒店的房卡，奉送到肖潇的手中。肖潇被关梓木的一惊一乍弄得非常恼火，刚要发作，一看到这个男人这么诚恳的表情，一下子想起了他对她的好，心忽然变得柔软而又温暖。肖潇感激地接过关梓木递过来的房卡，心情复杂地说道："关弟，谢谢！这个很贵的。"心想，今生今世，无论爱与不爱，是去是留，这次一定要有个了断，不能再这样不清不楚地拖延下去了。

关梓木见肖潇爽快地接过了房卡，忘情地回答道："为了小妹，无怨无悔。"是的，万千繁华难敌爱情一缕。此刻，关梓木邀上宋腊妹，帮她提着行李，领着三位佳丽兴高采烈地朝太阳宫走去。

这期间，余先雷打来电话，说出了点麻烦事，要回来得晚一点，叫他们不要等，于是关梓木就在顺路的餐馆陪三位美女用了午餐。

太阳宫，坐落在三面环水的玉几岛，北端叫月亮宫，南端叫太阳宫。杨丽萍在双廊玉几岛上为自己盖的这栋遍地鲜花的房子，和她本人一样，美艳而又神秘。走进来，她们就被这里的美景惊了。酒店三面环水，位于半岛最临海的一端，整个建筑依岛岸纯手工而建，与礁石林木融于一体，掩映在繁花绿叶之间。白天有温暖而散漫的阳光，黄昏有日落苍山的乱云飞渡，夜晚有触手可及的星斗银河，还有庭院微风中绽放的山茶花，壁炉里噼啪燃烧的木柴……仿佛是一个世外桃源。

三位佳丽怎么都没有想到，会在这里下榻做梦，几个小时前还在大门外探视里面的神秘，如今却在尽情享用里面的奢豪了。她们幸福得忐忑不安，兴奋得满脸放光。视觉一番贪婪的享用后，杨娇想午睡一会儿，于是，关梓木和杨娇各住一间，肖潇与宋腊妹共住一间。

每天的下午茶都是一场盛宴，关梓木他们午睡醒来就在这里点了下午茶，这一场茶喝下来花了关梓木三千多元。喝到中途，杨娇和宋腊妹她们觉得关梓木像有话要对肖潇说，就说要去其他地方转转，于是两人就来到岛边，躺在外面的木榻上看蓝天白云。

关梓木深情地看着肖潇，这个令自己魂牵梦绕的心爱女人。此刻要说的话，从心中喷涌而出，可纵有千言万语，一时却不知从何说起。关梓木痴痴地望着肖潇，见自己心爱的女人愈加漂亮了，见她也在关切地看着自己，想要对他说什么。是的，她也想告诉他，他们没有爱情，她见关梓木欲言又止，只痴情地望着她，她怕那个沉重的"爱"字从他嘴里吐出来，她是接不住的。肖潇感动地说道："关弟，你的心我懂，我们做姐弟吧！"肖潇说出这句一直想说而没有说出的话，心一下子轻松了。是的，快刀斩乱麻，因为自己也怕日后被他的痴情感动了，不小心爱上他。

关梓木听了肖潇的话，五内俱焚，在这个世界，他就只爱这个女人，只有他才会这么爱她，只有自己才能给她幸福。所以他很坚决地说道："不，小妹，我爱你，我要为你守望一辈子。我已经做好了离婚的准备，只等奶奶走后，我们就结婚。"

肖潇说道："关弟，我没有你想的那么好，我们就做姐弟。"她只是慢慢地劝道，她怕关梓木因为自己的拒绝做出疯狂的举动。

关梓木悲恸地说道："小妹，嫁给我吧！我太爱你了。自从在杨娇家看到你哭泣的那一刻，我就放不下了。你就是我这一生要爱的女人。你知道吗？小妹，没有你的日子，我的心很空，我望着树叶，就能想象你的音容笑貌，感到你就藏在浓密的树叶里，随时会从里面走出来，给我一个惊喜。有时夜里回家，在我的想象里，你就藏在我家里的某一个角落，我不敢开灯，我要延长这个幸福而甜蜜的时刻，我会在黑暗中摸遍家里的每一个角落。但是没有你，每次都让我失望，我的心好痛，好痛。我就会在黑暗中睡去，因为我怕灯光会惊走想象中的你。可是，我怎么也不肯睡去，有时就这样一直醒到天明。我的眼里全是你的影子，全是幻觉，仿佛你时刻都在我身边，从未离开过我。有一天，在家用晚餐，我感觉你就坐在我面前，我轻轻地叫了你一声小妹，被老婆骂了一顿，说我神经病，因为我从未这样叫过她。小妹，你不会知道的，好几次，我开着车，感觉你就在前面，一个好看的背影，我就这样追了过去，出了一次又一次车祸。后来就不敢开车了，怕我这一走，这个世界就不会有人像我一样疼你爱你了。我的心会不安的。有时我又会开上车，一路狂奔，我真想就这样一头撞死。是的，这太痛苦了，我受不了呀！我的小妹。见你痴情而甜蜜地望着宁光，我的心碎了！有一天见你与他相拥，是的，看着自己心爱的女人在别人怀里，怎一个痛字了得！就算全世界的人都背叛了你，我也会坚定地站在你身边。因为爱你而幸福，但你一次又一次无情地拒绝了我的深情。亲爱的小妹，哪天你若到我心里去，你会看到那里全是你给的悲伤。然而，你不知道，我的小妹，我的心根本走不出你的世界。我那依依不舍的目光，总是不停地迷离在你片片的温柔之中。我亲爱的小妹，你是我一生中无法磨灭的温柔，或许这一场爱情本就是一次错过的美丽，可是既然错过了，又为什么让它繁花似锦地铺陈在这烟火人间。我的小妹呀！若能得你一番倾心之爱，我欲还你一生一世的执着无悔……"关梓木说不下去了，竟失声痛哭起来。男儿有泪不轻弹，只是未到伤心处！这关梓木确实是太爱身边这个女人了。

肖潇听了关梓木哀婉的倾诉，感动得哭了。她知道关梓木爱她，但不知道他会这样爱自己。一个放荡不羁的人，爱一个人，原来真的也可以深到骨子里。肖潇不知道如何安慰这个哭得一塌糊涂的男人，心痛地把自己的手放在了这个男人的手中。肖潇动情而又遗憾地说道："关弟，对不起，我们是在错的时间遇到了对的人，此生无缘，我们做姐弟吧。从此以后，你就是我最亲的弟弟，我会像爱自己的眼睛一样爱你。"

关梓木一听肖潇的话，仿佛所有的风花雪月都烟消云散了，就用力地挽留道："不，小妹，你离开了我，怕这个世界再没有人这样深爱你了，就是宁光也不会。当你后悔自己的选择时，我将是多么的伤心。"

肖潇为难了，心中有深爱的人，这里又冒出一个这么痴情的他，不由哭道："弟弟，下辈子吧，我一定做你的女人，好好爱你、好好疼你，就像你爱我一样爱你。今生我就欠你一个承诺吧。你放过我吧。"

关梓木听到这里，心里很痛，望了望天空，袅袅青烟在暮色中渐渐隐去，风卷浮云，如同亘古的思念，绵延不绝。他坚持道："小妹，我就是因为前世欠你一个承诺，今生才被上帝派来爱你和疼你的！承诺不践，苍天是不会放过我的。"

肖潇哭道："弟弟，不要逼我好吗？谢谢你的爱！来生吧！来生做你的好女人。你知道我的心有多痛吗？上帝呀！我太难受，我真想一头撞死在你面前。"

关梓木听了肖潇的话，紧紧握着她的手，听着她为了自己而哭得这样伤心，心那个痛呀！此刻有人一阵惊呼：快看天空！这时，有两朵动人魂魄的白云来回游弋，紧紧地缠绵在一起，难舍难分，久久不忍离去。关梓木痴痴地望着，想起老板说的那个化山守海的神话故事。是的，为了自己爱的人，就做苍山吧！只要心爱的人幸福快乐，不再悲伤，自己做什么都无怨无悔。想到这里，虽然心很痛，但全身轻松了。

他用力握了握肖潇的手，很无奈地说道："小妹，我尊重你的选择，你不要哭了，这样我会心痛的。"肖潇抬起头来，不敢相信这是真的，但见关梓木朝自己诚恳地点了点头。肖潇一阵难受，又哀哀地哭了起来。一个男人，做出如此决绝的选择，他的心将是怎样的一个痛啊！现在倒是关梓木在一旁安抚她了。

肖潇哭够了，抬起头来，痛惜地问道："弟，你还心痛吗？"关梓木见肖潇双眼红肿，泪人一个，就凄惨地回答道："我心不痛了，只是为小妹你心痛。唉！小妹呀！你好残忍呀！你不该今天就把这个不幸的决定告诉我。你让我再多做几天梦，或就这样做着梦，直到生命的尽头，那该多好啊！如今，梦醒了，小妹，你说我该怎么活呀？！此时此刻，我该以怎样的心情来与你生命中的千山万水告别。"肖潇听到这里，又呜呜咽咽地哭了起来。

肖潇哭够了，抬起头来，对关梓木说道："叫我姐吧！在未来的日子，我好找个理由来关心你。"是的，以姐的名义关心弟，显得自然。关梓木感觉自己心爱的女人，在自己的世界里渐渐远去了。她朝自己无可奈何地挥着手，慢慢地转过身，消失在落英满地的爱的世界里，就像一片雪花飘落在滚滚的桃花溪里，寂然无声。

关梓木对肖潇说道："姐，我想吻你一下。"肖潇爽快地答应了，站起来，走了过去，像一个献身的圣女，站在关梓木面前，仰着头，闭上了还在流泪的眼睛，等待关梓木那深情的一吻。关梓木搂着这个曾经的小妹，心想，这一吻，从此以后，她就是自己的姐了，一个自己曾经爱得死去活来的姐！他把自己的脸凑了过去，他看着这张脸，这么美艳，这么圣洁，这么摄人魂魄，他不忍亵渎，他放弃了这一吻，只是紧紧地抱着这个曾经的小妹。肖潇等了许久，发觉关梓木并没有吻自己，就睁开了眼睛，见关梓木痴痴地看着自己。关梓木见肖潇睁开了眼睛，就说道："姐，算了！"说得轻松干脆，还含着笑。但肖潇分明看到了那笑后面的绝望与忧伤，再一次被感动。他心里的伤该是多么的深啊！禁不住搂着他又哭了一场，哭累了，就对关梓木说道："弟弟，让姐亲亲你吧！"说完，就垫起自己的脚，在关梓木的前额深情地亲了亲，心想，这辈子，怕再也不会有这么深情的男人爱自己、疼自己了。

四

余先雷带着"移友"归来时，双廊已经被月光披满了。"移友"与杨娇他们在挖色分开，骑乘不过十千米，有"移友"的车就没电了，他们就推着车一路返回，在挖色才充上电。幸亏只有一辆电瓶车无电，不然真苦了他们。就是这一辆，也影响了大家环游洱海的梦想。由于疲惫，"移友"们很早就休息了。关梓木打电话叫余先雷到太阳宫来感受一下，遭到了余先雷的拒绝，他要陪一起出来的"移友"，如果丢下"移友"另觅他处，"移友"会怎么想？难道不会生出被遗弃的想法？关梓木就没有再邀余先雷，同时也明白了自己不声不响地脱离团队的不妥，第二天就给每位"移友"备了一份礼品，表示了自己的歉意，这反而让"移友"不知如何是好。他这一整，"移友"反倒更敬重他们了。对来自"移友之家"的温暖，"移友"除了感动，就是幸福的泪水。而早已原谅了关梓木的余先雷，也感受到了他做人的厚道。

晚上快 10 点，杨娇见高声语还没有过来，就打电话催问他什么时间过去。高声语在电话里告诉杨娇，他要和余哥照顾"移友"，就不过去了，并叫杨娇好好享受那里的豪华。杨娇一听就来气了，在电话里说道："别人睡觉还要你守着？今晚你不在那里他们要死？"说完就气咻咻地挂了电话。

高声语从未把这些物质上的东西放在心上。而杨娇就不这样想了，她认为上帝放在你面前的东西，你就应愉快地好好地享用，上帝叫你归去，你就没有遗憾高高兴兴地随它而去。杨娇生病这几年，高声语在杨娇那里攒下了不少感动，这次逮着了一个机会就想让他好好地享受一番，因为平时高声语会心痛浪费的每分钱。余先雷见杨娇在电话里生气了，也劝他过去，叫他放心，这里有他。高声语好一番纠结，才极不情愿地离开这里，却像一个夜里行窃的小偷，忐忑不安。高声语来到太阳宫很费了一番周折。在关梓木的指点下，他敲开了杨娇住的卧室，待杨娇打开门时，他很响地"嘿"了一声，朝杨娇尴尬地笑了笑，就没有了下文。开始在来的路上，他就想好了，要在那个如梦如幻的迷宫、遍地高贵的房间里浪漫一回，抱着杨娇在房间旋转、旋转，与她一起看海、一起瞭望星空，给她讲那美得令人掉泪的神话故事。但这只是他的想象，浪漫不是他的性格，他只是把这些深深地埋在心间，通过煮饭、对杨娇无微不至的关心，让她来感受自己对她的浪漫。

昨夜，杨娇并没有睡好，一是每到一个陌生的地方，她就难以入眠，二是从来没有住过这么高档的地方，有些兴奋。其实，昨晚除了宋腊妹之外，其余四位都没有睡好。高声语因为杨娇的辗转反侧没有睡踏实；关梓木因昨晚空腹喝下一瓶红酒，微醉难眠久久不肯睡去；肖潇因担心关梓木，睡去又惊醒，如此反复，也再难入眠。杨娇醒来对高声语说的第一句话就是：昨晚白糟蹋了几千块钱，还没有来双廊的那晚睡得好。看来自己就是一个穷鬼的命，这富贵是消受不起的。高声语却在一旁叫杨娇不要说，关梓木听到不好。

此刻，天已大亮，高声语用遥控打开了三面环海的落地窗帘，洱海又将它万种风情呈现在杨娇面前。两个人都赖在床上，望着大海发呆。没睡好确实不好受，头晕脑涨、浑身无力。不知过了多长时间，仿佛又睡了一觉，关梓木打来了电话，叫他们到外面的大露台上用早餐。关梓木认为在此地吃才霸气，有一整片海与天空陪着吃早餐，怎么都不会孤单。

杨娇和高声语来到院子的露台边时，其他三位都到了，除了宋腊妹神采奕奕，肖潇和关梓木都有些精神不振。这时白族姑娘提着硕大的竹篮过来，在面前几案上摆出了米粉、烙饼、手工香肠片、糯米糍粑等，真是很"大理"的早餐。顺着露台看出去，苍山洱海的百里风光尽收眼底。此刻，关梓木对肖潇一口一个姐，一会说这个好吃，一会又说那个好吃，姐要多吃点。高声语显得很困惑，刚要给关梓木开玩笑，这妹咋就变成了姐呢？他见杨娇和宋腊妹都在给他使眼色，就将跑出嘴的话使劲吞回了肚里。肖潇的面前已摆满了关梓木给她挑的菜品，肖潇就在堆成小山似的菜品中无声地吃着。

这个场景大家仿佛在哪里见过，是的，在飞机上，肖潇面对

小山似的食品，却怎么也不肯下嘴。但是关梓木在她耳畔一阵耳
语后，她才吃了起来。那关梓木在她耳畔说了什么呢？他说的话
和丽江那天晚上在餐厅里说的话一样：你不吃（不唱）那就让我
吻一个。就是这句话，让肖潇又吃又唱了。可今天，关梓木并没
有在她耳畔说什么，她却很认真地吃着，只是越吃越伤心，越吃
眼睛越湿，她抬头望了望面前的洱海，海还是那个海，风景还是
那些风景，人呢？从此以后，还有这么宠自己的人了吗？宋腊妹
悄悄地递了一张纸给肖潇，肖潇一边擦着自己的眼泪，一边凄惨
地笑道："也真是，这么好的地方也有小虫子，一不小心就入眼
了。"大家也齐声附和道："就是，这该死的虫子，它还挺多的！"

　　有些缘分虽然失去了，情却难收，有些伤害虽然看不见，心
却很痛。原来缘分最痛的结局，就是人走了，感情还在，地点变
了，心没变。一个意想不到的电话，斩断了肖潇的万千情丝。原
来，在大理结拜的姐姐雯妮要到双廊来看望她这个妹妹，也许这
个姐姐心有灵犀，妹妹心情不好，她要来陪妹妹。雯妮一个电
话，改写了这里的情感走向，那远方滚滚而来的、遮天蔽日的爱
恨情缘倏忽消失得无影无踪。接着，余先雷也来了电话，说是今
天与"移友"去上关看花，下午再回来游南诏风情岛，问他们去
不去，高声语说他马上过去。关梓木也跟着去了上关，因为他在
这里已没有任何意义了。于是这里就留下了三个女人，她们还得
把戏唱下去。肖潇要去接她的姐姐雯妮。杨娇和宋腊妹就在昨天
那个木榻上，卧看洱海，尽情发呆。两个人有一搭无一搭地摆着
龙门阵。

　　宋腊妹说："杨娇你才好，我看高大哥从来没有离开过你一
天，都四年了。"

　　杨娇叹道："好有什么用，没有钱，穷快活。"

　　宋腊妹回道："要那么多钱干什么？钱有时候又买不来快乐，

还会带来烦恼。"

杨娇答道："你饱汉不知饿汉饥，你有个搞房地产的老公，当然对钱不在乎哟！"

宋腊妹辩道："我真的对钱无所谓，有时候就想有高大哥这样一个人前后左右地照应到，所有的事只要自己吱一声，那个人就屁颠屁颠地忙活起来。"

杨娇说道："那是因为你有很多钱，已经对钱没感觉了。你看跟我们出来的'移友'，哪个不是惜钱如命。他们得不到社会尊重，露着谦卑而悲凉的笑，没有钱吃药和换器官时只有对社会的乞求与绝望。真的，没有钱是没有尊严的。"

宋腊妹沉默了，她又想起和杨娇、宁文琴去看贫困"移友"的场景。风雨飘摇的房子，窘迫的日子，为了一块钱急得在屋里绕圈子，因为吃席送不出礼金日夜焦虑。因为疾病，在未来的日子，只好忍受着世人的冷漠与贫穷结伴而行。杨娇也没有再说话，自己认为很普通的日子，竟然让有钱人好一阵羡慕。难道自己幸福吗？好像没有感觉到，不就是陪自己走个路，办点事吗？这也叫人羡慕，这也是幸福？

五

"姐！"肖潇见到雯妮，刚叫出一个姐字，就再难说出话来，仿佛受了太多委屈，抱着雯妮这个姐姐就是一通痛哭。雯妮搂着她，轻轻地拍着她的背，一言不发。肖潇哭够了，就把所有心事都讲给了这个姐。雯妮听完，安慰道："妹，一切都会好起来的，时间会把它变成我们的曾经过往。那些痛过的、爱过的、放不下的，都会慢慢变淡的，不知不觉地离我们远去，而那个最适合我们的人，会在那里安静地等我们。"听完雯妮的话，仿佛关梓木已经从自己的天空彻底消失了，肖潇又禁不住哭了起来。难道这个人不是自己生命中要等待的人吗？那为何又这样痛苦呢？

雯妮说道："妹，你就忍心让姐提着东西站在这里？"肖潇透过朦胧的泪眼，才发现自己的姐手里提着很多的东西，汗水弄湿了头发。她忙去帮姐拿手里的东西，将姐领进了太阳宫，很得意地对她说，是弟安排住这儿的。这弟一出口，咋这么顺嘴，难道自己一直就把他当弟吗？那自己为什么还这么肝肠寸断，一想起就伤心、就流泪呢？雯妮见肖潇满脸忧思，晕晕乎乎，就想把她从那个情深似海的风花雪月中拉出来，对她亲热地说道："你哥今天也想来看你，可店里走不开，在那失望得不行。"肖潇忙答道："咋不叫哥一起来呢，店里不是有服务员吗？"雯妮答道："本是要过来的，出门时又来了一位朋友。"肖潇很是遗憾，接着就介绍了这里的情况，雯妮被这里的不同凡响和美丽深深地吸引了。

中午，余先雷他们回到双廊，原来，天尚仁过来了，知道他们在这里，就特意过来看他们。余先雷就在刚到双廊那晚的大平台上，宴请特意来看望"移友"的雯妮和天尚仁，同时诚恳地感谢雯妮亲自给"移友"送来大理特产。更令人感动的是，她还送回了余先雷留在"月上云间"的三千元食宿费用，看来"天下'移友'是一家"这句话一点不假。

下午，"移友"们登上了多情而又布满千年风霜的南诏风情岛。该岛四面环水，静卧蓝天之下碧水之中，风景美得令人发慌，仿佛那个曾经转身的梦中情人，此刻已深情款款地在这里等候自己多时了。这种突然的相逢，令人幸福得想掉泪。是的，南诏岛，来过这里的人没有一个不爱她，离开了的人没有一个不想她。就在回归的路上，这些来自天涯海角的游客，又做着下次登临此处的梦了。

此刻，大家三三两两地走着，幸福满怀。杨娇对身边的天尚仁取笑道："三娃，你就是一个跟屁虫，我们走到哪你就跟到哪。说你是蹭饭的，这来去的代价又太大了吧！"

天尚仁委屈地回答道："好心来看你们，你竟说出这种狗屁不通的话。"

杨娇笑道："不是来看我们的，是来搞火力侦察的吧！"

天尚仁也不绕弯子，他确实不放心关梓木，就问道："他们怎么样了？"

杨娇卖着关子："好得很，他们都一起住到太阳宫了。"

天尚仁急了，忙问道："他们到底咋个了？"

杨娇继续卖着关子："快了，你马上就要吃喜糖了。"

天尚仁听到这里，泄气了，见肖潇和关梓木在他的左前方亲热地走在一起，有时还拉拉手，笑得很开心，时不时还合个影。那个跟肖潇长得很像的女子，成了他们的专职摄影师。天尚仁看到这里，很为自己的表哥惋惜，不由长长地叹了口气，说道："这女人呀！喜欢的就是个浪漫，让自己在男人堆里，把自己的爱情搞得轰轰烈烈，生怕别人不知道她有男人抢着爱她。"

杨娇笑道："三娃，我要告你表嫂，你在这里诽谤她。"

天尚仁迷糊道："哪个表嫂？你莫吓我哈！"

杨娇不想再逗他，就把肖潇和关梓木的情况告诉了他。他听后，感动了，难怪在午餐时，关梓木叫肖潇姐，眼里也看不出要吃她的样子，原来是这么回事。于是他就开始赞美肖潇，杨娇就取笑他变色龙。

此刻，"移友"们来到了一个视野更开阔，远景更迷人的地方。这里有套白色的长桌和高椅，桌上摆着艳丽的鲜花，听说它成了双廊的标志，来双廊的人，没有一个不到此一游的，也没有一个不在这里拍照留念的。这不，游客们自觉地排着队，在这里留下自己的美好。杨娇、宋腊妹、肖潇、雯妮四个美女也照了合影，而肖潇与关梓木也留下了一张珍贵的姐弟照。游完南诏风情岛，已是暮霭沉沉。关梓木与余先雷商量后，决定自己出钱请"移友"们在小岛用餐，晚上这里有一个篝火晚会，就让大家在这里团聚。因为明天上午 10 时，他们就要结束历时一周的丽江、洱海之行，乘坐大理开往 S 市的航班，回到自己的故乡。

此刻，阴霾的天空下起了细雨，那来自苍山、下关的大风，吹跑了旅客的雨伞，吹得游客的衣裙翩翩起舞，吹干了飘在鲜花上的雨水，却怎么也吹不干"移友"们感恩的泪水。"移友之家"，这个"移友"的圣地，他们会在心里念它一生的。

第二十一章　浓情

一

　　文娟见到干妈宋腊妹从洱海归来，就在干妈的身边痛哭了一场。宋腊妹知道干女儿的心事后，觉得这个孩子真不容易，看似在人来人往、热闹非凡的大家庭，却没有自己的血脉亲情。这里从来没有一个人走进她的心里，她就像小草一样在这个世界野蛮生长。她的内心是孤独的，她坚强的背后写满了寂寞与忧伤，只是来去匆匆的大家没有时间和心情向她投去那深情的一瞥。

　　宋腊妹本来今天要回去的，现在就决定不走了。她带着文娟在街上散心，给她买了新手机，因为以前给她的手机是自己用过几年的旧东西，打两三个电话就没电了，早就该淘汰了。接着又给她买了两套衣服，天渐渐凉了，冬天也快来了，她还穿着短袖。在回"移友之家"的路上，又给她买了她最喜欢吃的鲜花饼。再经过滨江公园时，索性又将她带到公园里玩了两个小时。文娟那清瘦的脸变得阳光明媚了。宋腊妹觉得干女儿长得也挺不错，又是一个容易满足喜欢感恩的孩子，经常给自己洗衣服，陪自己聊天，哄自己开心。今天才觉得干女儿不易，她还是一个孩子呀，她才更应该得到来自父母的爱与关怀，但她却什么都没有。

313

宋腊妹叫文娟再去念几年书，或学一门赖以为生的技术，但文娟说她离不开"移友之家"，宁爸爸太忙，事情太多，她要帮宁爸爸把"移友之家"照顾好。她现在也挣钱了，这两个月在"移友之家"的农产品公司领了七千元工资，自己都存在那儿，今后也可以开网店挣钱养活自己。干女儿的话令她很欣慰，原来女儿早就把今后的生活安排好了。

　　宋腊妹和文娟回到"移友之家"时，碰到未晗给宁光送煨汤过来。原来龙吉伟这段时间身体时好时坏，今天头痛伴有低烧，就没有过来，便叫未晗把自己煨好的汤送来了。未晗已长成了一个小美女，宋腊妹爱怜地摸了摸她的头，未晗就很甜地朝她笑了笑。她觉得这个孩子的脸越来越苍白，嘴唇也不是那种健康的红润，而是绛紫色的乌了。宋腊妹哪里知道，这个命运多舛的小女孩不久就成了这个世界的孤儿，而更让她没有想到的是，这个孩子会成为自己的又一个女儿。

　　宋腊妹一走进"移友之家"，就见宁光和张波在客厅里有说有笑。孟侠就坐在张波身边，一脸的幸福，安静地看着他们说话。原来"移友之家"的农产品公司这个月在网上销售二十三万余元，除去所有开支及费用，"移友之家"净获利五万余元，而且需求量越来越大，几乎到了供不应求的程度。照这个态势发展下去，"移友之家"利润会成倍增长。他们两父子在那一起展望未来，兴奋得全身发抖，笑得简直合不拢嘴。

　　宁光见宋腊妹她们回来了，与她一起的还有未晗，就问未晗妈妈身体好些没有，未晗说妈妈在家休息，叫她送汤过来。宁光就很怜惜地拉着她的手，要和她摆龙门阵。未晗说她想到楼顶花园去玩，就跑开了。

　　张波见文娟今天回来很高兴，还主动跟自己打招呼。她眼角的恨意也已远去，竟主动坐在孟侠身边。前几天的横眉冷对、山河破碎已变成了动人的微笑，孟侠紧张多日的神经瞬间松弛了，亲热地搂着文娟的肩膀笑了。

宁光见他们三兄妹都在这里就问道："你们最近发现没有，有个'移植网'很不错，点击率高，人气很旺。"

张波和文娟都面面相觑，只有孟侠微笑着回答道："知道。"

宁光问道："你看那上面发的文章怎么样？"

孟侠答道："很好，那些文章都是'移友'的经验之谈，有的还是'移友'用自己的血泪和生命记录下来的，有的就是一曲青春之歌、生命之歌，很鼓舞人、很有帮助、很值得一看。"

宁光问道："我们可不可以把它收集下来，用来帮助我们身边的'移友'？一是指导，二是关怀，三是让他们感受生命的美丽与飞扬。"

孟侠没有回答宁光的话，而是站了起来，到自己的卧室拿了几个大本子，交到了宁光的手里。原来孟侠已进行了认真的整理，细致分类、打印成册，还在电脑里留存了一份。宁光拿着这摞东西，心里感慨万千，多么有心的姑娘！宁光向孟侠投去了赞许的目光，同时叫学医的张波好好配合孟侠，把这项工作做好。

后来，杨洋和孟侠及张波成立了一个专门为"移友"服务的小团体。他们不仅仅是针对"移友"的疾病，更主要是对"移友"的心灵负责。

宋腊妹问肖潇去哪里了，孟侠说在楼顶琴房。今天肖潇回来，心情非常好，一是关梓木那里处理好了，算是给宁光一个交代，二是今天在这里没有见到一直放心不下的龙吉伟，而更令她激动的是，宁光正独自在楼顶的琴房练琴，正在用吉他弹奏一首很忧伤的《台湾岛》。肖潇进去后，就将门轻轻地反锁，悄悄地伸出双手，紧紧地蒙住了宁光的眼睛。宁光没有动，停住了弹吉他的手，想去搬开那双手，但不忍心过分用力，因此就没有搬开肖潇的手，肖潇就变声地问道：

"猜猜我是谁？"

宁光回答道："松开吧，我知道你是谁。"

"不嘛，我要你猜。"

"小妹，是不是？"

"你咋知道的？"

"因为你在我的心中！"

肖潇幸福得全身发抖，一下滚到了宁光的怀里，温柔地说道："哥，我好想你哟！你想我吗？"

"你猜？"

"我不知道，你告诉我。"

"小妹，这些都不重要，重要的是我们能在一起。我弹琴，你唱歌，我们可以站在窗前，看东方日出、西边残照，也看月圆月缺，你说对吗？"

"哥，我现在就只有你了，你会永远爱我吗？"肖潇想起与关梓木的决绝，心还一阵抽搐，不知道现在他还心痛吗？

"小妹，我的目光永远都不会离开你。除了'移友之家'，我会把所有的时间花在你身上，因为我知道，一辈子不长，我不会把时间花在无聊的事上，比如搬弄是非、阴谋算计、江湖的恩怨情仇，因为我没有一个敌人，也不会有一个仇人。我会把这些节约的时间全部花在我喜欢的人身上。"

"哥，你喜欢的人是谁，龙姐吗？"肖潇喃喃地问道。

"小妹，对不起！"宁光沉默了。

"哥，你知道吗？你一句对不起辜负了多少次的我爱你。"肖潇幽怨地说道。

"小妹，我的心也很痛，都怪我一时心软，做了错事。"宁光难过得把头埋在了肖潇的怀里。

"哥，去给龙姐说，叫她放过我们，我一辈子都会感谢她，要不我去给她说好吗？哥！"肖潇说着心又痛了起来。

"小妹，容我想想，再给我几天时间。"宁光心虚地哀求道。他能想什么？几天？在他心里，也只有无限期地拖下去，让这个无常肆无忌惮地吞噬他们纯真的爱情。宁光哪里知道，他的一个"拖"字，让他功德圆满。

"哥，亲我一个吧！我不逼你，但愿你在未来的日子能好好地爱我。"肖潇见宁光如此为难，就不忍心为难他，何必把心上人逼上绝路？如果肖潇硬逼着宁光摊牌，或者肖潇自己去斩断龙吉伟对这个世界仅有的一点幻想，宁光会不会怨恨肖潇，他们两个还有后来美好的爱情吗？

宁光正要去寻找那个令人销魂的吻点时，传来了轻轻的敲门声，原来是孟侠叫宁爸爸他们下去吃饭了。

二

宁文琴现在越来越懒散，自从"移友之家"成立后，她很少去自己的药店，有时十天半月才去一次，去了就想走，不像以前，一坐就是一整天。今天来这里一看，休息室已是尘埃遍地，蛛网满屋，不来这里怕也一月有余了。把屋子收拾干净，坐在这里，不由万分感慨。在宁文琴的胡思乱想中，黎学兵风风火火地冲了进来。这个人从来没有稳重过，不是笑嘻嘻就是乐哈哈，走路还全身晃动，仿佛全身都在帮着他走路似的。

在这很深的秋里，进来的黎学兵仍是春风满面。他举着一大束玫瑰，恭恭敬敬地放在老婆的怀里，说道："老婆，我爱你！"

宁文琴取笑道："黎先生，你又是哪河水发了，或者哪根筋搭错了线？"拿着老公的花，心情很好，举在面前，嗅了嗅，真香！

黎学兵说道："老婆，这一晃，结婚就二十年了，为什么我爱你怎么也爱不够呢？"黎学兵这一提醒，自己才想起来，这婚还真结了二十年。可自己总是弄错日子，大约是FK吃多了，今后怕是走出去，就找不着回家的路了，真是难为了黎先生。

宁文琴笑道："黎先生，那就谢谢了哟！"

黎学兵上前抱住宁文琴，深情地望着她。后者赶紧去推他，急道："黎先生，有人，快放了我。"

黎学兵答道："老婆，今天是我们结婚二十周年的纪念日，还是到恺撒大酒店的旋转餐厅庆贺一下吧！"

宁文琴说道："黎先生，你整得这么花哨，宁光哥知道了不晓得会咋想。"

黎学兵答道："他的境界太高了，我们小人物学不来，我们是食人间烟火的小老百姓。宁光哥，我们敬重他，支持他，但我们还得过自己的平凡日子。"

宁文琴突然问道："宁光哥生日就要到了，你准备得怎么样了？"

黎学兵说道："都准备好了，就在恺撒大酒店的旋转餐厅。那天去征求他的意见，他说就到满江红餐馆，那里近，其他地方他都不去，这还不得依他。"

宁文琴笑道："还不是为你节约钱，你要知恩图报，不是宁光哥帮咱，你也喝不上今天这碗面了。"

黎学兵听后甚以为是。是的，在最绝望的时候，有人无私地伸出了援手，温暖了自己，同时也让这个社会变得温馨而又美好。他们来到旋转餐厅，又听到了舒曼那首《隔世离空的红颜》，旋律哀伤缠绵，歌声梦幻迷离，那隔世离空的往事，如烟似雾地飘了过来。宁文琴又想起那天自己写的日志：

我的青春少年

人，生下来就是要死的。每个人都知道这个答案，但是仍然害怕，希望能够逃避。

人，为什么对这个结局感到害怕？其实，我们惧怕的并不是死亡本身，而是与死亡如影随形的病痛；我们痛苦的不是告别人间繁华，对死后世界的一无所知，而是我们有太多的遗憾，有太多的心愿未了，我们没活好、没活畅快。行程三十五年，当我回首望去，我心满意足。我明白，以后的日子，多是重复，全景已了然于心。我们会死，但我会微笑着面对每一个日升月落，水起云涌。今天，我想看看我来时的路。其中的一处风景。

（一）少小离家

十二岁，我便离开了家，独自去离家较远的地方读书了。记得最清楚的是学校坐落在两面是小河围着的小山下。二十多个女同学住在一间八平方米的屋子里，上下层的通铺，吃饭没地站，只好挤在教室外的屋檐下。夏天可热了，蚊子又多，下雨的时候就只好挤到床上去吃饭了。冬天霜风吹着冷，饭很快就凉了，所以我们得吃快点，这样的训练使得我们今天吃饭的速度特别快。冬天的早上，我们要起得很早，还要走七八分钟的路才到河边，把冰面敲开一个窟窿，然后打水洗脸，打水回去做饭。路上漆黑，河边很滑。我现在想，那时候为什么家长不担心孩子掉河里呢？而现在，为了安全，连学校都搬了。

那时候，妈妈问过我，读书苦不苦，下雪天、早起、打水，煮饭。我说，怎么会觉得苦呢，人人不都是这么过的吗？而我比别人好过多了，因为我不用愁学习呀，老师喜欢，同学羡慕，我还有啥可苦的呢？也许是因为太小就离开父母一个人独立生活，我养成了今天独立的性格，缺乏女子的娇弱，因此也很少得到呵护。所以当得到一点温情的关怀时，心里便升起无限的温暖与感动。

（二）意外邂逅

如果不是初三转学，就不会认识你了。1988年，那时候表姐刚好毕业分配到B镇，所以我随她来了。当时四个班，而我偏偏分在了三班，坐在你的前面。但我并没有注意你，几次考试后，才知道你是班上的佼佼者。你的作文写得特别好，有时老师拿来当范文朗读，于是我对你刮目相看了。你有些清瘦，皮肤有些黑，声音清脆略带磁性。听你读文章，感觉很美。你有些腼腆，很少和女孩子主动说话，所以尽管同学了一年，我们说过的话恐怕也没有十句吧？当时只是觉得，这小子将来一定会有出息的。那座校园，夏天开满了槐花，夜晚，一阵阵的槐香飘进教室，沁人心脾。

（三）奇妙的缘

1989年，我们同时考上了县里最好的高中，当时高一八个班，我们一起分在了四班，我们这个区考上的二十多个人中，只有四个人分在了这个班，你的座位仍然是在我的后面。因为我们初中同一个班，自然就觉得亲切，这让初到陌生环境的我们并没有感到孤单。

高二分文理科的时候，我们不谋而合选择了理科，而我们又一起分到了三班，你仍然坐在我的后面！高三我们班被分开，班上的四十五个同学全部重新分到其他的六个班去。

我们又一同被分到了一个班，你仍然坐在我的后面！如此屡次的拆分，我们仍然同班，于是高中三年你坐在我的后面，我已经习惯了。

我们的语言并不多，我倒是更喜欢和其他同学说话。偶尔问你一道数学题，你会把你知道的所有方法告诉我，你会把你认为有用的资料主动给我。我长跑不及格的时候，你站在那里叫我坚持跑下去，我跳高不敢跳的时候，你鼓励我不要害怕。我一直以为因为我们是老同学，你对我有些格外的关照。高考后的毕业留言让我感到意外："四年前有幸与你结识，从此一片明净的天空呈现在我的脑子里。我在淤泥中看到了一朵清莲，让我在烦躁中得到了宁静，因为有你，让我永远心平气和地走在花团锦簇的人群里……如果我能成功，你就会分享我那时的喜悦。"

那时，我被感动了。今天想来，我一直不知道这能不能算是我的初恋。也许青春期的热情，需要一个依附的对象，于是你就出现了。

（四）淡淡初恋

你真的成功了。我为你高兴。你去了南京，而我却没能和你一样。我打算放弃，可你不同意，你说为了你要我好好再来一次，于是我又回到了学校。这一年，在那枯燥的学习中，你的来信成了我的期盼。而你总是那么有分寸，说着得体的话，既能给人鼓励和希望，却又不会让人坠入情网。你的信很简略，用词文雅，读来清新熨帖。

1990 年，你从南京回来，就是想看我考得好不好。我记得看分数的那天，你比我还来得早，你骑着自行车在操场上等我，而我和宋某一起走出来，你有些诧异。他是我最好的朋友，我和你站在操场上说话，他骑着你的车溜圈圈，你有些不自在。然后我便回家等消息。有一天学校的老师通知我去学校，那天你刚好在我家，要到学校去还有五十里路呢，汽车也没有了，于是你骑自行车把我送到学校。一路上我们没说多少话，我也不敢拉你的衣服，当然更不敢抱你的腰了。我就一直向后仰着身子，弄得我腰酸背痛了好几天呢，而你累得满头大汗，也不吱声。

然后我去了重庆，开始了我新的学习生活。那时候我也开始给你写信了，也许那就是所谓的恋爱了吧？一周一两封来信成了我的精神食粮。班上的大多数同学都在谈恋爱了，只有我平静无波，仿佛没有任何人青睐。不过我也从不幻想，不期盼，我的快乐在远方，在我的心中。

至今提起南京，我仍然觉得亲切，那是你生活了四年的地方。你说你喜欢站在南京的长江大桥上看江水，你说因为那江水是从重庆流下来的，经过了我所在的地方，后来我读到李之仪的《卜算子》：我住长江头，君住长江尾，日日思君不见君，共饮长江水……这是否有那么一点切合题意的意境呢？

然后你的病开始加重了，你差点被休学，你躺在床上不能去上课，你说读我的来信成了你唯一的期盼。你说你已经跌至了谷底，没有什么可怕的了。是的，在人生低谷，从哪个方向走都是高处。你说当你在人生的低谷中伴你同行的人占据了你整个心，你说假如将来有一天，你对孩子们讲述父亲是怎样一个人的时候，希望我能做个证人，你说你想和我一起带着孩子们到大自然中去，体验生命的活力……

我这一生总是与疾病结伴而行，从我出生的时候，母亲就病重，一直靠药物维持。而认识你，也是与疾病终生为伴，我自己在二十九岁的时候也一样踏上了这条路。这是命运，我无法抗争，只能接受，但接受事实并不意味着屈服。你从来都不说你喜欢我，更别说爱，但我们却心有灵犀，十分默契。我和你的书信往来一直如山间清泉，清澈、舒缓、温馨、恬淡，从来没有大起大落、大喜大悲。但我以为我们就像两条静静流淌的小溪水，最终会自然而然汇集到一起，尽管没有任何承诺与誓言。

（五）无疾而终

我快毕业的那年，你写了一封信给我，叫我要多用些精力在学习上，不要给你写太多的信。我以为你不想收到我的信了，于是我不再给你写一封信，三个月也不给你写信了。你说你没有想到一个善良的愿望会这样伤了一个人的心。

我毕业回家，你也从南京回来了，我收到你的来信，却让我心如刀割："我的父亲猝死了，现在我唯一想做的就是给你写信。不要担心，我承受得起丧父之痛，你要保重！"十三年过去了，你的这封信，仅仅一行多字，我记得清清楚楚。那天中午邻居帮我拿回信，我读完后，午饭也没吃，顶着烈日就往你家跑，跑了二十多里地。可是当我赶到你家的时候，你已经又到舅舅家去了，过几天才回来。陪着你妈妈聊了一个晚上，关于你的父亲。我知道，父亲是你最崇敬、最爱的人，所以你上次说，十三年了，你仍然无法抚平心中的伤痛。也是因为这个原因，我和廖某后来疏远了，他的父亲当时是医院院长，因为耽误了抢救，你的父亲才去世的，我知道这与他无关，可是你的心里应该总有无法言说的纠结。其实在重庆读书的时候，我和他一直都有书信往来，最后趁着毕业参加工作的机会，就此和他断了联系。我没有想

323

到，今年我在病中他还能来医院看我。

后来我参加工作，而你还在继续读书，你让我有空的时候去看望你的妈妈和年迈的奶奶。前半年我回老家的时候总会去看望她们，后来就没再去了，可是你不会明白这是为什么。她是我们高中班上最漂亮的女孩，你去过她的家，但我不知道是什么时候开始去的。她的姐姐爱上了你，她的妈妈喜欢你。所以当你父亲去世的时候，当你和你们家正需要帮助的时候，她们的爱铺天盖地地涌来了。她的家庭条件优越，你的妈妈、你的姐姐选择了你现在的妻子。你的姐姐和你的妈妈在我面前说她是多么多么地好，说你的岳母是多么多么地欣赏你，给了你们家多大的帮助，话中的意思很明显，让我以后不必再去看望她们了。那便是我最后一次在你们家停留的一个晚上。我没有好看的容貌，也没有优越的家庭，更没有好的工作，对你将来也没有什么帮助。我对你来说做个普通的朋友或陌生人更为合适。

1994年你毕业回来就和她结婚了，你邀请了我，我去参加了你的婚礼，很风光很盛大。我也为你高兴，从此你不用再那么穷苦了。我们从来都不再提及这个话题，也不问对方任何原因。直到今天。

（六）握手友情

记得92年我还在重庆读书的时候，在我生日那天，你在南京给某某写了一封信，托她帮你在校园广播上给我点播了一首歌，叫《永远是朋友》。当我告诉你我也要结婚的时候，你给了我最真诚的祝福，你说你会和我的先生成为好朋友的。你亲切地称他为老黎，或只呼他的名字，却不带姓。97年你回来，在街上我们偶遇，你问我过得好吗，那时候我仍然贫困，但我过得很好，我想，生活的好坏不是物质能完全代表的。98年初夏你又回来了，你老婆陪着你在医院打针。当时我抱着我的孩子，六个月大，你当时看到她多么欣喜呀，情不自禁伸手想抱她，然后你又想起自己的病，又笑着说：叔叔不能抱你了。看到那情景，我忽然想起了以前你说过的话，有关于孩子的话。你曾经有些黯然的慨叹，恐怕这辈子也难有自己健康的孩子，当时我只想你健康活着。后来才知道当时我们都缺乏知识，对疾病的认识并不清楚。

在此匆匆一面之后，这一别就是十年。98年底我去了广东，为了生活，我辞去了那吃不饱饿不死的工作，怀揣我全部的家当，希望能通过自己的努力，为自己的家开辟一片天地。虽然我是一个路盲，走出去就找不到回家的路，但是我却有勇气在一无亲二无援的情况下，只身去闯天南地北。我是一个胆小的人，可遭遇绝境时又会变得胆大。

我去找到工作还没多久，你就打电话来了。我问你怎么这么快就知道了我的电话，你说你是问的我先生。你说你很内疚，你说我不该这样在外面漂泊，其实那几年的生活成了我这一生中最珍贵的一笔财富。我在那里锻炼了自己，成长了自己，觉得自己是一个可以有所作为的人。在那样的工作中，我获得了成就感。四年，比读一个本科更有收获。我的一个朋友说，人生中最宝贵的三种经历应该是：当兵，读大学，打工或创业。当时我不理解，后来我觉得他说得有道理。

我换了三次电话，你都能从我先生和朋友那里找到我的踪迹。那些年，你也一直居无定所，长年在全国各地出差，那样的漂泊会生长出许多的牵挂和寂寞来，你称与我的谈话是心灵的归属，这完全与爱情无关。两年后，我买了房有了

325

家，但我没回。我有时候感觉很累，没人叫我回家，只有你。四年后，正是我春风得意，大干一场的时候，厄运却向我悄悄走近。这就是命运，我只好迂回应战。回家，终于有了充分的理由；休息，名正言顺。

虽然我不能去工作了，但我仍然有兴趣去做一些让自己朝气蓬勃、焕发生命活力的事，好让自己感觉活着还有意义。感谢我的先生，他支持了我。他只想我过得快乐，不再考虑钱的问题，尽管经济还是不太宽裕。我记得我曾经对你说过，不管将来发生任何事，我对他将永存感恩之心。所以我包容他的一切，就如他包容我一样。这些年，你一直像兄长一样关心着我，你和我先生也保持联系，甚至有时候我叫他给你打电话，问问你的情况，而不亲自和你通话。记得2004年10月的时候我和你说过的话吗？我那时已经病重了，但我不想让你知道，所以我说我想做一些事情，会很忙，可能和你联系的时候会很少了。在这两年多的时间里，我被疾病困扰在床上的时候，也会想起你，想起我们的少年时光，想起我们美好的青春，想起你曾经说过的话，想起你的关怀，想起你的孤独，我只是祈求你能健康、快乐。当有一天你知道我已经离开的时候，你不要太难过。

今年的2月，我去成都住院，你岳母从报纸上看到了我的消息，打电话告诉了你，你又从电视上看到了我，于是你来医院找我，那天我刚好和先生一起到天府广场晒太阳去了。于是你和你妻子一起来到天府广场。十年后，我们竟然在这样的场景见面了。你紧紧握住了我的手，这是认识你二十年来，第一次握手。只有友情的温暖，却不再有爱情的战栗。从你的眼里，我看到了焦虑，明白了什么叫忧心如焚，知道了什么叫为人心痛。回到医院，我躺在病床上，你却和我先生在一旁低声细语，不知道你们在商量什么。从来都不愿意求人、欠人人情的你，却和以前的那些同学联系，让我得到了一些帮助。我真的不愿意你那样去做，你可明白，我是一个不愿意欠别人任何东西的人，那会成为我心中的负担。所以今天我的心里总觉得欠的人情债永远也还不清。

5月，你回来看我，这是你第一次来我家。你和我先生相处那么融洽，就像两个老朋友一样，看着你们两个在一起喝酒，那样畅快，看着你们在一起讨论事情，那么和谐，看着你们握手道别，那样真诚。二十年，我从来都没有仔细看过你，那天却认认真真看了看你长什么样子。我看到你黑瘦的面容有些病态，我害怕你历经病痛的磨难，所以半年没有消息，我就一直担心。你说你很好，我希望是真的。二十年，我从来没有叫过你的名字，那些年和你写信的时候，称呼只写一个字，你的姓，仿佛早已成了习惯。今天，你是我的朋友，是我的亲人。你让我的生活一直处于单纯的状态，让我的内心经常处于一种平和的状态。你的文字影响了我，我的身上始终有你的影子，我的思想是你的产物。有一种想念，它不叫爱情。我感谢写这句话的人，他说得恰如其分。我会想念你，但与爱情无关。就像一个学生终生感激、怀念启迪了他心灵智慧的恩师。

（七）不说再见

我和你永远不说再见。再见有两层意思，一种意思是不久后我们会再见面，另一种意思正好相反，我们将永远不会再见面了。前一种经常用于口语，是一种礼貌性的道别语；而后者经常用于书面，很正式的诀别。我有脆弱的一面，非常害怕正式道别，难以承受，所以不管和任何人，我都不想正式说这句话。而有一些人是多么容易出口啊，说声再见，犹如用鞭子在心上狠狠抽上一鞭，然后猛然转身，头也不回，飞奔而去，让人站在瑟瑟寒风中，看着心脏汩汩流血，不知所措，让阴冷的空气灌满空荡荡的胸腔。

我永远不和你说再见。即使我要走，我也不会留个背影给你，我会面对你，笑着，看着你，倒退着走，一点点走远，慢慢淡出你的视线。其实有时候即使明知道不会再见面了，但是因为没有正式诀别，总觉得对方一直还在某个地方，自己并不曾失去。诀别，无异于一次情感与心灵的杀戮，何苦要挥刀相向，血肉横飞呢？如果说再见也不会流泪不会心痛，那证明一切都已经自然而然地淡了，也就没有必要启用这样正式的仪式了。友情也许不能地老天荒，但我希望它是一株常青藤，起码在有生之年，伴我左右。我的少年青春，无怨无悔。回首来时的路，我很庆幸遇到了你。谢谢你，我一生的朋友！

那段日子是宁文琴最艰难的岁月，病重得随时可能奔赴黄泉。宁文琴和黎学兵在泪眼婆娑中诀别了一次又一次，最后竟艰难地挺了过来，而宁文琴也没有机会与日记中的那个"你"说"再见"了。她是怎么走过来的呢？宁文琴自己也不知道，但就是这样在这条又崎岖又恐怖的路上挺了下来。

第二十二章　变局

一

今天的满江红有点冷清，宁光的生日在这里低调举行。除了"移友之家"的两桌客人，就没见客人进来过。他们被安排在大厅，紧靠典礼台的正前方，就像一叶孤舟在瀚海飘摇。只有一阵又一阵浓浓的花香，在大厅无声地游弋，固执而又温馨，仿佛能把人们的宿梦摇醒。因了这花香，沉闷的空气才渐渐地活跃了起来。

一对俊男靓女，推着一个奇大无比的蛋糕，缓缓地走上了典礼台。接着，用百事可乐摆成的"心"字图案和"生日快乐"的字，也被推到了大家面前，它就像是长在那块木板上似的。此刻，幕墙上用七彩光打出了"热烈祝贺爱心大使宁光生日快乐!"几个字，空气就在瞬间变得喜庆起来，仿佛阳光突然普照人间。肖潇及"移友之家"所有成员，备感温暖、快乐，变得激动幸福而又泪光闪闪。

宁光被主持人隆重地请上了典礼台。毫无心理准备的宁光显得困惑而又无辜，不是说好什么仪式都不要吗? 包括蛋糕。为什么弄得这么奢侈? 他的目光在黎学兵、关梓木、肖潇的脸上扫来扫去，仿佛在说：是你? 你? 还是你们? 黎学兵他们都摇摇头，仿佛在告诉他，不要问我，不是我，我也不知道。这时大厅的气氛变得热烈而又神秘。

此刻，主持人用她那甜美而清脆的声音，声情并茂地向大家致辞："尊敬的女士们、先生们，大家上午好！感谢大家带着美好的愿望，来为爱心大使宁光先生过这个平凡而又有意义的生日。

"大家是不是觉得今天这里很特别？是的，今天这里确实很特别。有一位先生，被宁光的美德折服，他要为宁光先生过一个有意义的生日。十天前，他就在这里忙活，他今天包下了整个餐厅。大家用鼻子嗅嗅，这是什么香味？是的，浓浓的桂花香味，而且是迟桂花的香味。这里没有迟桂花，是这位先生从其他的地方，千辛万苦地弄过来的。按时令，桂花早已过了花期，却在近冬的冷风里浪漫而热烈地绽放了。她开得深沉而又多情，向大家传递着自己到来的痕迹。也许是花神敬畏宁光先生的美德，今年要让迟桂花来陪宁光先生过一个有意义的生日吧。

"在这里，让我们用热烈的掌声，请美丽的肖潇女士上场好吗？好，谢谢肖潇女士的配合。

"女士们，先生们，音乐已经响起，生日的蜡烛已经点燃，让我们用美好的祝愿祝尊敬的宁光先生生日快乐，好吗？谢谢大家的掌声！

"由于很特殊的原因，这位先生不便谋面，委托我们天涯婚庆公司帮他办这个极具意义的生日。为什么这位先生要用百事可乐来拼凑这个图案呢？我想，各位来宾应该知道，宁光先生的幸福来得迟了一些，但这位先生想虔诚地祝愿宁光先生在未来的日子百事可乐！我听说，迟桂花开得迟，好日子就经得久。因此这位先生不辞劳苦，送来了开得如此深情浪漫的迟桂花。他的意思是，也许宁光先生和肖潇女士的爱情来得迟了一些，正因为来得迟，他们幸福恩爱甜蜜的日子就会更长久。

"女士们，先生们，让我们同馥郁的迟桂花一起，见证宁光先生的幸福及他和肖潇女士两个人、忠贞而又美满的爱情吧。好！现在我虔诚地邀请各位来宾，用热烈的掌声来祝贺我们尊敬的宁光先生和肖潇女士！"

于是，雷鸣般的掌声持续而又热烈！

突然，从蛋糕的下面蹦出了一对天真可爱、笑靥如花的金童玉女，将绚丽而又娇艳的鲜花献给了宁光与肖潇，同时给宁光戴上了生日的王冠，再让宁光点蜡烛、许愿、吹蜡烛。突然，漆黑的大厅顿时灯火辉煌，右边的屏风后面走出了一队人来，望得到头却看不见尾。队伍里有男有女，有老有少，他们面露微笑，手捧花盆，盆里盛着花瓣，有迟桂花、玫瑰花，唱着生日快乐歌，深情而又满含敬意地走上了典礼台。他们围着宁光和肖潇，以他们为中心，缓缓地兜起了圆圈，将花瓣轻轻地撒在了肖潇和宁光的身上，美丽而又香气四溢的鲜花，像雪花一样，在他们的天空飘落。"移友之家"的亲人们，被这个别致的场面感动了，整个大厅流淌着的是花香、歌声，还有那热烈而有节奏的掌声。宁光和肖潇安静地站在典礼台上，满含感激、泪光闪闪，幸福而又甜蜜。

主持人那优美动听的声音，仿佛来自深邃而又高远的天际，神秘而又梦幻："女士们、先生们，今天这群手捧鲜花、口唱生日赞歌的来宾，有些你们也许认识，有些你们也许不认识。那些认识的，或不认识的，那些擦过肩、回过眸的，抑或是未遇见，在听过宁光的崇高美德后，都来了。来这里的他们，没有一个不爱他，没有一个不激动，没有一个不为他的爱心与善良感动得泪流满面。

"女士们，先生们，那位先生感动于宁光先生对这个社会的良心，特意向'移友之家'捐赠人民币 50 万元，用以支持宁光先生的爱心事业！让我们给这位无私支持宁光的爱心事业的先生一些掌声吧，借此感谢那些伟大而善良的灵魂。再次谢谢来宾热烈的掌声！

"女士们、先生们，活动即将结束，但宁光的爱心事业还在继续，而且会永远而又生机勃勃地继续下去——不！是继续上去！让我们借伟大的政治家、文学家范仲淹那流传千古的名句，送给我们的爱心大使宁光吧：'云山苍苍，江水泱泱；先生之风，山高水长。'让我们热烈的掌声再一次为我们尊敬的爱心大使宁光先生响起吧！谢谢大家。"

生日宴结束后，大家都回到了"移友之家"。因杨洋要回移植中心手术，给了宁光一个热烈的拥抱后，就恋恋不舍地离开了"移友之家"。今天，大家都被生日宴震惊了，都还沉浸在那个温馨多情而又梦幻的壮景里。肖潇更是被幸福熏得沉醉不起，她面若桃花，双眼放光，整个人显得飘逸而又风流。她幸福过，但没有这么幸福过；她快乐过，但没有这么快乐过。这是一种纯粹的快乐与幸福，没有忧伤、不需要回报，它就是这样任性，只是让你单纯地幸福和快乐。她坐在宁光身边，轻轻地拥着他，痴情地望着他，眼睛扑闪扑闪的。

激动之余，大家又对这个神秘人物充满了好奇，他们绞尽脑汁也没有猜出是谁。余先雷的猜测是："会不会与三个多月前的那个神秘人物有联系，因为他们处事的风格十分相似，不愿透露身份，乐善好施，对宁光充满敬意，对'移友之家'大力支持。另外就是，对我们这群人十分熟悉，宁光的生日大家十天前才知道，先是订在恺撒酒店，几天前才改在满江红。假如是同一个人，那他应该是谁呢？如果我分析得不错的话……"余先雷停顿了一下，仿佛知道了一样，郑重而又凌厉地扫了大家一眼，接着继续说道："那么这个人，就是我们这群人中间的某一位，现身吧！我们都会感谢你的，包括那些获得过帮助的'移友'们。"

大家你看我，我看你，最后都把目光对准了关梓木。因为他有这个财力，而且行事一贯高深莫测。大家笑了，对，就是他，不是他还会是谁？但关梓木马上否决了，说自己历来都是高调慈善，不会躲躲闪闪。大家一想，他没说错，于是又把目光转向了黎学兵和宁文琴，宁文琴说不是她，黎学兵也说他没有这么高尚，也懒得动这么复杂的心思。大家沉思后又把目光投向了宋腊妹，说："承认吧，免得让大家再做无用的猜测，你老公是搞房地产的，没的说。"但宋腊妹叫大家不要乱猜，这个事肯定不是她。接着他们又把目光在杨娇、高声语和天尚仁面前停留了片刻，是的，他们有这个心，没这个力。一圈下来，大家又迷糊了。突然，个个犹如醍醐灌顶，这还能是谁？贼喊捉贼，余先雷！对，就是他，他虚晃一枪，来了个灯下黑。大家一分析，肯定是他。他热心"移友"事业，乐善好施，儿子是房企高管，康定他又在场，最重要的是，一般像他这样的人，行事低调，为人云笼雾罩，叫人不知身在何处。于是，大家都把意味深长的目光投向了他，开心地笑了。困扰大家几个月的谜底，终于可以揭开了。余先雷见大家把转了一圈的目光坚定地投向他。苦笑道："你们看着我干什么？难道是我不成？"有人却说："不是你还会是谁？余哥你不要有顾虑，你懂的，我们会替你保密，你就承认算了，免得大家再动这个磨人的心思。"余先雷好一通解释，就差没有给大家磕头作揖了。这场游戏终于在大家的半信半疑中结束了，谜还是那个谜，只有让无所不能的时间来揭穿了。

宁光把这张五十万捐款交给了会计宋腊妹，又和大家一起去看望了龙吉伟。他们认真地安慰了她一番，叫她安心养病，她和未晗的生活，"移友之家"会安排好的。宁光又亲自去找了刘主任，刘主任在林凤鸣那里了解情况后告诉宁光：从现在的情况看，病人感冒伴有轻微肺部感染，无大碍，但病人有肝衰的痕迹。毕竟病人的移植肝已工作了十六年，药物对肝脏有一定程度的损伤。也就是说，家属有可能要做好二次换肝的准备。听完刘主任的分析后，宁光心事重重地离开了医院。

二

"小妖精，给老娘滚出来！老娘还没死你就来抢位子，你也不拿镜子照照，老娘的位子就是随便抢的?"一个三十岁左右颇有几分姿色的女人，骂骂咧咧地闯进了"移友之家"。正在客厅的张波一看，是关梓木的老婆。这个女人平时就盛气凌人，目空一切，见到张波他们，从不拿正眼瞧一下，仿佛他们不配她这一眼。张波见她进来，既没有拦她，也没有回答她。她根本就没把张波放在眼里，她也不需要谁来回答她，见这里没有人就径直朝楼顶花园而去。张波愣了几秒钟，就跟了上去，不知道她这是要干啥子。这女人边上楼又边骂开了："小妖精，又跑到哪里媚人去了。我看你就好这口，哪个男人你都想啃，如今弄成了一个病恹恹……"

今天"移友之家"有事，几乎所有美女全在。这关梓木老婆确实厉害，她一来到楼顶花园，朝众美女扫了一眼，就径直走到了肖潇面前，围着肖潇转了一圈，边转边骂："小妖精，长得不错哟！还真是个偷汉子的货！可你就是没这个命，弄成了一身病，还不收心！幸亏少了个腰子，不然就要上天了，不知还要祸害多少男人……"她边说边走上前去，狠狠地扇了肖潇几个耳光。这女人下手真狠，肖潇那张林妹妹的脸红肿得像杨贵妃的满月脸了。

334

肖潇哪见过这等悍妇，也根本不知道她是冲着自己来的，自己还没有明白是怎么回事，就挨了一顿铺天盖地的臭骂，接着就是几个响亮的耳光，当时脑壳就一片空白，脸上的笑还没有来得及完全撤退，就蒙在了那儿。既不知道流泪，也不知道说话，待明白过来时，又挨了几个耳光，但自己仍站在那儿任由她抽打。

　　正在大家面面相觑时，关梓木反应最快，几步跨过去捉住老婆的手，将其拉开了。这女人还不依不饶，一边往肖潇身上扑，一边破口大骂："狐狸精，汉子还养到家了哟！大家快来看呀！自己的老公还护着偷人的小三打老婆……"关梓木见这个女人太不像话了，火腾一下就上来了，呼呼地就是几耳光，打在老婆脸上。这女人没想到关梓木真会打她，回过神来就一边拼命抓扯关梓木，一边哭骂道："你还真护着这个不要脸的狐狸精打自己的老婆，老娘今天就索性和你拼了。"边说边去抓关梓木的脸，顿时关梓木的脸就起了无数道血红的抓痕。关梓木恼羞成怒，就用力地推搡自己的老婆，这一来二去，就到了楼梯口，两个人没站稳，双双顺着楼梯滚了下去。这下可好，出大事了！关梓木倒无甚大碍，因为倒下去时，他是倒在老婆的身上再滚下楼梯的。而他老婆可就惨了，脑壳碰了一道大口子，殷红的血汩汩地往外冒，右手当场骨折，大家赶紧把她送到省院急救中心。万幸的是，这次没有闹出人命。

　　大家还在发愣，这场戏就谢幕了。我们再来看这可怜的肖潇，遭遇如此羞辱打骂，像个傻子一样，没有眼泪，没有哭泣，就那样傻站着。待大家明白过来时，却见她从嘴里喷出一大口鲜血，歪歪倒倒地就朝地下去了。幸亏杨娇机灵，反应快，飞步上前接住已不省人事的肖潇。大家吓得不知所措，说赶紧送医院。懂医的张波说不必送医院，她这是气恨交加，急火攻心，一会就好。他将肖潇弄来斜躺着，掐她的人中、虎口，果然，不一会儿，肖潇慢慢地苏醒了过来。接着，终于哭了出来。

众人现在都没有弄明白，关梓木老婆从不与他们来往，咋会一上来就直奔肖潇，她是咋个知道的呢？而且这里的美女也不少，比如宋腊妹、龙吉伟，还有杨娇，论美貌，还要略胜一筹，为什么她不找杨娇，而认定了肖潇呢？原来，这纰漏就出在日有所思，夜有所梦这里。昨夜梦中，关梓木一直在喊：姐、姐、姐、我还想叫你妹，与你在洱海……还住太阳宫……关梓木老婆前后一想就明白了。

下午，关梓木就被叫到了派出所，接着又以伤害罪被派出所送到看守所关押了起来。原来这关梓木老婆吃了大亏，在病床上忍着伤痛就向老爷子告了一状，说关梓木在外养野女人，在家闹离婚，今天还差点把她打死。这关梓木平时对老爷子就不恭，老爷子心里生着气，就想治治他，今天出了这等事，这还了得！但关梓木毕竟是重症病人，三天以后就被取保候审，走出了看守所。

那天，肖潇去看关梓木，关梓木对她很冷淡，两人一下陌生了许多。

肖潇难过地问道："弟，你还好吧？"

关梓木漠然地答道："一切都过去了，姐，我很好。"

肖潇关切地问道："弟，你今后咋办？"

关梓木淡然地回答道："姐，一切都好了，好就是了，一切都结束了。尘归尘，土归土。"

肖潇见关梓木今天说话怪怪的，很伤心，就安慰道："弟，你不要伤心，不要难过，你不会有事的，姐陪你一起来克服眼前的困难。"

关梓木对肖潇的话很冷淡，安静地回道："菩提本无树，明镜亦非台。本来无一物，何处惹尘埃。看淡、看开、看透，就六根清净了。"

这关梓木今天怎么了，说话云笼雾锁，仿佛这个世界与他无关。肖潇心想，也许他这些日子经的事多，糊涂了。看他那憔悴的面容，肖潇心痛了，都是因为自己，泪水就不争气地在眼眶边打转。自己刚要去安慰他时，只见他拿起桌上的一本佛经书籍心无旁骛地翻看了起来，对周围的事都无动于衷。肖潇不由更加伤心，这个曾经爱自己胜过爱生命的人，对自己也视而不见了。肖潇见关梓木的眼睛全在书上，对她目不斜视，就更加伤心了。

过了一会儿，关梓木见肖潇坐在那里没有要走的意思，就问道："姐，你还有事吗？"明显的逐客令。肖潇无可奈何，哭着离开了关梓木。

四

上午，肖潇和孟侠刚刚来到楼顶花园的音乐教学点，就接到雯妮打来的电话：段玉在送旅客去大理机场的途中遭遇车祸，身负重伤，现正在医院抢救，他想见肖潇最后一面，有事要托付于她。肖潇听到这个消息，犹如晴天霹雳，她当日下午就乘上了 S 市去大理的航班。但肖潇还是来晚了，飞机的速度也无法赶上段玉奔向天堂那匆匆的脚步。呈现在肖潇面前的，不是那个风流倜傥、大谈人生如茶的哥哥了，他已是一个被红尘的亲人们改变了称谓的过客。

半个月后，肖潇再次回到 S 市，已是肃杀的冬季了。今年的冬天，大家都觉得异样寒冷。那从西伯利亚滚滚而来的寒流，从人们紧闭的窗户前呜呜地吹过，发出令人战栗的哀鸣声。肖潇和姐姐雯妮从飞机上下来，被这寒风一吹，冷得瑟瑟发抖。是的，两小时前，她们还在暖如秋季的大理，身着秋衣的她们，怎敌得了这凌厉的风刀霜剑？今天来机场接她们的是天尚仁。坐在冒着暖气的车里，穿上宁光为她们姐妹准备的冬衣，温暖又重回人间了。

肖潇看到这辆熟悉的大奔，还以为是关梓木来接自己呢，心里顿生暖意。后来看见驾驶座上坐着的是天尚仁，竟有些失望。肖潇见到天尚仁，就随口问道："天哥，怎么是你？我弟弟呢？"

天尚仁回头看了肖潇一眼，没有回答肖潇的话，用脚狠狠地踩了一脚油门，车像挨了鞭子的骏马，撒开蹄子向前狂奔而去。肖潇以为天尚仁没有听到，就又问了一遍，天尚仁又回头看了她一眼，仍没有回答，而是把车开得更快了。肖潇的心一紧，难道弟弟出事了，又被关进了看守所？或者出了意外？还是因病住进了医院？她从天尚仁那躲闪的目光里，读到了弟弟已经出事了，而且是出的大事！

是的，天尚仁听到了，而且听得很明白，他是因为自己不知道如何回答才一直回避着。出发前，表哥宁光就再三向他交代，不能把关梓木的真实情况告诉她。因为最近肖潇身边接二连三地发生不幸的事情，他怕肖潇受不了这个沉重的打击，等过了这段时间再告诉她。人们的愿望是好的，但一个大活人突然从自己身边消失，她不可能不关心，何况这个人还那么痴情地爱过自己呢！

肖潇急得要哭了，又问了天尚仁一遍。天尚仁措辞谨慎地回答道："回去你就知道了。"肖潇一听这模棱两可的话就哭了起来，弟弟也许不在人世了，就哭得更伤心了。那个曾经的弟弟，变得高大了起来，她把关梓木对自己的好放大了几十倍，也让自己更加悲痛。而坐在一旁的雯妮，紧紧握住妹妹的手，像要给她力量，把那个不幸从妹妹的心中移出。唉，两个苦命的女人，相互鼓励着，温暖着对方，艰难地走在这万千红尘中。

天尚仁见肖潇哭得这样哀痛，就安慰道："你弟弟活得好好的，能吃能睡，你就不要伤心了。"肖潇一听这话，立马破涕为笑，有些责备地对天尚仁说："那你把话说得吞吞吐吐的，弄得别人心里一惊一乍的。"

　　原来，关梓木在肖潇回来的前一天，就归隐了僧门。由于身患重病，家人也受不了离别之苦，他便在城中的龙隐寺修行。关梓木看破红尘也不是一天两天的事了，应该说很早以前就有此念。小时候跟着吃斋念佛的奶奶，开始觉得好玩，后被那博大精深的智慧震撼，渐生敬畏难舍之心。而剃度之前的一个梦境，让他明白自己该上路了。

　　夜半，梦中。关梓木看见奶奶养的那只老猫满眼慈悲地来到他身边，咬着他的裤管，把自己领到楼顶的一处空地，离他一米外的空地顿时大火冲天。炙热的火焰吓得关梓木朝后退了好几步，而那只老猫竟然朝大火纵身一跃，落入火中。关梓木本能地伸手去救时，奇迹出现了，一道七彩之光，绚丽而又光芒四射地呈现在自己的眼前，令寒冷漆黑的深夜温暖而又梦幻。这光持续了十多分钟，就在关梓木的眼前无声地消失了，猫也不知去向。第二天早上，关梓木想起昨晚的梦境，径直去了楼顶，见昨晚梦中的那块空地有火的痕迹。他急忙去了奶奶那里，见奶奶端坐在太师椅上，慈祥地朝他微笑着，他就问家里那只老猫呢？正在客厅打扫卫生的保姆告诉他，这只在家喂了十多年的老猫，从不肯踏出家门半步，今天早上却无踪影了。关梓木不放心保姆说的话，就在楼上楼下仔细查找了一遍，确实不见了，于是转身下楼，准备把昨夜的梦告诉奶奶。但他来到奶奶身边时，奶奶已经安详地离开了这个世界。关梓木恍然大悟，原来猫和奶奶都是来度化自己的。他于是向奶奶行了跪拜之礼，心无旁骛地离开了这里。

他来到天涯律师事务所，委托他们把自己的大奔和身边的三百多万现金悉数捐给"移友之家"。这些自己已经不再需要，就让"移友之家"替自己照顾那些在苦海中挣扎着的芸芸众生吧，其余的房产和生意上的财产是父母的，他就无权处置和过问了。处理好红尘俗事，关梓木挎一小包，悄悄转身，飘然而去，无迹可寻。

五

那日，张波向宁光汇报了自己的工作。公司本月为"移友之家"带来了近十万元的利润，而在孟侠的小木屋旁扩建的房屋已基本竣工，不日就可验收了。说到这里，张波像想起了什么似的，突然对宁光说道，他昨天看到了李伯乐，不，应该是看到了一个像李伯乐的人。

昨日黄昏，他和余先雷、宁文琴看望完贫困"移友"后回城，走在龙隐寺附近堵车，自己就下来了。因为龙隐寺离"移友之家"就二十分钟路程，抬脚就到。刚走到龙隐寺大门口，他就看见一个熟悉的身影从龙隐寺出来。当时张波根本没想起是谁，但这个人自己肯定见过，就跟了上去。此人走路很特别，后背笔直，昂首阔步，很是精神抖擞。走着走着他就想起了，这不是李伯乐吗？对，肯定是他，在九寨沟时，自己就认真看过他的背影，不会有错！于是就紧紧地跟了上去。不晓得是那个人漏掉了要办的事呢，还是发现有人跟踪，趁几个骑自行车的学生过来，路人增多，他突然顺势转身，避开了张波，又朝龙隐寺而去。张波立马转身跟了上来，只因人流密集，那人又去得太快，竟然在龙隐寺门口把人跟丢了。

他看见了那人在龙隐寺门口一闪，就不见了。李伯乐又入了龙隐寺？于是张波就势坐在了靠大门右侧的椅子上。他要把这个人找到，因为有太多的谜需要这个人来解。张波坐在这里，百无聊赖，就一遍一遍地看龙隐寺大门上的对联：佛刹隐禅机且喜光明虽心至，寺门通大道何忧风雨阻客来。这"隐"的是谁？这"客"又来自何方？那龙隐寺几百年前的传说如烟似雾地飘了过来……张波一通胡思乱想，也不知过了多长时间，那个人始终没有出现。后来，孟侠打电话问他什么时间回去，他才拖着有些僵冷的身体往回走。而空濛的夜晚已下起了小雨，透过雨幕，张波再次望了望龙隐寺，寺内一团漆黑，像一个深不可测的黑洞。

张波刚说完这件怪事，肖潇和雯妮就回来了。天尚仁将她们的东西提进来就回去了。肖潇为雯妮和宁光相互介绍后，就迫不及待地问宁光："我弟弟关梓木呢？"

宁光不知道该如何回答，想了想说道："他还好，你先休息，改天再去看他。"为了转移她的注意力，就继续对她说道："你姐姐雯妮才来，你先陪陪她，再抽时间去看看龙姐，龙姐现在情况不太好。"

肖潇心里一紧，弟弟一定出了意想不到的大事，不然为什么大家都对她吞吞吐吐呢？于是就固执地要宁光告诉她。宁光想她早晚都会知道的，迟早都有一痛，就把关梓木的情况告诉了她，同时叫文娟带雯妮去休息。肖潇一听，犹如五雷轰顶，她设想了无数种结果，也没有想到会有这种结果，他居然、居然出家了！肖潇一时稳不住，就倒在了宁光的怀里痛哭起来。

肖潇哭道："宁光哥，我们到底做错了什么？上帝还要这样惩罚我们！难道我们做得还不好吗？我们一心一意为'移友'办事，灾难却一次又一次降临到我们头上，我们这样做又有什么意义呢？我不服！我不服！"

宁光说道："小妹，我以前听说了一个故事。一位禅师在水里救起了一只蝎子，却被蝎子蜇伤。路人就问他为何还要救，禅师回答说，蝎子蜇人是它的天性，而善良是我们的天性，我们不能受了委屈就放弃我们善良的天性。在我们最苦闷的时候，我们就看看天空，天空那么辽阔高远，一定盛得下我们所有的委屈与悲伤。在这个世界上，每个生命都值得我们去爱护，你看那些经历过伤痛与死亡的'移友'，他们的眼神依旧善良温柔。我一直相信，爱与善良，还有真诚，一定会是对人影响最深刻的。"

肖潇听得迷迷糊糊，又有一个声音在心里呼喊："小妹，别了，来世再见！今生你欠我一个承诺，洱海边的山盟海誓我会带着它，到来世找你……"肖潇的心又痛了，泪又来了。她要把那个死心塌地爱自己的人找回来。想到这里，肖潇现在就要去把关梓木劝回来。宁光劝道："此事不可莽撞，一定要深思，不然反而会把事情弄糟。何况你刚回来，你雯妮姐姐还需要照顾，我还想听听你在大理的情况。"宁光这一招还真灵，肖潇情绪渐渐稳定，就说了在大理发生的事情。

肖潇走出大理机场时，很茫然地望了一眼高远的蓝天。只见滚滚乌云从西边的天空压过来，好似千军万马，没有多久，云又慢慢地向西方散去。又有谁被天庭接走了？肖潇心里一沉，不祥之感顿生，难道？到了医院，段玉已踏出红尘万丈驾鹤西归了，天庭果然是来接他的。

后来，听幸存者说，车祸的罪魁祸首是司机疲劳驾驶。对方是辆大货车，当时应该处于失控状态，司机走神或许睡着了，它转弯时占道又不减速，直接就冲了过来。段玉避让不及，就直接撞了上去。说到这里，幸存者就呜呜地哭了起来，因为段玉把生的机会留给了自己。当时段玉朝右打的方向，假如他朝左打一点，活下来的就是他了。也许是他觉得身边的这个小伙子太年轻，一念之间就把生的希望留给他了。这人的生死，不仅仅是一呼一吸间，也在一念之间。段玉放心不下雯妮，辞世时把她托付给了肖潇。

幸存者叫李果，今年十九岁，在Ｓ市理工大学念大二，不久前才搬家至Ｓ市。此次是双休日过来玩，哪曾想竟出了这样的事。为了感谢段玉的再生之恩，他请了假，忙完了段玉的后事才回到学校。让段玉不会想到的是，这个李果，在未来的日子，会与自己的妻子有着千丝万缕的联系。后来，杨娇总是在想，杨洋与李果的爱情，是不是杨洋的二娘生前在人世结下的善缘呢？不是自己的闺密，李果能活下来吗？

肖潇陪姐姐雯妮处理完段玉的后事，把月上云间旅馆和茶馆盘了出去后，就买了机票离开了这个养育了姐姐三十多年的故乡。

肖潇叙述完姐姐的不幸，自己也哭成了泪人儿，她就想不明白，这不幸怎么就像自己的影子一样，不离不弃、死心塌地地跟着自己呢？宁光耐心地安慰着肖潇。雯妮这时从卧室里出来了，肖潇就停止了哭泣，擦掉眼泪朝雯妮笑了笑，因悲伤太厚，笑得有些沉重。这时，未晗来了，宁光像触电一样推开了肖潇，快速地站了起来。因为在未晗的心里，宁光就是她未来的爸爸，她向自己的妈妈表达了无数次的愿望，她喜欢宁光叔叔，她希望妈妈也为自己找一个像宁光这样的好爸爸。龙吉伟笑得很开心，说她会努力的，不会让她失望，一定会替她找一个像宁光这样的好爸爸。而宁光也承诺过。

未晗见又来了一个与肖潇阿姨长得极像的美女，非常惊奇，童心未泯的她，丢下替妈妈装饭菜的盒子，就想给两个长得极像的阿姨画张像。得到两位阿姨的同意后，未晗高兴得跳了起来。是的，这段时间妈妈住院，她就天天在医院照顾妈妈，按时来

"移友之家"给妈妈端饭。因照顾妈妈，多日不摸画笔的手有些发痒了。

刚才宁光见到未晗，突然把自己推开，肖潇心里还有点不快，但看到这个天真纯洁的孩子身体越来越差，脸越来越苍白，肖潇心痛了，母爱就像滔滔不绝的江水，从自己的心中喷涌而出，紧紧将未晗包围。她亲热地拉着未晗冰凉的小手，询问她妈妈的病情。未晗要替她们画像，她就满口答应了下来。孩子就飞快地到卧室找自己的画夹及画笔。

肖潇拉着姐姐雯妮的手，兴致勃勃地邀请她到楼顶花园去看看。雯妮一上来就被这个楼顶花园迷住了，这简直就是闹市中的一个桃花源，对面滨江花园的美景也尽收眼底，而且他们还在花园的一角种了蔬菜。由于楼顶风大，天空又飘着细雨，冷得她们直哆嗦，于是就来到了琴房，这时未晗也上来了。她们就端坐在那里，让未晗用自己的画笔，为她们留下了一个美丽而又永恒的瞬间。

期间，她们问未晗可不可以边弹琴，边让她画像，因为她们坐在那儿确实太无聊。未晗说可以，于是屋里就响起悠扬柔媚的琴声。不晓得未晗是陶醉在琴声里呢，还是沉浸在绘画中，特别专注、特别幸福。她苍白的脸变得红润有光泽，秀丽而又青春飞扬，她都快长成一个大美人了。这时她也成了画中人，成了别人眼里的一道风景。有人在门外悄悄地留下了这个瞬间。不知道为什么他就只拍了一张，成了一个绝版，一个经典。而令肖潇和雯妮更没有想到的是，几个月后，只要看到这幅画，她们就会心痛不已，泪湿眼眶。

楼下的宁光，此刻也十分纠结，他不知道刚才肖潇坐在自己身上的那幕，未晗是否看到。假如看到了，孩子会咋想？一个可以做自己父亲的好人，一个承诺愿意做这个天真孩子的父亲的人，就是她的天。如果他又和一个女人搂搂抱抱，不清不楚，孩子的天难道不塌吗？为什么宁光会这么紧张？因为就在肖潇去了云南，龙吉伟身体状况欠佳时，未晗单独来找过他，就在楼顶花园的观景台，那是个日落时分，夕阳很好，天空静美。未晗坐在他身边，宁光的父爱泛滥了起来，不由自主地将未晗的肩膀揽住。孩子睁着一双清澈明亮的大眼睛，天真地望着他，小心翼翼地问道："叔叔，我能叫你爸爸吗？你可以做我的爸爸吗？"

宁光看着这个可怜的孩子，心里很疼。世间所有的孩子都有爸爸，而这个身患重症、不到十四岁的孩子，却不知爸爸身在何处。宁光不敢再看孩子的那双眼睛，不忍拒绝孩子这个小小的要求，鬼使神差地答应了未晗。孩子幸福得落泪了，那天不知叫了自己多少声爸爸。当时他和孩子约定，没有第三人在场时就叫爸爸。未晗从未违约，平时两人就相视而笑，这是他们父女两人的秘密。就是这个秘密，不知给孩子带来了多少快乐。善心让自己不停地犯错，甚至越陷越深，不能自拔。自己就像贼一样，惶惶不安，一看到肖潇心里就打鼓，生怕自己的小秘密被她发现。这龙吉伟的事还没摆平，如今又添上孩子这档事，肖潇不把自己杀了才怪。而自己有时候要与肖潇亲热，还得要像防贼一样防着未晗，生怕孩子看到自己又和别的女人卿卿我我。更防不胜防的是肖潇，肖潇有时向自己撒个娇什么的，不能拒绝，这是正当要求，而在未晗眼里，就是背叛。宁光不晓得哪天穿帮，就这样苦苦地熬着，度日如年。

第二十三章 纠缠

一

天空一扫昔日阴霾，放晴了。久违的朝霞羞羞答答地爬上了天际，显得胆小而又犹豫。肖潇今天起了个大早，有些忐忑的心经这霞光一照，精神大振。看来是上苍显灵了，今天弟弟肯定能跟自己回来。为了能让弟弟回来，近日自己日夜准备，精心设计，做足功课。杨娇、雯妮和自己组成了一个美人团，由高声语保驾护航，一行四人，信心满满地奔龙隐寺而去。

途中，肖潇仍有些不放心，就征求跟随的高声语："你说我们今天能把弟弟劝回来吗？在这里，男人的心思你最懂。"

高声语回道："应该可以吧，久雨突然放晴，你一定有好运气。"肖潇对高声语的回答很满意，自信心一下就上去了。

龙隐寺很近，他们很快就到了。可肖潇觉得今天近得不可思议，近得有点离谱。站在寺前，她的心情变得沉重起来，不由深深吸了一口气，迈着灌了铅的脚，小心翼翼地走进了寺里。古刹殿宇层层，林木茂密，百鸟争鸣。苍松翠柏覆盖庙宇，显得森严无比。一圈走下来，并没有看到关梓木，问过两个小和尚，一无所获。再向寺里的杂役打听，更是不知所云。他们觉得有些累，就在一处回廊找了个地方歇息。这时寺内香烟缭绕，磬声悠悠，人来人往，一派繁忙，寺内变得分外热闹。

他们无聊地望着络绎不绝的香客，显得心事重重。高声语此刻正好坐在雯妮的斜对面，不经意地瞟了她一眼。现在才发现，她长得太像肖潇了。今天她画了淡妆，更加美艳照人。高声语突然想起了风华美人何日还的诗句，这风华美人原来就站在自己身边。肖潇他们休息够了，又在这寺里一圈一圈地找，她不相信把他找不出来。此时，那些香客来了又去，去了又来，在这来去之间，那些善男信女渐渐稀少起来，时光如流水一般地远去，不知不觉就快午时了。肖潇不由顿生烦躁，信心也在悄悄流失，难道他随师父已云游他处？抑或是躲在某一暗角，根本就不想见她？他们这时又来到一个不起眼的偏殿，肖潇在那打望，高声语见那上面有一对联：一粒米中藏世界；半边锅内煮乾坤。突然杨娇大叫一声："那不是关梓木吗？"大家顺着她手指的方向看过去，仔细一瞧，还真是他。光头，身披灰色袈裟，手持念珠，安静地朝这边走过来。这杨娇的眼睛确实厉害，若是高声语，万难认出，这关梓木与未出家时相貌是大不相同的，他显得清瘦，精神，往日有些杀气的眼神变得温柔，甚至是慈悲。他看见肖潇他们，略一迟疑就平静地走了过来，给他们唱了个喏。肖潇一见他，就没控制住自己，大叫了一声"弟弟!"就扑上去抱住关梓木，大哭了起来。关梓木轻轻地叫了一声"姐"，见肖潇把自己抱住，就想把她推开，哪知肖潇抱得太紧，一时难以推开，就念了一声"南无阿弥陀佛"，身稳如松，不再晃动。手里的念珠就不停地转动了起来，口里一直念念有词，可能是说自己身陷泥潭，请佛祖饶恕，借佛力超度，早出苦海吧!

肖潇哭够了，就主动松开了关梓木，哀求道："弟弟，我们回去吧!"关梓木停止了念经，回了一个"南无阿弥陀佛"，就再不吱声，看来是遁入空门六根净。肖潇见关梓木无应答，就转而求其次："弟弟，我们回去吧！不是有俗家弟子一说吗？你就在家修炼吧！"关梓木低头回了声"南无阿弥陀佛"，就没有了下文。

肖潇突然想到了雯妮，就把雯妮推到了他面前，说道："段玉出车祸走了，现在就她一个人。"肖潇的意思很明白。听到段玉遥登仙阶，关梓木又念了"南无阿弥陀佛"，还念了几声"我佛慈悲、我佛慈悲……"算是表达自己的哀痛之情。

肖潇见关梓木毫无反应，就越姐代庖地替雯妮说道："弟弟，雯妮姐现在不走了，她就住在'移友之家'，她愿意照顾你。"

关梓木一听，又念了句"南无阿弥陀佛"，直叫"罪过、罪过……"

雯妮见关梓木无动于衷，就朝关梓木微笑着说道："关弟，就听你姐姐的吧！"算是向关梓木表明了态度。

关梓木不由望了她一眼，心中不由叹了一声，真是个绝色女子！突然发现自己走神，立马念道："罪过、罪过……色即是空，空即是色。"

肖潇见关梓木如此绝情，自己又气又恨，大声说道："关梓木，你出家连自己的父母孩子都不要吗？你这是出的哪门子家？"

关梓木说着南无阿弥陀佛，又纠正道："这里没有关梓木，只有贫道辛木一晴。"原来入了化外是要改名的，难怪这里的人不知道关梓木是谁。

大家就这样僵持着。过了一会儿，关梓木说道："施主若无他求，请回吧！贫道还有功课要做。"接着就低头向大家念了"南无阿弥陀佛"，准备离开了。肖潇见关梓木要走，又上前一步将其拉住，心痛得哭了起来："弟弟，你好狠心呀！你到底要姐怎样，你才肯回去？"

关梓木仿佛是呆愣了半刻，一抹忧伤闪过眼际，又瞬间熄灭了。仿佛有个大师在向他耳语：人们啊！总是如此，明明知道该往哪儿走，却又在转身时怅然。于是他的心又变得坚强了。

肖潇这时已哭得肝肠寸断，她今天一定要把这个弟弟劝回去。她哀婉地说道："弟弟，跟姐回去吧！你疼了姐半年，你就让姐也好好疼你一回吧！你哪怕就给姐一天时间，也算给姐留个念想吧！好弟弟，答应姐吧！"

肖潇的哀哀恸哭引来了几个香客的围观，有两个女香客竟然陪着肖潇抹起了眼泪。有一个男香客实在看不下去，就劝关梓木回去，说不是有出家不出门的俗家弟子吗？

大家一起把最美最动人的情感倾倒在肖潇的身上，肖潇哭得更加令人心痛了，边哭边责备自己："对不起！弟弟！是姐害了你，姐就不该到'移友之家'。不认识你，你就不会出家。弟弟，只要你回来，姐愿意离开'移友之家'，回到从前的地方。好吗？"肖潇哭瘫在那儿，杨娇和雯妮一边陪着她哭，一边把她架着，免得她跌在地上。

大家都谴责关梓木，说他违背人伦，抛弃最美最善的情感，即使成了高僧、成了大师又有何用，因为人类不需要没有感情、没有慈悲的高僧大师。这时过来了两个年纪较大的和尚，口中念着"南无阿弥陀佛"，劝大家道："请施主放下一切怨恨吧，随大慈大悲的菩萨一起，走向善良吧！"

此刻，肖潇哭累了，见大家都在谴责关梓木，自己的心又一阵一阵地痛了起来。突然，她看见关梓木眼里有明亮的东西一闪，弟弟流泪了？自己不由更加伤心。遥想半年来，自己一直很任性，一直被这个弟弟宠着，从未让过步。总是这个弟弟无怨无悔地为自己做出牺牲，而且自己已习惯了这种模式而浑然不觉。现在，自己突然醒悟，心反而不那么痛了。既然弟弟觉得好，就为弟弟牺牲一次吧！遂了他的心愿吧！其实关梓木道行尚浅，这时真有些把持不住了，要不是这两个老和尚解危，他怕是要随肖潇回去了。只是这个念头肖潇不知道，假如她知道了，自己再努一把力，有几个人的命运就要改写了。哪知肖潇手里还握着柴火，水马上就要沸腾了，却突然放弃了，这就是命运！要是肖潇知道，肠子也会悔青的。

那两个和尚又对肖潇念了"南无阿弥陀佛"后劝道："施主放手吧！辛木一晴尘缘已尽，他去意已决，决无回转之意！愿红尘无扰。去吧！去吧！"

肖潇觉得有了些力气，心里也明亮了许多。她迈着不稳的步子，站在关梓木面前，凄惨地笑了笑，对他说道："你想出家，姐不拦你了。姐也许心会很痛，而且会痛很久，但姐愿意为你做出牺牲，感谢你以前疼过姐、爱过姐、牵挂过姐。但愿在你的青灯下木鱼声里，我们还能回到那些旧时光，你我之间无须隔着漫长的电波，只是相互看着，不说话也很好。姐还有个小小的要求，那些大师不也在用电话、QQ和微信吗？姐也请你恢复。在你吃药的时候，天欲雪的时候，风乍起的时候，姐好提醒你，姐的牵挂才能随着电波来到你的心间，让你知道人间那头也还有些温暖。虽然你曾经送给姐的是整个太阳，这也算是姐给你的回报吧！去吧，弟弟！去你该去的地方……"肖潇说不下去了，又咽咽地哭了起来。关梓木答应会尽快恢复通信，并叫姐保重。当肖潇叫他"去吧"时，他如遇大赦，向姐告了喏，转身飘然而去，消失在阴冷黑暗的偏殿。肖潇凄惨地大叫了一声："弟弟！"就晕了过去。

二

"移友之家"的成员今天约在一起去看望在省医院住院的龙吉伟。她还是那个快乐的龙吉伟，大家还没到病房，就听到了她银铃般的笑声，生动、欢快，极富感染力。大家犹如严冬般沉重的心情，经过她那温煦如春风的笑声的吹送，竟然变得喜气洋洋。大家相谈甚欢，甚至能与病人笑谈生死。

龙吉伟告诉大家，医生说自己有肝衰的迹象，需尽快找到肝源，她老家的堂姐愿意为她捐肝。堂姐在深圳务工，过几日就能来这里与她配对。这次，大家在病房待的时间比较长，与龙吉伟说了很多话，也非常开心。她们共同回忆了这半年多来，在"移友之家"生活的快乐、幸福，乃至甜蜜。龙吉伟又展望了自己的未来：等肝一换，易感染期一过，自己又是一条好汉。大家跟随她一起展望了各自的美好未来，激动、感慨！离开病房时，大家仿佛是经历了一场精彩的老友千里相逢。

宁光在她们姐妹摆龙阵的间隙，去了一趟医生办公室。刘主任和林凤鸣正好都在，宁光就和刘主任他们针对龙吉伟的病情进行了一番交流。最后刘主任说，病情的发展有时是超出人们想象的，而龙吉伟对自己的病情认识不足，她以为自己是肝移植的前辈，有经验。有时候经验也会害死人，因为轻视而错过机遇。刘主任的意思是尽快做好换肝的准备。于是宁光就返回病房，叫龙吉伟催促一下自己的堂姐，尽快来医院匹配。

走出医院，除了宁光心事重重，大家还沉浸在刚才的快乐时光，就是身边有些凌厉刺骨的寒风都未能吹散她们的激动与兴奋。大家望了一眼天空，天空很蓝，太阳挂在苍穹，正在普照四方。阳光有些温暖，大家有些沉醉、有些迷糊，就坐在医院的小花园晒太阳。他们哪里知道，这是他们与龙吉伟的最后一次相见了。大家没有想到的是，这次来得这样齐，正在老年大学搞活动的余先雷都赶来了。幸亏他来了，不然这个重情义的老人就会在未来的日子不停地忏悔。他自己都没弄懂，一向古板、按部就班的他，在接到大家要去看龙吉伟的电话时，竟鬼使神差地向老师告了假，就赶了过来。龙吉伟走后，很长时间，余先雷想起这个事，总觉得有一双神秘的大手，在无端地操纵着自己，还有自己的命运。自己仿佛就是一个赶场的演员，那双看不见的神秘的手，就像一个无所不能的导演．它神秘地带着自己赶往一个又一个早已预设好的场景，自己只管表演它分配给自己的角色就行了。

余先雷上了趟卫生间回来，就顺势坐在了宁光的身边。他望了望这个省院的小花园，此刻，天空湛蓝，阳光正好，暖洋洋的阳光披照在人们的身上，十分惬意。

宁光见余先雷坐在自己身边，望着远方，眼神迷离，又不说话，就问道："老余，又在想什么？"

余先雷答非所问："这日子真好，晒着这样的太阳像在做梦。真暖和！"

宁光说道："你还真会感慨？"接着又问道："我记得你前些日子对我说过，你们老年大学的同学曾买过一批赛车搞骑乘，如今用得少了，你说弄到'移友之家'，一是让'移友'锻炼身体，二是在骑乘的同时，义务宣传器官的捐献，为器官移植事业助力，怎么没有下文了呢？"

余先雷答道："你事情多，就没跟你商量，我准备过几天再告诉你，今天你问到了，我就给你说说。"宁光就斜倾着身子，听余先雷的宣传规划。

原来，这段时间，余先雷和孟侠、张波他们正在悄悄地进行这项工作。他们已组成了一支九人的骑行队，宣传资料、骑乘路线都已准备就绪。由于是第一次活动，没有经验，骑乘路线只预设了六百公里，目的地就是国家4A景区青龙古镇，该镇离孟侠的小木屋仅三公里。扩建的小木屋已竣工，正等待验收，孟侠已在扩建的六个房间里用当地实木做了家具，环保、无毒、绿色，整个房间飘荡的是清新、浓郁的山木馨香。他们准备就在那住几天，一是宣传器官捐献对移植事业的重要性，二是陪困难"移友"在那看看风景，让"移友"尽情地感受大自然的美丽和迷人风光，三是把扩建的房子接过来，让更多的"移友"今后到这里休息、观光，让漂泊得有些疲惫的灵魂有一个可以安放的地方。让"移友"知道，在遭遇了病痛折磨的日子，也有极具梦想的美好岁月。

余先雷说到这里，递上了一张宣传资料，是孟侠拟定的宣传内容：

> 生命就是一场场的相遇与告别。再不堪的生命，也曾被阳光照耀；再凄清再破败的生命，也曾被人间温暖过。因此，在生命的过程中，总有一些不曾忘怀的经年过往，在心间驻足、永恒，并留下感动。比如接受过器官移植的我们，一定会终身不忘重获新生的那一天！

> 捐献人体器官是人类进步和文明的标志。能够用自己身体的一部分给他人带来生命的希望和光明是一件崇高的事。让生者延续，逝者重生，这是人类生命的接力赛，是崇高的人生壮举。无论是捐献者，还是受捐者，还有让捐献成功的医者，都是这项崇高事业的参与者，都是最值得尊敬的人。

> 接受捐献的目的是要让生命更有尊严，人性更具光辉，我们在重视器官捐献宣传的同时，也希望政府、社会爱心人士对器官移植受者给予应有的人文关怀与实际的帮助，不要让这个群体在经济和疾病的双重折磨中独自承担无法倾诉的痛苦。同时，也希望接受过器官移植手术的所有朋友，都能积极投身到宣传活动中，用实际行动展示移植人热爱生活胸怀大爱的光辉风采与感恩情怀！

这个孟侠，宁光是越来越喜欢了，做事雷厉风行，当别人还在规划、沉思时，她已经把事情办好了。这样的孩子，谁不喜欢？

今天余先雷到这里来，还有一件事要办。他有一套房子，离"移友之家"很近。如今，"移友之家"先后住进了肖潇、孟侠，前几天又来了雯妮，就显得拥挤。有时困难"移友"来"移友之家"食宿，人一多，不但挤满了沙发，还要搭地铺。余先雷跟老婆商量后，就决定把这套房借给肖潇和雯妮住。他来到肖潇旁边，很自然地与雯妮拉着家常，问她在这里习不习惯，最后就把话题引到了住房上。雯妮说这段时间肖潇一直在陪自己看房，就是还没有找到中意的，而肖潇按揭的那套房要明年3月才交房。

余先雷一拍脑袋，突然想起，说他有套空房，离这里不远，要是不嫌弃，就搬那里去住。雯妮说这样不好，还是让他租出去换些钱。余先雷说老婆不想租出去，换钱更是没想过，够用就行，挣得多又有何用？人说不怕挣得少，就怕走得早。雯妮再三辞让，余先雷就只好求她了，说房子空着，里面的东西就会朽得快，而且没人气对主人也不好。最后肖潇就替她应了下来，说愿意陪雯妮过去住，孟侠也吵着要一起搬过去，拥挤的"移友之家"终于空了，又回归到了一心一意为贫困"移友"服务的轨道上来了。余先雷简直是千恩万谢，终于找到了免费的看房人，一高兴就请大家中午在满江红聚餐，同时又开上车，载着三位美女去看房，想把这事赶紧办了。余先雷刚刚离开小花园，张波就给宁光打来电话，说他终于找到李伯乐了。

三

三天后，雯妮和肖潇就搬进了余先雷的新房。那天刚好是星期天，一大早，李果就开着车来帮干妈雯妮她们搬东西。原本杨

354

洋要来的，可昨夜突然来了台手术，做完天都破晓了，就被李果心痛地劝了回去。

坐在车里，肖潇突然想起了什么，说道："李果，你以前好像来过'移友之家'？"

李果答道："肖姨不记得了？近三个多月来，有时间我就来'移友之家'。前次在大理，我一见你就认出来了，我看你没印象，就没告诉你。"

孟侠笑道："肖姨成天与音乐相伴，不食人间烟火，哪把红尘俗事挂在心上，你就是和她见一百遍，走在大街上她也不会认出你。"

肖潇确实是这样一个人，不是自己的事，从不过问，从不多事。她做任何事都特别专注，她会把自己的所有时间、精力，乃至所有情感都用在上面。她在"移友之家"的楼顶琴房一待就是一整天，教孩子乐器，总是一丝不苟，所以孩子和家长都特别喜爱这个负责任的美女老师。孟侠现在和肖潇算同事，对这个姨的纯洁、干净、天真深有感触。

肖潇正要问李果他父亲是谁时，车就到家了，于是大家忙活着往上搬东西，便把这事搞忘了。今天是星期天，肖潇和孟侠有课，就提前回"移友之家"了，李果就陪着雯妮收拾屋子和去街上买生活用品。在雯妮眼里，李果是一个优秀的孩子。高大、帅气，就是有些单薄、腼腆、不爱多言多语，有时还很羞涩。他特别善良，生怕身边的人受苦受累，在街上买东西，再多再重的东西，他都独自提着，绝不让雯妮动手。段玉去世后，雯妮有时会迁怒到他身上，认为是他谋杀了段玉，让自己的丈夫丢了性命。后来经过接触才发现，这也是个善良的孩子，他是无辜的。

快中午时，两人都觉得有些累了，肚子也咕咕地叫着，就想找一个地点休息一下，随便吃点东西。李果见前面左手边有家麦当劳，就把干妈雯妮带进了这家麦当劳，因为麦当劳看上去永远那么干净、明亮，今天风大天寒，麦当劳二十四小时空调开放，里面暖和。快进门时，李果碰到了自己的父亲李伯乐。

李伯乐见到雯妮时，先是一愣，以为碰见了肖潇，惊愕中面露愧色，低眉顺眼刚要说对不起时，却见对方并无恶意，还面露淡淡微笑，才知道自己认错人了。虽然听李果回家说过，干妈雯妮跟"移友之家"的肖姨长得很像，但自己没想到会长得这样像，身材、长相简直不差分毫，一个是长发披肩，儿子的干妈是盘的髻在头上，仿佛是一朵浮在头上的祥云，更是仙气飘飘。

李果很不自然地向干妈介绍了自己的父亲。雯妮向李伯乐轻轻颔首，微微一笑，算是招呼过了。但她眼光的不经意一扫，李伯乐被尽收眼眶。这是一个四十岁上下的男子，国字脸，看上去潇洒、儒雅、高贵，眼里传达着对这个世界的仁爱与慈悲。雯妮一见到他就有些喜欢，不知道是因为喜欢李果而喜欢上他的呢，还是自己天生就喜欢这种人，抑或是这个李伯乐神态押着段玉的韵脚。要是肖潇知道雯妮姐姐的心思，定会气个半死。或是在这之前，雯妮要是知道他往昔的卑劣，再听到被他折磨的女人的控诉，一定会吓个半死。

李伯乐向雯妮表达了自己对段玉辞世最沉痛最深切的哀思之情，同时也感谢他舍身救子的高尚情操和自己最深的敬意。说自己早就该登门拜访答谢，但一时没找准时机，只好改日再去叨扰，同时吩咐李果好好陪干妈，说自己有点急事，便向雯妮告了辞，就匆匆地离开了。李果将干妈请进麦当劳，为她点了一份牛排、一个面包、一杯饮料，自己也要了相同的一份，就陪着干妈吃了起来。中途杨洋过来了，下午就陪着他们一起采购东西。

李伯乐从那次遇到宁光之后，他改了、变了、善良了、慈悲了。他悄然离开宁光，从九寨沟回来，就变成了好人李伯乐。他回家办的第一件事就是向老婆忏悔，微笑着告诉老婆，他要变成好人，要好好地爱自己的老婆。

以前，凡是从他那脱离了苦海，最终逃过他魔掌的女人，没有一个不咒他，没有一个不向他进行血泪控诉，都希望他暴尸街头，或得一种怪病生不如死，可李伯乐就是不死，日子还越过越红火。后来听说他得肝癌，大家欢欣鼓舞，终于听到了正义的声音。当大家还在庆祝时，李伯乐竟然起死回生，日子竟慢慢地又开始滋润起来。于是他又开始了新一轮更疯狂、有过之而无不及的表演——折磨女人，且情节更加生动、剧情更加离奇。

所以李伯乐向老婆忏悔，她老婆能信吗？有太阳从西边出来过吗？没有！她老婆只一个劲地苦苦哀求李伯乐放过她。李伯乐有些生气了，咋不相信我呢？不由提高声音对他老婆说道："看着我！"她老婆抬起头来，开始还在哭哭啼啼的一张脸，立马就是桃花盛开了。因为面对李伯乐是不能哭的，李伯乐忌讳这个，这不是诚心咒老子死吗？多歹毒的婆娘！她们是有过血的教训的。你哭，那好，折磨你的好戏还没有结束，他又会重新换其他的法子来折磨你。你不是喜欢哭吗？那老子就让你哭够。这些女人怕了，傻了。李伯乐见老婆这样，心里确实有些不爽，没再继续下去，就说道："你不是想离婚吗？要是想好了就告诉我一声。"他老婆惊恐地摇了摇头。"不想离婚？那也行，今后我们就好好过日子。"李伯乐说道，他老婆又困惑地摇摇头。"到底是离还是不离？"李伯乐有些不耐烦了。心想，这世界做坏人不容易，做好人咋也这么难呢？他老婆还是不知所云地摇着头。这李伯乐见老婆这样，就没了兴趣。心想，也许自己以前确实做得太过分，就心生怜悯，丢下一句你慢慢考虑，就自顾自离开了她。

一夜无事，他老婆就大着胆子问他昨天说的话还算吗？李伯乐肯定地点了头，他老婆长吁了一口气，怕夜长梦多，说想早点把事办了。李伯乐爽快地答应了，同时很诚恳地挽留了一番，说自己会变好，会对她好的，但他的老婆哪肯相信，昔日那一幕幕人间惨剧还历历在目。他就是给她一座金山，她也不想与他有任何瓜葛。于是，他们当日办了离婚。这次李伯乐算是发了慈悲，给了老婆一套房，还有一笔不菲的养老钱，她老婆真是千恩万谢、欢天喜地而去。而以前跟过李伯乐的女人就没有这么幸运了，几乎都是带着噩梦和布满伤痕的灵魂离开这个狼窝的。

其实这一次，李伯乐是真的忏悔了，他赤裸裸地将整个身子面向了善良，面向了慈悲，只是他的老婆无福消受了。而雯妮却鬼使神差地掉进了这个福窝，他做的所有恶，都用爱和慈悲全部回报到了雯妮的身上。这以后，他也离开了这座给无数女人带来过噩梦的城市，来到了S市。一是儿子在这里念大学，二是更主要的，宁光在这座城市，他不想变成一只迷途中的羔羊，他要让宁光的美德之光日日照耀着自己，不致在黑暗的路上迷失了方向。因此，他就在靠龙隐寺这里买了房，一是离"移友之家"近，二是这里清静。紧挨龙隐寺，它的好处就是，有时也能在这里接受点佛家的雨露，让自己变得慈悲起来。因此，张波那天就在龙隐寺碰到了李伯乐。碍于肖潇的原因，李伯乐一直不敢在"移友之家"露面。这次，终于有了机会，自己可以堂而皇之地走进"移友之家"了。

四

那日，天空很蓝，阳光很好，李伯乐郑重地拜访了在家的雯妮。雯妮用白族的三道茶招待了前来拜访的李伯乐。在品茶的间隙，雯妮弹唱了白族的民谣。茶室就设在外阳台，窗外是滨江大道，垂柳依依，鲜花满径，风景秀丽，游人如织。她们品着茶，晒着冬日里暖洋洋的太阳，真是幸福满屋，仙气袅袅。

雯妮早年父母双亡，孤苦伶仃。如今好日子刚开了个头，肝癌就夺走了她的健康，在与病魔抗争需要亲人掌声鼓劲时，生死与共的心上人抛下她独自远行……这个善良的女子，在经受了生活锋利的切割和粗糙的打磨后，只要有一点光，就反射出炫目的美。不管生活给予她什么，她都会高昂着头颅坦然接受。她把困苦的生活活出诗意，把薄情的世界活出深情。

李伯乐的这次拜访，令他们颇有相见恨晚之感，分别时双方都有些依依不舍。李伯乐在离开雯妮时，鼓起勇气、羞羞答答地掏出一串钥匙，递给雯妮。自己从来没有因送别人东西而这样沉重、忐忑，仿佛是来偷别人的东西。雯妮对李伯乐的举动很困惑，李伯乐告诉她，这是为了感谢李果干爹把生的希望给了儿子，自己想把那套空置的房子送给雯妮，表示自己的一点薄意，因为房子是有价的，而生命是无价的，这不足以抵消生命的万分之一，但是自己和孩子的感恩想通过房子这个载体来完成。

雯妮微笑着拒绝了，李伯乐没有再坚持，他羞于用这种方式感恩。站在这个圣洁而又高贵的人面前，李伯乐自惭形秽，又禁不住想入非非，为什么在二十年前没有遇到这个女人呢？那时自己就会停止所有的作恶，也不会让自己这样罪孽深重。

李伯乐正准备离开雯妮时，突然传来了开门声，李伯乐心一沉，莫非是肖潇？这人怕什么就来什么，开门的就是肖潇，她回来拿东西。这仇人见面分外眼红，肖潇认人确实不敏感，但李伯乐化成灰她也认识。今天算他运气不好，别人正打着灯笼到处找，他却送上了门。肖潇上去就是几个耳光，太痛快了！这仇报的，一边打还一边骂："你这个畜生，今天又来祸害我姐……"李伯乐一个劲儿地说着对不起，任由肖潇抽打，慢慢地从屋里退了出去。

雯妮不知道发生了什么事，待自己反应过来就去拉肖潇，心里还责怪她发疯了。肖潇发泄完后，就抱着雯妮伤心地哭了起来。待自己平静后，就把自己的遭遇告诉了雯妮，雯妮听得一愣一愣的，这世界还有这种丧心病狂的人？世界之大，无奇不有啊！就在她们这里的恩怨情仇剧上演得如火如荼时，宁光来电话说，龙吉伟不行了，她们立马就赶了过去。

第二十四章　最后的告白

一

骑乘队伍从"移友之家"出发时，余先雷看了一下表，正好是上午9时9分。参加这次器官捐献、移植义务宣传活动的，还有张波和孟侠，以及六名"移友"，共计九人，余先雷任队长。他们途经一省一直辖市共计六个地、市、州，行程预设六百公里，有可能突破八百公里，视天气和"移友"的身体状况而定。他们出发时，得到了省红会和省医院移植中心及一家医药公司在物资上的大力支持。他们带着大家的殷殷希望，迎着凛冽的寒风，信心满满地出发了。途中，虽不是关山重重、朔风阵阵，但对这个特殊群体来说也是险象环生。他们这次一是没有选对时间，不应该在大冬天进行，二是没有选好路线，沿途有一大段结冰的公路，差点就在这里酿成大事故。因为有两个"移友"摔下山崖，幸亏坡缓、灌木丛生才没有出事，只有轻微擦伤，真是苍天有眼。

一路前行，总是快乐多于奔突的辛劳。他们沿途得到了社会各界和一些爱心人士的关怀与支持，大家被"移友"的坚韧不拔、挑战生命极限和感恩情怀震动了。因为他们的举措连一些正常人都无法完成，何况是身患绝症的他们。当然也有不理解的，说他们放着好好的日子不过，却拿自己的生命开玩笑。而在宣传器官捐献的崇高与伟大时，他们差一点被死者家属暴打。那天，是他们出发的第三天，正在一家医院做宣传时，听说有一个刚去世的年轻人，他们非常激动，马上联系死者家属，当起了器官捐献的劝导员。哪知遭到了死者家属的谩骂，有一个情绪失控的家属还打了张波一拳，幸亏被反应快速的医生和保安将其劝开了。

后来他们总结，一是太急于求成，二是没有讲究策略，三是没有避开家属的情绪失控期，四是没有搞调查研究，工作做得粗和想当然。因为有的地方讲究的是给死者留个全尸，死者离开这个世界就不要再去打扰他，让他安静地上路，不然死者就会灵魂不安。

这里是直辖市的一所三甲医院，此人是因高空坠落，最后在急救中离开人世的。他们来时这个人还在抢救，但已无力回天了。有了上次的教训，他们这次特别谨慎。他们分成了三个组，一个组与医院和医生沟通，希望他们支持；第二组摸清家属的背景及人脉关系；第三组用自己的爱心和智慧，与家属一起度过这个最伤心最绝望的时刻，利用机会摸清家属的所思所想，有没有捐献器官的愿望，或者怎样让家属萌生这种愿望。同时要稳、准、及时，因为器官在逝者体内多存留一分钟，就多一分危险，在路途中多耽误一分钟，就少一分存活的机会。因为器官进入受者体内是有有效时间的，超过这个时间段，所有工作都是白忙活。

这一次，机遇眷顾了他们，孟侠意外地得了家属一个亲戚的支持，这个亲戚去给家属表达了孟侠的意愿后，没有强烈反对，而是陷入了沉思，陷入了更深的痛苦和绝望之中。孟侠见有戏，赶紧进行第二步，也是最关键的一步，让家属自愿地加入到器官捐献的队伍中来，成为器官捐献最有力的支持者和捐献者，最终为器官移植事业做贡献。孟侠及时与家属进行了沟通。她陪着家属一起伤心落泪，让自己的哀痛和怜悯之情一同走进家属那颗悲伤无告的灵魂，与他一起哭，一起感受失去亲人那万箭穿心的痛。在得到家属的信任后，孟侠小心翼翼地提醒：有没有考虑过让逝者的生命重生，让活着的生命因为逝者的器官捐献得以延续？家属听后，哀恸地说道："孩子走得这样惨，我不忍心呀！"

原来，这个即将逝去的生命还不满十八岁，他来自一个贫困的深山里。母亲常年生病，父亲无文化无技术，只好常年在外地的建筑工地打工，早出晚归，风餐露宿，仍不足以养家糊口。今年高考后，他就随父亲来此打工，自己竟然挣够了一年学费。由于孩子学习刻苦，在那个贫困县考了理科第一名，被该直辖市的一所大学录取。

念大学后，本不该到这个地方打工，但工头喜欢这个孩子，说这个孩子灵醒、踏实、善良，竟然破例让这个孩子节假日来工地打工。孩子认为这里工资高、工头对他好，他哪里都不去，就要在这里，说父子有个照应。他每次来工地，无论再忙再累，他都要帮父亲洗衣服、弄好吃的，还提醒父亲对自己好点，身体最重要。而孩子自己呢？读了六年中学，没有买一件衣服，就穿了六年校服。他们心痛孩子，想给孩子买件新衣服，逢年过节走亲戚时穿，可孩子就是不同意，说自己喜欢穿校服，穿校服好看。高中毕业后，校服已破得不能再破，自己都拿着它自嘲地说道：该进博物馆了，等自己成名时，这个就值钱了。生活上，孩子很节俭，每月五百元生活费，每月都会存下不少。听老师说，这个孩子有时一顿就两馒头，很难看到孩子吃一份肉，就是素菜都舍不得多买。班主任看到这个孩子这么节约，很心痛，这么优秀，这么用功的孩子，不能让他倒在健康的路上，要倒也要让他倒在拼搏的路上，就送了一张两百元的饭卡，孩子不要，班主任硬塞给了孩子。孩子离校把饭卡还给老师时，还一再感谢老师对他的关怀。但老师后来查看饭卡时，孩子根本没动用过饭卡里的一分钱，老师也被这个孩子的品格感动得流泪了。

如今的孩子，用父母的血汗钱有几个心痛过？不是拿着父母给的钱去网吧，就是请同学聚餐。没钱了，就想着法子在父母那里要，甚至骗。但这个孩子却咬着牙省下能省的钱，他宁愿望着好吃的吞着口水也不会去享口福，这孩子就是来遭罪的呀！他就这样干干净净地到这个世界走了一遭，回去的时候连什么味道都不知道，这不是白活了吗？孩子高考后，用三年节约下来的钱给自己的妈妈买回了一台彩电，说妈妈一个人在家，长期生病卧床，非常寂寞，这样妈妈的日子就会好过点。孩子替父母想得真周到，父母想到的，他也想到了，父母没有想到的，孩子却替他们想到了。可这个孩子从来就没替自己想过，哪怕就一次。

就在出事的前一天晚上，孩子辗转反侧，总是不肯睡去，难道他知道自己要走了，有什么事情放不下吗？是他想着他妈妈的病，不忍心离去，还是怕父亲失去他而断肠，抑或是自己还没有来得及回报父母的养育之恩而心生愧疚？早上起来，孩子像有些恍惚，父亲以为是孩子晚上没睡好，原来是他心中有事，因要离开而心生不舍呀！当时，父亲心里有些发慌，难道有什么大难要降临吗？他望了望天，天还是那个天，只是有些低沉。时有一团一团的黑云滚过，空气干冷，那若有若无的雨雪从他的面前飘过，偶尔会有凛冽的寒风从脚手架哀鸣地滚过。

那天，毫无预兆，也没有不吉利的乌鸦在他们上空盘旋，就连一声来自远方的哀鸣都没有听到。但孩子出事了，那么坚不可摧的脚手架垮塌了，就在孩子刚刚爬上去不久。那天和孩子一同滚下来的，还有孩子怀里的那只鸡腿。看到那只鸡腿，父亲的眼睛模糊了。那是昨晚留下的，当晚孩子共买了三只，父亲两只他一只，可这只鸡腿都没舍得动。早晨父亲有些生气，孩子才答应吃这只鸡腿，谁知他竟偷偷藏了起来，孩子是想在上午中途休息时，拿出来他们过午呀！父亲知道孩子是不会独自吃这些好东西的，当他跑到垮塌的脚手架前时，孩子嘴里大口大口地吐着血，笑着说："爸爸，鸡腿……"接着，举着鸡腿的手，就软软地垂了下去，这是孩子留给父亲的最后一句话。

这次，孟侠他们获得了巨大的成功，家属捐出了孩子的心、肝、肺、双肾、眼角膜，还有膝关节、股骨、皮肤，因为当时有烧伤消防官兵急需。这是逝者捐得最彻底的一次，也是一座捐献者难已逾越的高峰。当时家属非常痛快，说孩子知道他救了这么多人，会高兴的，因为他也是个乐善好施的人。高中时，学校有个同学患白血病，孩子一捐就是一百元，而他对自己却那么吝啬，家属一想起这些就泪流满面。捐献仪式结束后，在场的医护人员、红十字会工作人员、孟侠他们等所有在场人员向逝者三鞠躬，祝逝者安息、一路走好，天堂里没有苦难，他可以在那里安享幸福。同时大家也把最崇高的敬意送给了这位高贵的父亲，因为一个如此平凡的农民工也有那么动人的美德，他心中发出的爱的巨吼淹没了他同时代许多人的声音。

二

龙吉伟的病情急转直下，"移友之家"的成员先后前往医院看望和照顾。千里之外的余先雷他们也多次利用电波表达了对她的深情祝福。那日是平安夜，宁光和肖潇一起，又去看望了龙吉伟。路过医院小花园，中国的小孩、年轻人正在过着外国人的节日。烟花在深不可测的天际明灭，璀璨而凄凉。孩子的狂欢声、追逐声，还有女孩欢快的尖叫声，在低沉而漆黑的夜晚久久不散，显得寂寥而又触目惊心。这么热闹的世界，所有的生命，都会像春天的花朵一样怒放吧，而住在医院的龙吉伟也不例外吧，她不是正在做着梅开二度的准备吗？请这个被笑声伴随一生的女子，在这个寒冷的冬季，不要急切地开花。因为开得再早，也撞不醒沉睡的春天，还会在霜冻的日子飘零，留下满地凄凉。但她总要让自己的笑声催开那寒冬时节的腊梅花。

来到病房，里面很静，只有呼呼的氧气声，还有窗外传来的孩子们零星的欢笑声。身上插满管子的龙吉伟正在沉睡，有些憔悴的面容流淌着安静的微笑，有一种动人的美。宁光他们一走进病房，龙吉伟就睁开了眼睛，仿佛是心有灵犀，知道他们会来看她。见到她们，龙吉伟又是一脸灿烂。首先是她那独特的笑声在病房里乱窜，然后才是姗姗来迟的声音："我刚才梦见你们来看我，一睁开眼睛，你们果然就站在我面前，你说怪不怪？"接着就是很开心的笑。笑声吞噬了宁光心中的牵挂，也抹去了肖潇脸上的忧伤，笑声也像阳光一样，温暖地照耀着病房，将痛苦放逐到了远方。

宁光说道："看见你这样快乐，我们真高兴，你的病很快就会好起来。"

龙吉伟笑道："是的，我会好起来的，堂姐与我配型了，过几天就有结果了。"停了停，像是在安慰自己又像是安慰宁光他们："刘主任说，像我这种情况，一般都会成功匹配。"

宁光他们回道："那就好，我们预祝你早日康复，那时我们又可以过从前那样快乐的日子。"宁光笑了，仿佛从前的好日子又回来了。

这时护士丁来为龙吉伟换一次输液瓶。龙吉伟堂姐为宁光他们打开了陪伴床，于是大家就坐在龙吉伟的床前，摆着龙门阵，非常开心。中途他们才想起未晗，开始还以为她很快就会回来，可这么久都没出现。龙吉伟告诉他们，未晗以前的同学邀请她过圣诞节去了，她不去，还是自己硬逼走的。这个孩子过早地就体验了生死，长时间地行走在生命的暗角。龙吉伟想让那些生命如花而又充满阳光的孩子进入未晗那些阴冷的心灵世界，驱散她灵魂中飘浮的忧伤。

此时，窗外，孩子们的欢笑声渐渐远去，偶尔在窗口一掠而过的烟花，带着它的绚丽飞向了远方，夜空重归于寂静，而且令人备感孤寂。夜，渐渐深了，宁光他们有要告别的意思，龙吉伟有些不舍，嘴角上扬，似乎有话要说。宁光仿佛看到龙吉伟脸上有一抹不易察觉的忧伤和愧色从她的面容滑过。宁光鼓励地看着她，意思是你有话就说，我们听完再回去。从未见龙吉伟悲伤过的宁光，此时，突然看到了龙吉伟泪光闪闪，还有那张哀婉的脸，心里一下空了。本来好好的春光，突然就是铺天盖地的倒春寒，那怒放的花朵，霎时落英缤纷。其实生活有时不是不寂寞，不是不悲伤，而是我们总想把每一个困窘都变成神奇的童话，假装自己过得很幸福。

龙吉伟告诉他们，自己有话一直想对他们说，一是没有找到合适的时间，二是自己心里暗存幻想，就拖到现在，怕自己再不说，也许就没有机会。人一上手术台，能不能下来，谁也说不准，就是医生都无法保证。她说很对不起肖潇妹妹，请她不要恼，有些话她想当着他们两个人的面把它说清楚。她不该插在他们中间，让他们三个人一起痛苦。记得在去九寨沟的路上，余哥很热心地为她牵线，说帮她介绍宁光哥，当时自己鬼迷心窍地就答应了。其实她在之前就爱上了宁光，这里一半是因为孩子的原因，她喜欢宁叔叔，她要妈妈找一个像宁叔叔一样的爸爸，时间一长，在孩子的心中，就把宁光当成她心目中的爸爸了。当时，她发现宁光和肖潇才是最恩爱的一对，但为了孩子，为了孩子的梦，她心一横，就扮演了一个不光彩的角色，第三者。

在九寨沟的那家宾馆，那个早晨，虫子飞进她的眼眶，来找肖潇的宁光好意帮她吹虫子，哪知肖潇妹妹找宁光未果，就下楼回来，看到他们那一幕。当时宁光背对肖潇，浑然不觉，而她也将错就错，故意没有解释这个误会。她看到肖潇因误会而痛苦，她也很难受，有很多次，她都想澄清误会，让肖潇他们言归于好，相知相伴，恩爱一生，但一想到孩子那双天真而又充满希望的眼睛，她的心又变得很坚硬，她不能心软，她要给孩子的梦想护航。哪怕是一场虚无的梦，也要让孩子在梦里多停留一段时间。这一生，孩子真的太苦了。

李伯乐的出现，她以为上苍开眼了，是派李伯乐来帮她的。那几天是她最有希望的几天，她高兴得发抖。是的，她终于可以给孩子一个完美的交代了。当时心想，只要肖潇和李伯乐相爱，她和宁光就没有任何障碍了。哪知宁光的美德和人格魅力震撼了李伯乐，他终于良心发现，不再作恶造孽。而向她频频招手的爱情，因李伯乐的人性回归而飘然离她远去。明知道自己的坚持对三个人都是一种伤害、一种痛苦，自己既不幸福，也不快乐，可她就是舍不得放手，固执地坚持了不该坚持的。夜里，她会独自笑着流泪，她知道，哪怕再加上孩子的梦想，宁光也会将她的爱情隔离在红尘之外。

龙吉伟接着说道："宁光哥，我知道，即使我在沧海的那边等待你一千年，也等不来你深情的回眸，即使我牵挂你一万年，牵挂这种忧伤的美，无论它再忧伤、再美丽，也无法让你转身，也留不住你那匆匆远去的脚步。但我为了孩子，仍然痴痴地站在红尘的阡陌中，向你深情地千呼万唤，但等到的是你那飘逸如风的背影。"龙吉伟说到这里，流泪了，声音有些哽咽。这个坚强的女人，总是用自己银铃般的笑声，将那滔滔而来的苦难裹挟而去。龙吉伟开始是斜躺着身子和他们说话，这时她示意堂姐把床摇高了一些，坐正了身子，抓住了宁光的一只手，又拉住了肖潇的一只手，再将他们两个人的手重合在了一起，动情地对他们说道："对不起，耽误了你们生死与共的爱情，也浪费了你们不知多少的良辰美景。请你们原谅，为了孩子，我犯了一个无法弥补的过失。在这里，我真诚地向你们忏悔，我给你们带来的伤害与痛苦，这次若能幸存，我会用余生来赎我的罪；假如命运让我与这个世界告别，只好来生相见时，再表达我对你们的歉意。此刻，在这个严寒的夜里，祝你们幸福美满，爱情甜蜜……"

龙吉伟说不下去了，剩下的是无声的啜泣。肖潇开始听到龙吉伟说到的误会，心里还有一丝不快，后面越听越伤心。当听到她为了自己不幸的孩子而纠结与身不由己时，肖潇彻底原谅了她。是的，也许不是为了孩子，她早就把宁光交给了自己。而今天她在自己的爱情面前，潇洒地选择了放弃，没有丝毫的不舍，她是怕这次自己真的走了，活着的人心里不安呀！肖潇想到这里，听着龙吉伟最后的告别语，心痛了，流泪了，觉得龙吉伟马上就要离开自己一样，她哭着劝道："龙姐，你不会有事的，你会好起来的。等你出院，我和宁光哥就来接你，我们就住在一起，我会和宁光哥好好照顾你的……"肖潇说不下去了，紧紧地握着龙吉伟的手，他们三个人的手就这样紧紧地握着，紧紧地握着，怎么都不愿分开。龙吉伟仿佛觉得宁光的手指，在自己的手心里划了一下，她抬起自己迷离的泪眼，望着这个自己曾经深爱过的男人，见他满眼含泪，表情悲伤无奈，心里就很痛很痛。他似乎又在向自己点头示意了，仿佛在说：对不起！龙妹，我也无法，来生吧！来生我会好好爱你，今生只好欠你一个承诺了！龙吉伟认真地点了点头，意思是告诉他：放心，宁光哥，我懂的，你是爱我的，只是你很难。这是我们的命，谁叫我们有缘无分呢？宁光哥，小

369

妹不为难你。我会在来生的路口安静地等着你……

此刻，窗外有风，仿佛有人在唱歌。在这个孩子们尽情狂欢的夜晚，孩子们的狂欢怎么吞噬得了三个有情人销魂蚀骨、撕心裂肺的爱情呢？

三

杨娇和高声语坐上天尚仁的车后，就一言不发。天尚仁明天凌晨要去机场接领导，所以就开着单位的车回家。正巧杨娇到省医院复查和探望龙吉伟，就搭上了天尚仁的顺风车。天尚仁见他们两个脸色很难看，心想两个人一定吵架了，一问果然如此。原来高声语一个非常好的同学调到Ｓ市工作，杨娇就叫高声语去找这位同学做点事，挣点钱，可以实现自己的理想。高声语和宁光一样，喜欢帮助弱势群体，这些人天生就喜欢关注这个，只要看到身边的人遭受苦难，他就无比难受。而他们又有一个共同的缺点，永远昂着自己那颗高贵的头颅，万事不求人。殊不知，他那颗头颅昂得再高，在别人眼里也是一文不值。说不定他放下自己的身段，兴许来个咸鱼翻身，既肥了自己，又让自己骨瘦如柴的理想变得丰满起来。可高声语仿佛是个外星人，不懂中国的大丈夫能伸能屈、识时务者为俊杰。他宁折勿弯、搞不来曲线救国，就是不肯低头，仿佛自己头上戴着的王冠会掉下来。他不知道无钱的头颅在别人眼里，头上长的就是一把枯草，连头发都不是。

天尚仁劝高声语道："高哥，杨娇说得对，你不去找那个同学，其他人也会去找他。别人挣了钱花天酒地，养着一个又一个小三，既浪费社会资源，还助推腐败滋生。你何不把这个钱拿过来，多帮助几个贫困'移友'。你看这样行不？哪天我陪你一起去。"高声语沉默着，没有吱声。

车里的空气有些沉闷，天尚仁把车开得好像飞了起来。再过两天，历史的车轮就要开进崭新的 2015 年。这天尚仁的车，能跑过历史的车轮吗？但愿他不要跑反了方向，逆历史潮流而上……

"高哥，高哥，你还在生气？"天尚仁把高声语拉了回来。

高声语"啊"了一声，身体前倾，坐在副驾坐上的杨娇瞄了他一眼，就迅速收回了目光，平视着前方。高声语耐心等待着天尚仁的开导："高哥啊，我们讲的是个朝廷有人好做官，你有这么好的资源，浪费了就太可惜了，你千万不要把美玉当顽石随手扔掉。我们一定要抓住这次机会好好用一用。高哥你看这事，是不是可以考虑一下？"

"让我好好想想。"高声语无奈地答道。前面的杨娇和天尚仁相视一笑，有戏！只要高声语没有坚决反对，要想一想，那么心思就开始活泛了。

天尚仁心里一高兴，就狠踩了一脚油门，车像一头发情的公牛，疯狂地冲了出去。

四

龙吉伟与堂姐配型成功的消息，令所有"移友"精神振奋。但是，仅仅几个小时，"移友"们的笑容还在脸上绽放，激动的涟漪还在心海荡漾，移植中心就传来了一声晴天霹雳：龙吉伟因急性肝衰伴肺部感染，已陷入半昏迷状态。

那天，龙吉伟从大家躲闪的目光和隐藏在微笑后面的悲凉里，读到了自己生命的焰火即将熄灭。她反而平静了，她捐出了自己身上有用的器官和组织，只留下了那颗宝贵的心脏。她要把她当作珍贵的礼物送给未晗，要自己的女儿陪着妈妈这颗心脏，好好地活在这个世界。因为有妈妈这颗心脏，孩子就不会孤单，就有继续活下去的希望。但是，这颗可以救自己女儿性命的心脏也未能留给女儿，因为她最终捐给了一个孩子，一个年仅八岁的孩子。

那天在办理捐赠手续的时候，龙吉伟听到工作人员说，有个八岁的小男孩，需要马上做心脏移植手术，否则，他活不过四十八小时。当时工作人员都以为那个孩子有救了，因为这颗心脏与这个孩子的指标很匹配。但是，当听到捐赠人要把这颗珍贵的心脏留给自己的女儿时，工作人员为那个孩子燃烧起来的生命之火瞬间熄灭了。工作人员也不能有进一步的要求，因为捐赠人已经做得太好了，更何况她是把这颗心脏留给自己的女儿。龙吉伟终于明白为什么刘主任频繁地在她病房出现，站在自己面前欲言又止，原来他是希望自己把这颗心脏捐给那个孩子。当刘主任知道龙吉伟的意愿后，已没有勇气提出这个十分过分的要求，只好眼睁睁地看着那个孩子离开这个世界。

龙吉伟此刻想起了昨日上午的那一幕，一个活泼可爱的男童，蹦蹦跳跳地跟着护士丙进了她的病房。男童八岁左右，有一双会说话的大眼睛，是个小帅哥。他走到哪里，快乐就在哪里，笑声就在哪里。在移植中心，没有一个人不爱他，没有一个人不喜欢他，他很喜欢跟着护士玩耍，护士也乐意带着这个即将告别这个世界的开心果。因为这个小男童本该在上周做心脏移植术，由于感冒，突发高烧，失去了最宝贵的移植机会。如今，没有心脏供体，他的生命进入倒计时。龙吉伟更没有想到的是，她的心脏最终会落户小男孩的胸腔，这就是天意。

那天，小男童专心致志地看着护士丙给龙吉伟打针输液。由于龙吉伟血管又细又脆，第一针没有成功，龙吉伟表情很痛苦。小男童见了心生怜悯，竟安慰道："阿姨，痛吗?"龙吉伟被小男童的关心感动了，笑着朝小男童摇摇头。小男童对龙吉伟说，自己打吊针时，妈妈说他是个勇敢的孩子，他就不怕痛了。小男童说阿姨怕痛，他想给阿姨唱首歌。于是，小男童唱起了《健康歌》。孩子载歌载舞，欢快的歌声从孩子稚嫩的声道蹦出，那么天真、那么动人、那么清脆明丽，病人的病痛，被孩子的歌声带去了远方。这里只有快乐、幸福，生命的花朵在歌声里绽放，馨香醉人，如梦如幻……

就在龙吉伟沉醉在孩子的歌声中时，孩子的妈妈过来找他，她制止了小男童的行为。因为他不能过分激动，过分情绪化，那样孩子的心脏就受不了。小男孩的妈妈朝龙吉伟友好地点点头，带走了这个孩子。小男童离开后，护士丙告诉龙吉伟，小男童因无心脏置换，生命已进入倒计时，一朵还没来得及绽放的生命，将在这个特别寒冷的冬季无声地凋零，大家都心痛得连一声叹息都不忍发出。龙吉伟当时望了望窗外，窗外很静，惨白的、没有温暖的冬日的朝阳映照在窗户，显得梦幻而又迷离，就像小男童那张惨白失血的脸。只是小男童脸上绽放的是笑容，温暖而又动人。

此刻，工作人员的声音将龙吉伟从记忆深处拉了回去，请龙吉伟在捐献器官的文书上签字。龙吉伟拿着笔，很长时间都没有在文书上签字，她仿佛在读文书上的内容，又仿佛根本没有看，她陷入很深的迷茫情绪之中。工作人员静静地等待她的决定。令大家没有想到的是，龙吉伟做出了一个令人难以置信的决定。她问了一句：刘主任，是不是那个小男童急需心脏？刘主任认真地点了点头，龙吉伟在得到肯定的答复后，毅然决然地把自己这颗最宝贵的心脏，指名捐给了这个小男童。当时，所有工作人员和病人都被龙吉伟的伟大无私感动了，流泪了。他们没有见到过如此伟大无私的母亲，为了救一个萍水相逢的小孩，竟然将生的希望留给他，而让自己最疼爱的女儿时刻面临死的威胁，天天与狰狞的死神共舞。这是多么艰难的决定，艰难到令人痛彻心扉。刘主任的眼眶湿润了，他激动地向龙吉伟保证，从此以后，只要省移植中心有与未晗匹配的心脏，那颗心脏就是未晗的，并且会亲自为她手术。龙吉伟在做出这个重大决定后，第一次陷入了重度昏迷。工作人员看到了龙吉伟眼角的泪痕，心痛了，流泪了。他们向这位伟大的母亲，这位无私地向人间送出最美最珍贵的礼物的母亲，奉上了世间最崇高的敬意。

2014 年的最后一天，是宋腊妹在"移友之家"值班。晚上，宁光和宋腊妹到医院看望昏迷中的龙吉伟。他们陪龙吉伟一起走完了人生的最后一段光阴。没有告别，没有眼泪，只有迎新辞旧的钟声，在深邃悠远的天地间荡漾、荡漾……他们二人安静地坐在龙吉伟的病床前，凝视着陷入深度昏迷的龙吉伟，久久无语。他们忍受着万箭穿心带来的痛。这个曾经那么快乐的战友，将带着她那动听的银铃般的笑声远去。从此，"移友之家"那个为她准备的位置将无限期地空置起来，因为这个人去天庭做客再也不肯归来了。

不知过了多长时间，龙吉伟才从深度昏迷中醒来。她显得异常清醒，见宁光和宋腊妹守候在自己身边，脸上又绽放着她那特别的动人的笑。他们甜蜜地回忆了这半年多来的美好岁月，这日子是那样醉人，那样令人神往，美好得令人无端地落泪。也许龙吉伟知道自己的时间不多了，她伸出了自己的右手，宁光紧紧地将这只没有多少体温的手握住，心痛地看着这个曾经深爱过自己的女人。也许现在还深情地爱着自己，只是她不愿说，而且永远也不会说了。她要带着这份苦恼人的爱，到另一个世界去等这个人了。

龙吉伟告诉宁光，只要未晗在他们身边，她就放心了。其实女儿和他们一样善良。未晗的一个小故事深深地打动了宁光他们，他们承诺一定会照顾好未晗。宋腊妹更动情地告诉龙吉伟，她会把未晗当成自己的亲生女儿一样爱她、培养她。

原来，未晗三岁那年，一个春天，在一个花园，与一群小朋友玩耍，不知不觉，她的周围满地落英。后来，天晚了，起风了，小朋友都归家了，而未晗站在鲜花满径的地方，迈不开脚步，她怕伤了落花，不知如何下足。她就一直伫立在风里，孤单地在清冷的晚风里哭泣，呼唤着自己的妈妈。当龙吉伟找到她时，问她为何不和小朋友一起回家，孩子指着地上的落花，告诉妈妈，她怕踩伤了花瓣，龙吉伟当时被这个善良的富有慈悲心的孩子感动得哭了。多么好的孩子，人生拥有一个这么好的孩子，足矣！也许是龙吉伟太累了，在说完孩子的故事后，永远闭上了她那双依依不舍的双眼。2015年那悠悠的钟声刚刚敲响，就深情款款地将这在时光的隧道里游荡了几十年，如今已无处安放的灵魂送上了天庭。她走了，是这么突然；她走了，是这么遗憾；她走了，是这么令人心痛。她银铃般的笑声还没有散尽就走了，涅槃重生的凤凰马上就要翱翔晴空却突然折断了翅膀。现代媒体早在十六年前就告诉了大家，她是中国肝移植受者的前辈，并且有一个快十四岁的孩子。她已经不完全属于自己，而是属于这个时代和众多的肝友。大家都在看着她，她却因为自己的麻木，丧失了最佳的移植时间，遗憾地把生命化作了一声晴天霹雳……

　　宁光还紧紧抓住龙吉伟那只松开的手。宋腊妹凝望着这个昔日的战友，安详地闭上了她的双眼，没有告别，就这样离开了这个世界，禁不住哀哀地痛哭了起来。宁光站了起来，轻轻地在龙吉伟的额上深情一吻，这个迟到的被龙吉伟盼望得太久的一吻，终于和新年一道，姗姗来到了这个世界。但等不及的龙吉伟却已经远去了，带着额上那个"宁光的独特印章"。宁光在她的耳边告诉她："龙妹，来生，无论你等多久，多么漫长，告诉你，我不来，你不准老去。告诉我，山长水远，谁还会像我一样把你怜爱，没有人，再没有人……"

第二十五章　重新出发

一

龙吉伟去世前一天的下午，天气很好，天空很蓝，唯有轻如薄纱的白云在天庭游荡。阳光温柔地洒向人间，给严寒的冬季带来丝丝暖意。雯妮陪肖潇去龙隐寺看关梓木，刚走出龙隐寺大门，肖潇就看到一个熟悉的背影。那人背挺得很直，肖潇一眼就认出来了，李伯乐！因为只有李伯乐的背才挺得那样直。和他一起的是一个女孩，看不出年龄，但应该很年轻，身段很好。一头短发，更显精神、靓丽。肖潇心想，又是哪家姑娘遭殃了。因为他们很亲密，李伯乐右手揽着她的肩膀，女孩依偎在他身上，悠闲地散着步，看上去甚是恩爱。肖潇加快了步伐，她要戳穿这个感情骗子的鬼把戏，不能让这个恶魔再祸害女人。

肖潇赶上去，堵住了李伯乐的去路，怒目圆睁，大叫一声："李伯乐，你个畜生，又跑到这里来害人了！"李伯乐一惊，呆在那里。肖潇望了一眼女孩，多明媚的一张脸！惊愕中也难掩她的美丽与善良。肖潇一边义愤填膺地声讨着李伯乐的罪恶，一边奋力将姑娘从这个恶魔的身旁拉开。不知是肖潇用过猛，还是姑娘毫无防范，她们就朝右边退了几步，把旁边的雯妮挤到了自行车道上。这时一辆电瓶车急驰而来，不知是雯妮突然挡道，还是电瓶车主反应迟钝,没有任何减速的意思,直直地朝雯妮的身体撞了上去。在这千钧一发之际,反应敏捷的李伯乐冲了过去,一把推开正在发愣的雯妮,自己倒在了电瓶车下面……李伯乐因是肝移植病人,被转入省医院移植中心病房。夜已深,护士乙给李伯乐挂上输液瓶就离开了。静悄悄的病房就剩下三个美女和李果,李伯乐一直处于昏迷状态,除左腿轻微骨裂和头上一个两寸长的伤口外,无明显外伤,幸运的是没有生命危险。

此刻,听完女孩的自述,肖潇才知道今天自己好心办了坏事。原来女孩叫骆琳,十九岁,是成都理工大学环境与土木工程学院大一学生。她应该是大二了,因患白血病,休学治病,如今又重读大一。这次元旦放假,就从成都来 S 市看望自己的救命恩人李伯乐。

那日,宁光他们从九寨出发,李伯乐就一路尾随。一是想弃恶从善,二是看看宁光是否初衷不改,一以贯之地坚持自己的美德。一路走来,他发现宁光从未忘记播种自己的善果,因而也坚定了自己在未来的岁月与宁光相随的决心。为了不让宁光他们发现,就在途中雇了一个当地人,为宁光他们买单,他的善心就在这个佛光满天的藏地喷涌而出。李伯乐跟随宁光乐善好施的脚步一同来到了康定,那夜,宁光一心想帮白血病患者骆琳的事被李伯乐尽收眼底。他决定就从这件事做起,开启自己的善缘。一是减轻宁光的压力,二是尽快让这个女孩做骨髓移植,早日摆脱癌症的折磨。当晚他就将骆琳的母亲带回宾馆,第二天就飞往了成都。在华西医科大学前前后后忙活了三个月,骆琳真是命不该绝,一路绿灯,势如破竹,从骨髓移植到出仓再到病愈出院,仅仅四个月时间。而这个坚强的女孩,还没出院就参加了成都理工大学大一新生入学仪式,一边治病一边上学。病魔让这个女孩多读了半年大学,也令这个美丽女孩的人生更加多彩多姿。

李伯乐为了坚定自己做善举的心愿，彻底挥手与过去的罪恶告别，卖掉了从前的别墅，天意安排他长居Ｓ市，因为孩子被Ｓ市理工大学录取，Ｓ市就成了他们的另一个故乡。为了获取"移友之家"的信息，他将孩子安排在"移友之家"做志愿者，"移友之家"的消息源源不断地来到他身边。当得知"移友之家"没有收入只有支出，大家都很焦虑时，他又以匿名的方式为"移友之家"汇去了善款，让"移友"们有信心将自己的事业做下去。在他的心里，他已把自己当成了"移友之家"的一员，并且是最称职的一员。因为自己的罪孽，因为与肖潇的恩怨情仇，自己始终没有勇气走进"移友之家"。自己太想念这个温暖的集体了，"移友之家"成了自己心中的圣地，成了自己的又一个念念不忘的情人。每当夜深人静，他都会悄悄地来到"移友之家"，呆呆地望着"移友之家"，还有从家的窗户里漏出的柔和的灯光，就知道家里的人正在为众多的"移友"们，不辞劳苦地日夜工作，自己就会感动得泪流满面，简直不知道自己怎么会变得如此的多情。他发现这个集体的人活得太有意义，太有价值了。他们不攀附权贵，不为滚滚红尘的万千繁华所动，一心为了病人、穷人，乐此不疲，无怨无悔。不像有些正常人，为了一点蝇头小利，即使在尊严的严密监视下，仍卑贱地毫无骨气地跪下了。

　　李伯乐认为，宁光的美德和他所做的一切，足可以到斯德哥尔摩领受世人对他的敬仰。因为上帝太忙会遗忘很多的事，但自己记得。一个偶然的机会，他获得了宁文琴要为宁光过生日的消息，自己决定要为他办一个隆重而又别开生面的生日。一是为了弘扬他的美德，让更多的人志愿加入到这个波澜壮阔的美好而又伟大的事业中来。让穷人果腹，让流浪汉归家，让病人有钱救治，让所有没有尊严和爱的大自然的"精灵"，从此过上人的日子。二是让为人类的文明与美好做出过巨大贡献的人们，得到应有的尊重，他们也需要爱，需要人间的温暖与关怀，不能让他们在未来的岁月，成为一个凄凉的孤独者。他要让宁光有一个爱他的人，一个知己，陪他一起为他的伟大事业共同工作。三是为自己赎罪，让自己忘记那些暗无天日的经年过往，全身心地投入到这个动人魂魄的洪流中来，成为一个真正意义上的慈善者。

雯妮安静地坐在李伯乐的病床边，听了骆琳的叙述，对李伯乐由恨到又恨又爱，再到彻底地原谅了他。此时，她看到了李伯乐有泪水从眼眶流出，而且越流越多，也许这是他的悔恨之泪，他在请求这个世界收留他，他不想做魔鬼，他要做人了。

此刻，宁光来到了病房，肖潇像一个犯了错的孩子，扎进宁光的怀里，无助地哭了起来。正要安慰肖潇的宁光突然接到了余先雷他们的电话，他们骑行队于昨晚到达孟侠的小木屋，发现了一个很奇怪的事情。新修的六间小屋都被一个神秘人物送来了被褥及生活用品，其标准超过三星级宾馆，而在小木屋的外面平整了一个近千平方米的坝子。里面正在安装健身器材和体育设施，培植了各种花草，坝子周围已栽上了风景树，而小木屋前面的鱼塘正在挖掘，面积已扩大了一倍多，不知是何人所为。问过看鱼塘的孟先河，他只晓得有一个身材瘦小、细眉细眼的人来询问过他，问这里是不是S市"移友之家"的基地。在得到肯定答复后不久，就有人开着机器来这儿施工，施工速度非常快。孟先河也曾问过施工人员，他们说是"移友之家"请来的，既然是"移友之家"请来的，孟先河就没有再过问了。

二

宁光的思绪还在神游，病房外却传来了轻轻的叩门声，宁光朝门外望去，看见一个身材瘦弱、细眉细眼的中年男子，正对自己满是歉意地微笑着。他见宁光在看他，就快步走了进来，愧疚地对宁光说道："对不起，宁大哥，是孩子年轻不懂事，才弄出了这场车祸。"

宁光不知所措，他觉得这个人很面熟，仿佛在哪里见过，就是想不起来了，只好生硬地朝他点点头。

那个人见宁光不认识自己了，忙提醒他道："宁大哥，你不记得了，是你救了我呀！我叫胡少波，半年前，因不堪病痛折磨和家庭变故，差点自杀，是你邀请我来'移友之家'，让我重获新生的呀！"

宁光终于想起来了，胡少波，那个一脸苦大深仇的人。不过半年时间，虽然身体仍很瘦弱，但脸上已开始绽放笑容了。自己不由感慨万千，紧紧地抓住了胡少波的手，舍不得放下，像是找回了一个失踪半年、令自己魂牵梦绕的孩子。

原来，这胡少波从"移友之家"回西宁后，对宁光和关梓木及"移友之家"念念不忘。他觉得是"移友之家"给了自己又一次生命，他要好好珍惜。来了一趟"移友之家"，他带回了这里的善良与爱，让自己变得温柔而又富有爱心。回家的第一件事就是把离家三个多月的老婆迎回家，并向老婆忏悔、承诺，若不愿与自己相守，他会将财产一分为二，放老婆离开自己。谁知这个多年遭受打骂的老婆，见老公突然大发慈悲，不但冰释前嫌，还要死心塌地与他执子之手，与子偕老。这个山河破碎的家从此春风吹拂，莲花朵朵。叛逆的儿子也变成了"别人家的孩子"，懂事、勤奋、感恩父母。这就是爱的力量，这就是"移友之家"存在的意义。今年高考，孩子考进了 S 市的一所大学。胡少波早就谋生此意，要到 S 市居住生活，让宁光的美德像雨露一样沐浴着自己，使自己成为一个善良和富有爱心的人，由一个被拯救的人成为一个为苦难呐喊的人。胡少波的决定获得了家人的支持，处理完西宁的事务，就举家迁往 S 市。原来自己匆匆地来，是要尽快为"移友之家"服务，同时再奉上一份厚礼。哪知来没几天，就因感染住进医院，差点丢了性命。直到此刻，才以这样的方式与宁光相见。

这时，胡少波突然问起关梓木，宁光直朝他眨眼睛，他仿佛明白了什么似的，点点头沉默了。他能明白什么呢？宁光是想告诉他肖潇在这里，不要再提关梓木，怕引起肖潇的悲伤。沉默中的胡少波，来到李伯乐的床前，见李伯乐安卧病床，沉睡不醒，心想，任凭你用世界上最美丽的语音千呼万唤，此刻的他也无法应答。于是他面向雯妮，小心翼翼地赔罪道："大妹子，对不起！孩子莽撞，让你家先生受苦了，我们会承担一切责任的。"

雯妮朝他笑笑，回答道："没事，你误会了，他不是我家先生，他是为我才伤成这样的。"

胡少波窘道："对不起！误会误会，请大妹子见谅。"

雯妮刚要回胡少波的话，见李伯乐的睫毛在颤动，就目不转睛，全神贯注地盯着他，一会儿他就睁开了眼睛。他环视了一圈，见这么多人，熟悉的，不认识的，全围着自己，而自己竟躺在床上，他不知道发生了什么事，感到非常困惑。

骆琳见李伯乐醒来，高兴地说道："李伯伯，你终于醒了！"说完就忙去倒水。肖潇见李伯乐醒来，悬着的那颗心终于放下了，看李伯乐的眼光也变得柔和而略含歉意，往昔的爱恨情仇随着李伯乐的拼死一跃，早已静卧经年过往的历史行囊，随流逝的时光一起夭亡。

胡少波更是兴奋异常，李伯乐的苏醒，犹如自己换肝等来了肝源一样，令自己激动不已，同时告诉李伯乐，他会替孩子好好照顾他。

李伯乐就没有搞懂，自己的醒来，这些人为何这样高兴，像中头奖一样喜悦无比。当骆琳叙述了整个过程和自己意识的逐渐清晰，终于明白了事情的一个大概。他这时才注意到坐在病床边的雯妮，她正在满含微笑、深情地看着自己，又发现自己的一只手被她轻轻地握住，自己也情不自禁地去反握这只细腻柔美的小手。此刻的雯妮才醒悟过来，自己还一直握着李伯乐的手，不由脸红心跳，忙去抽回自己的手。哪知被李伯乐握得更紧了，根本无法抽出，就放弃了挣扎，不知是故意放弃了挣扎还是希望被这只温暖厚实的手握住，直到永远。

此际，暮色四合，护士甲走了进来，见这里围着这么多人，就告诉他们，为了病人安心养病，请大家不要滞留太久，留下一个人照顾就行了。当大家看着那双紧握的手，就很知趣地向他们告别，把机会、把空间留给爱情、留给有情人。

当大家离去，只剩下他们两个人的时候，空气却变得尴尬、羞涩，李伯乐竟然将那只令自己魂牵梦绕、早就想握的玉手松开了。

雯妮困惑不解地望着李伯乐，不知道发生了什么事情，只见李伯乐表情痛苦，双眼含泪，十分悲伤。雯妮以为他身体疼痛，忙问他那里不舒服，需不需要叫医生。李伯乐摇了摇头，痴情而绝望地望着雯妮，说道："雯妮妹妹，你走吧！我不配让你照顾，我罪孽深重，我太脏，你就是那圣洁而又美丽的天使，我怕亵渎了你的纯真，你尽快离开我吧！"

李伯乐痛彻心扉的忏悔，令这个纯洁善良的女人变得温柔无比。她像一位慈母一样，不管不顾地抓住李伯乐的手，安慰道："我相信你，你一定会变好的，你现在不是在努力让自己成为一个善良的人吗？"

"雯妮妹妹，我作恶太多，哪怕穷尽所有岁月也无法赎回我的罪孽，你就不要枉费心机了。"李伯乐绝望地说道，再一次挣脱了雯妮的手，仿佛真的怕弄脏了雯妮。

雯妮被他的固执感动了，再一次抓住他的手，动情地说道："我们共同努力，我相信你，你一定会成为一个有爱心的人，你不是正在做吗？还有那么多望眼欲穿的'移友'等待我们爱心的降临，我们有什么理由自暴自弃呢？"

李伯乐悲苦地叫了一声："雯妮妹妹，你为什么不在二十年前出现在我身边，那时我是一个多么干净的人……"李伯乐说不下去，竟然哭出了声。李伯乐作了最后一次挣扎，再一次抽出了自己的手，向雯妮苦苦哀求道："雯妮妹妹，放过我吧，你还是离开我吧！趁我现在爱你还没有爱到心痛，还没有爱到蚀骨销魂、生不如死的时候，离开我吧。我怕你在我的灵魂与你相望、已融入我的血液，你再向我挥手告别时，我就真的活不成了。其实我不怕死，我怕的是我死后，谁来赎回我的罪孽。"

雯妮向他保证，只要他一心向善，自己愿意与他生死与共，无怨无悔。李伯乐听到这里，又痛痛快快地哭了一场，并主动抓住了雯妮的手，心里默念道："上帝，可不可以用来生所有的幸福来换回我曾经的罪孽，如果能，我感恩，如果不能，我祈求！"

正缠绵得感天动地时，李伯乐的儿子与骆琳给他们送来了煨汤。此时，已是深夜，朔风野大，从窗外滚过，发出阵阵呜呜声。李伯乐只留下了李果陪伴自己，决绝地将雯妮和骆琳赶走了。是的，让两个移植病人熬更守夜，有什么不测，自己不是罪上加罪吗？

三

骑行队历时二十天，于昨日午后返回"移友之家"。此次行动，虽然历时较长，超出预定时间，但它出色完成了它的使命，为器官移植事业和器官捐献做出了它应有的贡献。余先雷将就该项工作单独详细地向宁光汇报，不题。

孟侠她们回来的第二天，宁光组织召开了"移友之家"2015年第一次家庭成员会议。这次会议出现了几个新面孔，雯妮、胡少波还有李伯乐，他已出院，还需静养，但他还是来了，拄着拐杖来了。他预设了无数个第一次出现在"移友之家"的场景，但他就没有想到，自己会拄着拐杖出现在"移友之家"，更没有想到，自己会获得家庭成员的热烈欢迎。自己进家的忐忑不安，也被热烈的掌声埋葬。难道他们忘记了自己的过去？但"移友之家"的成员不纠结这个。这里没有算计、冷漠、歧视，这里只有温情、爱与善良。至于那个曾经玩弄阴谋的高手李伯乐，他们是会拒之门外的，而出现在家里的将是一个崭新的李伯乐。

会上，宁光将工作做了调整，胡少波接替关梓木、雯妮接替龙吉伟，因天尚仁已不能适应"移友之家"的工作，从即日起，他的工作就移交给李伯乐。当然，在不影响他工作的情况下，也欢迎他来"移友之家"工作，为"移友"献爱心。

在这次会议中，张波给大家报告了一个喜讯，汶川的土特产公司本月获利是上个月的两倍，增长的速度已超出了大家的想象。这个消息令在座的人异常振奋，这样发展下去，"移友之家"就会拯救更多生活无靠、有病无钱医治的"移友"。

会后，孟侠告诉宁光，那个为"移友之家"基地建设倾力工作的无名英雄找到了，他就是胡少波。刚才，孟侠见到胡少波就觉得他就是自己要找的人，因为他的长相，与幺叔孟先河描述的人十分相似。于是自己就将胡少波的照片通过手机，发给孟先河辨认，孟先河很快回复，就是这个人。在小木屋旁大兴土木的人确实是胡少波。

胡少波生病以后，肝硬化的发展速度特别快，别人需要五年走完的历程，他只用了一年半的时间。换肝后，三年时间，因胆管、感染、排异等原因，他前后住了七次医院，有一半的时间在病床上度过。那种痛不欲生、生不如死、胆战心惊的日子令他形销骨立。还好，终于捡回了一条命。

命是保住了，但看到其他移植病人生活得风生水起，自己竟不死不活，就自暴自弃，谋生了轻生的念头。由是脾气渐长，打骂妻儿，把家搞得乌烟瘴气，眼看这个家就要分崩离析了，竟阴差阳错地撞上了"移友之家"。宁光拯救了他，让他变得善良，富有爱心，家保住了，病也渐渐有了起色。自己本来排练了一幕高大上的喜剧要与宁光、与"移友之家"奇剧共欣赏，哪知儿子却给他导演了一场悲剧。虽然这个苦是李伯乐自觉自愿吞下的，但导演却是自己的家人，这个离奇剧情令胡少波很是被动，不知道这个戏要如何往下演了。

宁光听完胡少波的叙述，觉得这个世界真奇妙。说它大也大，说它小也小，千里之外也能相逢，咫尺之间却又老死不相往来。宁光正在神游时，雯妮竟然走了过来，吓得胡少波一惊。原来，雯妮是来告诉宁光，刚才家庭成员商量后决定，近日，由宁光带着张波、文娟、孟侠、肖潇，与五名困难"移友"一起，前往三亚旅行。宁光带队，这是所有家人的心愿，请宁光接受。宁光被这份信任与尊重感动了，欣然受命。

人们说得真好呀，生命中有一种情，它不惊扰彼此的世界，只在灵魂深处同行，不妨碍彼此的生活，只在精神领域共鸣。这就是"移友之家"的战友情。

第二十六章　悠游与远去

一

从万物凋零的冬季到生机盎然的夏季，宁光他们只花了一个多小时。S市的朔风还在耳畔呜咽，三亚的阳光已照在了"移友"们身上。此刻，不是温暖，是热！机上还是老气横秋的他们，站在三亚的土地上，一下子变成了朝气勃勃的俊男靓女，英姿勃发。因为此刻，他们只穿着薄薄的夏装了。

宁光一行下榻三亚国际饭店时，已是下午3时。推开阳台门的一刹那，大自然把最宜人的气候，最清新的空气，最和煦的阳光，最湛蓝的海水，最柔和的沙滩大方而又慷慨地送到"移友"们面前。宁光安排张波和孟侠及文娟三人去不远的第一市场买海鲜。因为听服务员说，可以将买好的海鲜拿到第一市场左手边的新民街，找一家自己喜欢的海鲜加工店铺加工。要想买到新鲜的海鲜，避开那人山人海的吃货，就要去得早。

张波他们来到第一市场时，买海鲜的人并不多，他们买了小鲍鱼、基围虾、石斑鱼……买得最多的是杜果螺，这个最便宜，九元一斤，大龙虾一百六十元一斤，太贵就放弃了。在买基围虾时差点落入不良商人的圈套，一是装海鲜的袋子有太多的水分，二是有太多的死虾，幸亏孟侠心细、机灵，发现及时，才避免了上当受骗。在新民街找加工店铺时，他们运气非常好，找到了一个说 S 市话的乡亲，他们就放心地交给老乡加工。由于他们是一个特殊群体，不能吃得过分辛辣，海鲜也不能过量。除杠果螺和小鲍鱼搞成了烧辣的，石斑鱼是清蒸，扇贝做成蒜蓉的，基围虾是白煮，另外又在老乡那里整了几个小菜。

宁光订了水果，陪"移友"在附近转了一圈，待找到张波时，菜已摆在桌上了。开始游客不多的新民街，此刻却像海水涨潮一般，瞬间车水马龙、人声鼎沸、摩肩接踵、水泄不通。餐毕，天色尚早，大家正在纠结是去三亚湾呢还是到鹿回头公园游玩时，一向不声不响的文娟竟大着胆子建议去鹿回头公园，宁光竟同意了文娟的提议。肖潇看了看文娟，只是笑而不语。

鹿回头——海南唯一的山顶公园，是登高望海和观赏南国海滨城市的最佳处。他们刚到鹿回头，有个"移友"就突然腹痛不止，只好让人陪她回宾馆，宁光和张波都争着要陪她回去。怎奈她是女性，孟侠又坚决反对，说自己一人就足够了。她是心痛宁光和张波，他们日夜为"移友"操劳，难得有机会出来放松和散心，这次一定要让他们好好玩几天，他们太累了，该好好休憩了。而在场的"移友"们也被孟侠的无私奉献感动了。是的，为了"移友"们，他们在这么美丽的人间天堂，也吃不好、睡不稳，更不要说享受这如梦如幻的旖旎风光了。放心不下的张波直到把孟侠送上车才肯再回公园，而文娟始终跟在张波的身边。宁光和肖潇已带着"移友"在公园游玩了。

待孟侠她们坐上车，绝尘而去后，张波兄妹二人才又回到公园。在经过那尊高大的鹿回头塑像时，听到一个导游正在给一个旅行团解说此公园为何叫鹿回头：

　　　相传，古代一位英俊的黎族青年猎户，手持弓箭，从五指山翻越九十九座山，涉过九十九条河，紧紧追赶着一只坡鹿来到南海之滨。此时，前面山崖之下便是无路可走的茫茫大海，那只坡鹿突然停步，站在山崖处回过头来，鹿的目光清澈而美丽，凄艳而动情。青年正准备张弓搭箭的手木然放下，忽见火光一闪，烟雾腾空，坡鹿回过头变成一位美丽的黎族少女。两人顿生爱意，结为夫妻，互相守望，恩爱终身。从此以后，这里就被称为鹿回头。

听了这个传说的文娟，不由心旌摇动，意乱情迷，她一把抓住张波的手，痴痴地望着张波，深情款款，幽怨地叫了一声："哥……"

张波顺口答了一个"哦"字，见文娟的表情古怪、悲伤，就问道："妹，你有事吗？是身体不舒服吗？"

文娟的身体有些发软，就靠在张波身上，幽幽地说道："哥，我没事，我……们到哪里去找宁爸爸？"她本来想说"我曾经爱过你"，但在关键时候就改口了。

张波答道："妹，他们应该就在前面。你要是累了，我们就在前面找个地方休息一会儿。"

文娟没有回答，紧紧依偎着张波，感到非常幸福。她多想搂着这个哥哥一直走下去，直到山岳化作沧海。张波牵着这个妹妹，慢慢朝山顶爬去。在山顶的西麓，一块巨石呈现在他们面前，他们就坐在这里歇息。原来这块巨石叫永生相伴，它一截两半，一半傲立在山顶，一半平躺在脚下，伸向海里。当地人称为相伴石，相传有位女子为了等待打猎的恋人相守在山顶，遥望远方，时间一久竟化作了一块立石。恋人归来后，听到这个不幸消息，奔向山巅，长跪在少女石旁，誓死相依，便化作了一块平躺的石头，希望在恋人站累了的时候，能够在他的身上休息做伴。

这鹿回头公园简直就是个爱的公园，这里的情无处不在，爱在翩翩起舞，到处飞扬，想不爱都难。这里荟萃了人间所有的情，这里的每一个爱情故事都那么美、那么令人迷醉。此刻，落霞满天，天地就像烧得通红的大火炉，放眼望去，山、河、城、海浑然一体，海天一色，全被那流淌着爱与情的血液洗过，红得那么醉人、那么朦胧、那么无怨无悔……

文娟靠在张波身上，开始还那么伤情、那么绝望，经这霞光一照，那张脸像一朵盛开的桃花，璀璨了这温柔岁月。她深情地望着这个曾经爱过的人，带着笑，还是难掩悲伤地说道："哥，你知道吗？我以前爱过你，现在不爱了，也不敢爱了，这一切都过去了，妹妹要祝哥和孟侠姐恩爱一生、幸福一生。"

张波听了文娟的诉说，根本不知道这个与自己日夜相伴的妹妹竟然默默地爱过自己。他不知道这个妹妹爱了自己多久、爱了多深，是不是爱得寝食难安、生不如死……他握着文娟的手，望着这个笑里有泪的妹妹，动情地说："妹，哥谢谢你的爱，哥太自私，不能把它给你，与你生死与共。但哥会把那最温柔的一瞥投向你，即使你走得再远，哥关注你的目光也不会离开。我对你的牵挂永远都无法停止，哥会把一生的关爱送给你，伴你成长。"

文娟把憋在心里的秘密说出来，感到特别轻松，也没有先前的痛苦了。这一次她笑得很开心，虽然有泪，泪还很多，牵连不断。但自己真的很幸福，像做了一个正确的重大的决定。她温软地对张波说道："哥，我这一说，真的好受多了，以前藏在心里，你知道吗？哥，我亲爱的哥呀！我是多么的悲伤、多么的痛苦吗？我能听到肠断的声音。那个痛呀！哥，我真的受不了呀！我每天都在强迫自己，我要告诉你，一定要告诉你，不然我真的会痛得死去。唉！哥呀！你知道吗？此刻，我是多么通畅、多么轻松，简直就要飞起来了。

"唉！哥呀！你不要再为我牵挂，我已经走出来了。从现在起，我准备开始新的生活。只是我想告诉你，曾经有个人爱过你，她爱得那么深，那么艰难，那么痛苦……她爱错了，她想把那份无处安放的爱收回来，不要在不该爱的时候去爱，因为爱错了是伤人的、要命的！以前不懂事，以为爱了就爱了，爱，它那么温柔、那么美好、那么梦幻。哪个知道嘛，它竟然是毒药、入喉甘美，却剧毒无比，痛彻心扉，生不如死，无药可解，只有心上人的爱可解、情可解……唉！不说了，哥呀！不求你深深地记我一辈子，只求别忘记你的世界我来过。我知道，不是每个擦肩而过的人都会相识，也不是每个相识的人都会让人牵挂。至少，我们今生，在那个地方，在一转身的时候，没有错过。

"哥！我憋不住了，我只想安安静静地靠在你身上，痛痛快快地哭一场。也许，从此以后，我再不会为爱哭泣了，也许我会忘了为爱而哭泣……"文娟说不下去了，真的伏在她哥的肩上大哭起来。原以为，这么小的姑娘，一个孤儿，一个移植人，一个苦比黄连的小女孩，不会有爱情。谁知她也会为爱哭泣，而且是这样伤心，这样悲痛绝望。

此刻，暮色四合，夜空五彩斑斓。山上玉树琼花，山下万家灯火，三亚湾水面波光粼粼，梦幻如诗，令人迷醉。这一切，如此朦胧、如此迷离，仿佛刚被水洗过一般。假如真有水洗过，那一定是文娟的泪水，因为她的泪如决堤的江水，滔滔不绝，一泻千里。

二

三亚，这个让人流连忘返、来了就不想离开的地方。碧海蓝天，椰风海韵，阳光沙滩，交汇成浪漫的天涯。这举目可见深邃的蓝，如同光亮的绸带在眼前飘舞，还有那细腻洁白的沙滩，丝丝缕缕的白云，如同轻纱在苍穹自由翻跹，而当这道鲜亮的风景被苦难笼罩，这美如天堂的三亚还是三亚吗？

那个闹腹痛的女移植人，被孟侠送回宾馆后，竟然无缘无故地就好了。因此一夜无事，宁光他们就按预设的游览日程进行。今天他们的目标是南山寺。这南山寺地处三亚南山文化旅游区，离三亚市四十千米的南山南麓，占地四百亩，山上终年云雾缭绕。宁光他们刚走出宾馆，来到解放路步行街，就碰到一件令人痛得心碎的事，一个粒细胞白血病患者、一个二十多岁的年轻小伙子，正在街边乞讨。宁光经了解，才明白了一个大概。两年前，小伙子就得了白血病，因没有找到适合自己的骨髓做移植手术，就只靠一种叫格列卫的药控制病情。但这种药在中国非常昂贵，一盒就要两万多元，只能吃一个月，一年就要近三十万元。幸亏他遇到了一个叫陆勇的人，也是个白血病患者，通过关系，在印度购买了格列卫的仿制药，效果与格列卫没有区别，每盒才两百元，这是任何一个中国人都可以承担的。这本来很好了，上个月却出现意外，执法部门说陆勇买卖假药，将他抓进了看守所，据说买卖假药要判刑。这小伙子运气太差，他那个地区又没有将此药纳入医保，要吃格列卫，就只好自掏腰包。这下，这个小伙子购药的渠道堵死了，吃不起药的他只好在街头乞讨。

宁光上次碰到的也是个白血病患者，不同的是前次是位女性，这次是个男子。前次的女子有李伯乐救助，这次的男子又由谁来救助呢？宁光就站在他面前，可宁光是个穷光蛋。因为他太善良、太有爱心，收入也不错，可他全部捐给了"移友之家"。宁光在这里站了近二十分钟，确实没有人来为这个苦命的人买单，自己又不好要求其他人施援手。肖潇催了宁光好几次，叫他离开这里，因为他们的目的是让这五个贫困的"移友"出来玩得快乐，而这个小伙子与这次任务无关。但宁光就是不肯离开，固执地站在那里，眼眶有些湿润。是的，他的良知监视着他，不允许他离开这里。最后肖潇难敌对宁光的心痛，与张波和孟侠商量后，共同捐了一万元。文娟没有现钱，准备到附近的银行去取钱，被张波拦住了。张波爱怜地拍了拍她的肩膀，意思是说，我们知道你是个善良的孩子，这次就放弃吧。张波的这一拍，令文娟心生感动。当时在场的贫困"移友"，纷纷掏空了带着体温的毛票儿，他们太穷了，只是些一元、五元、十元的小票儿。离开这个小伙子时，宁光要走了他的联系方式。在旅行的路上，宁光告诉张波，回去时，要把贫困"移友"捐出的钱还给他们，因为他们太穷了，这点钱，说不定就是他们下次的救命钱。而这个小伙子最终是否会得到救助呢？听说是胡少波和雯妮共同资助了他。

到南山寺，他们最想看的是海上观音圣像。"移友"们来到金堂，南山寺大雄宝殿，它在景区的最远端，视野最好，可以俯瞰整个海湾，也可远眺海上观音。其金堂下也有观海平台，这里可以观赏到观音像的全景。从海边的礁石处观赏观音像和随后从正面观赏会有完全不同的视觉体验。位于景区放生池的金玉观音则有着强烈的藏区风格，成片的经幡随风飘动，气势磅礴。

"移友"们走在普济桥上，不是亲眼所见，根本无法想象菩萨也可以塑得这样高大上，这样气势磅礴、震撼人心。此刻，"移友"的心就变得异样的虔诚。是的，他们是要好好地拜一拜，从中国的最西边，来到祖国的最南端，这一路走来还真不易。他们哪个不是九死一生，能够站在这个梦幻般的地方，菩萨都变得温柔而又飘逸，那就请这个颇具人性的慈悲观世音保佑"移友"的来生吧！

"移友"们站在菩萨面前，这么大的菩萨，这么小的人，观世音真的是在普度众生呀！他们在这里照了一张又一张的相片。是的，来生有菩萨日夜陪伴，定会逢凶化吉，否极泰来。文娟和张波拍了一张哥哥和妹妹的亲人照。这张迟来的合影，已改变了从前的梦想，也许在以前，文娟会赋予它更令人销魂的情感。但此刻，从这张合影看上去，他们仍那么亲密，笑得那么梦幻、深邃，仿佛在笑的后面真的藏着一个迷人的梦。宁光他们一家五口，历史性完成了"移友之家"的战友们希望的全家福，在这个世界的尽头，遥远的地方，浪漫而又美得令人掉泪的桃花源，菩萨可以作证，从此以后，他们就是一家人了。这一天，注定会成为永恒，成为一个经典的回忆。他们也没有忘记，在"寿比南山"这个地方，留下他们的痕迹。是的，他们来过，爱过，快乐过，在这一转身之间，撞上了"南山"。那就与南山一起共舞，一起终老吧！只要南山还在，我们就不会独自老去。

"移友"们从白沙浸着碧波，蓝天镶着白云，灵风推着海浪，椰树布阵起舞的南海胜景中归来，住进了三亚黎客国际酒店。晚饭在春园海鲜广场吃了一餐地道的海鲜，大家打着饱嗝，顺着新建街直接步行到三亚河边欣赏夜景。

宁光他们沿三亚河西一直走，就看到一条类似彩虹一样的新桥，这是三亚俗称的情人桥。此刻，一对对情侣成了三亚河独特的风景线，河滩上的街舞爱好者正在翩翩起舞。优美的旋律，缠绵的歌声在如梦如幻的三亚夜空下徜徉，令人迷醉。张波与孟侠偎依在一起，犹如在梦中行走，他们都醉了。张波痴情地望着孟侠，甜蜜地说道："我们结婚吧！孟侠，我真的太心疼你了。"说完这句话，张波的心真的就痛了起来。

听了张波的话，孟侠幸福得难已自持，但她想逗逗张波，说道："为什么要结婚？"

张波答道："过好日子呀！"

孟侠问张波："为什么结婚要选好日子？"

张波答道："图个吉利吧！"

孟侠调笑道："错，因为结婚后就没有好日子过了。你还想结吗？你宁爸爸四十多岁了也不急着结婚，难道你不知道为什么吗？"

准小两口正打情骂俏有些忘情时，宁光离他们很近了。他们回头看着宁光和肖潇，原来他们也很幸福。肖潇正在和文娟说着什么，不知为何，肖潇今天特别关心文娟，难道她猜到了什么吗？张波心想。孟侠牵着张波的手，朝宁光他们走去，她认为他们一家应走在一起，这是家庭成员的心愿，也是自己的心愿。自从来到这个家，就像来到人间天堂，爱和幸福就像不落的太阳，日夜照耀着自己的青葱岁月，想想也醉了。

三亚的夜，也这样迷人，游客怎么也不肯离去。这午夜的三亚，依旧灯火辉煌，"移友"们仿佛置身于一个不夜城，意醉神迷。

三

清晨，"移友"们站在宾馆的窗前远望，呈现在眼前的是浩渺的南海，葱翠朦胧的远山，树影婆娑的椰林，那山、那海、那树勾勒出的画卷令人魂飞魄散。深夜归来映在眼里的是起伏明灭的霓虹灯，色彩斑斓，高低闪烁，姹紫嫣红，令人不知天上人间。

"移友"们玩得太开心，有三个身体较壮的"移友"，不顾水冷，在大东海完成了这一生的第一次冲浪，这注定是一辈子的回忆。张波和孟侠及文娟还真不敢玩这么刺激的项目，他们只在蜈支洲岛乘坐了海上拖伞，一家五口玩了香蕉船。有"移友"坐了水上自行车，摩托艇……一圈游玩，真是醉了。躺在温暖的细腻如绸的沙滩上，遥望蓝天，天空高远湛蓝，悠悠白云自由来去，周围有风，还有游人的欢声笑语，美得"移友"们仿佛进入了梦乡。

最后一天，"移友"们起了个大早，抬头与日出相望，听着那惊涛拍浪，迎着湿润温柔的海风，来到了命中注定的天涯海角。这个世界的尽头，遥远的地方，令被流放的、在宦海中沉浮的人魂飞魄散的地方，却是一个美丽、浪漫的地方，一个令后人爱到心痛的地方。"移友"们进入天涯海角景区，呈现在他们眼前的是：海天一色，烟波浩渺，帆影点点，椰林婆娑，奇石林立，整个景区如诗如画，美不胜收。那刻着"天涯""海角""海判南天"等的巨石远看像山一样屹立南海之滨，近看却矗立如磐石。"移友"们陶醉在这个梦幻之地，他们以拍照的方式将这里最美最好的东西带回去，来装点未来的日子，也让自己的来生变得绚丽而充满诗情。

肖潇偎依在宁光身旁，"移友"们和张波他们早已散落在"天涯""海角"，寻找他们的幸福与快乐去了。肖潇和宁光就这样安静地坐着，望着面前不远的天涯石，它方方正正、四平八稳、圆中见方、方中见圆。它高约十米、周长六十米，听说有亿万年历史，真是天涯渺渺，地角悠悠。

宁光见肖潇目不转睛地盯着自己，嘴角上扬，微露一抹浅笑。也许是近日紫外线所致，一张娇美的脸犹如霞光满天，令人即心痛又醉意朦胧。她似乎有话要说。

肖潇见宁光注视着自己，先前还是小心翼翼地微笑，此刻就笑得十分奔放了。她诚挚地对宁光说道："宁光哥，前晚在回宾馆的路上，几个孩子都在问我什么时候和他们的宁爸爸结婚，我不知道咋回答。你说呢？"

宁光陷入了沉思，双目平视远方，显得无奈而又不知所措。肖潇等得有些久了，就用脚碰了碰宁光的脚，宁光像被虫子咬了一口迅速将脚移开。他躲闪着肖潇的目光，像是下了很大的决心，有些心虚地说道："小妹，对不起，你还是去找一个更好更爱你的人吧。"

　　晴天霹雳！肖潇预想了无数个答案，但没有想到等来的是这样一句话，冷得像冰，拒人千里之外。肖潇蒙了，不争气的眼泪唰唰唰地流了下来。这个自己爱了半年的男人，越来越让自己读不懂。他就像一个谜团，在他们中间似乎隔着千山万水，这就是所谓的咫尺天涯吧！这一路走来，太不容易，爱得太艰难，自己都想过放弃，为了这份爱，自己经历得太多。逼关梓木遁入空门，让龙吉伟带着遗憾离开这个世界，自己也差一点葬身滔滔江水，这到底是为什么？上帝要在自己爱的路上设下层层障碍，为什么？

　　肖潇抬起头来，哭道："宁光哥，你是开玩笑吧，说的不是真的吧！"

　　宁光很认真地回答道："小妹，对不起！这一切都是真的。只是我不敢告诉你。"

　　肖潇很悲伤，直视着宁光道："宁光哥，能告诉我为什么吗？"

　　宁光冷冰冰地回道："小妹，别逼我好吗？"

　　肖潇固执道："我要知道真相，请你看在我疼过你的分上，好吗？宁光哥。"

　　宁光道："真要一个理由？"

　　肖潇道："是的，我要知道为什么。"

　　宁光道："因为我不想再爱了。"

　　肖潇不哭了，冷笑道："不爱了？"

宁光说得很绝情："仿佛我就没有真爱过。"

肖潇的笑声很阴森，像是在自言自语，又像是在对宁光说："算我瞎了眼，算我白爱了一场。"说完就站了起来。

宁光道："小妹，哥欠你的情，不知道怎么还给你。"

肖潇的眼里突生希望，问道："真要还？"

宁光回答道："一定要还，什么都可以欠，情不能欠。"

肖潇有些伤心了，终于像抓住了一根救命稻草，对宁光说道："宁光哥，那你就像我爱你一样，爱我一回吧！"

宁光回答道："小妹，除了爱，你什么都可以拿走。"

肖潇笑了，笑得很开心，边笑边对宁光说道："宁光哥，小妹懂了，妹不逼你了，是妹上辈子欠你的，妹这就全部还给你。哥，再见，你多保重，还有那么多人指望着你，妹是回不去了。"说完，她深情地看了一眼曾经爱过的这个人，他还是那么英俊，仿佛他也很痛苦。肖潇不恨他，反而还有点心痛，是的，他不会这么绝情，也许他有什么难处，为了"移友"，他从来就没有想过自己，也没有爱过他自己。肖潇用眼睛对宁光说着再见：别了，哥，若有来生，妹一样会爱你，因为你值得小妹爱，你是一个值得别人爱的男人。此时，肖潇对宁光的尊敬略有减少，但对宁光的爱却原封不动。

肖潇摇摇晃晃地朝海滩深处走去，她有些迷糊，她发现今天的阳光怎么有些像月光。周遭有些朦胧，有些梦幻，游人的欢笑咋那么遥远，像是梦中的呓语。海风有些轻，有些温湿，吹得自己想泪流。仿佛从自己身旁走过一对情侣，男孩在给女孩讲故事：

这两块石头也是有来历的，传说一对恩爱无比的痴男怨女来自两个有世仇的家族，两人从小青梅竹马，情深似海，她们的爱情遭到族人的反对，于是逃到此地，被逼无奈，双双跳进大海，化成两块巨石，永远相望相守。后人为了纪念他们的坚贞爱情，刻下"天涯""海角"的字样。后来天下的有情人常以天涯海角永相伴表示爱的深情与执着……

肖潇听到这里，有些伤心：他们跳海，是因为家人相逼，自己呢，是谁逼的呢？谁也没逼，真要找一个呢？那就是爱情相逼！唉，不想了，不想了……能在这里结束生命，真不错，天天有来自五湖四海的爱情在这里聚会，在这里陪伴自己，想必自己是不会寂寞的。此刻，肖潇不由加快了脚步，近了，近了，水湿了脚，没上了膝盖，淹没了脖子，听到一个人在喊"有人跳海了！"肖潇就什么都不知道了。

宁光是看着肖潇跳下海的，当时以为自己的绝情终于把她从自己的身边逼走了，还在那里暗自高兴呢。在暗自高兴的同时，也有些失落，从此以后，这个容颜娇好的女子，一转身，就会成了别人的新娘。然而，他根本没有想到，肖潇会去跳海。当时自己心想，这次肖潇反应没有以前剧烈，也许过一段时间就好了，她这样独自离开也好，让她冷静冷静。谁曾想她会这样决绝地结束自己的生命，这美人啊，还真是有些脾气。当宁光觉得大事不好时，已经晚了。他虽然跑得比兔子还快，但还是没有跑赢肖潇跳海的速度。当自己站在她下水的地方时，肖潇已经被海水完全吞噬了。

四

2015年1月22日下午4时，宋腊妹接到宁光从海南打来的电话，据刘主任说，今明两天，省移植中心有符合未晗的心脏，一个快离世的患者有捐献器官的意愿。

宋腊妹于当晚带着未晗住进"移友之家"。那天特别寒冷，风刀霜剑，滴水成冰。未晗有点小感冒，宋腊妹就熬了点姜糖水，让未晗服下，早早地安排她睡了。那晚在"移友之家"住宿的"移友"较多，可能是气候原因，来省院的"移友"增加了不少，宋腊妹就只好与未晗睡一张床。幸好在一起，否则，宋腊妹未来的日子就只好拿来内疚了。

　　那夜，气温骤降，强劲的北风在窗外怒吼，打着旋儿在静夜嘶鸣，像有个悲伤的灵魂在窗外哀号。躺在床上，宋腊妹的心慌慌的，感觉有什么大事要发生，怎么也不肯睡去。窗外，泛着白光，这个日子不该有月亮吧！宋腊妹心想。宋腊妹不知道，今夜窗外飘着鹅毛大雪，皑皑白雪把这个深不可测的夜晚映得异常惨白。

　　不知过了多长时间，宋腊妹在迷糊中睡去了。宋腊妹做了个梦，梦见未晗站在一个银装素裹的世界。纷纷扬扬的雪花朦胧了她的容颜，看上去如梦如幻，似她又不似她。她孤寂地站在半山腰上，飘飘欲仙。她面容凄清，朝自己依依不舍地挥了挥手。隔得那么远，未晗的声音竟那么清晰：宋妈，再见，谢谢你的照顾！我去找妈妈了。说完一个转身，就不见了。宋腊妹刚喊出"不要"两个字，就从梦中惊醒了。仿佛又像是未晗蹬了自己一脚，她一跃而起，打开灯，喊道："晗晗，晗晗，你没事吧？"

　　此刻，未晗已说不出话，直愣愣地看着宋腊妹，用手指了指挂在墙上的画夹。宋腊妹好像明白了什么似的，慌忙跳下床，从墙上取下画夹。一个转身，未晗的手就垂了下去，脑袋偏向一边，已经离开了这个爱她的世界，或者是她爱的这个世界。真是香魂一缕随风散，愁绪三更入梦遥。

　　"未晗！你不要吓宋妈！"她没有吓你，品质这般高洁善良的孩子，是诚实的。她是真的走了，带着她的梦，和这飘飘洒洒的雪花。

宋腊妹的惨叫惊醒了"移友之家"所有的人。最先冲进来的是胡少波，今晚他值班。他见宋腊妹抱着未晗和她的画夹坐在那里，恸哭不已。胡少波赶紧给未晗做心肺复苏，不知谁打了120，抢救人员赶到现场时，胡少波还在卖力地一上一下。这么冷的天，他汗如雨下。抢救人员接着抢救了一会儿，就停止了工作，朝宋腊妹他们摇摇头，意思是他们尽力了，节哀吧！

宋腊妹的伤心痛哭，令在场的人无不垂泪。这从生到死，就在这一呼一吸之间。世人呀！停止悲声吧，斯人已去，再悲伤的恸哭也唤不回她远去的灵魂，再美妙的语言也无法把她从冰冷的沉睡中唤醒。

一位女性工作人员来到宋腊妹身旁，拉住她的手，小心翼翼地问道："患者离开时有什么心愿吗？"

工作人员提醒，宋腊妹才想起抱在手中的画夹。打开画夹，取出里面的画纸，其中有一张写生画，只画了一半，有远山，有小溪，还有一个蓑笠翁，正钓寒江雪。半山腰的拐角处，有一个女子模糊的背影。在画纸的最里端，找到了一张写有文字的便笺。原来未晗叫她看这个，是告诉宋妈，她离开这个世界，她所有的交代都写在这里了。

尊敬的宁爸爸、宋妈、所有的叔叔阿姨：

你们好！当你们看到这封信时，我已经离开你们了。谢谢你们的爱，你们为"移友"的付出。能够与你们相遇，是我来到这个世界，上帝送给我的最珍贵的礼物。你们教会了我做一个善良的人，告诉我生命要为爱而存在。

与你们相遇，我就遇见了快乐，遇见了幸福。也许上帝给我的时间很短很短，我在十岁那年就知道了，生命不在于它的长度，而在于它的精彩。你们告诉我，要快乐生活，做自己喜欢的事情。这个世界，我来过、爱过、悲伤过、快乐过。如果有来生，我要像三毛阿姨说的那样：做一棵树，站成永恒。没有悲欢的姿势。一半在尘土里安详，一半在风里飞扬，一半洒落阴凉，一半沐浴阳光。

　　这个世界给我以深情，我不想薄情地离开这个世界，这样是不公平的。我在这个世界生活的时间太短，没有积累什么财富，不能为这个世界留下什么。唯一能够留下的，就是我身上的器官。我走后，还能用的器官，就帮我捐给需要的人吧！包括我的躯体。谢谢爱我的宁爸爸、宋妈、各位叔叔阿姨！今后，我会请上帝来爱你们！

　　再见！

爱你们的未晗
2015 年 1 月 1 日

　　看完这份遗嘱，在场的人哭了，没有在场的人知道后也哭了。这个孩子，她早就做好准备，含笑赴死。一个孩子，她干的是一个成年人的事，她干的是一个文明人才干的事。因为她的捐献，五个生命得以延续，两个生命重回光明。

　　三天后，也就是宁光他们回来的第二天，"移友之家"的全体工作人员在省医院的太平间向未晗道别后，遗体就被 S 市医科大学的附属医院运走了。因为未晗生前申明，不举行任何告别仪式，因为她还是个孩子。是的，她是个孩子，但她在"移友"们的心中，是一个英雄，一个巨人。

　　从省医院出来，宋腊妹自责不已，十分哀恸，希望到龙吉伟的墓地去看看。因宁光他们刚回来，需要处理的事务较多，就由余先雷开车送她去仙居山公墓，杨娇和高声语陪同。

　　一场大雪，覆盖了严冬所有的苍凉。此刻，阳光普照，肆虐的飞雪早已远去，积雪不情愿地开始融化了。来到公墓，这里青山环绕，满目苍翠，天地高远，静穆深邃。层层叠叠的墓地，犹如大将军的排兵布阵，逶迤直到山顶。龙吉伟的墓地就在最高处。要不是余先雷带路，宋腊妹还真找不着，前次下葬，她因感冒而缺席。今天从山下一路走来，不觉有些气喘。来到墓前，不由单膝下跪，扶住墓碑就哀伤地哭了起来："对不起龙妹，我把晗晗弄丢了！我真没用，不知该如何向你交代。我们都失言了，你惩罚我们吧！"宋腊妹说不下去了，扶着墓碑痛哭不已。是的，红尘那轻如羽翼的承诺，如何敌得过无常的一个转身。

高声语将带来的贡果奉上，点上香蜡，那纸钱燃烧得旺极了。看来龙吉伟是高兴的，她们母女团聚，免了彼此的牵挂，在她们那边也算一大乐事吧！想这龙吉伟坐卧山尖，高高在上，前面视野开阔，青山绿水扑面而来，自己居高临下，闲看祥云环绕，定是心旷神怡，想想也是醉人的。

此时的宋腊妹想起与龙吉伟的欢乐时光，那袁枚的《祭妹文》不由浮现在眼前：

> 汝死我葬，我死谁埋？汝倘有灵，可能告我。呜呼！生前既不可想，身后又不可知；哭汝既不闻汝言，奠汝又不见汝食。纸灰飞扬，朔风野大，阿兄归矣，犹屡屡回头望汝也。呜呼哀哉！呜呼哀哉！

宋腊妹哭得山河同悲，天地失色。

余先雷朝杨娇眨眨眼，意思是叫她把宋腊妹扶起来，早点下山。因为，此刻头上乌云翻滚，早已变天。山中，野风呜咽，树影婆娑。山下浓雾翻滚，影影绰绰，深不可测，令人毛骨悚然。唉！去的已去，留下的还得好好活着。安息吧，远去的灵魂。

第二十七章　桃花盛开中的希望

一

肖潇是被那个讲故事的男孩救上来的，他在与肖潇擦肩而过时，不经意地瞟了一眼，就是这不经意的一眼，成就了肖潇的爱情。他见肖潇一脸戚容、两眼空濛、泪痕点点，心想要出事，就留意着她，果然见肖潇直接奔海而去。

肖潇被救上岸时很快就醒了。有好心人给肖潇送来了衣服，主持正义的人把宁光痛批了一顿。肖潇醒来后，围观的人就散去了。宁光见肖潇满眼泪痕，真想从蓝天上扯下一片白云擦干她的泪眼。见这个被海水浸泡过的风华美人此刻更加动人了，就情不自禁地紧紧地抱住肖潇，有些泪湿，有些心痛地说道："小妹，你真傻。"

"为了哥，妹愿意傻一回。"肖潇跳海像是做了一个天大的正确的决定，所以在回答宁光时还显得底气十足。

"你知道吗？哥会伤心，会心痛的。"

"哥心痛，妹值了。"

"命都愿意搭上？"

"妹愿意！"

"妹，你误会哥了，哥不是不爱你，是哥不敢爱你呀！"

"哥，为什么？"

"哥怕给不了你幸福，哥怕今后没有更多的时间爱你。"

"只要和哥在一起，妹就很幸福。"

"哥以后也许会很穷，我怕不能让你的爱情变得浪漫和诗意。"

"和哥在一起，妹就很浪漫。我们可以坐在阳台上数天上的繁星，看花开花落，你弹琴，妹唱歌。沏一壶香茶，念着你的名字看夕阳，或者说我们两个人才说的话。哥，这不浪漫吗？这个不花钱的。"

"哥也许陪不了你这些，那么多的'移友'等着哥。"

"哥，妹愿意与你一起去照顾他们，爱他们，因为我们的时间和青春都是为爱而存在的。"

"哥不忍心呀！你这么好，这么善良。而这个世界是因为你们才变得如此多情，你跟着我去受苦，哥情何以堪？"

"哥，妹愿意跟你一起去吃苦。以前在单位，为了职称、为了蝇头小利、为了那个圈子，不该说的说了，不该笑的笑了，有时尊严也丢了，可仍然伤得血肉模糊。如今与哥在一起，为'移友'工作，我真的很开心。至少不会仰人鼻息，见人说人话，见鬼说鬼话，面具就像长在了脸上。"

"哥当时逼你走，就是不想让你跟着哥受苦。哥只希望你幸福快乐，有人把你像公主一样宠着，哥就很开心。否则，哥就会心痛的。谁知你误会哥了，反而把你逼上了绝路。"

"我以为哥遇到了什么难处，为了哥，妹什么都愿意干。"

"哥最大的难处是怕照顾不好小妹。因为小妹是用来宠的，是来享受生活的，而哥希望身边所有的'移友'都幸福快乐。"

"哥，不说了，妹懂了，妹不需要哥照顾，妹愿意与哥一起，去照顾那些需要照顾的贫困'移友'，直到永远。"

听了肖潇的话，宁光久久无语。这一生，遇到这么一个死心塌地的女人，一个懂自己的女人，此生足矣！两个远隔千山万水的人，因病结缘，阴差阳错地走到一起，这就是所谓的缘分吧。

此刻，天空很蓝，阳光正好，风中有人在唱歌，而被天涯海角浸润过的爱情真是不同凡响，这个比远方还远的地方也会被爱情温柔以待。

肖潇突然想起了什么，甜蜜地看着宁光，喃喃地说道："哥，你知道吗？爱是有天意的。"宁光爱怜地看向肖潇，刚要说话，就被肖潇打断了。她不需要宁光回答，接着刚才的话说了下去："哥，你知道吗？那次我独自离开你，并关掉手机，在那么大的城市，你竟然能找到我。哥，你知道吗？那次，我只想一心寻死。但站在江堤，望着江水，因为舍不得你，一直犹豫着，就迷迷糊糊地来到薛涛塑像前。你可知道吗？我是在等你呀！那天，你不来，我会带着我们的爱情独自离开，让你在爱的王国独自痛苦地打转。在我有些绝望的时候，你竟然气喘吁吁地来了。看你那痛苦的样子，我才知道爱情是多么的美好。我在心里暗自告诉自己，从此以后，无论自己多么卑微，遭遇了怎样的磨难，我都会给爱一个承诺，找一个干净而充满诗意的地方将它轻轻安放。那一刻，我知道，你是爱我的，只是你带着你的爱翻越了千山万水，才姗姗而来……"

这时，宁光的电话响了，打断了肖潇的情话。原来是省医院刘主任打来的，说今明两天移植中心有适合未晗的心脏。这个消息太激动人心了，因为未晗的心脏病越来越严重，在出发的前一天，她的心脏出现了短暂骤停，幸亏那天宋腊妹到移植中心复查，与未晗在一起，抢救及时，才幸免于难。否则，这么多人看护一个孩子，如果出现什么差池，自己有何颜面向九泉之下的龙吉伟交代。那是盟过誓，有过承诺的呀！这下好了，自己不用担心了。他立刻把这个好消息告诉了宋腊妹，叫她尽快去医院。

打完电话，宁光抱着肖潇站了起来，在沙滩上旋转了起来，越转越快。天、地、海、椰树也跟着旋转了起来，肖潇发出了快乐而甜蜜的惊叫声。人，在高兴的时候，和在痛苦的时候，表现是那么地相似，都会天旋地转。唯一不同的是，一个是在阳光普照的世界，一个是在百花飘零的季节。但宁光他们高兴得太早了，当他们回到S市时，未晗已成了一具冰凉的尸体。在心里，他无法接受，也无法交代。一个多么好的孩子，这么美的生命也可以在冰天雪地里凋零吗？宁光知道未晗离世的消息时，发现这个世界变得十分的怪诞，连花开的声音都是寂寞的。他祈求上帝：不必给我爱，不必给我钱，不必给我生命，只求上帝把未晗还回来。因为她还是个孩子，我们活那么长干什么？这不公平呀！

在宁光旋转得天昏地暗时，不知不觉间，"移友"们都回到了宁光的身旁。大家七嘴八舌地问宁光和肖潇，听说刚才有位女士跳海了，不知是不是真的。他们见宁光目光躲闪，肖潇面容羞红，头发湿润，穿得奇形怪状，而早晨穿来的那身衣服，正孤苦无助地躺在沙滩上，默默地诉说着跳海的惊险，大家都噤声了，无言了。只是不明白，这到底是为了什么？他们之间到底发生了什么？时间这么短，离得这么近，竟浑然不知。

明天，他们就要离开这个地方，离开这个要拿一辈子来回忆的地方。回到市区，天色尚早，宁光准备为"移友"买点纪念品或土特产。这么远，出来一趟不容易，不能让他们空着手回去。也许这以后他们再难出来，因为他们要忙工作、忙挣钱、忙生病、忙住院。然而，这一切，已无须宁光考虑了，孟侠和文娟这几天都替他们办好了。她们用自己的工资为每位"移友"买了一份水果，一份特产，还把"移友"捐出的钱全部补上了。这就是

"移友之家"的基本精神，为了贫困"移友"，他们甘愿默默奉献。未晗说得多么好，因为生命是拿来爱的，它是为爱而存在的。

二

2015年春节将至，过年的味道变得越来越浓。在春节飓风般的挟裹下，"移友之家"也开始了它奔忙的脚步。从城市到乡村，从幽深的小巷到偏僻的农舍，到处都留下了"移友之家"工作人员奔放的脚步，如风一般自由的背影。

除夕的前一天，正在梳妆的朝阳还没有到东方的天空上班时，宁文琴、黎学兵、雯妮、胡少波就坐着天尚仁的车，开始了看望贫困"移友"的脚步。他们今天任重道远，沿途要看望十三位贫困"移友"，行程近三百千米。为了节省时间，他们就分成两组行动。他们最先慰问的是那位最远的"移友"。这是一位坚强的"移友"，他年少丧母，中年失独，一家三口中年过七旬的老父成了家中的顶梁柱，体弱患有风湿的妻子与老父做着几亩薄地，他自己就近在一家公司做保安。一家人忙活一年，入不敷出，年货都办不回来。而吃得好好的低保，因与村干部闹了点小矛盾，被无故取消了。当这个贫困"移友"听说是"移友之家"来慰问他时，竟然感动得哭了，也许这哭里包含了太多的情愫吧！生活的艰难、病痛的折磨、村干部的凌辱、缺少来自人间的温情。

胡少波和雯妮在慰问到最后一位"移友"时，这个"移友"突然向他们打听，在"移植网"上有个网名叫大漠胡杨的人是谁。雯妮告诉他，这个网名的主人叫宁文琴，今天也来了，她在另一个组。原来，这个"移友"在做肝移植术后，手术后遗症令他痛不欲生，差点自戕。但他看了大漠胡杨的文章，放弃了自杀，并顽强地活了下来。在这条苦涩的路上，他一直咬牙坚持，面向阳光，笑对人生。他说是大漠胡杨给了他力量，给了他温暖，他想见她一面，当面向她说声谢谢。看来宁文琴和宁光成了"移友之家"的两面旗帜，一个是精神层面的，一个既是精神层面又是物质层面的。雯妮告诉他，今天可能不行，以后一定会找到机会的。那位"移友"很失望，但他坚持要把他们送到公路上，因为这里到公路还有一千米的小路。此刻已是暮色四合，寒风凛冽，乌云翻滚，山雾蒙蒙，乡间小道变得影影绰绰，这种天气是很容易让人迷失方向的。雯妮看看时间，才下午4点，也许是山野的极端天气，过早地让黄昏降临到了人间。贫困"移友"在送他们去公路的路上，他说大漠胡杨空间里有篇文章至今仍影响着他。

三

贫困"移友"说的那篇文章叫《快乐地活着》，雯妮前不久也看过，很感人，此刻雯妮的思绪情不自禁地溜进了《快乐地活着》：

今天打开一个陌生网友的QQ空间，阅读了他的文章，然后又通过他的空间走进了另外一些朋友的空间，在这里，我看到了一个干净纯洁的世界。我很喜欢。

我常喜欢阅读别人的悲喜，参悟自己的人生。以前有一些感悟的时候，喜欢闭上双眼，慢慢呼吸，让思绪犹如清澈的小溪在脑海轻轻滑过，却不善于用文字将它记录下来。今天看着他们用文字描绘生活、思想、情感的痕迹，很美！不管是悲伤还是喜悦，烦躁还是宁静，那都是属于他们自己的生活。他们经历了，自己审视过了，就圆满了。

我常将自己的生活看作一串佛珠。不管怎样的经历，每一粒珠子都是属于我自己的，我都坦然接受。生活就是由无数的片段串联而成，这一段结束了，我就将它串起来，放在过去，未来还会有。不知道我的未来还有多少粒珠子，如果明天它就要全部结束，那么我今天就在这里打一个结，我的一生也会是一串圆满的佛珠了。在打结的时候，我不会有任何遗憾，我认为已经很圆满。所以现在的每一天，我都用心地品尝着快乐的滋味！

人生很短，我不想让昨天的痛苦占用我未来的欢乐时光。苦难本没有任何意义，是通过我们自身的反应赋予了它意义。也许痛苦更能让人的思想得到沉淀与升华，可我只是平凡人，只想生活简单快乐。所以造物主给了我一双眼睛，让我看更多光明；给了我一张嘴，让我说更多有用的话；给了我一对耳朵，让我听更多积极的语言；给了我一颗心，让我多付出些善与爱。当然我也感谢造物主给了我一双手，让我可以为自己喜欢或不喜欢的人推开梦想那扇窗；给了我一双脚，让我一路向东、向东，寻找光明。非常感谢上天还没有夺走它赋予我的这一切！所以我得好好用它们去体味更多的快乐。可是我没有在清晨醒来或夜晚睡去时对它们说，我爱你们！就像我从来也没有对我的朋友们说一句，我爱你或我感谢你一样。

有人说，像我这样的人凭什么拥有快乐？我说因为我得到的爱比常人多，所以我有理由比常人更快乐！像我这样平凡的人怎会得到如此多的爱？也许是上天太眷顾我了吧？从来没有说过感谢，好像羞于出口，只是在心里默默地承诺，在你需要我的时候，我会来。可是我觉得我得到的远远超过我应得的。

首先要感谢父母，给了我朴素的做人的准则，让我明白了做人之不易。还要感谢我的爱人，感谢你给予我的一切，感谢你的不离不弃。如果有来生，愿来生还能再度与你相拥。也要感谢我的孩子，你的到来让我的生命更加完美。你是上帝送给我的最好的礼物。谢谢你那么纯真地走进了我的生命里。你就像悬在我梦中的月亮，照亮了我前行的路。感谢两位兄长，不仅仅是从小的呵护，还有让我知道什么叫血浓于水。感谢哥哥，虽然我们没有血缘关系，只能说是茫茫人海的萍水相逢，但你给了我太多的关爱，在我心脏停止跳动前的一刻，在我还有意识的那一刻，我只知道喊一声，哥哥别走，抓紧我的手！我希望你不要放弃我，我想我还会回来。陪我一起从死神那里回来的人我永生也无法忘记。

感谢我的朋友：蛔蛔，苗苗，詹生……你们是我佛珠里的珍珠，没有你们的鼓励和帮助就没有今天的我。就像蛔蛔说的一样，朋友是我活下去的非常重要的一个理由，只有我和她的经历才能体味这句话的意义。你们每个人的身上都有我值得学习的优秀品质，都给过我和正在给予我真诚的友爱，让我就像旭日东升的向日葵，就像江河里自由自在游弋的一尾小鲤鱼，让我思想的天空自在辽阔，朝气蓬勃。我真的很爱你们，我不知道该去感谢谁，让我有了你们。2006 年的 1 月，你们来看我，我目送着你们一个一个离开，我以为那是最后一面。当时我还是很开心，知道吗？你们走时，我在心里送了你们每人一句祝福，希望你们每一天都健康、快乐。在另一个世界我仍然爱你们，我会保佑你们。唯有蛔蛔走的时候我落泪了，因为我怕她难过，半年前心爱的儿子才走了，我怕她承受不起。可是我们一起共同创造了奇迹。你们的爱让我坚持到今天，我至今仍快乐地与你们同在！

　　还要感谢我的医生和护士，是你们给了我六次生命。那时候我只见到了无边的黑暗，我不知道要走多久才能看到光明。当医疗仪器告诉你们一切都结束的时候，你们仍然没有放弃，用你们那双梦幻的手将我夺出地狱之门。在这里特别要感谢S医学院附属医院心脏科的一名女医生（我甚至不知道她的名字），B市身心医院的胡延毅医生，H省人民医院移植中心的刘主任、林凤鸣医生……

　　苦难也仅仅只是一段经历，过了我就把它结成一粒佛珠，并非是要将过去遗忘。你只要内心宁静，充满善与爱，那么你的每一个今天都会有阳光，快乐自然就充盈于心间。我想我没有任何理由不快乐，就像蝈蝈说的结束自己就是结束爱你的人的生活。我知道我没有那么大的能量，不能像阳光一样给人以温暖，可是我希望自己也能有荧火一样的光芒，能在黑暗中，以微弱的光明照亮你我前行的路……

　　"大姐，谢谢你们大冷天来看我们！"贫困"移友"的话把雯妮从大漠胡杨的文章里拉了出来。原来他们已来到了公路旁，贫困"移友"在向他们告别。于是他们与贫困"移友"告别后，就顺着公路边走边等黎学兵他们。

　　胡少波与雯妮默默地沿着公路慢慢朝前走。雯妮发现胡少波心事重重，像贼一样偶尔瞟自己一眼。他微启嘴唇，反复几次，最终又隐忍了。雯妮见他如此忐忑，就面露微笑，鼓励他把心事说出来。胡少波望了望身旁的美人，这个世界给她以苦难，她却回报生活以歌。她总是笑对人生，在她的生命里，没有黑暗，也没有敌人。

胡少波问了一句："大妹子，你真的能忘记过去?"

雯妮道："为什么不能，忘记过去才能更好地拥有未来。"

雯妮的回答，让她在胡少波的眼中变得高大圣洁，他不由走到雯妮的前面，单膝跪地，忏悔道："大妹子，你知道你外爷爷为什么被打成右派吗? 我就是那个作孽人的唯一后代，那个人在临死前良心发现，想补偿你们。由于我太年轻，由于我的贪心，让这份补偿，让我们的忏悔来迟了。要不是宁光哥的心灵救赎，这个迟到的忏悔也许会胎死腹中，我为我们家族的自私、卑劣感到耻辱。大妹子，请惩罚我们吧! 你有这个权利，你对我们惩罚得越严厉，我们的灵魂就会越干净、越安宁。"胡少波说完掏出一张卡，递给雯妮，这卡里有六十万元，是他父亲对他们的补偿。

雯妮被胡少波的一跪弄得不知所措，当明白过来后，不敢相信这是真的。难道这就是所说的轮回，这就是命运。过了许久，她才淡淡地说道："你起来吧! 天冷，会感冒的。"

胡少波固执道："你不惩罚我们，不接受我们的补偿，我只能跪着。"

雯妮说道："你起来吧! 我原谅你们了，能够志愿到'移友之家'无偿工作的人，本来就是个一心向善、面向阳光的人了。有人说：生命中最伟大的光辉不在于永不坠落，而是坠落后总能再度升起，我欣赏有弹性的生命状态，快乐地经历风雨，笑对人生。"

胡少波说道："大妹子，那就请一定接受我们这份迟来的补偿吧!"

雯妮想了想，对他说道："我接受你这笔钱，就是对生命的亵渎。你看这样好不好? 宁光从三亚回来，一直对那个身患白血病的小伙子念念不忘，苦于找不到善款，你若愿意，就把这其中的二分之一捐给他，余下的留在'移友之家'吧。"

胡少波有些犹豫："这个……"

雯妮看出了他的心思，说道："你就当是给我了，你交给我，我也会这么处理的。"

胡少波听完后，爽快地同意了雯妮的建议，只是有些为雯妮惋惜，更为她的善良感动。

这时身后传来了很响的喇叭声，原来天尚仁他们过来了，雯妮忙将胡少波拉了起来。坐上车一看时间，已快下午6时，天已一片漆黑。坐在温暖的车里才觉得外面的寒冷。此刻，大家都有些累了，坐在车里一言不发，只有天尚仁聚精会神地开着车。因夜雾太浓，又想开快一点，因为他们离S市还有近百千米的路程。

四

"挥挥手，告别旧年所有的伤害与坏习气，点点头，以佛法的智慧，爱与温柔迎接新一年的光芒。心的一年，吉祥如意！"每一位"移友之家"的工作人员，在新春佳节，都收到了关梓木那来自佛门的祝福。他们又带着佛的祝福，佛的慈悲，佛的精神，游走在"移友"之间。此刻，一个转身，风情万种的春天已莅临人间，那桃花故里的桃花竟开得如此浪漫，如此娇媚，如此多情。她站在高高的群山环抱的桃花山上，正日夜呼唤着世间的痴男怨女：回来吧，回来吧！青春的盛宴开始了，难道你未感受到吗？

一个这么美的地方，一个这么情意绵绵的地方，有人竟然制造了一场"惊天阴谋"，而这个"阴谋"的导演竟然是个和尚。他挖空心思把"移友之家"的所有工作人员骗上桃花故里，而参与这场"阴谋"、"助纣为虐"的还有"移友之家"的工作人员，参与者有杨娇、宋腊妹、文娟，就连余先雷和宁文琴都难逃干系。其实这场"阴谋"早有苗头，在这个世界开始被春潮吞噬的时候，那些别有用心的人就启动了这个"阴谋"。他们精心策划，日夜运作，将这个"阴谋"玩得炉火纯青艳丽迷人，幸亏没有李伯乐参与，否则会玩得乾坤倒悬，天地失色。让我们一起来到桃花故里，瞧瞧"阴谋"是如何在桃花的盛开中上演的。

居住在桃花山下的杨娇，引领着大家快速进入了桃花山。今天"移友之家""倾巢出动"，还有大批赏花的"移友"。当大家行走在桃花丛中时，山下已是车水马龙，人山人海。虽然上山的路无数条，奈何上山的人如潮水般拥来，上山的游人上不来，要下去的人又出不去，条条道路变成了停车场，有的人走一上午也无缘桃花故里。但是，只要上得山来，就只见桃花不见人，因为这桃花山太大了，群山环绕，连绵不绝，上百平方公里的桃花源，走不完，看不尽。一进山里，看到的是一片一片浮在山腰的彩云，这彩云层层叠叠，逶迤不绝，直到天际。它如天空凝固的彩霞，映红了整个天地，是真正的彩霞满天。此刻，山下的条条巨龙正缓慢地游上山来，但它已被桃花醉得如梦如幻，在山腰爬行怎么也上不了山。而杨娇和"移友"们已在彩云中徜徉，流连。他们有些迷糊，如醉如痴，不知道自己是在彩云中穿越呢，还是彩云在自己的身旁飘荡飞扬。

这桃花故里到底有些什么东西，弄得游客长途奔袭，奋不顾身地扎进深不可测的桃源，就连外国客人也要来凑这个热闹呢？原来这桃花故里，不仅仅是让人看看桃花，或者走走桃花运，这里有很深的桃花情结，它是个有故事的地方。

当关梓木和"移友"们出现在福道景点时，游人便开始指指点点，调侃关梓木。看来这和尚凡心大动，耐不住寂寞，跑到桃花故里撞桃花运来了，看他身后的那群美女就知道他定是艳遇不浅。策划人首先把宁光他们带上福道，意思是让宁光和肖潇他们走上一条幸福美满的人生之路。而当时打造这条福道正是此意，祝福休闲的游人福气东来。行走在鸟语花香的福道，张波和孟侠已经醉得一塌糊涂，不知不觉竟走上了情道。相传这是夸父逐日的道路，也是西汉卓文君写词挽回丈夫司马相如的地方，而风情万种的桃花更是爱情最好最美的象征，故取名情道，预示来此的痴男怨女终成美眷，也祝他们的爱情天长地久。紧邻情道的是寿道，共八百级阶梯，入口处可以看到一百个不同版本的寿字，活脱脱一幅生动形象的百寿图，雯妮和李伯乐看见巨石上写道：古有彭祖寿八百，今有桃源八百梯，一步一片桃林，一梯一份健康。意思是在桃林中呼吸淡淡花香，聆听桃花中的天籁之音，是何等的快意人生，不健康长寿也难。

桃花故里，真是一个来了就不想走的地方，有情人在这里游上一圈，不须山盟海誓也已情深似海。他们被这里的美弄得很难过，怕它在自己的面前消失而一去不返，他们就像爱自己的心上人一样爱它，爱到天长地久，爱到人间桃花不再。"移友"们美得不知身在何处，醉得迈不开脚步。他们此刻不知是去桃源广场呢还是先去连心亭，抑或是直奔诗歌广场，去吟诵一首桃花诗，高歌一曲桃花颂。这里曾有著名诗人、学者的痕迹，流沙河为其题名：中国桃文化诗歌墙，著名诗人舒婷、芒克、雷抒雁等在此流连，而蒋大为曾在此放歌《在那桃花盛开的地方》……

"移友"们正在为何去何从纠结时，举办桃花节盛会的工作人员过来告诉他们，请"移友之家"参加桃花节举行集体婚礼的三对新人尽快入场，他们是肖潇、宁光、雯妮、李伯乐、张波、孟侠。天涯婚庆公司的工作人员正在等待他们，为他们化妆、拍婚纱照。这次是桃花故里第二十九届国际桃花节，今天将有二十九对新人在这个盛大的桃花节喜结良缘。宁光、肖潇等六位新人面面相觑，以为是这里的工作人员搞错了。但看到杨娇、宋腊妹、宁文琴他们那深不可测的笑，就知道是他们"坏的事"。这时工作人员又在催促他们。于是，余先雷、天尚仁、黎学兵、高声语及众多"移友"簇拥着他们朝情道的"花好月圆"中走去。由此，隐藏了近一个月的"阴谋"彻底"败露"，而"阴谋"的"受害人"，没有报案、没有申诉，甚至没有生气，他们更多的是兴奋、幸福、甜蜜。他们心甘情愿地被"阴谋"一次，也愿意让这个"阴谋"得逞。同时他们希望所有的单身"移友"也被"阴谋"，让"阴谋"为他们的人生开出绚丽多彩的爱情之花。因为"移友"们经历的是异样的季节，他们的生命地带是在严寒的北极，黑暗、缺少温暖、缺少阳光。但从此以后，在他们的生命之流里，除了病痛，也有桃花，也有爱情。

上午 12 时，情道的花好月圆景点锣鼓喧天，礼炮齐鸣，《好日子》那欢快的旋律在广场上空荡漾。如潮的游客瞬间朝广场拥了过来，一时间广场被围得水泄不通。典礼台上，二十九对新人，身穿洁白的婚纱，犹如环绕在天宇上的二十九颗星辰，那么璀璨，那么动人。"移友"挤到台前时，听到主持人动情地说道：

"听说每个女孩原先都是一个不会流泪的天使。突然有一天，她流泪了，因为她发现自己喜欢上了一个男孩，于是她折断翅膀，无怨无悔地来到人间，与自己心爱的人生死与共。千百年来，沧海桑田，人间总有一份恒久不变的情怀，那就是爱。可爱的男孩，死心塌地地爱我们的天使吧！因为她为心爱的人放弃的不仅仅是一双翅膀，而是整个天堂。

"女士们，先生们，游客们，我市二十九届国际桃花节开幕了。让我们借桃花节的喜气，桃花的深情与娇媚，为这二十九对新人的爱情祝福吧！祝他们情深似海，地久天长！同时，在这里，我要特别祝福其中的三对新人。他们来自'移友之家'，来自一个特殊的群体，听说那里没有爱情，即便也有花开，也不会结果。因此，为了等待他们的到来，桃花开了一年又一年；为了等她们的爱情，桃花节开了一届又一届。今天，在我们第二十九届桃花节，终于等来了来自'移友之家'的爱情。那么，那些单身'移友'，属于你们的爱情还会远吗？我想，只要生命还在、精神不倒、信念犹存，我们单身'移友'的爱情之花总有开花结果的时候。因为你们已从北极的极寒地带回到了春光明媚的桃花山，来到了桃花盛开的地方。

"明年的桃花还会再开，明年的桃花盛会还会继续，如织的游人还会再来。顽强的单身'移友'，你们一定要来，带着你们的爱情，来与桃花相会。它们会一直站在这里等你们，因为你们有个生死与共的约定。

"祝你们的爱情像桃花一样自由绽放、一样绚丽多彩，开成一个爱的海洋……"

"移友"们深情地将目光投向了犹如桃花般娇艳的杨洋，因为在这个桃花满天的世界，李果无所畏惧地向杨洋举起了鲜花，献出了自己的爱情。而更有趣的是，就在人们看向杨洋的余光里，有一只浑身披满桃花的狗从花丛中跑了出来。它憨态可掬的样子，为盛会现场的人们带来了阵阵欢笑。这个欢欣的场面，也许正象征着"移友"们幸福的来生。

后　记

　　妻患尿毒症，我便与器官移植者结缘。他们那些爱恨交加的人生，以及与死亡相连的故事便汹涌而来，令我无路可逃。于是，只好与它们日夜相伴，耳鬓厮磨。天长日久，竟有些舍不得、放不下，特别是夜半，我总能听到它们在屋外奔走呼号。这些哀号像长了手脚，推打我的门窗，走进我的梦里。它们得寸进尺、有恃无恐，乃至夜夜将我弄醒。由于心太软，醒来有些泪湿，觉得不把这些喜怒哀乐记录下来，就会辜负它们。

　　而一个只有初中文化、已知天命的我，面对这一堆支离破碎的故事，竟有些手足无措。敌不过它们的日夜呐喊，手无寸铁的我，只好赤膊上阵了。这算得上我人生中最大的战争吧。

　　为了不影响妻儿休息，为了不影响白日为生存刨食，我只好将这些故事交给夜晚，并在客厅的沙发上完成。凌晨2点，我就会被这些故事摇醒，蹑手蹑脚地起来，拿出手机，斜靠在沙发上，开始敲打这个特殊人群的另类人生。直到早晨7点我才放下手机，因为这时要为妻准备早餐，她必须定时进食，严格按照时间服用排异药。

　　它们催得急，我不敢懈怠，每日一章或半章。五个月后，终于将《他们的来生》这个三十多万字的东西在手机上敲打了出来。这时我觉得自己看东西有些模糊，去眼镜行验了一下光，好家伙，眼睛已经七百度，足足增加了四百度！我有些后怕，幸亏只有30万字，如果再多一点，那不就奔黑暗而去了，妻还要靠我这双眼睛活命呀！看来熬夜是作死，今后再也不敢了。

这里面的故事太真实，我在记录它们时，流过不少泪，难道我的近视是泪水惹的祸？那首先要找这个叫宁光的人，因为是他让我感动而泪流。他的原型是营山的一位医务工作者，因为偶然，他帮助了那个叫宁文琴的人。宁文琴的原型是个尿毒症患者，因为宁光伸出援手，至今仍健康地活着，而书中的日志大部分是她所写（就连大漠胡杨这个QQ都是真实的），我只是给日志作了一些加工。十多年前，宁光无私地将存有一万元的银行卡交给大漠胡杨，说道："卡里有一万元，你没有钱时就动用卡里的钱，有钱时再存进去，这样你就可以在关键时刻救命，如果钱用完了而无钱可存时，你就告诉我，我再存。"

后来，我找到了宁光这个原型，我紧紧抓住他的手，使劲地摇，仿佛要将他的善良摇下来，摇到我身上。我没有和他说一个字，我怕我一开口就会痛哭失声，只好瞪眼在他的身上使劲儿看，我要好好记住这个人，一个愿意为弱者和陌生人付出的人。在这个世界，他发出的呐喊那么孤独、那么深邃，却那么有力地穿过了无边的黑暗，让世间的生命安全通过。

我觉得他就是这个时代的英雄，所以后来我写了宁光的爱情，因为世上情花万朵，只有把那个叫生死相随的爱情之花送给他才算门当户对。而我发现，中国的英雄最后大多死掉了，世人送给英雄的只有泪水和花圈。我要让心目中的英雄活下来，并且要让他好好享受生活。

那个叫张波的主人公有两个生活原型。一个是巴中深山里的十七岁小伙，孤儿，借高利贷做了器官移植。我一直很担心他，因为他的指标很不好，后来听说他在当地政府支持下活得很好，如今已买了好几辆车搞运输。另一个原型是渠县山沟里的一个大学生，听说是电子科大的高才生，大二患病，毕业后做了器官移植。我见过他几次，他高大英俊，却和我妻一样遭遇了术后感染。妻活下来了，他却走了。那年他二十三岁，花去了五十多万元治疗费，听说他弟弟是在八岁时去世的。他父母我也见过，两个苍老的农民，不知道无后的他们现在怎么活……这个叫张波的人，后来在书中我也给了他爱情。因为饱经磨难的他应该享有这个，他们虽然不是正常人，但他们还那么年轻，鲜嫩得如一汪水，没有爱情，在苦难和近距离与死神对视的人生里，他们怎么度过这一生？

唉，这爱情呀，像团火！因此，龙吉伟奋不顾身地朝它伸出了手，她只想在这团火中寻找安慰！如果滋润她的这团生命之火没有熄灭，她不应该只存活十四年，而应该是二十四年、三十四年……在她离世的半年前，我有幸与她共进午餐，在秋风中听到了她的倾诉——不想活了，抗排斥的药都没吃了。她还有一个刚念初中的女儿呀（肝移后所生）！如果不是绝望，她绝不会干出此等蠢事！那天，我听她说完那句话，就伸手摘了一片秋叶有仇似的狠狠地扔了出去，仿佛要把自己扔出地球之外。那天的秋风我至今还记得，我总是看见它不分季节地在人间吹送，凉飕飕的，仿佛要吹散红尘中那仅有的一点余温。

那个叫杨洋的人来得很及时。这群苦命人需要有这样一位善良的天使来为他们保驾护航，因为医生是拯救生命的天使。其实我的初稿中是没有她的，经李思颖博士提醒，最后才将她请进来为这群器官移植者服务。因为只有这么善良和愿意无私奉献的人才能担此重任。还有杨娇、高声语，他们也有原型，故事也极为真实，他们现在就生活在龙泉驿，而且活得还不错。那龙泉的山、古镇的韵、盛开的桃花就是因他们而来。前不久成都电视台还为他们家做了一期节目，感动了无数人。那个杨娇的原型还专门为移植人做了个朗诵——《生命的歌者》，令在场者无不动容。而那个叫肖潇的人，其原型就是乐山市的一位音乐教师，她的故事也较真实。宋腊妹的原型就是眉山市人，我只是把原型的姓作了变更。叫余先雷的人干脆就是把两个器官移植者的名字合在了一起，一个用了他们的姓，一个用了他们的名，还有就是用了他们与病魔抗争的故事。当然，关梓木也有一些真实的故事，他就住在成都。他能够作客《他们的来生》，算是给这个有些令人悲伤令人窒息的故事带来了一点欢乐与梦幻。书里面的孟侠、骆琳两个女大学生，还有未晗，她们的原型就模糊了，但她们就在我们身边。她们为什么在花季就遭此厄运？到底是为什么？是因为我们生活的环境被污染了，还是不好的生活习惯造成的？唯愿我们这个社会救救她们，这条路很恐怖，请她们不要来。李伯乐、胡少波虽然没有一个像样的原型，没有多少真实的故事，但玩弄阴谋的小人我们还是经常碰到的。很希望他们在人类的美德面前涅槃，就此成为好人李伯乐，否则，他们也许不如桃林里蹦出的那条狗可爱。

写《他们的来生》，无非是让这个特殊的群体能够得到社会更多的关怀，让更多的人给他们一些力所能及的帮助。还有就是提醒那些为了娱乐或功名利禄而熬夜的人，那些与健康有仇的、不把自己当人的人醒醒吧！生命于我们只有一次，一切幸福快乐都建立在健康之上。没有健康、没有生命，一切烟火人间的俗事我们都无从谈起。写完《他们的来生》的那个早晨，我无意识地抬头望了望窗外，啊！下雨了。我看见那有些伤感的濛濛细雨，在暮秋萧瑟的秋风里横飞。而故事的人物却争先恐后地在我的眼前来去，纷纷登场要与我告别。他们有的踏歌而行、有的掩面而泣、有的依依不舍……此刻，我在心中祈祷，唯愿这是真正的雨而不是他们的泪，但我又希望这不是真正的雨而是我的泪。因为这雨呀，在他们的世界下得太久了，只希望在下雨的日子里，他们的世界是晴的。又唯愿这雨到不了他们的世界，因为他们每一个人的心中驻着一个不一样的国，国中有个永不熄灭的太阳。《他们的来生》算是尘埃落定了，但我终是糊涂，不知道是这个特殊群体在帮助我们正常人呢，还是我们正常人在关心这个弱势群体？

《他们的来生》于2016年9月完成初稿。弟钟渝不但为我修改稿件，还鼓励我让它走出去；后来经陈平老师举荐遇到诗人李顺，李顺老师自始至终地陪着《他们的来生》朝出书的方向走；在四川成长动力教育科技股份公司总经理袁亮先生的鼎力相助下它终于到了出版界；再后来是营山县委、县政府的大力支持，县人大的副主任郑同春也给予了极大的帮助，县作协主席李建春更是功不可没。《他们的来生》能够成书，要感谢的还有省红会的副主任刘丽；为本书提出中肯建议的留美医学博士李思颖女士；以及四川文艺出版社的周轶先生和苟婉莹女士；最后，还有那一大群器官移植者。

当然，要感谢的人还有很多。比如，看了《他们的来生》后，能够向这个特殊群体伸出援手，为这个弱势群体付出，用世间的美德——犹如一轮悬在夜空的皓月——照亮器官移植者漫漫长夜的读者，都在我的感谢之列。